何新文　摄

谨以此书，献给《生物多样性公约》第十五次

缔约方大会（COP15）

This book is dedicated to the 2021 UN Biodiversity

Conference（COP15） in Kunming,China.

治水记 滇池

冉隆中◎著

DIANCHI ZHISHUI JI

云南出版集团

云南美术出版社

"滇池死了！"一位诗人曾经发出如此惊叹。

二十世纪八十年代中后期，云贵高原最大湖泊、面积300余平方公里的滇池，水质持续恶化，成为我国污染最重的湖泊之一，"高原明珠"黯然失色。

经过长期持续治理，滇池水质近年来不断好转，水质"成绩单"也逐年刷新——

2016年，滇池全湖水质首次摘掉劣V类帽子，提升为V类；

2017年，滇池全湖水质稳定保持V类；

2018年，滇池全湖水质上升至IV类；

2019年至今，滇池水质企稳IV类，蓝藻水华程度明显减轻。

滇池清，昆明兴；滇池净，昆明美。

滇池治水，一直存在各种博弈。

漫长的滇池治水史，藏着一个又一个故事。

这是一个老故事，也是一个新故事：一个大湖向死而生的故事；一个以大湖的濒死和新生，来透视生态文明、拷问世道良心、检验人性善恶、审视官员作为的故事。

至今，故事远非终局。困惑和迷茫尚在，生机和希望并存。滇池向好，人心所向；时代主潮，浩浩荡荡……

——题记

滇池治水记

目录

开篇

公元2020年1月20日晚7点，央视"新闻联播"播出了头条新闻：

2020年1月20日，习近平总书记赴云南考察时再次来到滇池，在星海半岛生态湿地，察看滇池、抚仙湖、洱海水样和滇池生物多样性展示。总书记指出，滇池是镶嵌在昆明的一颗宝石，要拿出咬定青山不放松的劲头，按照山水林田湖草是一个生命共同体的理念，加强综合治理、系统治理、源头治理，再接再厉，把滇池治理工作做得更好。

同日，新华社报道：

……一个玻璃"生态缸"呈现在习近平总书记面前，格外引人注目：雪白淡雅的海菜花盛开水面，滇池金线鲃游弋穿行，背角无齿蚌栖息缸底。"生态缸"展现的，正是未来理想的滇池水体。

"这三类土著生物构成的微缩版生态系统，是今后滇池水域有望达到的理想状态。"负责生态缸布置的中国科学院昆明动物博物馆副馆长李维薇向总书记解说："滇池保护治理已经进入一个崭新的窗口期，从工程治理为主逐渐转向本土物种回归、重现。滇池生物多样性更丰富，有利于形成立体平衡的生态系统。"

总书记在听取了滇池治理工作情况汇报后，强调："我们要避免走先污染再治理的老路，一定要摒弃过去那种以生态环境为代价换取一时经济发展的做法。我们提出新发展理念、建设生态文明，是符合客观规律的。从当前看，老百姓现在吃饱穿暖了，最关心的就是环境。长远来讲，我们不能吃子孙饭，要造福人类。要继续抓下去，锲而不舍、久久为功，把绿水青山真正变成金山银山。"

总书记明确指出："云南生态地位重要，有自己的优势，关键是要履行好保护的职责。这些年，你们在污染治理和环境保护上做了不少工作，滇池（洱海）生态综合治理取得积极进展，成绩值得肯定。"

　　新华社梳理了最近几年习近平总书记对"高原明珠"滇池的一次次探访和关切——

　　五年前即2015年1月，那一次的云南考察，习近平总书记也特别关切地提到了滇池治污问题；

　　时间再前推到2008年，时任中共中央政治局常委、中央书记处书记、国家副主席的习近平，到云南考察时也曾到滇池治污工程现场，考察生态文明建设情况。

　　时间到了2020年9月30日国庆前夕，国家主席习近平在"联合国生物多样性峰会"上指出："生态兴则文明兴。要站在对人类文明负责的高度，尊重自然、顺应自然、保护自然，探索人与自然和谐共生之路，促进经济发展与生态保护协调统一，共建繁荣、清洁、美丽的世界。"习近平热情洋溢地向全世界发出郑重邀请：

　　"我欢迎大家明年聚首美丽的春城昆明，共商全球生物多样性保护大计，期待各方达成全面平衡、有力度、可执行的行动框架。让我们从这次峰会携手出发，同心协力，共建万物和谐的美丽世界！"

　　2020年，从岁首到年末，从滇池向世界，习近平总书记关心和肯定的这座高原湖泊，究竟经历了什么？

　　滇池经历了什么？程连元眼前会叠影出无数画面，耳畔会响起一个声音——

　　2020年1月20日，他在现场向总书记汇报了滇池治理工作。后来，即便过了很久，每当回想起习近平总书记关于滇池所作的指示，程连元心情都会非常激动。他说："总书记对滇池治理取得的成绩给予的肯定，极大鼓舞了全市干部群众，我们一定要在生物多样性保护、生态环境建设方面励精图治，更上层楼！"

　　程连元始终把滇池治理看作是自己主政昆明最大的民心工程，是昆

明发展的生命线。

为了这件大事，以昆明市委书记之职入滇五年多的他，夙兴夜寐，从无懈怠。

时间回到2015年8月2日，程连元率队实地调研滇池治理工作——这是他到昆明任职后的第一次调研。也是在这个位置——星海湿地盘龙江入湖口，程连元清晰地记得，当时他看到的滇池，虽有诗意，亦有隐痛。那一天，他远眺近观，俯仰环视，最后把目光收回到跟前，俯身灌了一瓶滇池水，并要求环保局检测后把各项指标贴在瓶身上。"这是我到昆明工作后灌的第一瓶滇池水，要把它搁在办公室，天天看着它。以后逐年再灌，对照每一瓶水质，来看滇池的变化。"程连元说。

到2019年年底，滇池水质变化对比的效果如何呢？

2015年滇池水质监测结果：化学需氧量47，高锰酸盐指数7.7，氨氮0.40，总磷0.12，总氮2.3。

......

2019年滇池水质监测结果：化学需氧量28，高锰酸盐指数4.9，氨氮0.13，总磷0.066，总氮1.117。

（以上单位均为毫克/升）

从水质对比情况——各项指标均呈现明显下降，滇池水质持续向好——确实可以直观地看出滇池五年来的明显变化。程连元说："这些水就是一面镜子，也可以说是五个向上攀升的音阶。对照水质看滇池的变化，看到治理效果越来越好，就像听到一曲美妙的音乐，是最让人心旷神怡的事情。"

"但是我们还任重道远。要防止水质出现反弹，要使滇池水质向更高目标提升，要尽快实现滇池可以游泳的目标，让老百姓亲水近水、共享滇池治理成果。"近年来，程连元多次强调，要把老百姓可以下湖游泳作为检验滇池保护治理的一个重要标准，让群众满意。这意味着，滇池水质还必须再上台阶，至少，要从现在的整体Ⅳ类，达到Ⅲ类水质——那是人体亲水即直接可以接触水的标准。

为了这一天的早日到来，许多人，一直在马不停蹄、快马加鞭。

滇池治理，是十八大以来"美丽中国"建设的缩影。

从2008年到2018年，23个包括滇池在内的重点湖（库）环境问题得到极大改善：劣Ⅴ类数量大大减少，Ⅰ、Ⅱ、Ⅲ类占比超过半数。在富营养监测中，随着滇池水环境的改善，重度富营养情况消失，中度富营养情况也明显减少。

生态文明建设关系中华民族永续发展，正处于压力叠加、负重前行的关键期，也正是有条件有能力解决生态环境突出问题的窗口期。

昆明，抓住了这个关键期和窗口期，必将以重新擦亮的"高原明珠"的绰约风姿，汇入一幅最美生态愿景之中——15年后的2035年，中国的生态环境质量将实现根本好转，美丽中国目标基本实现；而到本世纪中叶，美丽中国建成，人与自然和谐共生。

事实上，我们肉眼见到的滇池，正在日益向好。

2020年金秋十月，我站在滇池东南岸长腰山一座名叫"水军府"的三楼展示厅，见到一组滇池东南部区域卫星对比图。其中2009年卫星拍摄的画面显示，这一区域还是银灰色的蔬菜大棚、连片的鱼塘以及稠密的村庄；2019年，这片区域取而代之的已是古滇湿地公园开阔宁静的湖面。这里是滇池首次实现湖进人退的一个缩影，经过数年、十数年、数十年的拼搏抗争，滇池逐渐摆脱水污染"绝症晚期"，恢复生机。卫星图谱表明，即使从遥远的太空，也可以看到这座300多平方公里高原湖泊发生的历史巨变。从人进湖退、围湖造田，到退耕还湖、退耕还林，滇池治理反映了中国人认知自然、了解自然、亲近自然、与自然和谐共生的过程。

随着滇池水质的不断改善，各种好消息也在不断传来。滇池草海船舶恢复夜航工作已经启动，滇池外海游船通航工作已经启动，盘龙江复航也在2020年疫情向好之后正式启动……

舫行盘龙江，人在画中游；

轻舟泛滇池，天地一沙鸥。

打造"近水"昆明，春城百姓多年来的"亲水近水"梦想，正在渐行渐近。

站在山头俯瞰滇池，回眸历史，解剖现实，瞻望未来，让人感慨唏嘘！滇池向好缓慢转身的这个过程，走得漫长，变得艰难，来之不易，弥足珍贵。

第一章

大湖溯源

远古：滇池惊梦

在各种典籍史料中，大致这样描述了滇池形成的过程：

在距今约1200万年前，第三纪喜马拉雅山地壳运动，受地壳板块挤压，西部高原的石灰岩断层陷落，在海拔1886米地方形成了大小不一的几个湖泊，它们就像几面寂寞的镜子，映照高天流云，点亮日月星辰，吸引飞禽走兽，催生花鸟虫鱼，最终，也引来并滋养了栖居湖岸的古人类。这些相隔守望的湖泊，随时间侵蚀，被岁月风化，又暗通款曲，逐渐勾连，水脉相通，由五变三，由三变两，最后，汇集一处，就成了浩浩荡荡的大湖滇池。

从一开始，滇池就是个半封闭宽浅型的高原湖泊。四周的山体构成了滇池湖体的模具，鬼斧神工的大自然为滇池塑形，最后将它塑成了一道弯弓——这让我不由得想起宋代词人苏轼《江城子·密州出猎》的名句：

会挽弯弓如满月，西北望，射天狼。

滇池，正像一张饱满的大弓，弓背向东，弓弦向西，若干条入滇河流，仿佛弓箭射出的一支支箭矢，穿云裂帛，直刺苍穹。

滇池居云贵高原腹地，处长江、珠江、红河三大水系的分水岭地带。历史上，滇池在水系归属上曾经发生移位——最早，她属于红河水系，后来几经周折，才归于长江水系。

如今滇池有两个出水口，一是滇池外海西南的海口河天然出水口，二是滇池草海开凿的西园隧道人工出水口；二口归一，两个出水口都汇入螳螂川，入普渡河，进金沙江——因此，滇池属于长江水系。其实最早的滇池是属于红河水系的，它的第一个出水口在滇池正南，即今晋宁小河口村到弯子村一带，直到魏家菁，穿越刺桐关，最后汇入红河——这是一条便捷通达的出水口。然而大约在数百万年前的某次地壳运动中，这条出水口两岸的山体被挤压淤塞，湮没在了历史尘埃之中，失去出水口的滇池就像一个巨大的堰塞湖，在不断膨胀中终于另辟蹊径，找到了新的出路：也就是在滇池外海的西南，压迫出一条新的河道，这就是今天的海口河。

2019年5月，桃子熟了的时节，我来到晋宁宝峰镇山凹一处隐秘的庄园摘桃。这里已经是昆明管辖地界的最南端，翻过山峦，就进入玉溪属地了。桃园在一片舒缓的斜坡上，庄园主人唐三哥（江湖人称三毛）陪我摘桃时告诉我，他驾驶拖拉机翻耕土地时，还不时会翻出一些螺蛳啊贝壳啊，这些年代久远的螺贝在红壤里雪白雪白的，格外显眼。三哥问我：你知道这些螺蛳贝壳它们来自哪里吗？不等我回答，三哥遥指昆明方向，说："它们来自滇池。"他说，他的庄园和农场占据的这片土地，正是湮没在历史尘埃中穿越大山进入红河的滇池故河道。

我和三哥攀上山顶，回望依稀可见的滇池，举目车流不息的昆玉高速公路，目力所及，玉溪就在不远的前方。我用高德地图搜寻了一下，从这里到滇池已有30—40公里的陆上距离，桃园坡地与滇池水平面也有十余米落差，然而让人惊叹的是，在遥远的古代，这里却是滇池唯一的河道出水口。

我由此想起不久前踏勘寻访呈贡龙潭山遗址的情形。龙潭山遗址，有旧石器时代"昆明人"生活劳作留下的种种遗迹遗物：火塘余烬、粗糙简单的石器骨器……该遗址距今约三万年。最早生活在龙潭山遗址周围的这些古人类，是滇池区域最早的原始先民，被命名为"昆明人"。他们穴居于山洞或石崖，已经会使用天然石块打制的工具，以狩猎捕鱼、采择野果来果腹，以兽皮或枯叶来御寒蔽体。从他们的居所龙潭山出发，向南向北，有一道年代久远、天然的环湖老埂，我猜想，或许这就是"昆明人"时代滇池的湖岸线。如果按照这道老埂形成的湖岸线环滇一周，滇池的广度和深度，就远非今日之滇池可比。

真是沧海桑田，让人感慨唏嘘！

我想起了滇池得名的种种史籍和传说——

滇，云南省简称，源自古滇国名；古滇王国的得名，则因其建于滇池湖畔。

滇池是古人命名的一个杰作。偌大一片水域，被称之为池，令后人常常感到费解。因为他们觉得，池塘、水池、池子，这些比较小的水域，才叫池。其实这是误解。池，是湖的一种称谓，古已有之。中国高原之上的湖泊多称为池，著名的就有新疆天山天池、吉林长白山天池、青海孟达天池以及浙江天目山天池等等。我国湖泊众多，分布广泛，而且分布地区民族各异，故对湖泊的称呼就有：湖、泊、池、泽、海、荡、淀、淖、洼、潭、浣、漾、泡、错、汛、海子、库勒等多达数十种。滇池古名滇池泽、滇南泽，别称昆池、滇海、昆阳海，又名昆明湖，俗称昆明海子。史载最早的滇池，是由两个湖组成。据《汉书·地理志》记载，古滇国时代，滇池分大泽和滇池泽两个湖泊，"大泽在西，滇池泽在西北"，两泽之水约在魏晋时期才渐渐合为一水，并保留了滇池之名。

比"池"这个字眼儿更让后人费解的，其实是"滇"这个字。

何以为滇？何以叫滇池？

滇池之名，历史上有种种说法。

一是地形说。根据滇池所处地理形势，《华阳国志》考，"有泽水周回二百里，所出深广，下流浅狭，如倒流，故曰滇池。"意思是滇池上深下浅，有如江河倒流，取其颠倒之意，故名"滇池（颠倒之湖）"。

二是音义说。对"滇"字的循音考义。《滇池及滇县考》说，"西汉武帝前滇池县本作颠（巅）县"，"巅与顶为一声之转，巅与顶又是同声同义，滇池也为巅池，即山巅高顶之地"。认为"滇，颠也〔按：颠（巅）即顶〕，言最高之顶。"滇池东西南北四面皆山，正如孙髯翁所言，滇池四围群山，东如神马奔腾，西似凤凰展翅，南像白鹤翱翔，北若长蛇蜿蜒，滇池所处位置本来就是顶、巅之高原，故名。

三是方言说。最早在滇池四周定居的土著多半是彝族，滇池之名，根据彝族语言来推断，认为"滇"是彝语die（甸）的变音，即大坝子。最早在滇池东岸今呈贡居住的彝人，就把呈贡叫"柴谷""扯谷"，彝语的意思是适合居住的鱼米之地。因滇池沿岸土地平旷肥沃，是云南最大坝子之一，故而得名。民间版本中，说西汉使节来到滇池边，问询当地土人这是哪里？彝族土人回答的是彝语，汉使不明其意，只好记音，这个音就是"滇"的发音。于是滇池在汉朝典籍中得名。

四是民族说。司马迁《史记·西南夷列传》记载："使将军庄蹻循江上，略巴、蜀、黔中以西……蹻至滇池，地方三百里，旁平地，肥饶数千里，以兵威定属楚。欲归报，会秦击夺楚巴、黔中郡，道塞不通，因还，以其众王滇，变服，从其俗，以长之"。司马迁认为：滇，是古代在这一地区最大部落的名称，楚将庄蹻入滇后，还变服，从其俗，称滇王。因此，就是先有滇部落，后有滇池之名，池因族称，名从主人。

众说纷纭，莫衷一是。我比较认可地形说：滇者，颠倒也。我曾经在一篇文章里猜想，滇池之所以是"颠倒之湖"，就因为它是高原上倒扣过来的一个大湖。也就是说，滇池的命名者，是先爬上西山之巅，从山顶向下瞭望，才得出这个结论。果真如此，只能说明命名的古人很有些想象力，因为"倒扣过来的湖泊"这个结论不是看出来的，而是想象出来的。想象，在目力和手段有限的古代，是古人日常生活的基本内容之一。想象所占成分越多，生活就越浪漫。那些逐水而居的古滇人，渴饮池水，饿捉鱼虾，向火而歌，踏歌而舞，守着一个清澈丰饶的大池，哼唱着咿咿呀呀的歌谣，编织着神神鬼鬼的故事，何等优哉游哉！

我把前人关于滇字的各种解释说给一个朋友听。朋友白了我一眼：用得着这么复杂吗？洞明世事，化繁为简，一言以蔽之：滇，真水也！朋友喜欢拆字，他这一拆，还真简单明了——滇池，不就是高原上的真水吗？所谓真水无香，是为至香。在古人命名的时代，滇池之水，肯定是纯粹、纯洁、纯美无比。说它是一池真水，实至名归。

按照这个拆字理论，昆明，就变成了"比日月还要明亮"的地方，意思甚好！

最早的栖息者

博尔赫斯说："回首往事，能使祖先复活。"

顺着滇池那道依稀的天然老埂，我想穿越时空，寻访滇池畔最早的栖息者——你们，是谁？来自哪里？

我一下子想起，很久以前，李安民博士对我做过关于滇池流域人口变迁的如下简述：

他说，人与水的距离，其实是在小心试探中慢慢走近的。远古洪荒时代，水在人眼里，是洪水猛兽——而且是把洪水看得比猛兽还要恐怖，所以，词序排列，洪水在猛兽之前，是不无道理的。

我眼前顿时幻化出一组动感画面：古人从最早居住的山顶，对难解近渴的远水不断张望，在又爱又怕中度过了漫长的岁月，终于禁不住焦渴的生命需求，战战兢兢地从山顶迁徙到半山，再从半山逐渐下迁……

安民先生并不理会我的联翩浮想，他以一贯的谨严继续着学者的叙说：

旧石器时代的龙潭山"昆明人"遗址，距离当时的滇池，垂直高度大约还有三二十米吧？这个高度相对是安全的，但是就生活的日常起居而言，还是有诸多不便的。因为古人不仅需要饮水，还需要水里的食物果腹——以前靠石头和木棍袭击野兽的方式维生既辛苦又危险，哪里有从水里捞取螺蛳贝壳这些蛋白质美味那么便当？于是我们可以在滇池周边看到无数"贝丘遗址"——这是继"昆明人"之后，滇池人口进入新石器时代的最充分的物证。物质条件的改善促进了人口繁衍和交流，新石器时代人们已经形成族系或族群，在滇池流域活动的有氐羌、百越、百濮三个主要族群的先民。往下发展，到了青铜时代，史载，滇池流域人口有"靡莫之属"的滇人以及昆明人、叟人等。据考证，其中最大的分支滇人来自氐羌或百濮之后，他们在滇池湖岸，已经开始了最早的农耕和畜牧生产，迁徙动荡的日子逐渐过渡到与时光厮守的岁月静好。从后来发掘的新石器时代遗址可以看出，族群的聚居区最集中点，主要在滇池南岸的晋宁和东岸的呈贡一带——由此可知，当时这里已经成为人们重要的活动中心区之一。

任职于昆明市文化和旅游局的"文官"李安民博士，早年毕业于四川大学考古专业。我向他追溯起最早在滇池流域逐水草而居的部族，他们的先祖是谁？他的答复条分缕析，简洁流畅。

在遥不可及的年代，滇人和昆明人、叟人等，相安无事地栖居在滇池周围，这里依山傍水，湖的四周有大小数十座山峰，有绵延的林莽和飞禽走兽，而山环水抱天光云影的滇池，烟波浩渺，一碧万顷，不仅是一幅美丽的天然画卷，更是可以拾贝捡螺捕鱼捞虾的肥美之地。在青山绿水交相辉映的远古，这里的一切，都如湖光山色，安逸静美；恰似高天流云，舒缓恬淡。

一彪人马的闯入，搅动了高原一池春水——大约在公元前298年至公元前263年之间，楚国将领庄蹻，率领一支队伍突然抵达滇池地区。庄蹻是领楚国国君之命而来，为了征服当地土人归附楚国，扩大楚国势力和版图，他奉命率领楚国大军，溯沅江而上，由湘西进入贵州且兰，在那一带先灭了自命不凡妄自尊大的夜郎，然后沿着马蹄踏出的滇黔路，挥师南下，进入云南，铁骑到处，所向披靡，庄蹻很快征服了处于原始社会末期的以"滇"为首的"靡莫之属"各部族，统一了滇池地区。

世间的事，猜得到开头，却很难预测到结尾。楚将庄蹻庆祝战功的余音未了，就发生了让庄蹻将军大跌眼镜的事情——正当他准备回楚国报功领赏之时，善于偷袭的秦国军队却抄了他的后路，顺势攻占了空虚的巴、黔等地，庄蹻要想回到楚国，关山重重，道阻且长。扼腕叹息之余，庄蹻只好折转身子，另起炉灶，率部在滇地"变服从其俗"，守着这块"地方三百里，旁平地，肥饶数千里"的好山好水，住了下来。毕竟庄蹻是身经百战见多识广之人，他先是"以其众王滇"，然后是"变服从其俗"，再然后，"长之"。即是说，庄蹻以强势而"王滇"，又以心计而"从俗"，刚柔相济，勇谋得兼，自然就成了"靡莫之属"拥戴的众人之长。

惜墨如金的司马迁仅用八个字，就写完了庄蹻这段波澜起伏的心路历程。

从此，庄蹻成为史料中明确记载的一代滇王。

古滇王国都城遗址究竟在哪里？一直众说纷纭。

从晋宁石寨山，到江川李家山，再到澄江金莲山，还有呈贡天子庙……各地都在依据当地发掘的墓葬群落分析寻找古滇王国都城遗址的种种可能。比较可信的还是晋宁河泊所到晋城一带的遗迹。古滇国中心区应该就在晋宁这一片湖湾之间。因为这里是当时滇池边条件最优越的湖畔，宜于渔猎，便于农耕。选此为都，安邦利民，得天独厚，天造地设。古滇王国在此筑基，一直影响了后世若干朝代，照此沿袭下来。晋宁这一片湖湾，曾经人口稠密，市井繁荣，各种需求因此激增。于是这里也成了滇池周边最早兴修水利，开垦农田的湖岸地区。《后汉书·西南夷列传》载，西汉末益州太守文齐，"造起陂池，开通灌溉，垦田二千余顷"。这是晋宁湾最早连片成陆的信号。此后晋宁湾水域就逐渐缩小，变成平原沃野，史称晋平川。《蛮书》载："晋平川幅员数百里，西爨王墓，累累相望。"说的正是这里。这也透露出人类借助王权向滇池要田、人进水退的最早信息。

古滇王国是奴隶制帝国，它偏安西南，淡出中原朝廷视野之外，很长时间处于自生自灭的状态，鲜为人知也就不足为怪。它的勃兴与消失，一直成谜，留下了许多让人无法考证的猜想悬念。我曾经见到一部考证古滇王国失踪之谜的专书，其中说到云南新平哀牢大山里的"花腰傣"，认为其黑色打底、银饰镶嵌的华丽服饰正是出自"古滇国王族后裔"。不能求真亦无法证伪，一家之说，且姑妄言之。皆因为古滇王国早已湮没于历史尘埃之中，各种神秘离奇之说泛起，也就不足为怪。

古滇建国于滇池之滨许多年后，汉武大帝从出使西域的张骞那里得知了滇池和强盛的"西南夷"，艳羡其土肥水美，决心征伐。但闻"西南夷"都是"浪里白条"，熟知水性，而中原士兵不识水战，于是在长安仿滇池开凿人工湖，曰"昆明湖"，专门用于训练水师作战。至公元前109年，大军临滇，滇人臣服。史载：汉武帝恩威并施，在滇池区域设益州郡，封其统治者为"滇王"，并赐"滇王之印"金印一枚。1956年11月，云南考古队在晋宁上蒜镇石寨山古墓群发掘出该枚金印，出土文物与历史文献叠印在一起，稳稳地印证了古滇王国的存在绝非虚妄之说。而昆明湖——今天的人们只知道北京颐和园有"昆明湖"，却不知这是清朝乾隆皇帝因为景仰汉武大帝开疆拓土的气魄和功绩，故将北京的西湖更名为"昆明湖"，以表追怀纪念——这又是另一段与滇池相关的故事了，按下不表。

诸葛亮"七擒孟获"的故事，在云南家喻户晓。至今，傣族等少数民族的干栏式建筑，因为人字屋顶颇似孔明帽的前后帽檐，此类建筑最早的设计师就被认为是诸葛亮，故此，这些干栏式建筑又名"孔明帽"。野史传说，"孔明帽"是诸葛亮入滇"七擒孟获"之后的顺带赠礼——"七擒孟获"班师回蜀之际，半人半妖的诸葛亮摘下帽子，顺手一指，丘壑之间就有了与帽子相似的各种建筑供土人栖居，于是诸葛亮进一步收买人心，安稳滇地。"七擒孟获"故事发生的时间，大约在公元225年前后。彼时，丞相诸葛亮在天府之国成都，摇着鹅毛扇辅佐蜀汉王朝，日子原本也算得岁月静好。忽一日，探马来报：南中大姓孟获率众谋反！于是诸葛亮扔掉羽扇纶巾，亲率三路大军剑指云南，各路人马会合在滇池地区，然后猫玩老鼠一般"七擒""七纵"，直到孟获心悦诚服，还将爱子送予丞相带去成都，其实也就是做了人质，这场南征平叛才算歇息。是年之秋，渺渺滇池水波不兴，南中四郡复归静好，益州郡改为了建宁郡。

水城之变

对滇池变化和昆明发展产生影响的又一历史事件，当推南诏东扩。南诏立国于苍洱之间，偏则偏矣，却能够与大唐盛世分庭而治，割据一方。南诏王坐的虽然也是龙椅，毕竟椅子偏小，于是就打起扩大地盘的主意。公元763年（唐朝广德元年），南诏王阁罗凤东巡到达昆明地区，发现这里地域开阔，海子更宽，坝子更大，物产更丰，兴之所至，口占一诗："山川可以作藩屏，川陆可以养人民"。于是亲率其子凤伽异，撸起袖子说干就干，在昆明大兴土木，两年不到，就建起了颇具规模的拓东城。

阁罗凤在修建拓东城时，他心中藏有一幅"龙"的图画。因为拓东城建于滇池之滨，城北有长虫山，穿城有盘龙江，于是他决定以龙治水、以龙治龙、以龙制蛇：将整个拓东城筑成一个龙形，以制伏盘龙江的凶龙、长虫山这条巨蛇，镇住滇池里所有兴风作浪的水怪。这样的规划，同时还为昆明城市向西北扩展留下了足够空间，可谓一石数鸟。

立国于苍洱之间的南诏，从皮逻阁到阁罗凤以及后来的凤伽异父父子子孙孙南诏诸王，都受到中原文化的影响，对华夏民族龙的图腾极其崇拜，也自视为龙的传人。因此，在拓东城的建设格局上，就处处体现出他们对龙形文化的顶礼膜拜。如果将拓东城从空中俯瞰，可以看到，盘龙江边的得胜桥是龙头，龙身则是当时开阔气派的拓东路，龙的两个前爪分别是北边的尚义街和南边的塘子巷，两个后爪则是玉川巷和白塔巷。至于龙尾，则迤逦而至五里多附近。这个城市格局，对于盘龙江和滇池水患治理，起到了一定作用。

真正算得上与滇池交相辉映的历史人物，名叫赛典赤。

赛典赤的治滇事迹，即记载于史书，更存活于坊间。

直到今天，在昆明城市最中心位置近日楼附近，呈品字形立有三块牌坊：相向的两块，分别叫金马坊、碧鸡坊；居品字上端那一块，叫忠爱坊——这"忠爱"二字，正是为了旌表赛典赤主政云南六年，对朝廷忠、对百姓爱，特别是精心治水的丰功伟绩而立。

赛典赤德政无数，但他留存下来的最大政绩，却是治理滇池。他治理滇池可谓别开生面，即主要在滇池的一头一尾下功夫：头是筑坝修堤分水，尾是疏河开闸泄水。他到任伊始，就修筑了盘龙江上游的松华坝；与此同时，他开挖了滇池外海的海口河。这首尾两端，一堵一疏，可以说开创了滇池新格局；也可以说，开创了当时和未来昆明城市的大格局。后世评说赛典赤主滇时期治水之功，认为主要是在其上游筑坝分流；中游多开干流，挖深河床，加固河堤，修建闸门；下游疏通海口河，建分水闸门。抓两头，促中间，兴水利，减水患，尤其重视上游和下游。这一方法一直为明清两代所沿用，即主要是通过调节上游来水，疏通中游河道，降低滇池水位，防止汛期倒灌，减少周边水灾。此法沿用了几百年，具有很大的合理性。

对赛典赤的这些开创之功，也有后人站在未来的全知视角予以臧否，认为赛典赤是滇池最早围海造田的罪魁祸首。这完全是离开具体历史环境的虚妄之言，就像有人要扯着头发脱离地心引力一样滑稽可笑。须知，人类进化的历史，既是不断开拓身外物理世界的奋斗史，也是不断体识与世界和谐相处的纠偏史。人类中心主义在人类尚处于蒙昧弱势的早期社会，既是必然的，也是必要而合理的；到了人类发展极速裂变、凌驾于宇宙万物之上、主宰了所有物种命运的后期社会特别是当下，如果还一味地放纵自我中心，自恋而不纠偏，那么，失去自然荫庇也失去物种同行的人类，就必将变成孤家寡人，成为强大而了无生趣的一种独行怪胎。这是后话。

元代昆明发生的一场水城之变，可以说其变甚巨。变化的推动者，正是赛典赤。

在一部名为《滇池复苏》的图文书籍中，我看到一组滇池水面变化示意图。这组示意图是四联屏，分别标示了唐宋、明朝、清朝、现代的滇池水面变化。图示，唐宋时期，滇池水域面积为510.10平方公里，到明朝，滇池水域面积陡降为350平方公里，然后是清朝的320.30平方公里，现代的309.50平方公里。看这组图让我想起唐以前那段更为久远的历史，如果按照呈贡龙潭山遗址那道天然老埂计算，滇池水域肯定是开阔无边到无法想象的。那毕竟是距今三万年前无法考据的远古了。只说图示滇池面积落差最大的唐宋到明朝，这中间，正好空缺了一个元代。

那么，元代的滇池，发生了什么？

时光回溯到公元1253年，正是"元跨革囊"的那个时段——元世祖忽必烈率军进攻云南，不日攻克大理城。大理国王段兴智仓皇出逃到昆明。公元1254年，元军将领兀良合台率军攻克昆明，生擒段兴智。之后，元军铁骑一度横扫亚欧大陆，觊觎称霸世界。到公元1273年初夏，稳坐大都的忽必烈开始分封疆土，于是就有了平章政事赛典赤行省云南的任命，也即是云南有了中央朝廷正式任命的首任省长。赛典赤到任云南的次年，即公元1274年，他实地调研了盘龙江流入昆明平原的狭窄山口，借用有利地势筑坝蓄水，当时其坝被称为"囊钥"，这就是后来被称为松华坝的坝址所在位置，距今七八百年，其坝址从未移易。由此可见，赛典赤治水眼光之独到。

赛典赤赴滇任平章政事，时年63岁。放在今天，正好是退居二线的厅局级官员从闲职彻底告老还乡的岁数。但官居"正部"的赛老却不顾年事已高，当他发现当时"上有盘龙江淤塞，漫溢江堤；下有海库堵塞，池水上涨"的滇池患情，感到水患为昆明头等大事时，就亲赴各地，勘察水情，分析水患成因，考量治根之策。他将目光专注于盘龙江，这条穿城而过的入滇河流，从上游携沙带石，流经昆明坝子，水流渐缓，泥沙沉降，致河道淤积，水流不畅，加之年深日久，堤防毁坏，江失主槽，故一遇大雨就江水四溢。同时，滇池西北水源广深，往下南端逐渐浅狭，唯一的出水口海口又淤积严重，以致到了雨季滇池湖水满溢，形成倒灌，顶托盘龙江水不能下泄，致使洪水漫溢城乡而成灾。

决心彻底根治昆明水患的赛典赤，开始下一盘大棋：如果说松华筑坝分流是大棋的第一步，疏河泄水就是这局大棋至关重要的另一步，串连其间的则是治理盘龙江梗阻水患。

赛典赤在疏浚海口河道时打了一组漂亮的"组合拳"：一是在海口河道下游（今螳螂川）疏通河道，增大滇池出水量，使滇池水位下降，不但解除了滇池丰水期对盘龙江水的顶托作用，还使高峣、马街、黄土坡、大观楼、海埂、官渡一带大片土地涸出水面，得良田万顷，从此，这些地方开始有了村庄人烟。其二，接着赛典赤又大规模疏浚盘龙江、金汁河河床，加固堤岸，开挖水渠，将昆明东北部自由漫溢的"邵甸九十九泉"水引入盘龙江。其三，与之同时，在金汁河上建小闸10座，涵洞360个；在宝象河等"六河"间开挖12条分水河、72条暗沟，以形成水网，"轮序放水，自上润下"，既可分流洪水，又可灌溉农田。赛典赤这样"一石三鸟"的举动，为滇池流域的昆明百姓带来了巨大福音。

盘龙江上游设立了"以时启闭"的闸门，形成了后来松华坝水库的雏形。这样，既可抬高水位，分水金汁河；又可在汛期拦蓄洪水，减少下泄，所蓄之水还可确保旱季江水不枯。赛典赤治理盘龙江和滇池这些举措，从根子上解决了昆明建成多年悬而未决的问题。如果说南诏王阁罗凤赞昆明之诗"山川可以作藩屏，川陆可以养人民"还只是一个愿景，到了赛典赤任上，才真正成为现实——洪泄湖清，水退陆出，城池扩张，湖山如画。

赛典赤赴任云南之初，云南政治经济中心还设在滇西大理。忙于治水的赛典赤大多时间却在昆明忙乱，因此公干和起居也基本在昆明。到1276年，也即是赛典赤出任云南平章政事第三年，他终于奏准朝廷，把南诏统治时期所设的云南行政中心从大理迁至五华山下的昆明，从此，昆明正式成为了云南省省会。

三分建，七分管。建设出格局，管理出效益。古往今来，概莫能外。早在中统二年（1261年），赛典赤就拜为中书省平章政事，统理财政，曾兼理发行中统交钞。至元元年（1264年），他又出任陕西等处行中书省、四川等处行中书省平章政事，后并节制陕西五路四川行枢密院所有大小官属，有多岗位丰富历练的赛典赤，自然是行政管理的一把好手。出任云南设立行省的第一任行政长官后，他在治水与水利建设方面精准施策，一直注重严格的治水工程管理，在管理上要人给人，要钱给钱。须知，元代各级政府，吃皇粮的名额非常有限，即便如此，赛典赤仍然坚持"额立三百六十匹报马，三百六十名看水员"，"倘遇崩倒水浸，即时飞报上司，挑补修竣，不容怠缓"，"事有缓急，水务为先"。"报马"和"看水员"即720余名水务专管人员，他们分工明确，职司严谨，赏罚分明，可以说是一个钉子一个眼，用今天话说，就是倒逼问责，责任到岗，查岗到人。松华坝、盘龙江、滇池等系统工程，历时三年，直到至元十五年（1278年）才算基本完工。自此，盘龙江水患基本得到遏制，盘龙江畔聚集的都市人气，开始繁荣昌盛：勾栏瓦舍台阁，鳞次栉比；引车卖浆者流，熙熙攘攘。到明清两代，更是"千艘蚁聚于云津，百船蜂屯于城根；致川陆之万物，富昆明之众民"。

通畅了盘龙江，繁荣了昆明城。然而，赛典赤却因此积劳成疾，在治水工程完工后的第二年，便病逝于任上。赛典赤（1211—1279年），全名赛典赤·赡思丁·乌马儿，回族，出生于西域布哈拉（今属乌兹别克斯坦），父亲是个小部落首领。赛典赤在云南六年中，"兴滇之心，事滇之子"，兴利除弊，大胆改革，深得民众拥戴。赛典赤·赡思丁死于任上，昆明城万人空巷，自发送葬的百姓"号泣震野"。元世祖忽必烈闻讯后，"思赛典赤之功，诏云南省臣尽守赛典赤成规。"大德元年（1279年）追赠赛典赤为"上柱国、咸阳王"。流传后世的"咸阳王治滇"故事，即由此而来。与朝廷追封的各种名号相比，最值得称道的，还是立于昆明市中心那座为他而建、名为"忠爱"的牌坊——近八百年巍巍然不倒，被昆明百姓世代传颂铭记。

忠爱坊，是修砌在人心之上的丰碑。

赛典赤，堪称历代云南流官的典范。

远去的背影

在云南，元代到明代的最终交集，现场在滇池边，岁在辛酉，洪武十四年。若以公元来计时间，即1381年。是年八月，朱元璋为"拱卫云贵"，敕令"调北征南"，派遣傅友德大将军率军直入滇黔。以傅友德为统帅，蓝玉、沐英为副将的三十万铁骑旋即向云南出兵征讨。十二月，明军于白石江败元军，蓝玉、沐英攻入昆明，"洗马"翠湖。据守昆明梁王山的末代梁王眼看大势已去，率众跳滇池自杀（其殉难处后被命名为小梁王山），明军进驻并全面接管昆明。在战乱中，年仅11岁的郑和于晋宁昆阳城家中被明军"掳于马上",后遭阉割,在军中做秀童,若干年后,外表伟岸心智成熟并得朝廷赏识的郑和成为七下西洋的领袖,名震海内外,此是后话。

我的思绪,现在停留在一个地名:南京应天府柳树湾。

如今很多云南人,说到祖籍,就会提到这个地名:南京应天府柳树湾。他们生怕自己数典忘祖,喜欢挂在口头上说,祖上老家是在"应天府柳树湾石门坎",言之凿凿,只差具体到门牌号码。于是有好事者循着此名,找遍了偌大一座南京城,却不见"柳树湾"的踪影。

他们有所不知的是,在明代,南京确实有"柳树湾"这个地名。其具体位置在当年太医院的上方,东城兵马司的下方,位于明故宫的东南角——当年这里是皇城前的宫禁要地,也是明中央行政机关所在地,即今南京市蓝旗街、御道街一带,是繁华的闹市区。明洪武十四年(1381年),傅友德、蓝玉、沐英率军南征,柳树湾正是部队集结和出发之地。南征军在此集结并接受检阅后出发,故云南汉民"来自柳树湾"的说法由此而出。后来,云南各地汉族和部分白族、彝族等少数民族后裔,皆以"南京应天府柳树湾"认祖归宗,代代相传,也基本反映了明朝平定、镇守云南以及军屯滇田的历史。

但是"南京柳树湾",未必真是他们的祖籍。史载:戍滇官兵主要来自江西、浙江、湖广、河南四都司及沐英所率亲军。他们的真正祖籍,遍布于江苏、安徽、浙江、江西、湖南、湖北、河南、河北、山东、山西乃至陕西、四川等广大地域。据考证,南京柳树湾既是平定云南入滇部队的集结出发地,也是这支部队设在南京的后勤兵站所在地。明军平定云南之后实行军屯,云南士兵与家乡联系的信函物资多由兵站中转,转来转去,真正的原籍已然模糊,几代之后,军屯士兵的后人就只知祖籍是"南京应天府柳树湾"了。

这里单说与滇池和昆明城池关系密切的云南都督沐英,此人乃朱元璋义子，镇守节制一方之后，颇有心计，他从江南延请著名堪舆大师汪湛海来到昆明，为其出谋划策，堪舆设计新的昆明城。汪湛海登高望远，探幽察微，对昆明地形地貌、山川湖泊进行一番精心考察之后，向沐都督念明起他的"山海经"，认为若在长虫山以南建造一座背山面水、形状似龟的龟城，必将造福百姓。为什么昆明城一定要建造成外形似龟的龟城呢？"缩头乌龟"不是一句骂人的话吗？且慢！在汪湛海所处的时代，堪舆（其实就是风水）理论普遍认为：龟蛇相交，必有好运。正所谓"风樯动龟蛇静起宏图"，故古代城池多有龟蛇纠缠的建筑格局。在汪湛海看来，长虫山是昆明面北主山，长虫即蛇，而此蛇为雄性，有雄必有雌与之相配，方可阴阳平衡。故昆明城必须建造成一座龟城，龟蛇相交，百业才能兴旺发达，百姓才能生生不息，百官方能居正守成。于是，汪湛海设计的昆明砖城，外形上极像一只神龟。龟城有六座城门，南门龟头，北门龟尾，大东门、小东门、大西门、小西门是神龟壮硕的四脚。此神龟乃灵龟，它尾掉而足动，取灵龟掉尾之意。昆明神龟的龟头俯瞰滇池，龟尾纠缠着长虫山，盘龙江则像神龟脊柱，由北向南，牵一发而动全身，联通了从松华坝到昆明城再到滇池的山海城池，整个昆明也就随之生动起来。面对自己的得意之作，余兴未尽的汪湛海突发奇想，命工匠勒石为证："五百年后看，云贵胜江南。"这句谶语，附着于一只形端体正、惟妙惟肖的神龟背上，埋藏在昆明南城门下。这沉寂于地底的十个大字，既是对主政昆滇官员的一种鼓舞，更是他们实现政绩的美好愿景和努力方向，一直被后来诸官心心念念，直到今天。

　　有一位生活在昆明的名诗人，外媒记者采访他时提出了一个比较刁钻的问题：假如可以选择，你希望生活在昆明的哪个朝代？

　　诗人几乎没有犹豫就说出了答案：明代。

　　为什么是明代？

　　诗人说，明代的昆明，城池与滇池，可能是最和谐、给人感觉最舒适的一个时期。

　　诗人给出的理由是：明以前，经常是水欺负人（洪涝灾害以及各种水患）；明以后，大多是人欺负水（污染湖水、阻隔湖岸以及填埋湖体等等）。

　　诗人说，可以想象，明代的滇池，何等的美轮美奂。这片蔚蓝的水域，走出了一个杰出人物：伟大的航海家郑和。当他面对蓝色的大海，不曾畏惧任何风浪险阻，他率领庞大船队，七出西洋，远达非洲，遍访三十多个国家和地区，比欧美的麦哲伦环球航行早了上百年。为什么他能？他之所以能够远洋大海，是因为他最早的出发地其实是滇池，他的人生，有滇池作底色，以滇池为初心，什么样的风浪扛不过来？

　　诗人说，另一个例子，是走进滇池的一位伟大的旅行家徐霞客。徐霞客自明崇祯十一年（1638年）五月初十进入云南，于1638年夏、冬先后两次在昆明及滇池地区停留达40余天。徐霞客当年夏游太华山，写下《游太华山记》游记名篇，记录了霞客于一天之内，登危崖、历绝壁、探深穴、行密林、上下穿梭、尽情畅游的感人情景。徐霞客乘船至高峣，拜谒杨太史祠后，游览华亭寺、太华寺、罗汉寺（今三清阁），赞誉太华寺的山茶，罗汉寺"梵宇仙宫，次第连缀"，"如蜂房燕窝"，壮观之极。徐霞客后沿千步崖下至山麓滇池畔，观金线泉，戏金线鲃，探大石洞，折返攀绝顶，游黑龙池，登美女峰。当年十月初，他结束滇东、滇南之行返昆后，旋即进行了一次滇池夜航并环滇池周游。船由南坝启航，途经观音山、白鱼口，至滇池东南的安江登岸，复登船南行达晋宁州（今晋城镇），徐霞客在此停留二十余日，得友人殷勤款待，尽兴游览了附近的风景名胜古土城、天女城、金沙寺等。之后徐霞客沿滇池湖岸畅游石将军、牛恋石至海口。明代滇池出水口的海口风光绝伦，螳螂川中"凫舫贾帆，鱼罾渡艇，出没波纹间，棹影跃浮岚，橹声摇半壁"，湖光山色桨声帆影，充满令徐霞客着迷的诗情画意。彝族村寨

"桃树万株，被陇连甃"，石城"层沓玲珑，幻化莫测，钟秀独异"。他顺螳螂川经石龙坝至安宁，得知碧玉温泉"天下第一汤"乃心仪之人杨升庵所命名，大赞道："余所见温泉，滇南最多，此水实为第一。"徐霞客行到水穷处，坐看云起时，在滇池山光水色间流连忘返，盖因为斯时斯地，实在是目不暇接、美不胜收。

诗人说，所以，也是明代，发配到云南的杨状元升庵泛舟滇海，得《滇海曲》十二首，其中曰："天气常如二三月，花枝不断四时春。"昆明春城之名亦由此而得。后来昆明打了个铺天盖地的广告：昆明天天是春天。其源有自，亦在于斯。

为什么昆明天天是春天？杨状元其实已经对答案有所揭示：昆明的春天跟滇海有关。滇池就是昆明天天是春天的最大调节器。杨状元生活的时代，当然还不知道空调的原理，但是诗人以他的睿智，得出了影响后世至远至深的一个结论：一个地方的气候，跟这个地方的水域面积直接有关。昆明的气候，就跟滇池这片水域有关。

诗人的一番宏论，让那记者脑袋如鸡啄米，顿时心悦诚服。

古今诗人，惺惺相惜，不足为怪。诗人赞誉明代昆明的人与水关系相对和谐，也不足为奇。但是如果因此就简化为诗人所谓明代的人水关系已达到彼此成全的化境，则其言谬矣。事实上，滇池与昆明，人水之争，人水之战，从来就没有停歇过，只是不同朝代、不同时期，其紧张强弱程度不同罢了。如果明代昆明治水已经一劳永逸，那么，清代重臣鄂尔泰云南治水的卓越功勋，又从何来？

鄂尔泰，清雍正年间以其"改土归流"与治理苗疆之功位极人臣。鄂尔泰的历史功过此处按下不表，只说他在云贵总督任上，主导过云南治水，尤以治理滇池功勋卓著，可圈可点。

鄂尔泰自雍正四年初至九年末（1726—1731年），任云贵总督六年。鄂尔泰初到云南时，"云南跬步皆山，田少地多，忧旱喜潦，且并无积蓄，不通舟车，因此，一遇乾愆阳，即顿成荒岁。"关于云南省情及滇池治理，鄂尔泰曾有过中肯评说，"窃以云南省会，向称山富水饶，而耕于山者不富，滨于水者不饶，则以水利之未进或进之而未尽其致，斯不能受山水之利，而徒增其害也。故筹水利，莫急于滇，而筹滇之水利，莫急于滇池之海口。其上流为昆明、呈贡、晋宁、昆阳四州县，下流为安宁、富民二州县。一水所经，为六州县所系。疏通则均受其利，奎遏则均受其害，故于滇最急。"后经鄂尔泰不懈努力，雍正年间，从滇池水患治理开始，云南一省九府二十多个州、县，扩建、改建、重建和新建的灌溉、防洪除涝、湖泊治理、河道航运等各类水利工程共计82项，占有清一代云南水利工程总数276项的30%。这其中大部分效益显著的工程，多得力于鄂尔泰。

在鄂尔泰看来，滇省水利，以云南府为最重；云南府水利，以昆明六河为最重。六河乃昆明及其周边地区的六条河流（古河道，分别为盘龙江、金汁河、银汁河、宝象河、马料河和海源河），皆汇入滇池。昆明六河所灌溉之地昆明坝子，"二里一村，三里一场，水田弥望，大似江南"，鄂尔泰对该地区进行了长期的水利建设，并向朝廷上《修浚海口六河疏》，介绍其成果和经验。与昆明六河同属于滇池水系的海口大河，也是滇省水利的一个重项。海口大河汇集多条支流而成，在海口融入滇池，"河低田高，本无灌溉之利，但沿海各县田亩每患海水漫溢，全赖此河浍泻"。如此众多的水利工程，无疑极大地促进了云南地区的农业生产。同时，河道航运的开发亦使云南及其周边省份的社会经济得到了全面一体的发展。他科学治水，不迷信，坚决排除地方阻挠治水的势力；他对水利重地与非水利重地并举施策及治水利民制度化建设，对今天都有重要的启示作用。

鄂尔泰素有治水经验，督滇之前就长期注重水利事业。雍正元年（1723年），鄂尔泰任江苏布政使，其时，便"视察太湖，拟疏下游吴淞、白茆"。雍正二年（1724年），鄂尔泰在江南（江苏）大兴水利，如"浏河、镇江、丹阳各路,无不修举"。未满两年,因离任远赴西南,便在江南留下了许多治水遗憾。直到雍正五年(1727年),远在云南的鄂尔泰还孜孜眷念江南的水利。当其时,西南少数民族地区的"改土归流"方兴未艾,战事依然紧迫之际,位居云贵总督的鄂尔泰还不忘向朝廷奏陈江南水利事务。此更说明其充分认识到水利对国家,尤其是中国这样的农业国家的重要性。

雍正九年(1731年),云贵总督鄂尔泰以"各路兴修水利,可为万世永赖之计,每年必须岁修,当保勿坏",而设水利专项资金。其岁修专款,取之于需要治水之地的百姓,大体以收取土地升价交易之税及盐税,而一般不加大普通百姓之税负摊派。并把资金交予清廉的官员来管理,按年报销,"造册存贮,以备永远兴修"。这样,水利资金每年皆可预算和监督,其来源与地方财政同为一体。

世间一切事物中,人是决定性因素。鄂尔泰也深谙其中道理。他为了滇省治水能够更加高效稳妥,向朝廷上奏,要求各级副官加水利衔。朝廷很快即同意鄂尔泰所奏之设置,"全省有水利地方之同知、通判、州同、州判、经历、吏目、县丞、典史等官,均加水利职衔"。此举虽没有专设水利官之职位,但以地方副职官员兼任各地最高水利行政长官的制度建设,大大提高了各地方官员对水利的重视程度,从而增强了地方官员的治水责任感和使命感,在人事方面为地方治水奠定了良好的基础,有力促进了云南少数民族地区的治水能力和农业生产力健康发展。与之同时的诗人阮元为此有诗赞曰:

> 水利村村足,天时日日凉。
> 滇池还杰阁,登眺满华阳。

鄂尔泰是一位政治家,也是雍正的知心大臣,常与雍正谈论用人之道,强调去庸重才,宁用有才而不肖,不用贤而无才之人。鄂尔泰强调用人要得当："政有缓急难易，人有强柔短长，用违其才，虽能者亦难以自效，虽贤者亦或致误公；用当其可，即中人亦可以有为，即小人亦每能济事。因才、因地、因事、因时，必官无弃人，斯政无废事。"又说："大事不可糊涂，小事不可不糊涂，若小事不糊涂，则大事必至糊涂也。""忠厚老诚而略无才具者，可信而不可用；聪明才智而动出范围者，可用而不可信。但能济事，俱属可用，虽小人亦当惜之，教之。但不能济事，俱属无用，即善人亦当移之。"

鄂尔泰是清代有名的能臣酷吏，他的经历和治水章法，颇像一个历史的隐喻。他先于江南为官，历练治水，率先在彼地任上推广类似于今天的"河长制"。后来管辖治理云南府，又"铁腕治滇"，把滇池治理作为重中之重，设立专项资金用于水利工程岁修，设置专员监督管理资金流向并予严格审计。在用人问题上坚持用能人不用庸人，宁可用有缺点的人才，不用看似完美的庸官，懂得抓大放小的为官之道。所有这些，都与后来云南的某些官宦场景和细节有着惊人的相似之处。有时历史真的就是一只螺蛳，所谓历史走向，就是顺着螺纹旋转爬行的一道轨迹，仅此而已。

在鄂尔泰之前，明末清初的昆明舞台上，还有两个明星级人物，他们的活动轨迹，也与滇池相关。且看一首诗：

鼎湖当日弃人间，破敌收京下玉关。
恸哭六军俱缟素，冲冠一怒为红颜！
红颜流落非吾恋，逆贼天亡自荒宴。
电扫黄巾定黑山，哭罢君亲再相见。
——吴梅村《圆圆曲》

"冲冠一怒为红颜"，前清诗人吴梅村这沉甸甸的名诗句，后世流传广泛。

在昆明，很多人对诗中故事至今耳熟能详。据说，是因为这个"红颜"女人改写了历史的走向，也有说此乃"女人是祸水"的典型案例之一，所以才有各种版本的影视剧对这个传奇题材予以无穷无尽的编排，也才有民间对这种故事特别的津津乐道。这里且不去演绎吴陈二人缠绵悱恻凄楚低回的爱情故事，也不去评说吴三桂曲里拐弯起起落落的是非功过，单说清初吴三桂进驻云南府之后，他与滇池和昆明的一段渊源。这段渊源，即便是昆明人，如今也鲜为人知。

如今顺着流往大观楼的河流逆流而上，就来到一个名叫篆塘的地方。篆塘，可不是一般的池塘。在吴三桂时代，这里曾经是千帆竞发百舸争流的水码头。据清代《创建重建大观楼碑记》记载："国朝以吴三桂为平西王镇滇，乃由近华浦东向会城（昆明）开挖一计长十里有奇曰运粮河，复于会城小西门外里许，开一塘曰篆塘，塘之前盖仓廒。粮船由滇海进运河直抵篆塘，粮米入仓，甚为便捷，由是迤西州县沿海一带官商客旅楫楫而来，帆帆而去，荟萃于篆塘，称巨津焉。"

楫楫而来，帆帆而去——何等壮观的场景！然而在吴三桂之前，昆明这样的场景却主要出现在南太桥至巡津街一带，那里才是当年昆明"楫楫而来，帆帆而去"的水码头集散地。"巡津夜渡"曾经是昆明八景之一，元明时代，热闹非凡。当时滇池水位还处于较高水平，昆明城西门外还是一片汪洋泽国。后经元、明两代多次建筑松华水闸，分流六河，疏通盘龙江和海口河，人为地节制了来源，又降低了水位，沿湖涸出大片田土，只在昆明西门外留下一条河道，用以行船运粮，这条人工运粮河就是今天新、老运粮河以及大观河的"原型"。

及至清初，吴三桂来到昆明，此时昆明大观河的河床已日益变浅，河面日益变窄，原来运粮功能逐渐萎缩。于是，这才有了吴三桂派人重新疏浚河道，开挖篆塘的举动。

为什么他要挖河呢？因为吴三桂戎马一生，深知"枪杆子里出政权"的道理，他镇守云贵，拥兵自重，养兵十万，这些军士天天必须保证吃粮才能有战斗力，人工运粮河的主要功能就是为了确保军粮的运输通达。为此，吴三桂调集民夫，征集徭役，在当时昆明人口不多、生活水平低下的情况下，吴三桂给昆明百姓加重了负担。但是一枚硬币有两面，开挖河道的另一个结果，却促成了昆明西门外篆塘一带的日趋繁盛，并逐渐取代了南门外的云津码头。

唯有时间才是制造沧海桑田的魔术大师。今天的巡津街和篆塘，都成为昆明人口最为稠密、商业价值最高的地段之一。几百年间，这里却发生过此消彼长的某种竞争。背后掩藏的秘密，却是为了谁能当上码头之王。

吴三桂开挖的篆塘位置在今大观街仓储里近旁，篆塘既通，就成了昆明抵达滇池最便捷的水道。当时昆明水路发达，许多处尚可行船，比如可以从五华山麓乘船直抵吴三桂的"新府"——吴氏"新府"大门开于洪化桥，桥下流淌的洗马河又贯通菜海子（今翠湖），注入小西门外，曲里拐弯又流进滇池。而菜海子的另一水路走向，则可直接通往当时昆明西郊城外的莲花池，这莲花池，就牵出了这里要说到的另一明星人物——陈圆圆。

"冲冠一怒为红颜"，说的是吴三桂因为红颜知己陈圆圆被率先攻入京城的李自成所劫，"大丈夫不能自保其室何生为！"狂怒结怨之后转投清兵，并打开了山海关大门，由此改写了明末清初这段原本乱麻般纠结的历史。这段历史的是耶非耶，这里姑且不予置评。只说吴三桂后来追随了清廷，直杀得李自成农民军仓皇鼠窜，陈圆圆自然也重归原主，再后来，功高盖主的吴三桂被打发到云南，做了山高皇帝远的平西王，从此陈圆圆一直紧随其左右。于是，此二人，与滇池相关的故事开始了。

缠绵悱恻的爱情故事都有套路，姑且按下不表。这里需要追问吴陈故事的一个奇怪之处：为什么当时到了昆明、且做了昆明最大"压寨夫人"的陈圆圆，却未入昆明城中央洪化桥的"吴府"，而是选择在城市西北荒郊的莲花池畔，深居简出？

有人说或许因为二人经历了太多战火纷飞和剧情翻转，陈圆圆早已经清心寡欲，宁可面壁思过。其实不然。一条隐秘水路的存在，揭示了吴三桂戎马倥偬间，依然与陈圆圆暗通款曲情意绵绵——菜海子（翠湖）连接着莲花池，当时几乎成了吴陈二人专用的情缘通道。顺着水道捋一捋：莲花池与菜海子，菜海子与洗马河，洗马河与篆塘河道，吴三桂、陈圆圆与滇池，一幕波澜起伏的剧情故事因此勾连起来。

然而故事的真相依然掩盖在各种传说版本之中。

传说之一，说是在经历了无数坎坷之后，陈圆圆经常"懒心无常"，因此她宁可选择莲花池这地老天荒之处，想起就起，想睡就睡，即便起了，也懒梳云鬟，心若枯井。万念俱灰的陈圆圆，就会叫上几个贴身丫鬟，乘一叶扁舟，从水路迤逦而往滇池湖畔，"过洗马河菜海子而无视"。小船系于某棵柳树下，在草海堤岸的某一处柳影下，陈圆圆随便找块石头一坐就是半日，看一穹碧水孤帆远影，想人世沉浮生死起落。

还是传说，某一天，她在滇池边，想起了自己被动地周旋于三个"皇帝"男人的一生：崇祯、李自成、吴三桂。呵，还有最早在秦淮河上相遇的那个风流文人冒辟疆。她真心喜欢过谁呢？她眼前晃荡的，只是当初卧榻之前一步三回头的那个伟将军——正是戎马一生敢爱敢恨的吴三桂！如今，你又在哪里呢？

据说这个能歌善舞百媚生的奇女子，那以后对一切都已看淡，人也变得沉默了。

再后来，陈圆圆隐入莲花池畔净修庵中为尼，法号寂静，日夜与青灯古经为伴，不再为凡尘世事烦心。直到康熙十七年（1678年）秋天，陈居士得到远征在外的吴三桂兵败并病死在湖广道衡阳的消息。据说，当日陈圆圆从容来到窗前，遥望秋水长天，双手合十，若有所思地说过一段话：

"三十多年的冤孽债算是了结了。"

随后，陈圆圆安详地跳进莲花池里，轻飘飘的身子入水，居然未起一丝波澜。

死后陈圆圆葬于池侧。直至清末，池畔留有石刻诗。诗曰：

前身合是采莲人，门前一片横塘水。

横塘双桨去如飞，何处豪家强载归？

此际岂知非薄命，此时只有泪沾衣。

明王朝灭了，"大顺"政权栽了，吴三桂走了，陈圆圆沉入了水底……历史的过眼云烟，稍纵即逝。篆塘尚在，大观河依然日夜流淌。从某种意义上说，吴三桂疏通河道，修建篆塘，为清代昆明城市和滇池水运发展，拓展了新的走向。在吴三桂治下，清初的滇池水运主要依靠木船，大约有近九百艘，运输货物多是粮食、砖瓦、木石、杂货等。因往来地点不同，这些民船又分出西山船、高峣船、西门船、土坝船、九甲船、灰湾船、昆阳船、晋宁船、海口船、呈贡船、杂船等十多种；行驶于昆明至昆阳、晋宁之间，每天一趟，俗称班船，其余大多数是小船，俗称帆船和小拔船，多用来跑短途，常往返于滇池草海和篆塘之间，每日络绎不绝。到清康熙时已有三条固定船线：东由南坝上船，历晏公庙、马村行六十余里至呈贡江尾村；行八十余里至石子河（海晏村）入原归化县（呈贡马金铺乡），行百余里至安江村入晋宁州。西路由西坝河上船，经草海行三十余里至高峣。南路由南坝上船，经灰湾（今晖湾）、观音山、白渔口至海口。各路船帮、渔民，因水运繁盛，生意奇好，开始拉帮结派，合作争斗，催生了滇池湖畔一个较为特殊的类似"水上吉卜赛"的从业群体。于是高原内陆的昆明也有了"船一代""船二代""船三代"……直到后来，还有相当数量的船帮后代，不愿意陆上定居，更不愿意土坷垃里刨食，宁可三天打鱼两天晒网，过着居无定所，食不果腹，水上栖身的日子。直到改革开放、土地承包、滇池禁渔，这些人还是习惯往昔自由自在风轻云淡的生活方式，结果，捕鱼受限，岸居无着，成为滇池海口片区一个有碍社会稳定的"老大难"问题，悬而未决很长时间呢。

就在吴三桂死去几年之后，昆明出了另一个与滇池密切相关的人物，此人名叫孙髯，字髯翁，坊间喜欢连读其名字，就叫孙髯翁。

传说这是一个更奇葩之人，出生时他脸上居然就自带胡须，因此被叫作髯翁。这当然属于神话，真实情况多半是脸上胎毛比较发达罢了。

孙髯，清康熙到乾隆年间人，祖籍陕西三原，其父任云南武官，便把孙髯带来了昆明。殊不知，日后孙髯翁差不多成了昆明特别是昆明滇池最著名的代言人。

孙髯翁是以他一百八十字大观楼长联来代言滇池的。

来看长联：

五百里滇池，奔来眼底，披襟岸帻，喜茫茫空阔无边。看：东骧神骏，西翥灵仪，北走蜿蜒，南翔缟素。高人韵士何妨选胜登临。趁蟹屿螺洲，梳裹就风鬟雾鬓；更苹天苇地，点缀些翠羽丹霞，莫辜负：四围香稻，万顷晴沙，九夏芙蓉，三春杨柳。

数千年往事，注到心头，把酒凌虚，叹滚滚英雄谁在？想：汉习楼船，唐标铁柱，宋挥玉斧，元跨革囊。伟烈丰功费尽移山心力。尽珠帘画栋，卷不及暮雨朝云；便断碣残碑，都付与苍烟落照。只赢得：几杵疏钟，半江渔火，两行秋雁，一枕清霜。

大观楼长联如何之好，赏析评说文字多如过江之鲫，这里无需赘言。可以肯定的是，直到孙髯翁时代，滇池还基本是从前那个滇池，他亲眼见到的，还是"五百里滇池奔来眼底"的壮阔景象。那些苹天苇地、翠羽丹霞，以及香稻晴沙、芙蓉杨柳，基本都是写实。孙髯翁不过是用了诗人笔法，提炼浓缩，妙笔修饰，口吐莲花，淡妆浓抹，把个滇池古的今的、远的近的、自然的人文的，尽收眼底，铺陈排比，一挥而就，遂成其天下第一长联，实至名归。据说，因为长联尽摹滇池景象，极言千年滇史，状物则物势流转，辞采灿烂，文气贯注；写意则意气驰骋，沉郁顿挫，一扫俗唱。在文禁森严的雍乾之际，髯翁长联一出，朝野振聋发聩，四方八面惊动，尤以昆明士民，竞抄殆遍，一时蔚然而成滇中盛事，三迤士农工商无不夸夸其谈，纷纷点赞，倒也装点出云岭大地文化一景。

一介布衣孙髯翁，不仅是以长联名扬天下的诗人，还是与滇池治水相关的传奇人物。孙髯年轻时，常常与一帮唱和的诗酒朋友到滇池草海冶游，玩遍曲水流觞的风雅。他发现滇池随着季节荣枯，旱季水位退得很低，雨季却洪水泛滥，倒灌农田，居住在低洼处的百姓更是水深火热，苦不堪言。放弃科举仕途的他志存高远，一心想通过向官府"谏言献策"借以出道。据后世收存的髯翁轶诗及"拟盘龙江水利图说"等散落篇什，零星记录有孙髯翁曾经借助酒兴游说朋友，希图邀约结伴，"踏访山河，厘清水路，消除民瘼，共襄盛举"。可惜他的诗酒朋友多是商贾之人，曲水流觞附庸风雅可以，解囊相助资赞盘缠也可以，但若要一起风餐露宿费时伤身去那些人迹罕至的险远之地"踏访"，却是"万万使不得"。无奈之下，孙髯只好独自一人，按照先易后难的盘算，"谋定而动"，他顺流而上，考察了流入滇池最大的河流盘龙江，并写成了长文"拟盘龙江水利图说"。其后一不做二不休，他又沿着海口河，螳螂川，入普渡河，独自溯流而上，考察了金沙江上游水域，然后画出草图，写下文字，提出了震惊四座的"引金济滇"宏大设想。这可能是有史以来关于滇池外流域补水特别是引金沙江补水的最早构想。为什么当时孙髯翁就有此构想而且诉诸文字了呢？须知当时的滇池，并无污染之虑；昆明的人口，还在一个很小的基数。如果说那时也有人水之争，那么主要矛盾还是水欺负人（即各种洪涝灾害频发）。为何他就有此远虑甚至前瞻了呢？这是我百思不得其解的一个问题。

孙髯翁故去之后，所有昆明读书人都诵读甚至倒背大观楼长联并引以为豪。但是人们只看到孙髯书写长联那份汪洋恣意纵情笔端的豪迈潇洒，他曾经布衣芒鞋风餐露宿，以双脚实地踏勘江湖河山那份艰难险阻万苦不辞的精神，却鲜为人知。其实孙髯"引金济滇"不是空穴来风，他的大观楼长联也不只是诗人天马行空的幻想，而是他怀抱理想，心忧民生，满腔热情，一步步用脚步丈量，有根有据地提出来的；一笔笔用文字记录，有来历有出处苦吟所得的。"长联犹在壁，巨笔信如椽。"然而孙髯翁"引金济滇"的念想，直到今天也还未能实现，却在很长时间一直作为滇池外流域补水重要备选方案，多次列入议事日程被反复论证。可以欣慰的是，就在本书写作之际，治理滇池及滇中水荒的外流域引水终于启动了"引金济滇"的按钮，源自丽江石鼓，经大理、楚雄、昆明、玉溪直到红河的滇中引水工程已经全面开工，从根本上解决滇池自净化能力有限、补水不足的宏大手笔，已经饱蘸墨汁，挥毫开篇。生命衰弱垂垂老矣的滇池，终于将得以丽质永续、青春长驻。这里，且先给长眠滇南的髯翁捎个喜信儿吧。

孙髯弃绝科举，一世潦倒，以梅花自比高洁清雅，每有诗文，必在其上留下自己最钟爱的"万树梅花一布衣"印章。孙髯晚年贫困落魄，寄居昆明圆通寺后的咒蛟台上，自号"蛟台老人"，洞穴为居，卜卦为生，三餐难继，生计潦倒。后投靠子女，终老于有福地之称的红河弥勒。生前孙髯翁曾自撰墓联：

这回来得忙，名心利心，毕竟胡涂到底；
此番去正好，诗债酒债，何曾亏负着谁？

其中辛酸，让人不由想起当代话剧《茶馆》中主角王利发等三个老人撒着纸钱"活人自悼"的悲惨一幕。

髯翁自撰墓联于上世纪八十年代重修先生之墓时，终于得以刊刻其碑上。

孙髯所处的时代，被后世称作康乾盛世。但盛世和盛宴都是别人的，与一介布衣、寒士孙髯无关。活着，孙髯只是在贫困潦倒中度日，但他没有相忘青年时期治理滇池的理想抱负，他把这些理想抱负化为大观楼长联的愿景，寄望于后人"莫辜负：四围香稻，万顷晴沙，九夏芙蓉，三春杨柳"。布衣诗人留下的这阕滇池绝唱，确实被后世之人牢记于心且反复背诵吟唱。1962年，当时的总理周恩来和外长陈毅为中缅勘界访缅归来途经昆明，还顺便去了大观楼并观览了长联和滇池。回京后，总理和外长向毛泽东主席述职汇报完毕，毛泽东问陈毅，去了昆明，可知昆明有"天下第一长联"？不等陈毅回答，毛泽东就用湖南话吟诵起大观楼长联，一气呵成，居然不打一个咯噔。这让陈毅两眼和嘴巴因惊讶而张得溜圆，一张圆脸上凸显出三个大大的"句号"。"看把我们的诗人外长惊得目瞪口呆了！"——在一旁的周恩来举杯茅台，以这个成语作结，引来三人哈哈大笑。

第二章

黄钟瓦釜

"东方日内瓦"

写景绘图，将自然景观提升为诗文画图，从而为地方命名平添风雅，这是中国古代文人的拿手好戏。唐宋时期，这种题名已经格式化为"四字景目"并衍化至今。滇池以及昆明，也依样画葫芦，被当时文人雅士题诗题名的景观文化，随处可见。比如元代诗人王昇作《滇池赋》："览黔南之胜概，指八景之陈踪"；"碧鸡峭拔而岌嶪，金马逶迤而玲珑；玉案峨峨而耸翠，商山隐隐而攒穹。五华钟造化之秀，三市当间阎之冲；双塔挺擎天之势，一桥横贯日之虹。千艘蚁聚于云津，万船风屯于城垠。"王昇在赋里所赞美的金马碧鸡、玉案商山、东西寺塔、云津夜渡等，被后人称为"昆明元八景"。这八景的源头，都与当时的滇池有关。

明洪武年间谪居昆明的日本僧人机先在《滇阳六景》里，描绘了他眼中的昆明六景，分别是：滇池夜月、金马朝辉、碧鸡秋色、玉案晴岚、龙池跃金、螺峰拥翠。

清代昆明八景是：滇池夜月、云津夜市、螺峰叠翠、商山樵唱、龙泉古梅、官渡渔灯、坝桥烟柳、蚩山倒影（清咸同年间张士廉作昆明"八景"画并配当时文人诗）。这八景中昆明山水已扩大到官渡，说明还在不断的水退人进，昆明城区亦已大大拓展。

此外，民间相传的"四字景目"还有"五华鹰绕""金碧交辉""云津竞渡""鱼吞蜃楼""双塔倒影""翠堤春晓"等等。

较之于"四字景目"的故弄玄虚和牵强附会，我更喜欢民国时期学者文人描绘滇池场景的那些自然率性的文字表达。十多年前，我在编选《昆明的眼睛》一书时，搜寻来抗战时期旅居昆明的西南联大诸君的大量著述，从中看到很多与滇池有关的文字。那些饱受离乱之苦的教授，几经迁徙，来到昆明，"中国之大，终于找到安放一张书桌的位置。"教书读书写书之余，教授和学子们抓住一切机会去亲近自然，遍访民俗，而昆明最生动典型的自然风物就是滇池了。

当时在陪都重庆担任抗战文协负责人职务的作家老舍曾短期访昆，他在《滇行短记》里写道："在城市附近，有这么一片水，真使人狂喜。湖上可以划船，还有鲜鱼吃。在湖边看水，天上白云，远处青山，眼前是一湖秋水，使人连诗也懒得作了。"吃了鲜鱼看了秋水的老舍，当然不会忘记去大观楼一睹天下第一长联风采。然而到了楼前，真正令他着迷的却是滇池那水光潋滟变幻莫测的风景："大观楼前，稻穗黄，芦花已白，田坝边偶尔还有几穗凤眼兰。远处，万顷碧波，缓动着风帆……"

朱自清喜欢把写作课堂搬到户外，这是之前文法学院还在蒙自栖身时他就养成的习惯。到了昆明，他更喜欢这样上课，而且有时候他会把学生带到滇池边。他说，这样上课的环境，"海天一色，苍苍茫茫，烟霞变幻，气象万千，精神为之一振。"

不管置身何处总能"吸睛"的林徽因，当她在长沙惊魂之后与一家人来到昆明，她很快就迷恋上了这里，这里空气里弥漫的栀子花、桂花的芬芳，这里烟波浩渺的滇池雾霭，以及这里夏季变幻莫测的气象，都引来她简约素雅的文字点赞："昆明永远那样美，不论是晴天还是下雨，我窗外的景色在雷雨前后显得特别动人。在雨中，房间里有一种难以言状的浪漫氛围——天空和大地突然一起暗了下来，一个人在一个外面有个寂静的大花园的冷清的屋子里。这是这个人一生也忘不了的。"

西南联大写作讲席沈从文在《昆明的云》里，说是"见过云南的云，便觉天下无云。"然后他一面赞美滇池的风景，一面还不忘抒家国的情怀。他写道："在黄昏前后，到城郊外一个小丘上去，或坐船在滇池中，看到这种云彩时，低下头来一定会轻轻地叹一口气。具体一点将发生'大好河山'感想，抽象一点将发生'逝者如斯'感想……它启示我们要有崇高的情感，去追求美丽而伟大的目标，不要甘心堕落，在国家危难时，更要挺直腰板，抗战到底。"一池安静的湖水，是如何激发起沈先生这样高昂的斗志的，今天的读者已经很难真切体会到了。但沈从文确实是一个心思缜密又目光如炬的作家，他多去了几次滇池，就有了他自己的新发现："昆明四时如春，滇池边山树又极可观，若由外人建设经营，二十年后恐将成为第二个日内瓦。与青岛比较，尚觉高过一筹。将来若滇缅车通，滇川车通，国际国内旅客，久住暂居，当视为东方一理想地方。"这可能是最早将昆明比附为"东方日内瓦"的文字了。沈从文所言的"二十年后"，昆明还是昆明，并未有变成"东方日内瓦"的丝毫迹象。

倒是差不多在沈先生这篇文章发表六十年后，当时主政昆明的官员出访友城瑞士苏黎世后顺访日内瓦，他突发兴致，下到河中畅游，然后触景生情，想到了与沈先生如出一辙的方略，然后提出了石破天惊的昆明城市未来建设目标：围绕"一湖四环、一湖四片"，将昆明建设成"东方日内瓦"。据当时在场的翻译官汪浩先生回忆，这位官员其实已经在此考察了数日，每每看到绕城的碧水，环路的绿树，水在城中，城在水中，就令他感慨万千，心心念念。"他只看到了那里美轮美奂的湖光山色，忘记了完全不同的人口承载和城水关系。"多年之后，已经回国任职的汪翻译官向我回忆起来还感慨不已。

"东方日内瓦"确实是诱人的。目标既已提出，于是，滇池和昆明，原本只是在水域和市域上南北交集的格局，将由此改写。在这个崭新的城市愿景图中，昆明将围绕滇池团团转，草海将成为昆明城市的中心客厅，整个滇池则彻底成为城中的湖泊了。湖在城中，城绕湖行，湖光山色，交相辉映……这好不好呢？想一想都觉得好。但是据说当时有更高职级的官员看出了其中的破绽：设若城市真的铁桶般将滇池箍起来，这个自净化功能本来就弱的浅水湖泊，或许将因此窒息，其命运恐怕就更加堪忧了。没有多久，"东方日内瓦"的口号就淡出了公众视线，环滇池的公路却快速修建起来了。环湖东路、环湖南路、高海高速（西），加上滇池北面与主城接壤，原本就有多条环湖道路，环滇路网很快形成闭合，其中一些段落，比如跨海飞起的晋宁环湖南路部分区间，车驰其上，恍如飞虹，若即若离，如梦如幻，格外优美，堪称经典。

当然不好跟沈从文笔下的青岛比，也不好跟日内瓦比。

她就属于滇池的美、昆明的美、云南的美，好吧？

朱自清、闻一多、李广田、林徽因……西南联大时期客居昆明的所有文人学者，都喜欢到滇池边上来，都写下过他们眼里的滇池。巴金到昆明来，是为了谈恋爱，当时的他，正在猛追联大女学生萧珊。巴金住联大附近的文化巷，口讷的巴金经常约萧珊去滇池，于是有了写滇池的片段文字。巴金说，看湖比说话轻松，看湖让人心情好，心情好了，萧珊妹妹就好了，爱情就好了。果然，水到渠成，萧珊后来就成了"巴太"，直到"巴太"去世于动乱年代，复出的巴金还写下内敛而动情的名篇《怀念萧珊》，让人读了泪目。

当时还是联大学生的汪曾祺，生性喜欢到处转悠，但穷学生口袋里银子有限，行走的范围就跟着受限。他在《七载云烟》中写到滇池，看上去比较可怜巴巴："昆明以外，最远只到过呈贡，还有滇池边一片沙滩极美、柳树浓密的叫做斗南的地方……"汪曾祺笔下的呈贡，这个贴着滇池生长的农业小县，当时物产最丰的就是大白菜。因为它距离昆明城市较近，地势平坦，湖岸线长，就多次出现在了联大教授的笔下。文学家写呈贡是常态，就连社会学家费孝通也写到了呈贡，因为他把自己主持的社会学研究基地前移到呈贡古城一个叫作"魁阁"的楼阁里，一住六年，他和他的弟子在这里做了大量真正的田野考察，费孝通的社会学成名之作《云南三村》亦杀青于此。这座三层楼阁，也就成为中国社会学研究的起锚之地和象征之物，被社会学界命名为"魁阁精神"，为后学铭记弘扬至今。话说当年久居魁阁的费孝通，有一天心情颇好，登上三楼，极目放眼，口占一诗："远望滇池一片水，水明山秀是呈贡。"这句大白话，如今成为呈贡形象的代言诗，其后半句被书家一顿狂草，镌刻在滇池环湖东路官渡与呈贡交界处一块巨型石碑上，很醒目呢。

女作家冰心在滇池边居住的时间更长一些，她留下的文字也更多一些。她的先生、社会学教授吴文藻，跟费孝通是同事，工作于魁阁，冰心就将家搬到距离魁阁不远、且可以远眺滇池的呈贡三台山上。他们的住处，其实是借用了当地华氏家族守护祖墓的一处墓庐，冰心一字改之，称其为"默庐"，以诗意的方式为自己壮胆，并在文字里有些痴迷地恋上了这个与坟茔比邻的新住所。她在《默庐试笔》里说，"呈贡山居的环境，实在比北平山郊的环境还静、还美……回溯平生郊外的住宅，无论长居短住，恐怕是默庐最惬心意。""我的寓所，后窗朝西，书案便设在窗下，只在窗下，呈贡八景，已可见其三，北望是'凤岭松峦'，前望是'海潮夕照'，南望是'渔浦星灯'。"

"天是蔚蓝的，山是碧青的，湖是湛绿的，花是绯红的。"冰心看着默庐窗外，这样喃喃自语。

不仅仅是冰心，民国教授和文人们笔下的滇池湖景，心境和文字大都与湖水一样澄澈。这可能与当时的昆明基本没有像样的工业，环湖农业也基本是天然耕种有关。虽然当时由于前方战事吃紧，昆明成了后方，南迁而来的机关学校各色人等蜂拥而至这座弹丸小城，昆明人口达到四五十万，比原来的常住人口几乎翻了一番，但上千平方公里的滇池流域土地，足以承载这样的人口基数。抗战时期的昆明，穿城而过的三十多条入滇河流依然清澈见底，包围城市的广袤农田依然花红叶绿，而那个慢节奏的农耕小城昆明，依然在充当司晨的警察敲门声中缓缓打开一间间店铺，又在黄昏袅袅炊烟中悠然关闭一处处城门。城外那个景色绝美的大湖，除了偶尔因为中日空战有一两架飞机坠入其中激起涟漪，其余时候，基本是静水深流，波澜不惊。

农耕时代，滇池的澄澈，才是常态。

围海造田

后来的滇池不再澄澈，有人归因于主要是"围海造田"。

被人们广为质疑的滇池"围海造田"，主要是指发生在1970年代的那一次。那一次围海造田，因为规模最大、投入人力物力最巨，宣传效应最轰动，产生的后果也最为严重，因此被人们牢牢记住。

其实还有一个很重要的原因：那一次围海造田，距今时间最近，参与其中的劳动者，从当时的青少年变成了如今的中老年。假设当年参与者平均年龄是20岁，50年后的今天，他们的年龄均值就是70岁。事实上当初很多人还是初中生甚至小学生，年龄也就十多岁，如今刚到了退休之年，人虽然老了，记忆却不会老。特别是到了今天，社会倡导的主流价值观念变化了，"绿水青山就是金山银山"了，这些人，想起当年的冲动鲁莽，想起自己亲自参与其间的对"母亲湖"的伤害，就悔愧不已，羞愤难当，转而化为对当年"围海造田"指挥者的声讨谴责，声浪一声比一声大，一浪比一浪高，唯此，方可减轻几分自己的负疚感吧。

然而，雪崩了，每一片雪花其实都难辞其咎。

人是最易健忘的物种。人们对于历史事件，总是容易记住近的，忘记远的；对于历史事件中的过失，总是容易记住别人的，忘记自己的。所有人，都活在当下、活在自己的有效半径范围内，古今中外，概莫能外。

其实，滇池的围海造田，有文献资料记载的，历史上已经发生多次。

围海造田，就是向水域争田地、要粮食。围海造田必然减少滇池水域面积，地进水退、人进水退，城进水退，确实对滇池造成了无法弥补的伤害。但事物都有两面性。追溯起来，围海造田古已有之——元代的云南"父母官"赛典赤，率劝农使张立道治滇池水，"付二千役而决之，三年有成。"此次旨在降低滇池水位的工程可谓浩繁，兴师动众，历时三年，方大功告成。海口河床降低三米之后，滇池水位随之"断崖式"下降，涸出四周田畴达数万亩。这也被认为是滇池有史以来最大一次人工干预调节水位。历史学家方国瑜在考证了滇池历次水位变迁后认为，"经此次大工程后，改变了自古以来滇池水位。"也即是说，今天滇池的水位，大致维持了赛典赤治水的格局。这其实也是昆明肥田沃土得以不断增多，"川陆可以养人民"的现实需求不断得以满足，昆明城市也因此不断向南扩张、不断得到拓展的格局。只需要看一看盘龙江随之就像抻面一样不断拉长的事实，就知道滇池水位下降之后，昆明城市得到了怎样迅速的扩展和增长。如今在滇池作西北望，可以说，昆明正是滇池托举而起的一座城池；也可以说，没有当初赛典赤的"围海造田"，就没有后来昆明的"浮出水面"；没有滇池的变小，就没有昆明的变大。所以，对于这个由赛典赤主导的影响甚巨的围海造田大工程，后世给予的却一直是非常正面的高度评价，甚至是感恩铭记。

那么，给滇池带来负面影响的"围海造田"，又有哪些呢？

即便抛开那些年代久远的、过于细碎的围海造田，我们必须记叙的当代"规模以上"的滇池围海造田，至少有以下诸次：

一次发生在"大跃进"时期。1958年，在全民"大跃进"的狂热背景下，滇池被当作人定胜天、征服自然的对象，开始进入到昆明人围海造田的视线范围。当时只有十多岁的船房村居民张昆生回忆，从秋天开始，"社员"就每天到滇池边去填土，人挑肩扛，条件好一点的用"鸡公车"（一种独轮车）或者大板车，整个湖岸人山人海，按照指定的位置去填海，他说因为自己年龄小力气小，就只好跟着他爹拉板车，他爹拉"中杠"，他拉"偏杠"，一天从早到晚得跑几十趟，"天快黑收工时，看着湖水被填埋了一小截，还很有成就感的。可是第二天一看，又被水浪打没了，原来辛辛苦苦做了一天的无用功，心里那个气啊，又不知道往哪里出。"如今满头银发的他，回忆起当年参加的围海造田，还感到无比荒诞。"当时填的那些海，后来也不产粮食，不知不觉中，填出来的土地又还给海里了。整个一个瞎忙乎！"老人说起这些，一脸无奈。

这场"大跃进"背景下的"向滇池要粮"运动，据《滇池水利志》记载，共围海筑堤涸出田地约11200亩，滇池草海水面缩小将近10平方公里。

另一次围海造田发生在1963年冬天。这一次，直接原因是各地刚刚经历过"三年困难时期"（"大跃进"后，全国农村普遍出现了自然灾害频仍、集体经济倒退、粮食大面积减产情况，很多地方出现了严重饥荒现象），在这样的背景之下，国家进入第二次"经济调整"时期，从上到下要求"大办粮食"。大办粮食就需要土地，于是，人们再次把目光投向了滇池：向滇池要地。奇怪的是，这一次兴师动众开展筑堤围湖，拢共造田仅1800亩。说起原因，张昆生说："当时经历过饥饿，人走路都'打偏偏'（站立不稳），哪里还有精神和力气去填海造田啊？"

第三次围海造田是在1964年。上一年造田工程还没收尾，为什么又搞新的？因为这一年，全国农村开展"四清运动"，各地要求以运动促生产，要生产再上一个台阶。怎么上？那个时期，科学种田缺少办法，土地单产上不去，就只好在扩大土地面积上打主意。"四清干部"是城里下派来的，对如何开展运动有经验，但是对如何以运动促生产却没啥办法。那年头，流行一句话，有条件要上，没有条件创造条件也要上。因此，没办法就得想办法。干部们想来想去，还是老办法：围海造田！于是，四清干部主导下的围海造田，又在上一年的地盘上展开了。当时计划围海造田2500亩，即在上一年1800亩基础上增加700亩，以体现"四清运动"促进了农业生产的时代要求。但是最后实际完成仅仅是1134亩——这个数字，就连上一年完成指标的三分之二也没达到。好在，这时人们的注意力已经开始转移，"阶级斗争年年讲月月讲天天讲"的弦已经越绷越紧，对农业生产的关注度也就越来越低，山雨欲来风满楼，滇池周边，也起风了。

风，起于青萍之末而舞于松柏之下。当1966年5月开始的一场空前绝后的"运动"风暴席卷全国时，滇池这个高原浅水湖泊也很不宁静。这场"运动"历时十年，"运动"唤起了人们的极端狂热，狂热转化为摧枯拉朽，成为疯狂的摧毁和破坏力——它既是针对文化特别是传统文化的，也是针对自然包括所有自然秩序的。"运动"进行到中期，刚好是1970年左右，投身运动中的人们开始发现，再狂热的革命，也必须以填饱肚子为前提。"人是铁饭是钢，一天不吃饿得慌。"然而"运动"越狂热，供给运动者的食物却越来越短缺。于是，自上而下传来一系列指示："抓革命促生产""备战备荒为人民""深挖洞广积粮不称霸"。其中的几个关键词"生产""备荒""积粮"，都跟多打粮食有关。天高地远的云南，滇池边上的昆明，这时的主政机构叫"昆明市革命委员会"。"革委会"的成员大都喜欢穿那种洗得灰白的不戴帽徽领章的军装，他们每日毕恭毕敬地做着"早请示""晚汇报"的功课，也要在集体学习一段"语录"的开场白后，研究"促生产"的具体举措。与前面"早请示""晚汇报"的恭敬相比较，他们在落实后者相关问题所表现出来的态度却是倨傲的。这首先体现在他们制定计划方略上。比如，在"运动"到来之前的1965年，当时的昆明市人民政府制定了一份关于昆明经济社会发展的"三五"计划（1966—1970年），其中关涉水利建设的内容称：要在五年期间使"水田达到850000亩，扩大耕地面积15000亩"。这一计划刚刚出台，由于"运动"开始，未能付诸实施。"革委会"取代人民政府之后，前头几年"革委会"头头们主要紧跟形势，狠抓了一系列的"运动"；当面临"抓革命促生产"的新使命，"革委会"成员们这才抓耳挠腮着急起来。于是有人旧事重提，找出了那份丢进故纸堆里沾满灰尘的"三五计划"，准备捡起来加以检查执行。直到这时才发现，"三五计划"出来后，几年过去了，写在纸上的"使水田达到850000亩，扩大耕地面积15000亩"，完全落空。这时已经是1969年春天。这年的5月到12月，经云南省和昆明市两级"革委会"领导多次酝酿、讨论，最后由省级"革委会"最高首长也是当时"军管"最高首长谭甫仁拍板，决定在滇池进行一次更大规模的围海造田，要"大搞人造小平原，向湖泊要粮"，打算以滇池"围垦"为突破口，实现农业"大跃进"，使昆明地区粮食产量"五年时间翻一番"。

这就是新中国成立以来发生在滇池"规模以上"的第四次围海造田。这一次围海造田，从动议的1968年5月算起，到1968年12月召开"誓师大会"，再到1969年元旦正式动工，直到1972年3月被更高层指令叫停，历时将近三年，最后造田30000余亩。后来出版的《滇池水利志》则有更详细记载：为了"向滇池要粮"，1969年到1978年间围湖造田约34950亩，滇池面积缩小23.3平方公里。高原湖泊原本就生态脆弱，围湖垦殖破坏了自我修复的"重要器官"湖滨湿地，滇池的"免疫系统"渐趋崩溃。

回忆起当年参加围海造田，云南报业集团高级编辑程肇琳说，她印象最深刻的就是"没完没了的行走"。她说自己对围海造田的记忆就是行走的记忆。"从家里出发，往海埂走，往抽干了水的草海走。到了海埂——滇池边，挑土，送土，不停地行走。收工了，返家往回走。走呀走，走呀走，没完没了，精疲力竭。"昆明市农管局退休干部张伟当年也参加过围海造田，他回忆这段历史，感慨最深的也是这"走呀走"——"当时我才12岁左右，参加围海造田期间，天天要长途跋涉，咽冷饭冷水。""从学校走到工地，单程都将近十四五公里，我们用弱小的身体需要花费三个多小时。实际每次走到那里，早已脚瘫手软了，有的人就出主意去'飞车'，就是路上飞身跳上那些开得飞快的大卡车，有的人因此摔伤致残，还有的最后连命都搭上了。"

据《昆明农垦志》记载：1969年12月28日，云南省、昆明市两级革委会在昆明检阅台（东风广场）联合召开了声势浩大的"围海造田誓师大会"，全市工农兵学商各界10万以上民众被组织参加了当天大会，广场变成了红海洋——"红旗如海、鼓乐喧天"。大会号召"向滇池进军、向滇池要粮"，强调这是"改天换地，为民谋利，造福子孙的大事"，要求"各部门、各单位及沿湖县区，都要全力以赴，出人、出钱、出物，在这项工程中为人民再立新功"，并明确了"倒逼"目标："当年围海，当年造田，当年受益"。

"围海造田"首战选址于滇池草海东南部即今云南民族村一带，开工之日定在1970年元旦。这一天，"感觉全昆明人都涌向了滇池草海。"参加过围海造田首战的昆明农场退休职工吴德海回忆说："当时就一条老海埂路，狭窄拥挤。汽车、拖拉机、板板车、自行车，以及徒步者，挤满一条窄路。路边上还有打快板书的啦啦队，唱着'男女老少齐上阵，浩浩荡荡赴滇池；誓叫草海变良田，哪个龙王不低头？'把我们激动得热血沸腾。我就嫌路太挤，走太慢，我们一伙人就自作聪明去抄小道，结果却挤掉进了路边的水沟里，衣服和干粮都湿了，而且水沟的水有点脏，却顾不得了，还是继续往前冲。元旦的昆明其实很冷，后来干活不知不觉把衣服烘干了，一冷一热，回去就得了重感冒，但是我还是继续上工地，直到有一天晕倒在工地，才被人发现我是个病号，而且从第一天就病了。后来因为这个表现，我的事迹被登上了小报。大约八个月，在工程完工后，第一批我就被海埂五七农场吸收为新员工，拿到了一个月18块的工资。"

据资料介绍，围海造田历经垒石筑堤、挖沟排水、填土造田三大"战役"。从元旦开工到取得胜利，历时八个月。吴德海回忆："后来开了个总结大会，我因为当选先进，也参加了，还戴了大红花，拍了照片。以前一直挂家里，直到后来搬几次新居，孙子说那上面的老照片太难看，我才收起来。"从资料里查阅，这次围海造田共投工2400多个，耗用原粮1680万公斤，国家投资3550945元——这笔钱只是财政拨款数字，并不包括社会投资。所谓社会投资，用今天话说，其实就是众筹模式。因为每个单位都有摊销，所有社队也有摊派，个人出工也没有交通费午餐费，全靠自理。如果算上工厂停产、商铺停业、机关关门、学校停课以及农民停工的损失，总投入难以计算。

此次围湖造田面积30000亩，其中20000亩划给官渡区福海、前卫、六甲三个公社，其余约万亩归刚成立的"五七"农场经营。吴德海说，"实际成田6300亩，当年种稻5000多亩，单产不到50公斤，所产粮食，勉强只够维持4000多人的农场大半年口粮，不足部分还得靠国家补贴。""但是毕竟算是实现了'当年围海，当年造田，当年受益'的预定目标，当时报纸电台都做了报道。""但是距离预期大目标还差得很远。"吴德海一连用了几个"但是"，把我听得有些晕乎了。原来，当时在"倒逼"目标之下还有一个总愿景："大小春亩产双千斤，鸡鸭成群鱼满塘，牛羊遍地猪满厩"。真是"说得轻巧，吃根灯草"。而且，后来人们发现，造出的6300亩水田，其中草煤地占80%，死沙地占13%，胶泥地占7%。吴德海说："这里多数田块，下雨一包糟，晴天当火烧，大多不宜农耕。以后多年，包括复种在内，土地利用率仅为40%。从1971至1982的十二年间，累计产粮407万公斤，不及当年围垦大军用粮的四分之一，约等于农场职工十二年间口粮的50%。围堤不断渗漏，十二年仅抽水电费100万元以上。农场年年亏损，不得不另找门路，水稻改为旱作，再搞栽桑、养鱼、养鸭，以后又办磷肥厂，仍甩不掉亏损帽子。十二年间，市财政弥补农场亏损上千万元，供应口粮无数。一个农场，就连口粮都长期入不敷出，而且扭亏无望，只好几次裁员，留下二三百人勉强支撑。最后成立海埂公园，进行园林建设，我就在这个公园干到退休。"

吴德海收藏的一份油印套红小报引起了我的兴趣。那泛黄的纸张上面，除了有他当年的"先进事迹"，还有一诗一文，引人注目。文章开篇这样写道：

元旦清晨，一轮红日从东方升起，把云南大地照得通红。滇池之滨，红旗漫卷，战歌震天，他们挥动银锄，开始了一场改天换地，向自然开战的硬仗……

听！隆隆的开山炸石的巨响，宣告围海造田工程全面开工了！看！一座座山头崩塌，一只只帆船满载石土，乘风破浪；一块块巨石投入大海，溅起一柱柱直冲云霄的浪花！

老吴说，这是属于他的"激情燃烧的岁月"。

确实，但是，其中扭曲的激情，却跃然在目！

更有意思的是油印小报那篇诗歌，仔细一看，原来是对"大观楼长联"的戏仿——

三万亩良田奔来眼底，举手挥汗，惊浩浩功业空前。看前扬赤帜，后响欢歌，左落银锄，右摇铁臂。劳动工农气压昔日愚公，教滇池草海倏忽间春播冬藏。更鸭戏羊鸣，方现出气象万千。集成了十里长堤，万顷粮仓，万代丰功，千秋伟业。

数百万景象涌到心头，把镰收宝，笑滚滚烟波何在？喜银裹棉铃，金翻稻浪，绿浸堤树，红透思想。激浪狂涛退出千年旧地，尽龙宫暇馆忙不及夏去秋来。就鱼遁龟逃，都化为黄金一片。功归于一轮红日，四卷雄文，九大光辉，七亿英雄。

2020年春天，站在我面前的吴德海"老英雄"，垂垂老矣。费尽移山心力，当年的围海造田，今安在？那一页轰轰烈烈的历史，原来只是给世人开了一个残酷的玩笑。面对那页发黄的历史，我和老吴，挤出的只是一丝苦笑。

这场规模浩大的围海造田工程，在八个月后潦草结束。雨季的昆明，施工难度加大。而且当时的"倒逼"目标，也要求必须尽快结束工程，转向下一个任务：当年受益。分得田地的农场和公社就开始了晚季稻的抢栽。穿上农场职工"劳动布"工装的吴德海回忆说："一些水田，人踩进去就像陷阱一样难以自拔，这样的田地要种出像样的水稻很有难度。但是上面倒逼着只能抢栽抢种，秧苗插进田里，人从田里才出来，水面就漂浮着很多秧苗。老职工说，这是围海新造的田地在'欺生'。"

在当时，人对湖泊水域的巧取豪夺，司空见惯，受到伤害的岂止是一个滇池。当时一部名为《牛田洋》的小说，生动记述了华南某沿海农场为了填海造地，近百名知识青年被卷入大海而亡的悲剧事件。小说却以"革命英雄主义和革命浪漫主义"相结合为基调，对此进行了热情洋溢的讴歌。人的愚昧无知和狂热野心不仅让大自然屡遭劫难，置身其中的人也成为最后的牺牲品，"牛田洋"就是一个活生生的例子。发生在滇池的围海造田，留下的"罪过"亦是不胜枚举：滇池被围去的几万亩水面主要在草海，这里正是滇池鱼类繁殖和索饵的好场所，围海造田使鱼类失去了大片优良的生存空间，过去滇池每年向昆明市提供至少上千吨的淡水鱼类、虾类和螺蛳贝类，后来，人们很难从市面上买到产于滇池的鱼虾；围湖造田的结果，不仅缩小了滇池水面，湖泊面积不断缩小，地表径流调蓄也出现困难，直接减弱了滇池蓄水能力，加快了湖泊沼泽化的进程，导致滇池之滨旱涝灾害频繁发生；四季如春"夏无酷暑冬无寒"的昆明，也出现了干燥、酷热的城市"沙漠化效应"。

为了生产和生活，人类肆无忌惮地破坏生态毁灭自然，这是非常危险的理论和实践。它的思维惯性至今不绝。这让我们想起，为什么中国的一些环境保护方面的规定，既不明确，又无法律效力。《环境保护法》早在1979年就颁布实施，然而多年来，在实际生活中并未得到认真执行。中国经济社会发展在很长时间里依然走了"先破坏后治理"的老路。难怪有人说，官僚主义、贫穷愚昧、法治不昌，这三者之和，才是曾经一段时期内最大的环境污染源。从远古走来的人类，曾经在大自然面前十分渺小，"受到的威胁和迫害总是很多"；后来进入现代社会的人类，却以"万物之灵长、宇宙之主宰"的强大身份自居，反过来"疯狂报复性欺负大自然"。这样的发展观是扭曲的发展观，这样的发展路径是强盗的发展路径，必须引起警醒和受到抵制批判。

"围海造田"因为场面浩大、工程集中而被后世深刻记忆，作为一段荒诞中不乏悲壮的历史，它留下了堪称"昆明第一景"的滇池海埂大坝。这道景观大坝依水而建，眼前是滇池草海万顷碧波，对面是壁立千仞的西山龙门绝壁。每到冬春，这里万鸥云集，成为国内城市少有的场面壮观的人鸥同乐之地，如织的游客争先恐后地前来这里打卡，这里又被叫作"网红坝"——但是很少有人知道这道大坝的来历了。

"打海坝"

其实对滇池生态环境形成破坏的，还有一个比较"隐形"的工程：防浪堤。

防浪堤在滇池也是古已有之，它断断续续分布于湖滨的北西南东，比较有规模的筑堤，是在上世纪七十年代随着大范围"围海造田"一起开始的。防浪堤主要修建在湖水和湖岸自然交替的缓冲地带，这些地域，随着滇池潮涨潮落，季节性地沉入水底或变为陆岸。土地和湖水这种交媾般的亲密关系，就像人体与空气的呼吸关系一样自然而紧密。随着潮汐的涨落，湖水会将那些漂泊的垃圾加以扬弃；土地因为水浪的拍打，变得更加湿润而清新。水和岸的关系就这样亘古不变地相互交融和守望。

"相看两不厌，唯有湖与岸。"

可是当人进水退、人欲难填的时代，水和岸被人为地隔离开来，这道隔离带，就是以"防浪"为名筑起的"防浪堤"。

上世纪七十年代筑起的防浪堤其实只是"小荷才露尖尖角"，当围海造田的愚蠢行为已经被彻底废止之后，上世纪八十年代甚至九十年代，防浪堤的修筑仍然此消彼长，乐此不疲。因为这个时候滇池周边的农地身价陡涨，以前的"四围香稻"变身为大棚蔬菜和花卉种植，经济价值是原来种植水稻等传统农作物的数倍甚至数十倍。利益驱动是人类行为最强大的杠杆，获得的利益越大，人们的行为动机越充分。八九十年代，在滇池东岸、南岸的呈贡、晋宁一带，修筑的"防浪堤"几乎像一道紧箍咒，把滇池湖盆牢牢地箍住，原来湖水和湖岸土地自由的拥抱呼吸没有了，湖水里那些不能溶解的垃圾漂浮物无法上岸遗弃了，那道坚硬冰冷的倨傲堤坝让水和岸从此"阴阳两隔"。以"防浪"名义筑起的堤坝，其实是圈起丰饶的土地，人们在这些得来全不费工夫的土地上疯狂地建起大棚，大面积种植蔬菜和花卉，为了这些价值越来越高的经济作物快速上市，人们开始大量施用农药化肥。农药和化肥！生态文学之母、美国科普作家蕾切尔·卡逊于1962年创作出版《寂静的春天》讲述的农药对人类环境的触目惊心的危害场景，几乎在当时滇池沿岸重新上演了一遍。过量施用农药化肥后，可怕的农残物质一点一点渗透进土地，充满农残的废水源源不断地流入湖泊，收获经济作物后废弃的塑料套袋、大棚塑料膜等化学物质也随着蔬菜花卉秸秆垃圾一起燃烧后冲入滇池。这时的防浪堤，不仅阻隔了湖水中原本需要扬弃上岸的垃圾物，还不断输送了相当数量的无法降解的白色垃圾以及重金属和氮磷农残物，滇池成了农业面源污染的吸纳地，成了继昆明城市生活污水"化粪池"之外的农业污染物"化粪池"。苦不堪言却无法发声的滇池，只能用它特殊的自戕方式来抗争：全湖黑臭，暴发蓝藻——以此拒绝人类自由进入它水体的怀抱，让活在水中的各种鱼类成为畸形或消失，让低端贝类螺蛳等生物逐渐稀少灭绝，让各种沉水植物纷纷枯萎死去，让湖水迅速浑浊甚至恶臭，让水葫芦和蓝藻之类物种疯狂生长直至将湖面屏蔽窒息……

家住呈贡大渔乡王家庄村昌居沟的农民王玉坤回忆自己修建防浪堤的往事时说："防浪堤先先后后都在修，我参加修建时，大约是在1986年左右，当时呈贡基层村庄推行联产承包制，一直包到村民小组。我当时所在小组也包到一段修建防浪堤工程，不长，一千来米。那时候叫'打海坝'，目的就是保住靠近滇池边的农田不受'海水'冲击。工程由呈贡政府投资，当地村集体出劳动力，在呈贡境内滇池沿岸所有地方铺开建设。打海坝需要石头，就安排村子里所有拖拉机、马车，到距离湖滨十公里的长腰山，开采两三百公斤大的石头，经过车载马拉，到了工地，又用人工扛上木船，撑到一两米深的水域，'摸着石头过河'，小心翼翼放进水下，再一层一层夯实，直到石坝露出水面，然后用小石头填缝，再在上面浇灌混凝土，筑成牢不可破的堤坝。"

这就是采取"干打垒"混凝土结构方式建筑起来的滇池防浪堤。那些从远处采集的不规则的大石头，被倾倒入湖，又用水泥砂浆浇灌粘合起来，形成坚不可摧的混凝土厚墙。这道厚墙的崛起，意味着湖水和湖岸之间，从昔日你中有我、我中有你的情人关系变为形同陌路，"鸡犬之声相闻，老死不相往来。"

得利的当然是人类，受伤的却总是湖水，是滇池。

如今这样的堤坝，在呈贡大湾、乌龙湾、江尾、斗南等地，还随处可见。很多个清晨或黄昏，我会沿着乌龙湾湖畔垂恩寺，向江尾或捞渔河两个方向步行，我的足下，正是当年留下的堤坝大道。走着走着，我就想起王玉坤说他当年修筑这样的堤坝，"20人一组，一天就能完成10多米长一段堤坝。"这其实已经是很大的工程量了。王玉坤说，他们在完成8公里左右的堤坝时，停工了。一年多后，又得到通知，要求打通最后几公里那一段缺口。他说，"那时完全实行了个人承包制。工程做完，已经差不多是1990年，'打海坝'增加了土地，增加了收入，大家高兴得很，村里出面，邀请当时一个善书法的老人写了这样一句话，'筑坝谢大恩，保田为子孙'，刻在堤坝上。这句话是用来教育大家，鼓舞大家的，当时看着很顺眼，因为那就是当时人们的认识水平。在财富和环境面前，当时人们只顾着追逐财富，谁也顾不得保护环境了。都觉得环境不是自己的事，赚钱才是第一位的事情。"

"后来，上级领导又说，防浪堤坝对滇池有害，通知要限时拆除。"于是王玉坤又参加了拆除堤坝的全过程。"感触最深的就是拆除到这个刻着大字的一段。当初保田，如今保水，事隔境迁，都对，都要谢恩。只是感到人生有点滑稽，人就像一个陀螺，一直被鞭子抽着在打圈圈，转了一圈又回来，我这一辈子就在捞渔河入滇河口这团转不停转圈圈，有些时候转的是完全无用的圈。"

王家庄村昌居沟一带，正处在捞渔河下游入湖口，如今这里拆除了防浪堤，原来大堤阻挡的湖岸变成了水域和土地相交织的湿地，湿地里种植了大量的中山杉树，建起了捞渔河湿地公园。王玉坤和他的乡亲因为土地被征用，都成了失地农民。数百名失地村民过去"靠海吃海"，生产生活污水对滇池造成的污染自不待言。征用土地建设湿地的过程，也是失地农民接受生态环保教育的过程，他们从一开始的不理解甚至抗拒，到被动接受现实，再到主动投身滇池环境保护，又在湿地公园建成后全部实现了家门口"再就业"，实现了从祖祖辈辈滇池守望者变成滇池环保就业者的身份转变。这段故事，说来很长，其实也很短。大约就是十年不到的一点时间。这段时间，带来的变化却是神速的——捞渔河湿地公园因为水中有树，树中有水，成为独特的一道景观，每天来这里的游人络绎不绝，最多时候有十万之众，开阔的捞渔河湿地公园到处是人，上千个车位早被占满，就连环湖东路公路两侧也成了临时停车场。公园主要就靠收停车费以及零售场地出租，还有举办各种花卉展览，收取一些以园养园的费用。安置其间的失地农民，成了公园保安、车场管理员、花卉技师等。如今已是捞渔河湿地公园管理办公室副主任的王玉坤，说起自己的变化，深有感触："我和全村人实现了就在'母亲湖'身边的再就业，亲自见证了滇池水由清澈透明变为浑浊发臭，又慢慢地逐步恢复优良水质的全过程。"

拆除防浪堤，恢复滇池驳岸，如今正进入到加速度冲刺阶段。2020年8月2日傍晚，当我外出采访两天之后回到乌龙湾至江尾一段湖岸散步时，才惊讶地发现：我几乎每天都来这里近水散步的那段堤坝，就在两天之内全部拆除了。拆除的现场还开膛破肚般一片凌乱，但我知道，无需多时，这里会变成像捞渔河、斗南等湿地公园一样美丽的景观。因为，就在我面前不远处，属于江尾村的那片芦苇塘，由昆明滇池管理局职工在2020年春天义务种植的大片中山杉树林，已经长出碧绿的枝叶，一片新的驳岸，将很快出现在这里，出现在滇池所有的湖滨。

也是在这一天，我采访路过滇池度假区实验学校，听到一段童声朗诵。走近一看，原来是小学四年级一班同学在班主任李玉江老师带领下，正在朗诵李老师创作的一首诗——

驳岸之肺

今天的科学课上
老师带我们认识了一个词：
驳岸 也可以叫生态驳岸
随着课件上一张张湿地河岸照片的播放
教室里炸开了锅
"我见过，我见过
东大河湿地公园就有这样由一根根木桩
还有天然石块组成的堤岸"

"对的对的，我也见过
不仅有整齐的木桩，还有很多植被一起
看上去一点也不像堤岸，倒像一道美丽的风景"

滇池原来的防浪堤主要是混凝土结构
现在正在用生态驳岸取代湿地的防浪堤
生态驳岸主要由木桩、天然块石、空隙较多的生态砖、
植被共同组成
外观与自然环境融为一体

生态驳岸的作用就像肺一样
强化滇池水体与湖滨湿地内水体的交换
帮助湖滨生态系统修复
同时仍然能够保证避免滇池水体淹没的威胁

下周的科学课，我们就到滇池边行走
去发现和认识身边最美滇池驳岸！
原来，这不是一节简单的科学课
一个词："驳岸"
让滇池行走，成为一场发现之旅

时间在水之下

围海造田和防浪堤坝，造成滇池水面缩小，给滇池带来了严重伤害。但在破坏滇池水环境的诸多要素中，围海造田和防浪堤坝，只占其中很小一个份额。

人在时间之下，时间在水之下。

所有的湖泊都有它诞生生长的过程，也必然有它衰老死亡的结局。从这个意义上说，湖泊其实也是有生命的，也是一个生命体。在它缓慢自然生长的过程中，人们很难感受到湖泊纤细如发的那些变化。然而正是这些细微变化，累积了量变到质变的最终结果。因为人不过是它身边的匆匆过客，大自然才是天地间相对永恒的主角。事实上，进入二十世纪以来，滇池不可避免地进入到衰老期。它的湖盆开始越来越缩小、变浅，湖底淤积增加和湖水总量的减少呈对向运动，就像进入衰老期的人体肌肉必然萎缩、骨骼必然退化、力量必然下降一样，滇池水体的自净能力也呈逐渐减弱趋势。

一个诗人这样夸张地形容进入老龄期的滇池：

哦，滇池
大湖
你老了
你真的老了
——老得就连涌起的波浪
也要柱上颤巍巍的拐杖

没有大江大河的注入，没有足够的补水替换，滇池在一些局部，接近于一潭死水。

在这种客观的情况下，污染就成了它最致命的祸害。

第一大污染源来自昆明城区。滇池位于昆明之南，是一个浅水巨型湖泊，急剧膨胀的城市就像钢筋水泥铸就的一顶大帽子，沉重地压在滇池头上。

从昆明正式规模建城的唐代（南诏拓东）算起，滇池一直是城进湖退，人进水退。人与水、城与湖的矛盾，到1970年代发展到一个峰值：

1970年代初，连续三年的"向滇池要粮"大举围海造田，缩减了滇池水域和湖滨湿地；1980年代开始发展到第二个峰值：滇池湖畔国有和乡镇企业迅速发展，且多以磷化工、冶炼、印染、造纸、电镀为主；昆明城市人口急剧增加，生活污水大量直排；湖畔农业转型为种植花卉、蔬菜等经济作物，化肥农药用量大增……多种合力形成对滇池从点源、面源到内源的大量污染。滇池草海、外海水质迅速下降为劣Ⅴ类，水体黑臭，水葫芦疯长，蓝藻水华如刷在湖面的一层绿油漆，滇池因水质恶化成为中国污染最严重的湖泊。

为此，昆明市戏剧家协会专门创作编排了一则小戏：《王子变青蛙》——

滇池边。某村庄。

一个贪玩的小孩儿，生在一个富有而不爱惜环境的家庭。爸爸把浇过花地菜地充盈农药化肥的污水直接排放进滇池，妈妈把燃烧过的花卉秸秆用水冲进了滇池。爸爸妈妈把种花卖花赚来的钱花在儿子身上，让儿子大把花钱，过得就像阿拉伯王子一样奢靡，"王子"却跟爸爸妈妈一样不懂得爱惜环境，总是一边玩着手机游戏，一边把冰棍包装袋、可乐包装瓶等各种垃圾随手扔进滇池，结果，有一天，"王子"走着走着，玩着玩着，突然就没了人影儿。正在沟渠边为花田施肥的爸爸和正在大棚边修剪花枝的妈妈见了，惊呼着一起奔跑过来，他们捞的捞，找的找，终于把一只手还死死握着"苹果"手机的"小王子"打捞了起来，可是仔细一看，"小王子"全身上下裹满了绿绿的油漆（蓝藻），油漆包裹的"小王子"已然变成了一只大青蛙！"呱"的一声，青蛙吐出满肚子的脏水，虽然青蛙侥幸活了过来，却再也变不回原来的"王子"了。

这个结局，让"小王子"的爸爸妈妈顿时热泪长流，追悔不已……

污染，它带来的直接后果是湖体藏污纳垢，湖水自净能力迅速减弱。

在滇池，污染又尤以草海为甚。

草海和外海，是昆明人对滇池的传统叫法。五百里滇池，因为一条天然海埂，被分为内外两片水域。内海即草海。草海最大特征就是多草，而且是生长在水底的各种水草。可别小看这些不起眼的沉水植物，正是由于有它们的存在，滇池最靠近城市的这片广大水域，才有了自我净化的功能。据资料记载，自古以来草海水并不深，水草才可能植根于湖底，这些水草主茎大多长一两米，并不露头，水波荡漾时，柔韧的水草随波摇曳，很像无边的水下森林。水草带来了鱼类和螺蛳贝类等生物大量繁殖，形成一道特殊的水下生物链：底层是低端生物螺蛳贝壳，中层是各种游鱼在戏水觅食，上层则是一片葳蕤的花的海洋——最多的一种花名叫海菜花，那可是昆明人眼里的一道美景，也是如今盘中最稀罕的一道美食。

草海生态保存完好时，水里植被占湖面约90%。上世纪五六十年代，草海湖水还一碧如洗，这片水域面积还保持着约五六十平方公里。多数时间，人们叫她"草海"，春夏时节，人们喜欢叫她"花湖"，这个别致的叫法，是因为春夏的草海，满湖里绽放着轻柔雪白的海菜花，她跟沉水的草茎一样柔韧，跟当时的草海湖水一样洁净。睽违已久的海菜花，如今在一些水体质量恢复的水域重新出现，她有了一个时髦的网红名字：水性杨花。其实她十分冰清玉洁，就像人间至善至美至柔至情的美人儿，"质本洁来还洁去"，绝不与污为邻，绝不苟且偷生、随遇而安。即便择偶，海菜花也会有很高的门槛；海菜花对栖身之地水质的要求，绝不亚于美人儿对白马王子的期盼。因此她又被看作是水体环境的风向标。

仅几十年工夫，开垦、侵吞，人在这片水域的各种活动，使草海面积缩小到不足原有五分之一，仅剩8平方公里多一点。面积大幅度压缩的同时，人类活动对这片水域的污染也在加速。上世纪八九十年代，围绕草海的乡镇工业迅速崛起，最多时环草海和滇池的乡镇企业多达五六千家。这些作坊式企业追求利润的方式是"有水快流"，那些本小利大而不计后果的"短平快"项目，成为他们逐利的首选目标。这些项目以能耗高、污染大、资源利用率低为显著特征，往往是经济先行发达地区淘汰转移的落后项目。我们却当作宝贝"引进"过来，安置在滇池周边特别是草海一带，利用其交通便利、排水方便、劳动力密集等条件，大干快上，一时间乌烟瘴气，快速地破坏了滇池特别是草海环境。

当时担任官渡区副区长并主管乡镇企业的王道兴后来对我回忆说："往事真的不堪回首。我走上领导岗位的前半程，可以说对滇池的污染贡献比较大。虽然不是我自己个人的责任，但是，毕竟管理了那么多乡镇企业，那么多企业当时主要是单纯追求利润最大化。官渡的乡镇企业，一多半就是围着滇池在打转转，废气废渣废水这'三废'，要么直排，要么渗漏，总之对滇池都造成了污染。这个事实，过了多少年我也忘记不了。可以说，命运安排我职业生涯的后来十年主管滇池治理，是对我前半程工作的一个还债。"

追溯起来，更早，上世纪八十年代初期，昆明北部工业片区曾经发起过一场生活方式革命：旱改水。它的全名叫旱厕改为水冲厕所。这场生活方式的革命本来是一种历史的进步，没想到的是，却也直接影响和关联着对滇池的污染。

旱厕的肮脏落后有目共睹，不忍细说。水冲厕所肯定是现代城市人生活的基本需求之一。虽说旱厕原始，但是当时改造引进的水冲厕所同样很原始——就是便后污物被大水一冲，没有经过任何处理，就进了化粪池，然后进了与北部片区最近的河流——盘龙江。北部片区集中了当时昆明的多数工矿企业，这场厕所改造由北部片区"带头大哥"昆明卷烟厂牵头。当时在烟厂工作的唐永明，家人朋友叫他小名"三毛"，江湖之上他已经有了"三哥"名头。三哥唐永明正是这场厕所革命的带头大哥之一。差不多四十年后，三哥早已经从盘龙江上游迁徙到滇池最下游的晋宁宝峰魏家箐山中。回忆起当年的"旱改水"，三哥历历在目："其实很简单，就是让每家厕所有个冲水装置，这个装置，对于每天跟车床刨铣打交道的我来说，小菜一碟，技术上一点不难。难的是铺设管道、增加设备要钱，厕所随时冲水要增加每家每户水费，还是要钱。但是当时烟厂经营正在利好上升时期，支持职工提升生活质量，一下子就拿出了将近三百万，北市区因为我们第一家成功完成所有职工宿舍的旱改水，整个片区都轰动了，这项改造也迅速在北市区发动起来了。谁家不想自家厕所干干净净，屋子里没有异味儿啊？"

我问三哥，"家里没了异味儿，那些异味儿跑哪里去了？"

三哥回答很坦然："当然是进盘龙江了。那时不可能有现在的环保意识，环保意识一定是环境受到破坏以后的产物。正所谓没有对比就没有伤害，没有破坏就没有保护需求。打个不一定恰当的比方：看'场子'的黑社会是怎么发展起来的？是因为那些夜总会洗脚屋有看'场子'的需求。那些'场子'其实是走在法律边沿的钢丝绳上，一不小心就会掉下去。因此需要人替他壮胆，看'场子'。'场子'在保护中寻求竞争发展，在竞争发展中寻求保护，作为'场子'需求的特殊商品——黑社会就应运而生。破坏环境和环保意识的依存关系，就有点类似这个道理。所以，当时旱改水，对于受益者来说是生活质量的提高，对于环境而言确实是比较野蛮的破坏，至少对环境不够友好。千家万户的大便粪水直接排泄进了盘龙江，盘龙江直接流入了滇池，而且是怎么简单怎么处置——到底有多少厕所冲水直排进了昆明人的母亲河盘龙江、母亲湖滇池？这小账不可细算，一家一户微不足道，千家万户却很壮观。我相信，'旱改水'是当年滇池加速污染的重要原因之一，但这也是从清洁走向污染，再从污染回归清洁的必然之路。所以，我后半生才隐居于滇池末端的大山里，每天种树种草种庄稼，算是还愿吧。"

三哥说这番话的时候，他身边一头名叫"口罩"的小毛驴踩着碎步走了过来，亲近地依偎在他身旁。"口罩"来到三哥的农庄，正是2020年新冠肺炎疫情刚开始肆虐之时。"口罩"的嘴部肤色是一圈雪白，活像戴了一只大口罩。它的"口罩"仿佛在警醒人们：严防疫情，从戴口罩开始。此刻，刚刚咀嚼过青草的"口罩"不断伸出舌头舔舐着唇边，十分爱惜整洁的样子特别可爱。我一边欣赏着这乖巧懂事的"口罩"，一边回味着三哥刚才的那番话，真好！三哥说得真好：小账不可细算。昆明城市发展和滇池环境保护的矛盾始终摆在那里：一方面滇池面积在城市发展挤压下不断缩小，另一方面城市发展走了最便捷的"摊大饼"模式，城市面积天天扩大，城市人口随之天天增加。人与水，城与湖，始终存在一个承载量极值的问题，必须引起正视和重视。

史载：民国初年，昆明城市人口还不过十来万；抗战时期是昆明人口迅速增长期，当时随着各种人群的"南渡"，昆明城市人口陡增至三四十万；后期随着"北归"的撤离，昆明城市人口又回落到二十余万。到上世纪五十年代初，昆明城市人口约四十余万；七十年代初期，昆明城市人口也才仅五十多万。现在呢，时间不过是过了半个世纪，昆明城市人口已经达到四百多万（滇池流域人口逾七百万），这还不算无法精准统计的流动人口。按照新时代昆明城市发展战略规划，昆明城市和滇池流域总人口迟早要突破千万大数的天花板。工业经济和城镇化率在快速增长，城市人口向"诗意栖居"滇池洼地聚集也在快速增长，照此以往，昆明这顶越来越重的大帽子，必将把滇池压到喘不过气的悲惨境地。

昆明城市发展，会是压倒滇池这头"骆驼"的最后那根稻草吗？

污染是二十世纪工业化城市化加速发展以来全球性的普遍灾难。中国的这个进程来得稍晚，基本是改革开放四十年的伴生物。比之于大地的广袤、山峦的高耸和空气的广博，随物赋形且易于汇集低处的水，在污染面前显得更加脆弱更加不幸。世间万物之中，水是最能接纳的一种物质。她就像古代低眉顺目的弱女子，面对强悍的入侵者，无法抵御，也无从抗拒。比如滇池，面对点源、面源、内源以及说不清道不明的各种污染源的入侵，除了照单全收，它哪里有保护清白宁死不屈的丝毫可能？

要认识水污染，需要对水的基本形态有所认识。地球上的水，大致可分为动态、静态和气态三大系列。

动态之水包括泉溪江河。

泉和溪，是动态之水的童年和少年期。泉水叮咚，溪流蜿蜒，是大地上充盈密布的毛细血管。

河与江，是动态之水的青年和壮年期。江河之水，精力充沛，奔腾不息，奔流到海不复回，不废江河万古流。

静态之水包括塘湖海洋。

塘是池塘，村头寨尾，哪里都有。

湖是湖泊。名湖名泊是凤毛麟角，滇池就是之一。

海纳百川，吞吸万物；汪洋恣肆，静而不静。人世间的所有酸甜苦辣，还有什么浊流污水，都能被海洋包容收纳，并以其自身所具有的强大功能，化之合之。

气态之水，包括雾云虹霓等等，是动态和静态之水的一种升华。

水有灵性，最大的灵性就是随物赋形。所以，上善如水。但是，水能载舟亦能覆舟。对于水，我们必须有认识，有尊重。不能像某些聪明人，凭借着自己所占据的有利地形，随意操控和糟践"规则平等"的原则。

再来说水污染。污染于水而言已经很不幸。然而，水的不幸跟人的不幸一样，并不是均等的。同样为水，比之河流江海，生长于湖泊中的水或许至为不幸。

江河的相对幸运是它诞生伊始即懂得行走、奔腾、不认命。"流水不腐""为有源头活水来"。流动赋予了江河之水以力量、生命。湖泊则不然。多数时候，湖泊是安详的，静止的，仰卧的，只能一动不动，静静地躺在那里，可怜巴巴地蜷缩在那里，等待，接纳，承受。

它等来的是什么呢？

它就像一面巨大的镜子，照见那些不变的——比如山色，可以对镜梳妆打扮；那些易变的——比如飞鸟，可以对镜低吟浅唱。日月星辰，在镜子般的湖泊上空交替轮转；高天流云，为湖泊照见自己的轻盈面影而自豪骄傲。有时候，哪怕从镜面般湖水一掠而过的一行白鹭，高兴时可以借助风和地心引力，向为其映照天光日月的湖泊馈赠吉光片羽；不高兴时则会尾巴一翘，对着湖泊"吧唧"投下一枚粪弹——谁叫你只是逆来顺受无力抗争的湖泊之水呢？

即便都是湖泊，命运也各各不同。藏在深山人未识的湖泊，可以保持自身的淡泊宁静，一片冰心在玉壶；依傍大江大海边的湖泊，可以在喧嚣中寻找自己的活力和动力，吐故纳新。唯有这长在高处、身在高原却依傍闹市、独守封闭的滇池，貌似具备高大上的天资，实际处境却长期受着夹板缝里的窝囊气——引发这样的慨叹，是我若干年来多次伫立于滇池之滨，面对大湖，内心生发的一点苍凉感受。

还是说滇池的污染吧。

环境问题的实质是人与自然关系的平衡问题。从滇池污染物的属性来看，主要是水体重度富营养化污染。营养是个好东西，但如果营养过剩，它就很可能转化成为极坏的东西。以人为例，体型臃肿的肥胖者可能就是某些方面营养过剩的结果，严重肥胖就是病态，这种病态，轻一点要你出丑，重一点要你丧命。水体富营养对滇池造成污染，用直白一点的话来说，正因为滇池水体富集了太多的营养物质，才会水质发黄浑浊、才会水葫芦疯狂生长、才会蓝藻恶性爆发、才会鱼虾贝类螺蛳接踵死亡、才会水底水面各种水生植物陆续不见了踪影、才会各种珍稀土著鱼类鸟类等纷纷弃滇池而去、才会招不来商留不住客、才会导致昆明经济社会发展滞后、才会使"天气常如二三月"的昆明天生丽质将自弃、才会让昆明人普遍感到幸福指数降低，甚至产生失落自卑无望……滇池问题，既是水的质量问题、生态环境问题，也是昆明最大的民生问题、社会问题、经济问题、政治问题。治理滇池污染，就不能只是就水论水、不能只是就滇池论滇池。

问题在水里，根源在岸上。

采访一些专家，在分析滇池污染时，他们认为，污染物不外乎三类：一是城市生活污水和工业废水形成的点源污染，这一部分占滇池整个污染源的大头，80%还多一点；二是环湖农业废水、降雨降尘等自然和人为活动形成的面源污染；三是由沉积底泥不断释放的污染物形成的内源污染。这些概括是否全面、比例是否准确都还有待商榷。滇池污染问题，就其实质，是流域内自然环境的先天脆弱与人类后天活动过度干扰破坏双向互动共同导致的结果。昆明城市地理北高南低，而滇池正好处于城市南端，自然形成城市污水走向的"洼地效应"，而且滇池是半封闭浅水湖泊，自身补水循环非常有限，水动力匮乏，湖泊自净化"造血"功能几近丧失，多年污染侵蚀之下，湖泊实际处于岌岌可危的严重老化衰竭期。

采风和采访

二十世纪九十年代之初，我经历和见证过与滇池污染、治理相关的两次活动：一次是作家采风，另一次，是记者采访。

当时滇池污染问题已然成为社会热点甚至焦点，但是管理作家的有关部门在组织滇池采风时，给出的题目却是："发现昆明美"。讴歌真善美是文学艺术的天职，这本来没有任何问题。如果仔细辨析，"真""善""美"三个字并非同级，"善"和"美"均带有强烈的形容词性和赞颂调子，"真"则是中性的，它更像一个名词，倾向于指认真相的理性更甚于情感的真诚。"真"包含了"善美",在词的量级上大于和重于"善美",在文学创作中,"真"理应摆在首位,最受重视。但是在很长一段时间里,一些部门却将文艺指认事实揭示真相的理性大幅度抽离,将文艺讴歌狭隘理解和阐释为就是一味对主流意识形态囊括的生活现象唱赞歌,作家艺术家只能是点赞和捧眼,这样制作出来的文学艺术就逐渐偏离了真的前提和轨迹,剩下所谓善和美,多半也就是伪善伪美,这样的文艺,饱受诟病,被人唾弃,也在情理之中。

"发现昆明美"的滇池采风,就有点类似上述情形。在"发现昆明美"这个宏大主题下,当时组织者好像还编出了几句顺口溜,即:不仅要发现昆明、还要赞美昆明、讴歌昆明,最后实现"爱我昆明"。出发前,一位也有"作家"身份的官员做了一个简短动员,核心的话我记住了一句:昆明不是没有美,而是缺乏对美的发现。为了加持"名人效应"以增加话语权威,他特意强调,"这是伟大诗人罗曼·罗兰的教导"。我知道教导之人确实姓"罗",翻译过来,名字叫罗丹,典出罗丹所著《艺术哲学》,罗丹确实强调了注重美的发现,但却是通过强化审丑的手段来实现他审美的目的。其主要艺术业绩是雕塑艺术而非诗歌。所有这些,好像发表动员讲话的官员处于完全不知情却附庸风雅状态。

一辆老旧的依维柯,挤挤挨挨坐满了采风作家。车行至西山脚下,采风的第一个项目是网箱养鱼。水面上,网箱就像蛛网一样密密麻麻,养鱼者划着轮胎搭建的简易船,去各自网箱里投食饵料,也有的正在从网箱里捕捞成鱼,活蹦乱跳的鳙鱼或鲤鱼,个头都有几公斤大小,不时激起作家们喝彩,场面很有喜感。就在大家流着哈喇子围观捕鱼的时候,一个女作家突然一声尖叫,有了!众人回头,目光里对她很为诧异。她有所觉察,赶紧补充了一句——都想啥呢!是写作题目有了:劳动——创造美!于是引出大家更加暧昧地哈哈大笑。

再往前走,就到了与滇池相依偎的西山脚下一处著名景点:升庵祠。升庵祠最早名太史祠，更早则叫碧嶕精舍。进到祠堂内已是薄暮时分，天井很暗，偌大一个祠堂除了我们，空无一人，就连守门卖票的也不知道跑去了哪里。就在大家嚷嚷期间，一个面相凶狠的泼辣妇人牢头般提溜了一大串钥匙，过来跟大家分配房间，才知道我们原来要下榻在这间祠堂。这分配钥匙的妇人居然也是祠堂看门卖票的——对她身兼数职，我比较好奇，悄悄一问，她嗓门很大地回应："平日里这鸟不拉屎的祠堂，鬼都没有一个，守门做甚，票卖给谁？"惹得正在登楼的作家都止步回头来看，倒把我搞得不好意思。

闲不住的我就到处乱窜，推开升庵祠隔壁的门，里面供奉的也是一位古人：徐霞客！就想，祠堂的建造者真会找地方，杨升庵与徐霞客生前无缘相聚，辞世多年之后在这里倒成了朝夕相处的邻居。也说得过去，他俩都来自大明，且都属于当世风头无两之人；不同的是，升庵是在朝廷惹祸遭到棒刑，皮开肉绽后发配云南，属于被迫而来；霞客却是独行侠一个，仗剑远游，豪气干云，从江苏到云南，纯属个人兴之所至说走就走的率性之旅。两人来到云南的原因不同，时间也有异，相同的却是都爱上了云南，而且从此爱得死去活来——巴蜀文人杨升庵就客死云南，江浙行侠徐霞客却美滋滋地来了一次又一次，又一步三回头地惜别彩云南，殷勤地写下他那部注定要传之后世的《徐霞客游记》……

徐霞客首次到达云南，彼时升庵先生已然作古六十多年。但是徐霞客翻过碧鸡关，到达昆明的第一站，就是当时还叫碧嶕精舍的这间升庵祠，见了升庵塑像他就倒头便拜，口里念念有词："哥哥啊兄弟来迟了也！"那时候文人比较纯粹，霞客并不管升庵是否有"前科"需要避嫌，而是惺惺相惜，隔空膜拜，这情结和境界，特别值得当世文人敬重。他们都是滇池有缘之人，"天气常如二三月，花枝不断四时春"——这是升庵为昆明留下的千古名句；《徐霞客游记》诸多篇什也为滇池留下千古绝唱。他"万里遐征"，攀爬西山，出发点正是这升庵祠；又一次来云南，"余南一里，饭太史祠"——过午打尖的地方，还是在升庵祠。徐霞客四度往返云南，其中有两日，两上两下昆明西山，而且起始点都是升庵祠这同一地点。何也？原来杨升庵留有文章在前头：

> 苍崖万丈，绿水千寻，月印澄波，云横绝顶，滇中一佳景也！

难怪！确实！然也！

上世纪九十年代吃着俸禄坐着公车一路奔来"发现昆明美"的作家们，却对一夜里卧榻之侧两位古代邻居充耳不闻，只是忙着写诸如网箱养鱼、大棚种菜"劳动创造美""发现昆明美"那样时髦文章去了。那中间，当然，也有一个我。

后来我们顺着滇池西岸行走，就去了海口镇。一路参观采风的不是磷肥车间，就是氮肥公司。这些制造氮磷钾肥料以及工业原料的企业，那个年代十分红火，昆明官方也不时发布"滇池沿岸发现了世界第二大磷矿"之类的政绩清单，作家们自然就围着这样的口径团团旋转，当时写过什么，有谁留下什么，我是一点不记得了。记忆较深的一件事，却与采风创作无关。这是一件小事，发生在晋宁某码头。当日作家们被安排登上了一艘名曰"郑和号"的游艇采风——采访兜风，组织者为每人发了一件军绿色的"背心"——就是那种口袋很多被称作"摄影背心"的服装，价值不高款式却很新潮，因此，这也是那次采风拿得出手的最大福利了。摄影背心人手一件，并无多余。一位散文家，站立船头，要以滇池波涛为背景留影，又觉得背心毕竟绿得碍眼，于是脱下扔在船舱里。等他照完"英姿"，再来找寻背心，却已然不翼而飞。于是散文家挺立船头破口大骂：谁，一件背心也要偷？自然是没有任何人回应。散文家也找不出任何证据表明谁"偷"了属于他的背心——因为所有摄影背心从颜色到款式甚至大小尺寸都完全相同，谁又能指认出哪一件是"偷"来的呢？散文家于是吃了"哑巴"亏。故事后来有一个出人意表的结局：某天，有人看见，一位当时还比较稚嫩的诗人，和他的夫人，居然穿了同款背心"情侣装"上街。目睹者陡然想起来，某诗人那夫人并没有资格参加那一次采风啊？

这段小插曲并不影响文人采风的成果丰硕，一批直面氮磷钾肥料、网箱鱼、大棚菜以及各色花卉喜获丰收、郑和快艇飞起来等题材的讴歌之作接踵而至，陆续发表，顺利圆满完成了"发现昆明美"的创作任务。

几乎是前脚后脚，作家滇池采风不久，有本埠媒体好事者也不失时机，组织一批记者，搞了一次名为"拯救滇池"的环湖采访。与作家采风相同的是，采访对象都是滇池，而且线路都是环湖而行。不同的是，作家坐车，记者骑车；作家历时三天，记者用时约十天；作家采风后写出来诗歌散文，都是山河美好，可歌可赞；记者采访后写出的通讯报道，有美好也有不那么美好甚至还带有一点反思问责。简言之，作家是来给滇池涂脂抹粉搞装修或唱赞美诗的；记者也带了化妆盒，同时带了放大镜和显微镜，以及挑刺儿工具，有点儿吆喝声中还要明辨事理问个对错的意思。这就有了一点高下之分。

其中《云南日报》女记者刘红全程参加了本次采访，并从当年6月14日至23日，连续发表采访系列纪实《"拯救滇池"环湖采访见闻录》之一到之六，以及最后一篇综述，凡七篇万余字，因在《云南日报》要闻版连续发表，引起较多关注，对当时滇池污染治理产生过积极影响。

刘红和采访团记者十天里骑行三百多公里，所到之处，从昆明第一家投产的污水处理厂到污染大户冶炼厂、印染厂、造纸厂，从滇池源头松华坝以及白邑乡滇源镇再到出海口螳螂川以及川字闸，记者们往细里看，往深处看，看了美的看丑的，看了好的看坏的，看完之后就现炒热卖，一路将采写稿件发回后方编辑部，在符合当时主流价值观严格要求的前提下，他们最大限度地努力再现了当时滇池污染的严酷现实。刘红在《锁住乌龙 须争朝夕》里写道: "三伏天滇池无人游泳, 大观河……散步的人们掩鼻而过……记者采访途经的几条河流, 污物沉渣泛起, 河水乌黑发臭, 已经不能洗马桶盖。" "污染的河流除了大观河外, 还有船房河、运粮河、新河、明通河、盘龙江河、王家堆渠……老百姓管这几条臭水河叫'乌龙'。"在《梦于明净 醒于污染》里描述了大量"网箱养鱼"农民既加害于滇池又受害于污染的两面性, "我们管污染叫海油, 海油腻在网箱, 鱼呼吸不动, 死的死, 漂的漂, 我们受害最深最直接!"这是一个名叫王凯的王家堆村民站在齐腰深网箱里对记者说的话。另一位船上打鱼的村民对记者说, "现在水黑洞洞的, 鱼虾几乎绝代了。出海一天, 一条也没捞着。" "现在工厂建得多, 污水都进来了, 清水变绿, 绿水变污, 污水变臭, 不要说人饮水, 就连鸭子都不吃, 不愿意往滇池里游, 赶都赶不进去, 咋整?"《排污管道难以铺下去 云冶废水依旧入滇池》一篇更是惊心动魄, 讲述了治理滇池污染在小集团各自为阵的利益驱动和纠结中, 工厂治理排污万事俱备只欠东风的尴尬事实。工厂重金投入铺设的排污管道成了香喷喷的"唐僧肉", 沿途村社甚至个人都要想方设法"咬一口"。最后, "排污管道卡壳, 每日4000多立方米含砷、铅、镉等污染物的工业废水依旧向滇池滚滚而去。"

当时滇池周边麇集了5000多家大大小小的工矿企业, 这与滇池周边土地平整、交通便利、水资源丰富、气候和景色特别宜人等有关。这些国有和乡镇企业迅速发展, 且多以磷化工、冶炼、印染、造纸、电镀为主; 工艺上力求简单节省, 急于争取效益"吹糠见米"甚至竭泽而渔、杀鸡取卵的粗放生产方式, 对滇池的伤害是空前的。滇池草海、外海水质迅速下降为劣 V 类, 水体黑臭, 水葫芦疯长, 蓝藻水华如刷在湖面的一层绿油漆, 滇池水质断崖式恶化, 成为中国污染最严重的湖泊。记者团采访"拯救滇池"系列, 在当时条件下, 比较全面生动地报道了滇池污染的严重事实, 以及治理污染取得的初步成效。在时空上, 几乎平行推进的采写滇池的新闻记者团与作家采风团，境界和效果孰高孰低，应当是一目了然。

这些年，抱残守缺的部分作家确实普遍不受待见，纷纷叫苦"被边缘化"。然而却少有人往深里追问：文学为什么？作品是什么？作家干什么？从采访和采风比较来看，在体制内"混"得风生水起的某些作家，以及"蹭"体制"红利"的某些伪"边缘"作家，什么成色什么能耐什么境界，对比之下，算是较为清楚了。

两个小妖精

昆明人的滇池记忆中，绕不开两个物种：水葫芦和蓝藻。

水葫芦是外来物种，引入中国距今不过一百来年时间。这个原产巴西的水生植物，有一个很好听的学名：凤眼蓝（别名凤眼兰、凤眼莲等）。很早我就在沈从文、老舍等文人笔下见识过这个名字，却绝没想到其所指，就是一度在昆明烂大街的水葫芦。

叫着凤眼蓝，它顿时诗意了。其实它是一种漂浮性的水生植物，浅蓝淡紫色的花，有六片花瓣，最上面的一片有一只蓝色的"眼睛"，中间恰到好处地凸起一个明黄色"眼球"，这也正是"凤眼"的点睛之笔。诗意高贵的凤眼蓝为什么又被叫作水葫芦呢？这归功于它叶柄的奇特构造——叶柄的中间膨大成了球状，造型酷似葫芦，剖开可以看到密密麻麻的泡状结构，里面充满了空气，就像是海绵体或泡沫塑料。这正隐藏着此物种得以快速扩张的秘密：有了这个奇特装置，其叶柄就可以轻盈地漂浮水面，不胫而走。

水葫芦的颜值颇高，一到花期，它绽放出蓝色妖姬般的花朵，极像顾盼生辉的美人丹凤眼，幽怨中含情脉脉，哀愁中意绪款款，煞是勾魂摄魄。水葫芦叶片由嫩绿、浅绿、深绿组成绿色的旋律，在水面弹奏出一组狂放的音乐——我这样描述，你肯定以为我对这种植物在审美上是大加赞赏的。是的，但是仅限于此：审美。而且是只对其单株的、零星的、静态的，保持我的有限审美。不仅是我对它抱有局部审美，因为水葫芦天赋异禀，世界各地对其也颇有好感——比如在美国，它就被美国人誉为"美化世界的淡紫色花冠"。在原产地巴西，水葫芦受生物天敌控制，仅以一种观赏性种群零散分布于水体。被引种到世界各地之后，由于水葫芦生长速度很快，适应性强，叶和花又具备观赏性，而且兼具可以食用、吸纳污物等好处，在很多地方曾经大受欢迎。后来又因其过强的繁殖力，有它走的路，别的水生物几乎就得落荒而逃无路可走。而且水葫芦生长繁殖快速、死亡更迭也同样快速，密密麻麻的水葫芦一旦得不到清理，死亡沉水之后就会迅速污染环境，造成水体环境大面积的破坏。至今世界很多城市每年还要投入大量人力物力财力用于打捞水葫芦，所以，水葫芦亦被列入世界有害外来入侵物种之前十名。

还在少年时代，水葫芦就出现在我的视线中。那只是某个水池刻意培养的一种景观，或者就是某个有点情调的职员案头的一个盆景。少小时候的我看来，水葫芦长得有点纠结，一嘟噜一嘟噜，有些落寞地立在水池中某个角落。它细白的根须，像皓首穷经的智者之须，茂密而安静地在水底缓缓舒展、飘忽。即便开花也是在不经意中——某个清晨，一朵两朵浅蓝的花，从它球状的胖嘟嘟身子里拱出来，让人眼睛随之一亮，哦，这蓝花花，就是水葫芦？

是的，它就是水葫芦。

1982年春天时节，我在昆明大观楼前那片开阔的水域中，最早见到过水葫芦连片生长的情形。我是在乘坐农家木船进入滇池湖心时，从木船行走的水道边看到它的。水道两侧挤满了墨绿色的水葫芦，那时节正好开花，开出来的居然是蓝色火苗一般的花朵——这哪里是我小时候记忆里那文弱安静带点儿忧郁之美的水葫芦？摇橹的船家女不时从船桨上摘下几朵水葫芦，样子很不耐烦，说，这东西特无赖，老缠桨，再疯长下去，河道怕是要阻塞了。

果然后来就阻塞了从大观楼通往湖心的那条水道。后来每次去大观楼，远远就望见三三两两的船只在打捞挤占水道的水葫芦，而倾倒在空地的水葫芦已经变色，从墨绿到暗黑，发出刺鼻的恶臭。这时的水葫芦，看来已经普遍令人生厌了。

这个外来物种现在广布于中国长江、黄河流域及华南各省。来到昆明的水葫芦，因其喜欢温暖湿润、阳光充足的环境，加之滇池水体富营养，这里就成了它恣意疯长的天堂。过去，靠近湖岸的水体都是水葫芦密布，几乎所有入湖河道也蔓延出水葫芦，偌大湖面也有不少游魂般漂浮的水葫芦。不长的时间里，水葫芦占领了滇池，成了这里的新霸主。

几乎没有人还记得它那高雅的名字：凤眼蓝。都在心里讨厌水葫芦，嘴里诅咒水葫芦。水葫芦因为过度繁殖，阻塞水道，影响交通，已经让那些摇船渡客的农家女失去生计，让那些靠出卖风景赚钱的湖畔农家乐没了客人，甚至让城市里靠近河道的居民生活质量下降——比如大观河两旁的住户就心生怨言：傍晚出门散步，看到的就是挤挤挨挨的水葫芦，打捞的水葫芦臭了一条大街，也不见及时清理。投诉电话就多了起来。居委会也算解释及时，他们说，不是不清理，实在是来不及清理，因为水葫芦生长太疯狂了！打捞晾晒根本跟不上它疯长的速度！近水的人说，这家伙确实邪乎，夜里耳朵仔细睁大一点儿，都能听到水葫芦拔节发出的噌噌声，怪瘆人！水葫芦从此成为水边人眼里的"水上恶鬼"，也成了昆明人的一个挥之不去的噩梦。

昆明人与水葫芦开始了漫长艰难的"拔河比赛"。

在我印象中，昆明人与水葫芦"第一阶段"的"拔河"，至少有十年时间。从上世纪八十年代开始的清除水葫芦运动，就从大观河一直延伸到大观楼，再顺延到滇池各个湖岸，以及所有入滇河流……比较大规模的记得有两次，一次是为一个老外的到来突击性清理：1986年10月，为了让来华访问的英国女王伊丽莎白二世在昆明能尽情游览滇池，昆明市组织军民出动劳力十多万个，用时数月，耗资甚巨，打捞起水葫芦约十万余吨。随之，大观河敞亮了，大观楼巍峨了，通往滇池的水路也明媚开来了，人们舒展了一口气，可以放心迎接女王陛下来滇池开怀畅游了。据说当天晚上在女王下榻的震庄宾馆，当女王陛下品尝了滇式奶酪和各种珍馐，观赏了纳西族省长赠献的"云子"围棋等礼品后，女王陛下伸出骄傲的大拇指，反复说着"威尔瑞古德"，夸赞的却是白天游船所见的滇池美景。东道主为水葫芦悬着那颗心，直到此时才算落进了肚里。

然而好景不长。伊丽莎白女王前脚刚走，被剿灭被压抑了一段时间的水葫芦又"卷水"重来了，前朝葫芦今又来，只是疯癫更猖狂。大观河道被迅速重新堵塞了，说密布水葫芦的河道可以跑马夸张了一些，但是老鼠可以从河道东岸自由窜行到西岸，确实是司空见惯的事情。从大观楼前进入滇池的船舶再次搁浅，水葫芦一派葳蕤丰茂的样子，大有遮天蔽日的气概。有一个外地来昆明旅游的大学生不信这个邪，非要跟人打赌玩猫抓耗子游戏，就守在岸边，专等老鼠从水葫芦上跑过时，要表现他的眼疾手快。话音未落真的就来了几只老鼠，就从他眼皮子底下"嗖"地窜过，大学生赶紧伸手，那些机灵的老鼠七弯八拐，小伙子连一根鼠毛也没薅着。更可气的是，逃窜的老鼠居然停在稍微远一点的水葫芦上，回头张望，滴溜溜的鼠眼大有嘲笑的意思。小伙子气急败坏，直接就往水葫芦密布的河道里冲，众人想拉也没拉住，眼看着小伙子几步之后就往下陷，想要搭救他的人试着走了两步，发现水下就像有陷阱一样，软绵绵地缠住身子往下沉，只好望而却步电话报警，幸好不远处就有个消防支队，消防员及时赶到现场施救，从沼泽里捞出那黑乎乎臭烘烘奄奄一息的大学生，才算捡回了学生娃的一条性命……

时间到了1991年，元旦刚过，昆明一份市民报纸主笔发出一篇檄文，开头写道："滇池的污染威胁到了昆明的生存，党着急、政府着急、人民群众着急。1991年1月，昆明市打响了'八五'期间治理滇池的第一战役：治理大观河。"

为什么那时候治理滇池总是拿大观河开刀？抛开所有可能的其他原因，我觉得还有一个原因值得注意：这条河的尽头，立着一个人，虽然是泥塑，但是他很有名，比他更有名的是他那幅长联，其中有让人耳熟能详的一段牛逼名句——

莫辜负：四围香稻，万顷晴沙，九夏芙蓉，三春杨柳。

是的，这里说的就是孙髯翁。

孙髯用他一百八十字的长联，为滇池以及昆明形象代言了很多年，孙髯没有收昆明一分钱代言费，而且最后还像日本电影《楢山节考》里面的老人一样，自己卷铺盖走人，上山——孙髯去到了当时距离昆明天远地远的滇南弥勒，挥手自兹去，以此了残生。一代文人孙髯给昆明长了脸，后来的昆明却给当年的孙髯丢了丑。大观河、大观楼前的滇池，这些水域里泛起的每一道肮脏的波纹，都写满了丑闻的一个个句子。

于是有好事者将孙髯掷地有声的"莫辜负"，加了改了两个字：

痴人，莫做梦！

然后解释说，正因为孙髯一直念叨什么"四围香稻，万顷晴沙，九夏芙蓉，三春杨柳"，才害得不明就里的后来人打着灯笼火把到处找寻，找寻滇池这早已经不存在的诗画意境，这不是在白日做梦吗？

从这个意义上说，治理滇池污染从大观河下手，还是很有道理的。

在昆明老照片展览里，我看到一张并不算老的照片，摄影者杨志刚，照片标题是一行字：1990年11月水葫芦堵满大观河道。画面上，一艘带篷的木船，篷里隐约有坐者，篷外五人，身子或站立或前倾，但木船纹丝不动。再看木船前后左右，全是密布的水葫芦，前行无路，后退无门。这张照片就像今天的行为艺术一样，定格了那个年代那条河流那个滇池的荒唐可怕。就在这张照片拍摄之后月余，"昆明市'八五'期间治理滇池第一战役在此打响：治理大观河！"

我自己就是这场"战役"的亲历者。新闻里说它是"战役"，是标题党为了"吸睛"。现实中，当时也确实有"战役"的气氛。3公里长一段河道，每天有数千人马和机械设备拥挤在这里，其中还有为数不少的驻滇部队，军装绿成了河道里的主色调，说它是打仗，也对。战争的对象，一开始是水葫芦，到后来是满河淤泥，两者都是软绵绵滑腻腻很难缠的东西。水葫芦清理上岸，来不及运走，就山头一样码在路边，人一踩上去，很容易摔个屁股墩。与我同去的一位著名诗人，就在我面前摔了下去，人没伤，屁股中缝的线却炸开了，露出了红色的底裤，很耀眼，很狼狈。著名诗人只好一只手捂着屁股继续参加劳动。我抓把稀泥往他裆里一糊，诗人以为我是恶作剧，回头正要怼我，但他低头的瞬间，气就消了，还对我咧嘴一笑。因为，乌黑的稀泥已经遮挡了他裤裆那片鲜红，无人知晓诗人是露着屁股在参战了。

这场"战役"历时14天宣告胜利结束。作为"参战者"，我亲自"战斗"了三天，主要是参加了第一阶段清理水葫芦的劳动。风水轮流转，三天之后，就有新的"参战者"替补，接过了我的铁锹等"武器"。据报道："14天里12万挖河大军挖出9万多立方米淤泥，被上千台车辆干净彻底迅速地运走。""昆明市级机关和五华、盘龙两级领导带头下河挖泥。挖河期间，有两位副省长、11位将军、110位副厅级以上领导和县团级干部3000多人次参加疏挖大观河。""昆明人挖河挖出个'大观河精神'，这精神如大地之春气，从3000米长河中升腾起来，在春雨中又回归大地。"

呵呵，"大观河精神"！

我们确实是最善于提炼各种"精神"的民族。其中一些"精神"具有提振和照亮的作用，一些"精神"却语焉不详，胡乱停留在精神或神经有疾的层面，让人不得要领。三十年后读到这些文字，我还是没有琢磨出什么是"大观河精神"，但是我看到了治理滇池道路的曲折艰难，以及其中的某些荒诞不经。当年的报道说："水葫芦和污泥清理走了，战役大军撤离了，喧闹的大观河恢复了平静，河底悄悄渗出了一股清清的水，杨柳拂着河岸。有人轻轻叹道："多么好啊！生命之源。"
写作者假新闻之名，却凭着主观想象推演出了大观河底那股清泉，也许——它真的存在过？但正如"奥斯维辛之后不要写诗"，道理相似，大观河以及滇池污染、特别是严重污染尚未能扭转之际，不宜写不加反省却过于抒情的赞美诗，这应该是所有为文者的一条底线。

水葫芦里的故事注定还有许多曲折，这里且先按下不表吧。

再来看另一物种：蓝藻。

也带着蓝。我的思绪突然蓝光闪过：昆明好像特别"吸蓝"——沾着蓝字的，比如蔚蓝的天空、碧蓝的湖水、比如果蔬中的贵子蓝莓、比如小布尔乔亚气质十足的蓝色薰衣草、比如玫瑰中的稀罕品种蓝色妖姬、比如刚刚描述过的水葫芦上绽开的蓝花花、比如近年迅速走红昆明满大街的蓝花楹，也比如这里要说的物种：蓝藻。

各种"蓝精灵"，登陆昆明，就能大行其道。

或许，昆明原本就是一座以蓝做底色的城市？

蓝色，带有高贵典雅的气质，是冷色系中能让人读出温暖的一个另类。植物抑或动物，披上蓝色的外衣就会身价陡涨，就连最大路货的莲花白，改良出了紫甘蓝，价格就翻了好几番。

但是我见到的蓝藻并不蓝，而是绿——比油漆还黏稠、比口痰还浓黏的惨绿阴绿，昆明人为此有个专用词："绿荫杠瞎"，大意是——绿到直让你恶心闭眼的程度。

我最早见到蓝藻时，还不知道它的名字。

我是在西山之巅远远看到它在滇池里的存在的。

那是上世纪九十年代一个黄昏，我登临西山，从山顶"一得"气象站附近的石壁上远眺滇池，发现大半个湖面反射着一层好看的绿光。

一个同行朋友告诉我，这是蓝藻。很可怕的蓝藻。一点儿不好看。

到了山下，走近水边，我才领略了朋友说的蓝藻可怕。真的很可怕，远远就闻到水里浓烈的刺鼻腥臭味，我以为附近有人在晾晒死鱼烂虾。走近滇池才发现，味道是从湖水里传出来的，准确地说，是从湖水上面覆盖的那层厚厚的、稠稠的绿油漆一样的物质发出的。

这就是蓝藻，一点都不蓝，而是绿绿的、阴森的、黏稠的、油腻腻的——而且，一望无际的。这层厚厚的阴绿，飘向天边，滇池被染色后通体发绿，就像莫奈笔下一幅忧郁的油画。

这幅蓝藻油画在现实中却无法近观，除非，你有特别变态的审丑嗜好。我一下子明白了朋友所言：一点儿不好看。难看。真难看！

简单说吧，蓝藻之让人恶心，远甚于近观一处粪坑。

滇池西岸观音村一个老妇人告诉我："活了大半辈子，没见过这么恶心的东西。开始出现时，没这么浓黏，更不知道这东西有多么讨厌。有一天早晨，去湖里漂洗衣物，浅色的衣服进去，深色的衣服出来，而且都被染成了'绿荫杠瞎'的寡绿色，再怎么洗也洗不掉的丑颜色，比颜色更可怕的是气味，腥气在几丈远都闻得到，活生生毁了这些衣物。你说蓝藻恶心不恶心？"

蓝藻，通常被说成蓝藻水华，它有一个很雅致的学名：水华丝束藻。这种阴绿的、像绿色油漆打翻在水面的漂浮小生物，曾经是这个星球上最早出现的生物之一。它做过三叶草的邻居，见证过恐龙灭绝的过程，也经历过地球沧海桑田的变迁。远古走来的它，其貌不扬，微不足道，却遍布世界的每一个角落。据说蓝藻已在这个星球刷了34亿年以上的存在感。它算得上是地球各类植物的老祖宗了——与它同时代的植物，多少豪杰已经樯橹灰飞烟灭。唯有它这种结构原始的生物，含叶绿素，能够制造养分独立进行繁殖，因而代代承袭，它是生物界世袭罔替的获利者，它是外表谦卑内心强大的"适者"，适宜生存的区域很广泛：江河湖海、陆地山巅，从80多摄氏度的高温到零下50多摄氏度的低温，从干旱少雨的高山到盐分浓厚的海水，它都一样能够生存，一样能够繁殖。当然如果要它选择，它还是更喜好富含磷和氮的水域，如果再加上温暖的气候、炎热的季风，它就更会特别欢实地疯狂霸道生长。从这个意义上说，滇池好像就是蓝藻的定制版——温暖潮湿、炎热季风、水质富营养，得！齐活儿，全占。

蓝藻还具有穿越时空的本领，特别是它的孢子，就算贮存七十年以上，一遇条件，仍然可以重启生命键，开始新征程。它甚至能够把空气中的游离氮合成氮素化合物，不断释放出来，并在死亡分解后，还可以释放大量氮素化合物，作为其他植物的氮肥。它的存在，甚至堪称"高洁"——当水质洁净时，它可以活得若有若无，若隐若现；而一旦水质恶化，富营养化程度增高，它立时就活跃起来，以近乎野蛮的速度，繁殖分裂，抱团示威，制氮耗氧，在水面刷出它强大的存在感。

这就是蓝藻？

是的，这就是百变精灵小蓝藻。

在滇池，上世纪九十年代以来，蓝藻越来越频繁地粉墨登场。它开始只是一点点，一丢丢，比较稀薄地分散在广阔水域里，在水域一些局部的表层，就像略施了一点淡妆，让湖面浮起一层淡淡的浅绿，然后洇开，湖水就有了朦胧的诗意美。有了一次次试探，它发现滇池跟粗犷耿直的云南人一样好客，喜欢用惊涛和波浪唱起"远方的客人请你留下来"，蓝藻就真的不客气地留下来了，而且反客为主了。它把滇池当成了自己的主场，"我的滇池我做主"。它邀请的第一个"客人"，正是水葫芦！这就是蓝藻的肤浅了，它居然不知道，水葫芦可是这里原来多次不请自来又屡遭通牒驱逐出境的老油条！在蓝藻还没有大量来到滇池繁殖之前，水葫芦在这里风光无两，而且远不止十年！哪知道水葫芦心胸真的像葫芦大圆肚一样宽广，竟欣然应邀，再度重来。于是，一时间，滇池上演了一场双簧戏，也可以说是蓝藻、水葫芦的双雄会。

这几乎是"先有鸡还是先有蛋"一样的哲学命题：在滇池，到底是先有蓝藻的爆发，还是先有水葫芦的疯狂？

一些人说，当然是蓝藻在先。原来，因为一叶障目不见蓝藻，只看到水葫芦在滇池葳蕤泛滥，没看到其实当时蓝藻也潜伏其中，并且随时暗流涌动。他们认为，其实蓝藻一直是"托底"，是"推手"，推着水葫芦在表层、在前台表演，蓝藻却在幕后当着"无名英雄"。或者说，它们就是植物界的"狼狈"。多年来，蓝藻在滇池制造的氮肥，在一定程度上只养活了一种生物，那就是与它前后搭档、相依为命的水葫芦。这又导致了一个恶性循环：蓝藻水华越繁殖，它制造的氮越多，水就越肥；水越肥，水葫芦越旺盛；水葫芦越旺盛，耗氧越多，蓝藻水华爆发的机会也更多，水质更加恶化，周而复始……于是，我们真的看到，一段时间里，在滇池以及入滇河流，清理蓝藻和打捞水葫芦的工作，是"两块牌子一套人马"，而且成了昆明人日复一日，年复一年永远也做不完的"功课"。为了清除蓝藻和水葫芦，不知伤透了多少人脑筋，花费了多少钱财，人工打捞不行就用机械打捞，人工除藻不行就改机械除藻。任务紧急时，甚至动用了军队来对付这两种小小生物。"高射炮打蚊子"的现实版就这样在滇池上演了。那些面庞还比较稚嫩的战士，顶着烈日狂风，开动船舶机器，没日没夜战斗在滇池之上。一天两天，一月两月，一些战士的面部在强烈的紫外线和水面反光烧灼下被脱了一层皮，但最终还是没能将这些小东西完全打败。一度时间，后来居上的细小蓝藻，几乎成了置偌大滇池于死地的癌细胞。

危险的游戏

如果说蓝藻和水葫芦是滇池水域这个舞台上你方唱罢我登场的大剧主角儿，那么，剧情的反转发生在进入二十一世纪第一个十年之末。事情的起因跟昆明主官换角儿有关。滇池是城市首长必须要啃下的一块硬骨头，这是自从滇池严重污染以来，每一届主要官员的共同心病。

从前的滇池只有风花雪月的故事。它成为昆明每任"一号首长"的

"一号工程"，是在滇池严重污染到了不治不行、忍无可忍之后。此时，滇池的格局又有新变：发展中的昆明，曾经被更高层规划为"一湖四环、一湖四片"的大昆明、新昆明。也即是说，滇池要成为昆明城市包围的内湖，要实现"城包湖"的浪漫愿景。想法不错，做法危险——因为，此时的滇池已经早成了污染之湖，劣V类之湖。当务之急是治水，治理这潭剪不断理还乱的大湖之水！

也就在这时，有意无意间，一本名为《水葫芦拯救地球》的"闲书"进入了某些主官的眼帘。这其实是一本旧书，1992年，由日本冈山大学研究者写作出版，后翻译引进到中国。其实学过植保专业的人都知道这本书，但通常来说，他们的所谓知道，仅限于书名，浮皮潦草而已。现在不一样了，现在是要寻找滇池治污之策，必须"拿来主义"，活学活用急用先学。《水葫芦拯救地球》就这样重新进入昆明城市管理者的视线中。

这居然是一部水葫芦的赞美诗！

在《水葫芦拯救地球》书中，日本教授说它："可以净化水质及空气、还可削减温室气体。"这不是踏破铁鞋无觅处的环保天使么？接着往下翻，就会看到日本人接下来写的一段话："但是如果不想养水葫芦了，千万不能将其随意丢弃河里湖里，以免其迅速生长，泛滥成灾，遮挡阳光，阻隔空气，致使其他水生植物与动物因缺光、缺氧而亡。"

这句话让昆明主官咯噔了那么一小下。但很快，首长的思绪还是集中在了日本人描述水葫芦的前半部分之上："它可以净化水质及空气、还可削减温室气体。"日本人说，他们在实验室和一定范围水域做过多次实验且都取得成功。既然在瓶瓶罐罐里可以，在一定范围水域可以，为什么在广大水域里就不可以？水葫芦不一定能拯救地球，但是它能不能拯救滇池呢？一个"以毒攻毒"的想法——在蓝藻暴发的滇池里种植水葫芦，逐渐减少水中的氮、磷等富营养物质的含量，从而抑制蓝藻的生长，恢复清澈的湖水——这个思路，很快出现在了治理滇池相关文案中。

日本学者的论述是在纸上，所做的实验已经成为数据沉淀在纸页中，现实中不那么方便考察和研判了。而在当时，南京某大学校园里，好多池子里正养着郁郁葱葱的水葫芦。这里的水葫芦可不只是观赏植物，而是用于治理富营养水体的"小白鼠"。原来该校正在进行水葫芦抑制藻类生长的一项实验。

对于苦苦寻觅滇池治污之策的昆明主官而言，真是瞌睡遇到枕头！

这所大学的何教授对此也有著述。他认为，水葫芦是蓝藻的克星，"蓝藻和水葫芦有个共同点，就是在富营养化的水体里面都容易生长得很好，而且都喜温喜肥。"何教授说，更强势的水葫芦暴发时，可以大量吸收水体中的营养物质，并能释放出一种克生物质，它能抑制藻类、菌类的生长，当然也包括蓝藻。

何教授可不只是在大学校园里养养水葫芦玩儿。养水葫芦千日，他更渴盼用水葫芦一时。在太湖污染最重的一块水域，何教授希望得到机会，圈一块约23平方公里的湖面栽培水葫芦，约为太湖面积的1%左右。为此，他上书江苏政府，希望得到支持。

"我们可以用竹竿把这个水域与其他湖水隔开，竹竿伸到水下大约20厘米，这样水葫芦不会漂到其他水域，而且水下其他生物可以自由活动。以水葫芦亩产3万公斤计算，每年能除去太湖水里60多万公斤的磷、600多万公斤的氮。"

何教授说，按照最保守的估计，从理论上来说一年以后就能清除太湖中的氮和磷。由于富营养化的水体环境的消失，蓝藻自然无法成活。"如果1%的湖面可以，那么100%的湖面就可以。"这个1%，其实已经透露出何教授巨大的"野心"。

何教授的"野心"其实很对当时昆明主官治滇的思路。既然日本和中国教授都注意到了水葫芦和蓝藻"相生相克"的关系，昆明主官也就从将信将疑到坚信无疑，转换的速度跟蓝藻暴发和水葫芦疯长几乎一样快。

就在昆明官员们阅读思考《水葫芦拯救地球》并比较中国教授水葫芦治理蓝藻之说的时候，一则资讯让他们更加兴奋不已，脑洞大开。

这是央视的一个报道——

长期困扰太湖的水质富营养化难题，终于有了一个较为理想的解决办法，具有神奇吸收能力的水生植物水葫芦有望从"环境杀手"转变为太湖水变清的功臣。（详细情况，我们连线中央台驻江苏记者杨守华。）

主持人：我们比较好奇啊，"水葫芦"这种植物有那么大的神力吗？

记者：我来给大家介绍一下水葫芦这种水生植物。在所有生物中，水葫芦吸收氮、磷、钾的能力最强，日本专家为此曾写过一本书，名字叫《水葫芦拯救地球》。在适宜的温度下，种养1平方米水葫芦在2—3天内便可将1立方米的Ⅴ类水改善为Ⅳ类水以下，对水体悬浮物的去除率可达70%以上。

据江苏省农科院测定，种养1亩水葫芦一年可吸收利用水体氮、磷、钾的量分别为120公斤、20公斤和220公斤。如果按每种养10亩水葫芦吸收1吨氮磷计算，太湖中只要种植10万亩水葫芦，就可每年吸收1万吨氮磷，这足以让太湖水质由目前的Ⅴ类变成Ⅳ类。

但与此同时，水葫芦又是我国认定的16个外来生物入侵种类之一，其主要危害是堵塞航道、影响泄洪、疯狂生长影响生物多样性，等等。但是水葫芦本身是无毒无害的，只要充分利用水葫芦这一载体，把水体中多余的氮磷元素收集起来，经加工处理后返回到农田里去，就可以让危害太湖水质的元凶变成肥沃土地、增产增收的宝贝。

这些话句句说到昆明不少官员的心里。他们在心里用电脑替代键把

"太湖"两个字替代为"滇池"，于是，一幅河清海晏的滇池图顿时浮现在大家眼前：

四围香稻，万顷晴沙，九夏芙蓉，三春杨柳……

莫辜负登临意，多少事从来急！

很快，上面指令，这部早已经束之高阁的《水葫芦拯救地球》在昆明被重新内部翻印，放在了昆明许多官员的案头，成为"治水秘籍"。多年后，经手此事的某官员告诉我："当时指示是公务员人手一册，我们核实斟酌了一下，最后实际翻印了约一千册，除了放到所有领导案头，与治水相关部门人员基本是人手一册。"可是到了2019年夏天，当我向一些直接与滇池治理有关的部门讨要一册以备学习研究参考时，他们找遍了书柜，最终却一无所获。这部曾经在昆明洛阳纸贵的"奇书"，就像消失的太空人一样，神龙见首不见尾。最终我加价从"孔夫子"旧书网购得一册，用作本书写作参考读本。

以《水葫芦拯救地球》为先导，一场史无前例的水葫芦圈养工程，在滇池流域拉开了序幕。原本已经野生的水葫芦重新成了"圈养"之物，而且需求量巨大，一时间身价地位今非昔比。最极端的例子是水葫芦居然登堂入室，被"圈养"进了昆明人赖以生存的水源地——松华坝水库。当年松华坝水库上游一个叫河里湾的地方，一夜之间出现了来历绝非寻常的"客人"，它就是水葫芦。那一片"圈养"水葫芦，占据了约二三十亩水面，种植区域下方被细网区隔，旺盛的水葫芦颜色葱绿，十分抢眼。

当年有记者到此探秘，得知的消息是，在松华坝水库"圈养"水葫芦是"上头"的安排，水库管理方无权过问。"圈养"工程由某私人老板承包，其中的意思显得有些诡异。

据水库管理处负责人介绍，松华坝水库里水质为Ⅰ类水，可供昆明城区30%的居民饮用。在松华坝建库的数百年间，水库里从来就没有出现过水葫芦的踪迹。"圈养"任务下达后，当时在库区里共种植了两处水葫芦，总面积约50多亩。

既然水葫芦是为了治理污染而种植的，松华坝水库并无污染，为何还要在松华坝里种植？该负责人表示，他们无权过问，只是按规矩办事。

对此，有关部门的解释是，水葫芦是"治污能手"，有污治污，无污防污。

按照这样的思路，昆明的昭宗水库、三家村水库、月牙塘公园、翠湖公园、昆明世纪城公园里，都种上了水葫芦。就连很多官员的办公桌上，也放上了"圈养"水葫芦的玻璃缸，名曰"盆景"，实则是提醒官员，"圈养"水葫芦是治理滇池污染的大事急事，人人必须认真对待，马虎不得。

根据当时的统一安排部署，在昆明所有小区坝塘、河沟里都种植了水葫芦，几乎是见水就种，有水必种。否则就会被"倒逼""问责"。2019年夏天我在滇池西园隧道入水口采访时，得知当年这条水渠里也种植了水葫芦。看着湍急的水流，我不得其解，问一位负责人，在这里种植水葫芦，可能吗？

负责人说，当时他第一反应也觉得不可能。"可是领导的大眼睛死死盯着你，你就只剩下一个答案：可能，非常可能，必须可能，完全可能！"时隔多年，这位负责人说起这段往事时，表情复杂。

他当年执行这个计划也算不遗余力。可是隧道入水口那段水渠流速实在湍急，水葫芦又是悬浮植物，想了很多办法也无法固定，基本是头一天种进去，第二天被冲走，连续数次，都是无功而返。"偏偏就在此时，某领导陪客人坐高空缆车上西山，正好可以从空中俯瞰水渠。当他看到水渠里依然是白花花的流水而不见水葫芦，脸色顿时就不好看了。懂事的秘书一个电话打过来，我几乎解释的机会都没有，只能唯唯诺诺，保证一周之内，一定完成任务！"

回忆起当年为了"一定完成任务"这句说出口的话，他眼角有点潮湿。"水葫芦种植任务其实就是当时的政治任务，一旦上升到这个高度，作为下级公务员，你懂的。"他说那几天他一整天守着水渠，冥思苦想，魂不守舍。"一个大男人，眼泪都急出来了"。他只能在同事面前揉揉眼，说是风沙眯缝了眼睛。"也就是这一揉眼，揉出了灵感：何不用网格固定，让每一株水葫芦像眼窝里的眼睛一样，都固定在矩形、菱形或圆形泡沫圈内，再用网格细绳子兜住，反正不细看谁也看不出来。"说干就干，水渠里的水葫芦大多就被固定下来了。剩下的工作就是每天检查，是否有被水冲走的，死去的，拾遗补阙，大面子上算是过关了。

负责人还说，当初有领导站在水渠跟前，曾向他询问过"隧道里能否试种"的问题。"我当即否定了这个想法。原因很简单，没有光合作用，植物不可能生长。如果造成隧道阻塞，后果就不用想了。"这个话题也就此打住，无人再说起。

当年这项技术由江苏省农业科学院提供支持，项目名称为："滇池水葫芦圈养及资源化利用工程"。项目规定在当年六月上旬完成在滇池内圈养20平方公里（30000亩）的水葫芦。随即在当月下旬出台了有关实施方案，其中明确在入滇35条河道，84条支流种植水葫芦，圈养面积占水体的50%。这项工程也被列为《滇池水污染防治十二五规划》及"2011年滇池内源污染治理"的重要措施之一。为了完成种植任务，昆明市政府及有关职能部门全体总动员，在规定时间内超额完成了工作任务，在滇池流域控制性种养水葫芦26平方公里（39000亩），其中，滇池外海16平方公里（24000亩）、草海6平方公里（9000亩）、流域内其他水域4平方公里（6000亩）。

所有人都没想到水葫芦会在昆明"一夜翻身"，一举成名天下知。借用"人是有思想的芦苇"那个哲学比方，如果水葫芦是有思想的人，它会不会对自己"过山车"一样的命运感到纳闷甚至不可思议？事实上水葫芦"冰火两重天"的命运，只有起点没有终点。就在各部门为"圈养"水葫芦殚精竭虑，滇池流域开始大规模种植水葫芦之时，来自民间的质疑之声便不绝于耳，一些科研人员和部门也用各种方式对此提出了广泛而强烈的质疑，并形成书面文件呈递到云南省以及更高决策部门。一份名为《滇池水葫芦规模化圈养和资源化利用项目存在问题》的文件就是其中的代表作，该文包括三个核心论点：

湖内圈养水葫芦不可能从根本上改善滇池水质；

圈养水葫芦生产成本过高；

高盖度水葫芦圈养对滇池草海生态系统将造成严重灾难。

文件披露，早在《水葫芦拯救地球》面世之前，自上世纪八十年代，我国就开始大量研究水葫芦对水体的净化作用，但时隔近三十年，通过水葫芦改良湖泊水质的成功案例至今没有出现。文件指出："滇池保护的最终目标是实现湖泊生态系统的良性循环，水葫芦是外来物种，在滇池中大量繁殖必然挤占原有物种的生存空间，不利于原有生态系统的修复和稳定，危害湖泊的生态健康。""蓝藻水华爆发在湖泊中属于生态灾变，是湖泊的物质循环被大大提速，使原来应沉降的碳、氮、磷等物质在水体中循环，大量的光合作用，使水体中的碳高速富集，同样水葫芦的生长特点也会大大加快湖泊的物质循环速度，损害湖泊物质的良性循环。"这份文件最后提出警告，如果"人为在滇池草海高覆盖率、高密度大规模引入外来水生植物物种，将对湖泊生态系统造成严重不利后果和灾难"。

持有类似观点的专家学者不在少数，也不赞成在滇池流域大规模种植水葫芦。他们认为：

水葫芦繁殖过快，难以控制；

不及时打捞会造成二次污染；

水葫芦治污成本过大，后期利用率低。

更有专家指出，松华坝水质已经很好了，种上水葫芦，意义不大。水葫芦可以通过种子繁殖，生命力极强，如果控制不严，水葫芦在松华坝泛滥成灾，将会给昆明人饮水造成危险。还有人对水葫芦种植如何"收场"提前表达了担心，认为"规模如此之大，资金投入之巨，万一资金链发生断裂，该怎么处置？其中有多少利益黑洞，如何监管，都需要给民众一个回答。"

这些质疑很快就得到验证。比水葫芦疯狂生长更疯狂的"圈养"推广，很快就偃旗息鼓。让人没想到的是，它最直接的原因却是：人走政息。

云南省为了包括滇池在内的九大高原湖泊水污染防治，设置了高级别专家督导组，由省市级老领导和知名专家组成，是湖泊治理决策的重要智库资源。事后有人问起督导组，为什么对这样一项社会关注度高、质疑呼声强烈的"水葫芦圈养事件"没有事先干预？一位督导组成员表示："等我们知道的时候，人家已经全部种上了。既然已经种上，就等着出结果吧。可是很快就到了水葫芦打捞期，但没人知道打捞船在哪里，打捞后送往何处。"对于这个细节，一位时任负责滇池治理的官员告诉我："事情确实有些无厘头。打捞后的水葫芦必须及时运走，堆积片刻就会腐烂引发新的污染。然而运往哪里，事先没有很好规划。运输成本更是高到离谱，因为水葫芦绝大多数成分都是水，干物质只占很小比例。这样，从打捞地到加工地，路途稍微长一点，就可能运输成本大于最后深加工产品价值。这些问题，在出现之前，确实没有算过细账。"另一位当年督导组重要成员称，有关水葫芦治污措施的提法，在昆明当年上报的"滇池治理'十二五'规划"中确有提及，但确实缺少对其完整周密的后续处置安排。

在治理滇池问题上，因为其重大和敏感，官员在大胆杀伐和谨慎推进方面如何拿捏，如何掌握其中的分寸，确实考验着官员的智慧。上世纪九十年代末，某个夏天的早晨，时任国家环保局局长曾亲临滇池视察，他乘坐的快船在滇池梭巡了小半圈，外海草海看过来后，看得他眉头紧锁，心事重重。尤其是在视察草海时，当他看到船首划破湖水表层阴绿的蓝藻，船尾翻起腥气的黑浪，他让快船熄火，在水面驻留了片刻。站在甲板上的他，那一刻什么话也没说，他身边的一群人也只好默默陪同站立着，所有人都不知道首长在静默之后会发出什么重要指示。但是最后却什么也没有等到，只见到首长一挥手，示意快船继续航行，匆匆结束了这次并不愉快的视察。后来有记者对局长采访，谈到湖泊治理，局长主动说起这个细节，他说，当他在滇池水面死死盯着那些发黑的污水、阴绿的蓝藻时，他想起西方一些国家采取的一种药物除藻的办法。药物除藻办法在一些湖泊类似污染治理上有过成功尝试。然而面对滇池，他实在下不了这个决心，这涉及滇池水资源的安全问题。局长知道，即便在当时滇池污染的情况下，滇池水仍然通过水处理技术达标后，成为昆明部分地区的饮用水。在掌鸠河引水工程完工之前，滇池这个功能一直处于维持状态。从这个意义上说，滇池不仅是昆明的景观之水、生态之水，还是昆明人的活命之水，事关重大，他不能冒这个险。也许药物一施，灭掉的就不仅仅是蓝藻了。最终，这位环保局长只是从滇池取了一瓶混浊发绿的水，心事重重地飞回了北京。

事实上，这种药物除藻的办法最后还是在滇池草海小范围内作了试验。结果并不是十分理想。此后若干年，滇池蓝藻愈演愈烈，一到春夏，随着气温上升，滇池总会发生大面积蓝藻暴发现象。那种时候，只要路过海埂堤坝，或坐在船上，目光所及，整个湖面一片混浊，一片阴绿，那悬浮的蓝藻，随便用根棍子测得到的深度一般在几十公分，滇池污染形势依然十分严峻。

也就在那个时间段，一次我被安排陪同到昆的中国作协某重要领导去安宁休息，正好途经海埂。这位曾经主管某文化大省意识形态的领导，到了作协岗位上后，成了散文家兼诗人兼书法家。他见到车窗外近在咫尺的滇池，自然不愿意放过近距离考察体验的机会。于是他令停车，见到海埂道路狭窄，他指示司机将汽车开到海埂另一端等候，让我陪同他徒步"走近滇池"。虽然我心中暗暗叫苦，却也由不得我说话，只好下车一起徒步。没想到的事情随之发生：当时的滇池正是蓝藻满湖，而海埂又是蓝藻暴发最烈、臭味最重的集中区。散文家兼诗人领导下车只走了几步，就用手掩鼻，面部表情是懊悔不已，无奈汽车已经一溜烟跑远，我只好边走边听他感叹和责问：好端端一个滇池，不是说好的高原明珠吗？不是大观楼长联五百里吗？不是三春杨柳九夏芙蓉吗？怎么会是这个臭德性？我看出了散文家兼诗人领导的满肚子不高兴，却没办法代表昆明人民向他赔小心。我只是学他样子，掩鼻疾行，并不搭腔。好在那段路也不算长，终于上得车后，原来谈兴甚浓的散文家兼诗人领导变得兴味索然，一路无话，我也落得清静，心里却说：都是滇池惹的祸。准确地说，都是蓝藻惹的祸！

蓝藻肆虐滇池，日深年久。跟国家环保局主官面对滇池污染的谨慎从事小心对待相比，当时主政昆明的一些官员风格迥异，胆子和步子一样大。他们或许真的认为水葫芦可以拯救滇池，可事实证明不行。后来，为了清理打捞滇池疯长的水葫芦，又上演了多少让人哭笑不得的活剧，不叙也罢。

"水葫芦确实可以变废为宝，具有生长迅速、吸附氮、磷极强的优点。只是我们至今确实还没有找到合理利用它的综合办法，这个事实不必讳言。"2020年春天，一位水环境科学研究学者面对采访，对我如是说。该学者还补充道："水葫芦再次从滇池彻底清理之后，过了较长一段时间，在草海某个相对封闭的片区，我们坚持定期定点测试水质，发现这里的总氮、总磷数值明显低于其他水域，基本达标。究其原因，这里正是当时大量'圈养'过水葫芦的地盘。"

2020年年末的一天，我在王官湿地又见到了小范围养殖的水葫芦，旁边用于科普的告示牌明确写道：水葫芦，是一种有利于水质净化的水生植物。

　　经过莫名的"蹿红"又莫名的污名、几乎在昆明所有水域销声匿迹的水葫芦，看起来正在回到人们正常的视线之中。

　　回首往事，在松华坝水库、在西园隧道水渠这些敏感部位固执地"圈养"水葫芦，在没有找到生物链到产业链的闭合循环之策时，盲目推广、恣意扩张，确实既滑稽，更危险。决策者一旦头脑发热，是不是所有下属都应该跟着"感冒"？这个问题理论上有明确的否定答案，但实践中却是屡错屡犯。当一些人盲目坚持"人类中心主义"，自以为可以"主宰万物"时；当一些人简单信奉"人定胜天"，失去对自然的敬畏之心时；当一些人过分崇拜权力，过于任性滥权且无拘束节制时——其实就已经站在了悬崖边缘，犯错甚至犯大错误就是大概率事件。真理跟尊卑、跟人数多寡无关。历史不仅证明"高贵者"有时候最愚蠢，也多次证明"卑贱者"未必就处处最聪明。面对新问题、新事物，可以有原则地容忍官员试验甚至试错，但必须事先建立完整的纠错预案。社会发展到今天，纠错机制终于提到议事日程并逐渐建立，开始落到了细节实处。

　　当然这些也是题外话了。

第三章

山水文章

水！水！水水水！

说到水这个字眼儿，我的眼前总会幻化出一幅图景：铓锣和着象脚鼓的节奏，一群鲜衣怒马般的青年男女，载歌载舞，围圈旋转，不时发出长笛高音区飙出的悦耳啸叫——

水！水！水水水！

然后就水花飞舞，相互祝福，整个场面充盈着吉祥欢乐的喜感。

这是傣族泼水节常见的画面。

曾经在首都机场有一幅大型壁画，题名"生命的赞歌"——就是对傣族泼水欢歌场景的生动描绘。水是生命之本，地球的三分之二是水，人体的三分之二也是水。以水祝福，一方面，水代表洁白无瑕；另一方面，水代表百业兴旺。择水而居是古人生存实践中磨砺出来的智慧，谁都知道，无论古今，水，是所有生物生存的前提。对于人类社会而言，水资源的盈枯，往往决定着一个地区人的生活质量以及经济社会的发展状况。所以，古人建城选址，往往要寻找山清水秀的地方；就连当今地产开发，也遵循着古人逐水草而居的传统，与水相关的地皮总是优先开发，加价销售——因为那些有了"水景"噱头的海景房、湖景房、江景房、溪景房——都是楼市翘楚，可以坐地起价，奇货可居。这些，如今都是商业常识，不足为怪。

中国水资源相对于庞大的人口基数和经济规模来说是短缺的，但这不是最致命的。"不患寡而患不均"，中国水资源分布偏偏就严重不均。东部发达地区缺水，西南部发展中地区资源过剩，造成水资源空放导致巨大资源浪费，这才是当下中国水资源的基本现状。

水是中华民族的欢喜冤家，中华文明的开启和绵延都与治水难解难分。大禹治水，西门豹治邺，李冰父子修都江堰，灵渠和郑国渠，瓠子堵口，召信臣开辟南阳灌区，王景治河，隋炀帝开凿大运河，王元暐建它山堰，咸阳王（赛典赤）治滇池，郭守敬兴水利，贾鲁治河，潘季驯治河，靳辅治河，林则徐修坎儿井，王同春水兴河套，直到当代太行山红旗渠，南水北调工程……古往今来，多少人因治水有道造福一方，亦因治水建功青史留名。

就一国而言，治水的关键往往是一个"调"字。即对原来的"不均"通过"调"予以重新安置，改变"旱的旱死涝的涝死"的水资源不公平状况。一位作家撰文赞美调水之功，称：调水滋润了多少庄稼，盘活了多少企业，挽救了多少绝望，提升了多少地下水位，多少孩子为此欢笑，多少女人重新温柔，出了多少优质二锅头，长出多少绿色植被，多少野羊野兔野狐狸，应该还有狼，在看不见的地方奔跑跳跃，绝对功德无量，怎么说都不过分。

一国如此，一省亦如此。以云南为例，地处西南的云南，是水资源大省。但是一些地区也经常面临缺水的尴尬。云南多山，省域九成以上面积都是陡峭山地。俗话说，山有多高，水有多高。但这说的是从前，说的是青山绿水互为依存的陈年旧事。经历过若干次滥砍滥伐森林的人为之灾后的云南，高山之巅已经没有知音流水，许多地方只能靠天下雨，望天吃饭，生产生活因为缺水而苦不堪言。那些饱受旱灾之苦的山地民族，他们是绝跳不出"水！水！水水水！"的泼水欢歌来的。

他们经常为一点水而拉长了脸。他们缺水的尴尬，我曾经亲历过。

以前，为采访富民、禄劝、安宁等地苗族农民合唱团，我走进过距离昆明不远的一处又一处苗寨，目睹了一户又一户苗家的用水情形：通常是那家人的一盆水，先是让老人洗脸，老人只是象征性地沾沾水，脸没有打湿，就让最小的小孙子洗脸，男孩子洗了，轮到家里的男人洗，男人洗了，轮到女孩子洗，女孩洗了，最后才轮到当妈的洗——这时，原来那一盆水只剩下大半盆，而且水的颜色已经发黄发黑，浑浊不堪。女人还是凑跟前小心翼翼地洗了，然后从容地端起水盆，倒进了猪食槽，一群半大猪崽蜂拥而至，摇头晃脑吧唧吧唧就把那点儿脏水分而食之。苗家那一盆水，在我面前从出现到彻底消失，就像一个奇幻魔术，于我唤起的，却没有丝毫新奇美感，而是完全无语凝噎和心底的深深叹息。

一个最后用水的大嫂看出了我的难过，笑笑，说，这算不得什么啦。人有水洗脸，猪有水解渴，日子也勉强过得去啦。我们这里，还有比这难过的事情呢！以前村头上有户人家，嫁进门过来的新媳妇身子小，有天早上，在家门口她去接老公公从十几里地远担回来的两大桶水，没想到她人矮，一个趔趄就把两桶清水全部打泼了。当天晚上，那新媳妇自己找根绳子，悄无声息就上吊死了。

这个故事压在心头很久，我没写，也不能写。直到今天，我知道那个苗寨在"消灭贫困"背景下已经整体搬迁了，而且，所有村寨完全没有这样悲摧的水故事了，我也可以在这里简单几笔说说了。我要说的是，水之于人，休戚与共，无论生态意义上还是生存意义上，都丝毫不得有半点差池。

然而昆明偏偏就是个严重缺水的高原城市。在采访昆明退休官员王道兴时，他跟我算了一笔"水账"："昆明所在的滇池流域，资源性缺水情况一直突出，滇池水环境日益恶化，严重制约了昆明作为云南经济社会核心区的可持续发展。流域资源性缺水严重，水污染形势日益严峻。我接手分管治滇的2007年，昆明市核心区域人口415万人，占全省的9.3%，城镇化率78.5%，生产总值1224亿元，占全省的25%。而滇池流域水资源与昆明经济社会发展极不匹配，多年平均水资源量仅有5.4亿立方米，不足全省的0.3%，昆明属于水资源高危地区。水资源、城市人口承载量、经济贡献率——这几者之间关系完全不成比例。简单说就是资源性缺水十分严重，最严重时，流域水资源重复利用率高达161%——什么意思？就是说滇池流域的来水一直在被超负荷利用，基本接近作家你说的那盆反复洗脸的洗脸水。根本没有清洁水源流入滇池，滇池污染负荷不断增加，'九五'以来虽然实施了一系列治理措施，但水环境恶化趋势不减，富营养化程度仍在加剧，形势非常严峻，严重影响了我市生态立市和环境优先构建和谐昆明、绿色昆明发展战略的推进。"

王道兴算起"水账"不打一个咯噔——我奇怪的是，他离开岗位多年，如何还能这般记忆犹新，把那些数字纠缠的乱账算得"门儿清"？

"主要是用心。用心做过的事，不太容易被时间褪色。"昆明水务局的杨金仑这样对我说。

"算'水账'，其实是我们与水打交道的政府各级部门官员和职工的基本功。"杨金仑对我补充说。

2020年7月28日，昆明市水务局副局长杨金仑和水资源管理处蒋钱晶等人陪我采访昆明外流域引水牛栏江工程。从那天起，我们顺着牛栏江的走向，翻越了无数高山，探视了无数湖库河流，采访了无数与工程相关的人。采访的间隙，我们基本是在车上度过的。而车上所有的时间，都被杨金仑用来算"水账"——他在电话里不停跟晋宁、宜良、嵩明、石林、寻甸、富民等地水务部门联系，几乎昆明所有的县区，都被他算了一遍"水账"。杨金仑说："当下旱情严重，除了昆明，周边一些城区也出现了程度不同的城市供水险情。我们必须做到未雨绸缪，算清水账，做好城市安全供水各种预案。"

杨金仑脸膛黑红，身子敦实，嗓门洪亮，是一个标准的水务人。他生长在滇池边，长大后第一次出远门读大学，学的又是与水相关的专业，毕业后回到昆明，工作的第一个单位是松华坝水库，然后辗转掌鸠河引水工程及云龙水库、清水海工程、牛栏江引水工程……他参与过从2000年以来滇池外流域引水的全过程，本身就是昆明水务的一部活字典。哪个山坳里藏着一个水库、水库的容积是多少、库区的流域面积是多大、雨季和旱季的区别是怎样……他说得头头是道。他说："水务工作的主要职责，简单说就是水资源的合理调配，合理的大原则，比如经济效益和生态环保发生冲突时，原则上首先是环境优先；当生态用水与生活用水发生矛盾时，原则上必须是生活优先。这是我们算水账的出发点，也是归结点。"

7月28日我们一行人到达德泽水库时，太阳快要当顶。我们直接到了水库大坝之上。这是一座高达127米的大坝，坝内库深最大值125米，站立大坝，可以看到坝外万丈之下流向下游的牛栏江细若游丝如一根尿线，也可以看到坝内深不见底的水库湖面映照着蓝天白云的气定神闲。我知道这个河流形状般的德泽水库虽然貌不惊人，但它苦心孤诣拦蓄的牛栏江水，每年可向滇池补水近6亿立方米。从2013年12月28日建成通水以来，德泽水库为滇池输送了30多亿立方米清洁水，六年半时间里，为近16亿立方米湖库容的滇池，理论上整体换水两次多。这个输水量，对于没有大江大河作为依傍也没有丰盈地下水源作为补充的滇池来说，几乎就是救命性质的。所以，站在大坝上那一刻，我对着德泽，对着当地为修建水库而移民的众多曲靖老乡，对着因引水所致生活生产受到一定程度影响的下游昭通人，对着为水库付出巨大心血和辛劳的建设者、管理者，我由衷地心生敬意并表达了我的感佩——因为我面前，就站着他们中间的代表者：杨金仑和吕绍波。

杨金仑告诉我："我们水务人，工作性质决定了我们不可能一天待在办公室，必须到处跑。过去筹建要跑项目，现在管理要跑现场，我们是跑得累。吕绍波他们一线管理，偏远、寂寞、琐碎、枯燥，是守得累。冉老师要多采访他们，多写他们，他们是真辛苦。"

对德泽前世今生了如指掌的吕绍波，现任德泽水库枢纽工程管理处负责人。时光倒退回去几年前，他是德泽水库建设方水电十四局项目参与者。在他手上，从他们进场开始，就抢工期，保质量，抓进度，可以说每天都是在跟滇池生态治理的紧迫形势赛跑——早一天德泽建成，水库输水，滇池流域的生态严峻形势就有望得到根本的改善好转。

吕绍波说："这个工地距离曲靖的家并不算太远，我却是经常大半年不回家，就住在牛栏江峡谷那片工棚里，夏天那个热，真是要命。可是谁也没有当逃兵，一干数年，硬是在规定工期前拿下了这场硬仗。人家说我干得可以，动员我留下来，从建设者变身管理者，我也很情愿。因为这里一砖一瓦、一草一木，都有我和工友的心血在，我当管理者，既是职责所系，也是情感所依。"

趁他说话间歇，我打量了一下水库库容，看见水面和陆岸之间，有一条耀眼的"金腰带"——那是水位落差裸露出的斑驳山色。吕绍波说："这哪是什么'金腰带'啊，其实是伤疤，是水库之痛。去年以来，老天就不下雨，牛栏江水域处于严重旱情，就连现在雨季这里也基本无雨，山里的鸡㙡菌儿都冒不出来了，老天爷真的不公啊，你看长江中下游，都洪涝成那样了，我们这里却干得连大水库都快开裂了！"

即便如此，德泽水库依然坚持着努力向两头输水——一边要保障曲靖昭通等下游地区生活用水，一边需要为上游的滇池输出生态补水。吕绍波说："我现在最关心的就是天气预报，只要预报有雨情，我们就全库动员，想方设法多蓄水。水库其实就像零存整取的银行，要依靠涓涓细流汇成大湖大库。大河涨水小河满，大河无水小河干。我最担心就是水库无水两头干。我们的职责就是保水蓄水合理调水，确保库区安全，固若金汤，尽一切可能完成上级交给我们的任务！"

在一边查看水情的杨金仑这时转过身来，不断地安慰着吕绍波："就要下雨了，就要下雨了。"吕绍波孩子样一脸天真地望着杨金仑，仿佛站在面前的真是个靠谱的天气预报员。

看了大坝，吕绍波告诉我："我们这里还有一个值得一看的内容呢。这个看点，杨局也不一定知道吧？"

于是来到水库管理办公区，在这里，我们见到了吕绍波"埋伏"的看点：增殖放流站。

就是若干个水池子。每个池子有编号，池子里有大大小小的鱼儿，一把鱼饵撒下，水池子顿时开满了"花朵"——那是黑压压的鱼儿争抢饵料溅起的团团水花。年轻的技术员黄江文说，这里繁殖了滇池金线鲃、中华倒刺鲃、云南裂腹鱼、云南光唇鱼、岩原鲤等多种土生鱼苗。所有的鱼苗只为一个目的：向被大坝阻断的牛栏江上下游投放，让土著鱼回归，让大坝改变的水生态逐年得到改善和恢复。"我们已经掌握了土著鱼繁殖的全部技术，现在每年投放量达到80000尾以上，在牛栏江河流以及德泽水库中，已经见到这些鱼儿长大的种群。这是让我们最感到鼓舞的事情。"小黄停顿片刻，目视远方，说："当然更希望的是早日看到自然之水里出现这些土著鱼的鱼二代，鱼三代。那时，我们这个工作就该下课了。那才是最让人期待的。"

说到水库管理处担负起繁殖土著鱼的"额外"之举，吕绍波说："我们也是带着补偿大自然的心情来学着做的。德泽水库为恢复滇池生态而建，但大坝毕竟阻断了这些鱼儿洄流产卵的通道，恢复一方生态不能以破坏另一方生态为代价。我们这些建设者和管理者就赶鸭子上架，自己给自己加压，当起了'鱼保姆'。"

去到20公里外的干河泵站，已是下午。

20公里山路，基本无路。为了抄近道赶时间，我们选择走了这条人迹罕至接近废弃的山道。峰回路转时，我们看到山谷中出现一个簇新的建筑群，干河泵站到了。

干河泵站位于寻甸干河村。德泽水库库尾的清水汇集于这里的峡谷，又经泵站提升到高高的山头，形成落差之后经过巨大暗管输往昆明，实现对滇池的生态补水。因此，这里也是整个牛栏江引水工程技术含量最高的枢纽之所。

钟勇是干河泵站负责人。这个曾经参加过葛洲坝等大型水利建设的老水电，管理经验十分丰富。有意思的是，他跟吕绍波一样，也是由项目建设者转型而来，而且都来自水电十四局。杨金仑告诉我，"水电十四局是一支铁军，也是水利系统职业经理人的大本营，云南多数大型水利项目，从建设到管理，都少不了他们。"

钟勇带我们乘坐高速电梯，直接下到地心——那是两百多米深的山肚子底下。出了电梯，一股寒气直往身上逼。然后我们继续往下步行，一共四层，每层都陈列着不同设备。我们逐层察看那些发出轰鸣声的庞然大物——正是这些精密的机器设备，以强大的转速动能，将德泽水库输送到这里的生态水提升到233米的高处，然后按照水往低处流的原理，自流输送到一百多公里外的昆明瀑布公园，在那里又形成12.5米的落差，欢快活泼地注入盘龙江大观河等入滇河流，最后流进滇池。

钟勇指着我站立的位置，他说，就在几年前，施工时在这里遇到了大麻烦，突然涌出大股的水，让深井几乎淹没，整个工程无法施工。原来这里是复杂的喀斯特地貌，底下暗河纵横，犬牙交错，碰到这样的暗河"神经"，让所有人一下子不知所措。"单是堵漏就费了九牛二虎之力。我们现场开诸葛亮会，找最熟悉地形地貌的人来集思广益，最后是在地面上找到了暗河的源头，它居然是数十公里外一个坝区的漏斗状聚水区。解决了那里的问题，这里的水涌才戛然而止。"

从深井出来，原来热辣辣的太阳变成了温暖的光明和幸福。我们登高来到山顶，见到帽子戏法一般"变"到这里的牛栏江（德泽）清水，晶莹的水流形成一个微型水库，编织出一组小型瀑布，激起朵朵水花，旋成千姿百媚，以漩涡状涌入巨型暗管隧道，然后一路南下，奔流滇池不复回。

站在山头，我突发奇想，如果说滇池是昆明城的母亲湖，盘龙江是昆明人的母亲河，那么，这个高点，这个还盘龙江和滇池以清澈水质的输水高点，她应该叫昆明人的什么呢？奶奶抑或外祖母？但是我很快在心底否定了这些称谓。因为她们是那么年轻——无论是底下车间那些操作设备的键盘手还是眼前欢快流淌的微型瀑布水流，都那么青春和清纯，就连那根裸露在外一小截、伸向远方的输水管，此刻在我眼里也变得就像一根青葱，浮现在我面前，让我恨不得咬上一口，就着大饼，咔嚓咔嚓。

我这是爱到心里、爱到胃里了吗？

跟随行走的小蒋一路无话。这时他突然发声，说："如果有一天给这里立块石碑，名字就叫'彩虹天泉'，冉老师您说好不好？因为这里真的经常会有彩虹升起呢。"

真好！小蒋，"彩虹天泉"，一个诗意而贴切的命名。我在书里先记下了。

去到采访下一站滇中新区上对龙村，已经到了快下班时间。杨金仑对这里熟门熟路，事先没有打电话联络，就带着我踩着脚手架，下到一个与地面垂直达42米的深井。这里同样是一组泵站，在做着与干河泵站同样的事情——提升输水，到达高点，然后形成落差，进入清水河引水隧洞，然后输往昆明。

杨金仑说："这个工程体现的是德泽水库或牛栏江引水的另一个功能：为昆明救急。简单说，就是在牛栏江输水管和清水海输水管之间，打通一个连接，让牛栏江生态补水在紧急情况下变成昆明生活补水。这里位置正好是两个输水工程距离最近的平面交汇点，高差也符合要求。这里，就体现了我们水务人说的，当生态用水与生活用水发生矛盾时，必须生活优先原则的具体运用。"

原来，早在2019年夏天，当雨季来临却连续干旱发生时，善于算水账的水务人已经预料到昆明城市水荒会提前来临，他们的方案在2019年年底前提交市委市政府，在充分听取可研报告后，很快就得到拍板定夺，迅速组织施工。又是水电十四局一个工程队，几乎在领命的一天时间内就开赴现场，这时候距离2020年新年只剩一天时间。杨金仑正绘声绘色地讲述着当时的情形时，杨锦固来了。

这是一个黑黑瘦瘦的小个子，看上去二十郎当的岁数。当杨金仑向我介绍"这是杨总"时，我以为他是在跟我开玩笑。几次采访下来，平时不苟言笑的杨金仑在我面前已经会偶尔说个冷笑话了。但是他现在说的还真不是笑话。杨锦固，水电十四局上对龙项目总设计师，工程现场负责人。这个生于1982年的保山施甸小伙子，大学土木工程专业毕业，到水电十四局工作已经十多年，从小技术员干到带"总"的设计师以及项目经理，也就十来年时间。杨锦固告诉我："其实都是在干中学。我的技术和经验，都是在一个接一个工程中，一个又一个师傅的带领下，一点一点摸索出来的。我们十四局，队伍虽然年轻，但是绝对能让人放心。"

在一旁，更年轻的项目助理小罗是1993年出生，曲靖罗平人。小伙子两只手臂看上去很美，描龙绘凤，我以为是文身。正诧异看他，他两手左右一抹，原来是一层带花纹的黑纱袖套。他咧开两排白牙，说："不瞒老师您说，这里太阳太毒，天天我们在太阳下奔波，手臂晒得像黑炭，这个我没有问题。可是媳妇儿看了，却不愿意跟你亲热。我说不亲热就不亲热。谁知人家递给你好多副防晒袖套，你若不戴，如何对得起人？"原来袖套背后，还有这样动人的当代小年轻的爱情故事。

"听他瞎吹！"杨锦固立即揭短，说："你多久没回过家了？"

罗助理挠挠头，说："整半年。"

"就是嘛。半年里，老实交代，你跟谁亲热了？袖套到底是哪个送的？我可是要对兄弟媳妇儿负责的，下来再跟我老实交代。哦，其实我们这里所有人，从进场以来，没有一个人回过家。个人的小家，不论远近，都没有回过。一是工期不允许，二是疫情更不允许。也幸好没有回，就在除夕大年将至前夕，公司本来还是人性化地安排了几天假期，就在准备宣布放假时，疫情来了，队伍还没散，所有人就关在这里，一心一意搞工程，才有了2020年5月22日提前通水的这个结果。冉老师，杨局，你们从那天起，吃的用的，就是这根管子输出的水了。"

原来，保障昆明部分地区生活用水的清水海水库，在2020年夏天到来之前就成了"死库容"——不能往外输送一滴水了。幸好及时接通了牛栏江与清水海之间的管道，生态补水优先用于生存补水，滇中新区

（空港新区）、呈贡新区等地才有惊无险地与一场水荒擦肩而过，真是幸甚！

那天在工棚里，就着盒饭，端着一杯粗茶，我说出一串"豪言壮语"："我代表不了谁，就代表一个喝上干净清冽优质水的呈贡居民吧，一敬神算子昆明水务人的代表杨局，二敬拼命三郎水电十四局的小伙子们，谢谢你们了！吃水不忘挖井人，吃水不忘输水人，我先干为敬！"说毕，我真的把一大缸子茶水一饮而尽，就连含在嘴里的茶叶也舍不得吐，被我当菜咀嚼咽了。

杨金仑赶紧起身，说："冉老师使不得啊使不得，不是水务部门会神算，实在是市委市政府预判正确决策及时。这些水电十四局项目工程的小伙子们也争气，我们一起为他们，再干一次吧！"说着，杨金仑也端起茶杯，一饮而尽。

简单的工地晚餐，被两杯茶水点燃了。

那天，我们在土建尚未完工的上对龙工地，聊到很晚，聊得很尽兴。

滇池治理的外流域引水，一直是一盘大棋。

而且是一盘错综复杂、险象环生的大棋局。

要说错综复杂，首先错在城市与水的严重不匹配之上。滇池流域一直是云南的经济核心、发展核心。据十年以前统计数据，昆明市所在的滇池流域国土面积仅仅占全省面积的0.78%，但是集中了4.5%的人口，人口密度每平方公里达到1.54万人以上。云南并不缺水，甚至还是水能大省。但是滇池流域却是云南最严重的缺水地区，流域降雨量接近全省的少雨区水平，降雨量少、蒸发量大，产水量少，所以导致每平方公里产水量很小。流域内每年70%—80%的降雨量集中在雨季即6—10月份，冬春雨水总量不到年降雨量的10%。历史上滇池流域曾出现过连续4年干旱的情况，随着世界气象变化的趋于频繁，极端天气出现概率越来高，滇池流域降雨的年际变化也在加大，由此加重了昆明水资源的供需矛盾。

要说险象环生，险在自然资源与人的严重不平衡之上。滇池流域处在金沙江、南盘江和红河的分水岭地带，却与任何大江大河无缘。滇池是金沙江一级支流普渡河的源头段，缺乏过境水，水资源条件差。流域内人均占有水资源量仅为166立方米，是我国人均水资源量的8.5%。按照联合国国际人口计划研究项目的划分，人均水资源如果小于500立方米，就属于水危机地区。滇池流域人均只有166立方米，不到国际标准下限指标的三分之一，处于极度缺水状态。

如此错综复杂、险象环生的水资源格局，逼迫昆明城市管理者痛定思痛，狠下决心，以最大的智慧和勇气，直面水危机，解决水困局。昆明官员当然懂得下棋走三步的道理，下这盘大棋，可以说，昆明人是谋定而动，使出了连环大招，组合长拳，连续下出了几步好棋：

棋局的第一步，是充分开发利用滇池流域本区水资源。按照先节水后调水的原则，首先要充分开发利用滇池流域本区的水资源。应该说，这第一步棋早已经完成，滇池流域内已经建成大型水库一座，即松华坝水库，中型水库七座以及一批小型的蓄水工程。滇池沿岸还修建了不少提水泵站，水资源开发利用程度已经远远超过流域水资源承载能力，棋局的第一步已走得十分饱满，不允许进一步开发流域内的水资源。

棋局的第二步，是进行相邻小流域引水工程的规划和实施。

源洁则流清。择优选定相邻流域引水工程方案，解决滇池中期水资源供需矛盾，是棋局的第二大步，又分两次迈进。即从相邻最近流域和较长距离外流域引水济昆两个方案。

事实上，当上世纪八十年代滇池水污染严重之后，昆明就开始逐渐警醒，意识到滇池作为城市供水的主源将越来越不可靠。随后，滇池污染愈来愈严重，完全丧失了饮用水功能，昆明城市水危机如达摩克利斯剑悬在头上，危机四伏。代号"2258"工程，解决昆明水危机的行动由此按下启动键。从1993年4月开始，在云南省和昆明市协调下，省水利水电勘测设计研究院用时一年多，规划出以滇池为中心，在200公里范围内寻找了金沙江乌东德、南盘江柴石滩等14种水源方案，经过对可引水量、水质、能耗、取水可靠性等综合指标分析，最后选择了两组方案，即掌鸠河引水工程和清水海引水工程。

为昆明城市供水提供保障的掌鸠河引水工程于1999年底开工建设，水源地是禄劝县的掌鸠河，它是普渡河的一条支流，流域面积1924平方公里，多年平均产水量达6.37亿立方米，工程包括：水源工程、输水工程、配水工程。

水源工程即云龙水库，径流面积为745平方公里，占流域面积的39%，坝子河底高层2000米，通过各种措施可以自流到达昆明，具备自流引水的功能条件。云龙水库总库容4.84亿立方米，是当时云南省总库容量最大的水利工程。

输水工程总长度为97.72公里，其中隧洞30座，隧洞总长86公里，输水工程实际流量为8个流量，最大供水能力达到10立方米/秒。

配水工程是昆明第七自来水厂，设计日供水量60万立方米。

因为焦渴而迫不及待的昆明，早在2002年9月27日即通过《人民日报》头版发出消息："今年，保证昆明市民不会再喝一滴滇池水。"然而由于工程地质条件复杂等多种因素，直到2007年，掌鸠河引水工程才实现通水。这项设计年供水量2.45亿立方米的工程，终于兑现了几年前的政府承诺：不再让昆明市民喝一滴滇池水。

然而喜欢算水账的昆明管水人很快发现，如果仅仅依赖于此，昆明缺水状况依然会随时发生。因此几乎在掌鸠河引水工程通水的同时，清水海引水工程也在2007年动工。

清水海水库位于寻甸县境内，径流面积34.5平方公里，多年平均产水量仅2468万立方米。清水海引水工程规划最初分两期建设，最终完成了清水海引水工程一期工程后因故放弃了二期工程。建设清水海引水工程，主要是通过引流其周边小支流的水，即对石桥河、板桥河、新田河、塌鼻龙潭等水源进行汇集引流，调到清水海里，再通过清水海的调节，均匀地输送到昆明，以解决滇中新区（空港）和呈贡新区等地用水。到2012年基本建成，实现设计供水量0.98亿立方米。

掌鸠河引水工程和清水海引水工程实现供水，对解决连续三年的严重干旱导致昆明城供水困难起着重要的作用。

在清水海工程项目开工的同时，另一个重要的较长距离外流域引水济昆方案也开始实施，即牛栏江—滇池生态补水工程。

牛栏江属于长江水系一级支流，流域主要在云南，跨昆明、曲靖、昭通等地区。云南省政府经过反复考察，决定以牛栏江作为昆明滇池生态补水主要水源，同时，当昆明发生供水危机时，也可作为应急供水。为实施这项外流域引水工程，先选址曲靖市德泽乡，在此建设德泽水库大坝。牛栏江水域集水面积4551平方公里，多年平均产水量较富，达17亿立方米以上。德泽水库总库容4.4亿立方米，平均水质可达到Ⅲ类，在水库库尾寻甸县境内建干河提水泵站，从牛栏江提水226米，然后形成自流水向昆明输送。输水线路总长116公里，共有10条隧洞，隧洞总长104公里。牛栏江年平均向滇池输水量约5.7亿立方米，从2013年12月28日通水至今，牛栏江—滇池补水工程向滇池补充生态用水达30多亿立方米。

真正的大手笔是棋局的第三步：滇中引水工程。

为什么要走这一步大棋呢？为什么现在必须走呢？为什么棋子必须放在从丽江石鼓到红河跨云南6个州市的大范围呢？

还是来看一份"水账"：根据滇中引水工程规划报告，到2030年，整个滇中地区缺水量将达到34.2亿立方米，其中昆明市缺水16.03亿立方米（含生态补水量）。而牛栏江引水工程实施后，从滇池周围近中距离已无可引水源，因此要进行第三步的引水工程，唯有从金沙江引水，才是解决滇中特别是昆明缺水问题的最佳水源方案。

从金沙江跨流域引水，这是多少年、多少人的一个梦想！文献记载里可知，清代文人孙髯翁就曾经徒步盘龙江—普渡河—金沙江，提出过引金入滇的方略；民国时期的滇军将领、新中国成立后的云南领导人之一张冲也对此做过精心考察；后来的历届云南省委省政府多次动议，预算从100多亿到300多亿直到700多亿——据报告，如今实施的滇中引水工程到全部完成，估算大约为一个整数：千亿之巨。这样的投资规模，在云南有史以来的水利建设中，堪称巨大，前无古人。

滇中引水工程受水区范围，包括丽江、大理、楚雄、昆明、玉溪、红河等6个州市35个县（市）区。工程年引水量达34.17亿立方米，其中供城镇生活、工业用水为23.64亿立方米，农业供水为5.77亿立方米，向湖泊环境补水量为4.78亿立方米（包括向滇池、玉龙湖、杞麓湖进行生态补水及湖泊修复）。滇中引水工程的主要任务是解决工业和生活用水，同时兼顾农业用水和生态补水。其中向昆明市供水量为16.03亿立方米，包括供生产生活用水12亿立方米，向滇池生态补水3.5亿立方米，对滇池流域的供水量占滇中引水工程总供水量的47%。

滇中引水工程总干渠设计流量为145个流量，进入昆明境内的设计流量为90个流量，进入滇池流域设计流量达到65个流量。项目已经于2017年全线开工建设，预计2025年之前全线贯通。

2020年8月1日，一台巨无霸般的大家伙被牵引到滇中引水工地昆明段盘龙江施工现场——这是参与滇中引水工程的中国中铁公司，针对引水工程龙泉倒虹吸复杂地质条件，量身打造的"超级装备"——"龙祥号"盾构机，如今在滇中引水工程昆明段施工4标正式始发。龙泉倒虹吸是滇中引水工程全线唯一在城区施工的项目，也是唯一使用盾构法施工的项目，全长5071米，沿盘龙区沣源路下方穿过昆明主城区，地表管线密布，周边建筑物多，尤其是下穿昆明地铁2号线和盘龙江，施工沉降控制要求高，盾构穿越施工风险大，同时地质条件复杂多变，始发洞段属于全断面灰岩和上软下硬地层，后中段为砂层、黏土等地层，存在长距离掘进砂卵砾石地层和部分洞段上软下硬等施工难题，同时隧洞埋深大，水土压力高，容易发生喷涌，特别考验盾构关键部件的承压能力。

当我来到这个施工现场时，我的目光立即被盾构机这"铁蚯蚓"给吸引住了。程序、节律、仪式感，这些词汇都可以用在隧洞施工现场。它让人坚信，2025年或许更早时间，滇中引水工程必将从梦想变为现实。

到那时，从滇池外流域引水到滇中引水工程，书写在三迤大地的这盘大棋局方可落幕。

滇池水环境、滇中水环境、滇云水环境，必将乾坤大挪移；水资源贫富不均的三迤大地，必将实现根本好转。

"水！水！水水水！"的泼水欢歌，终将会响彻云岭大地！

理性之光

有一位研究生命科学的世界知名专家说，人类迄今对世界的认知，不过约4%左右。也即是说，无论外宇宙还是内宇宙，人类的已知范围，不过是少得可怜的一点点，而广袤世界的绝大多数领域，还都是一片未知空白，有待进入。

人类几千年的文明史，若干断面，也算灿烂辉煌；若干成果，也算彪炳史册。可所有成果之和，居然只占整个世界那么可怜的一点点——如果这个结论成立，不能不让人感到震惊。

震惊之余，有人悲观，认为"生也有涯，知也无涯"，有限的生命如白驹之过隙，转瞬即逝，无涯的世界，却是山重水复，云遮雾罩；也有人乐观，认为世界虽然无涯，但"路漫漫其修远兮，吾将上下而求索"，只要坚持，就是胜利，就会从镜花水月中找到真相和成果。更有人认为，结果虽然重要，而寻觅的过程比结果更加重要。过程，就是人类探索未知世界百折不挠的一种姿态。

这些观点、态度和路径，从不同方向，成为推进人类前行的原动力。

回到我们要讨论的湖泊这个正题。人类对湖泊的认知和了解的历史，跟湖泊的变迁史一样漫长而曲折。从相安无事和平相处，到此消彼长冲突不断，再到回归理性尊重自然，弹指一挥间，已然几千年。时光飞驰，进入二十一世纪，城市与湖泊，人与自然，谁能安好？谁更安好？

归来的，没有王者，甚至谁也不再是风度翩翩的少年——

放弃了"人类中心主义"的人类，龙钟老态，尚能饭否？

陷入污染而难以自拔的河流湖泊，更是垂垂老矣，风烛残年。

面对蒙尘垢面的湖泊，城市和人，几多愧疚。在救赎中开启自救，城市和湖泊，人与自然，开始书写新的历史篇章。

这篇章中最耀眼的片段，是理性之光——即运用已知的科学知识，生活常识，逻辑通识，消除蒙昧，清除蛮干，洞幽察微，烛照未来，在历经沧桑后，敬畏天地，珍惜苍生，回归人间正道。

正如作家阿尔贝特·施维泽在《敬畏生命》一书中所说："人与自然之间，最大的区别在于人是有理性的，人能够对各种生命形式施加影响，而自然则受制于一种盲目的利己主义，它不会敬畏生命，也不能体验发生在其中的一切，它使得一种生命必须以其他生命为代价才能生存下来。而人类应当认识到，只有自己才能做到敬畏生命，才能够认识到休戚与共，能够摆脱其余生物苦陷其中的无知。"

滇池，从清澈到污染，从污染到治理污染，从治理污染到回归逐渐清澈，正是在这样循环往复中螺旋式行进着。

人们喜欢把湖泊比作蓝色星球上的一滴滴"眼泪"，说它"纯美而又敏感"。

我对这个比喻的理解，是一次次乘坐飞机，从高空俯瞰大地，见到大地上镶嵌的湖泊那镜面般蔚蓝光斑而生发认同的。

从高空看去，湖泊，就像大地华章的一个又一个逗号、句号、惊叹号……它们星散在山岭、平坝、森林、河流之间，让人在阅读大地时，有了停顿、间歇、思索、感叹、惊呼。

湖泊，因其对人为活动变化的感知极为灵敏，又被称作陆地生态系统状况的"哨兵"。

"人有病，天知否？"老天是否知道人有病，我不清楚。但我知道，倘若人有病，湖泊就会紧随其后，一定出现某种病态。比如，现代人容易因为吃得太多太好，患上"三高"，湖泊也会因为水质中营养元素浓度过多过高过剩，而生出各种怪病。

上世纪九十年代初，太湖北部梅梁湾因蓝藻水华大暴发，导致上百家工厂停产，直接经济损失上亿元。无独有偶，从东部到中西部的大半个中国，滇池以及巢湖、阳澄湖、洪泽湖等湖泊也紧随其后，发生了规模空前的蓝藻大暴发。这是大自然在用自己的方式向人类发出警示：一味追求发展，可能会得不偿失；一味贪图享受，可能会自食恶果。

更为极端的例子发生在2007年五六月间，太湖暴发更为严重的蓝藻污染，造成无锡市饮水告急，超市、商店里的桶装水瓶装水一度被抢购一空。

几乎同样的时间，云南昆明，滇池的蓝藻水华也甚嚣尘上，暴发惊人。据当时刚参加工作不久的何锋博士回忆："大概在2006年到2007年那几年，从每年3月下旬起，滇池北岸湖水就成油漆状了。到了五六月，水面堆积蓝藻如牛粪状，经常见到老鼠在上面'赛跑'，那个惨状，实在触目惊心。"

为了给全国"营养过剩"的河流和湖泊治病，国家不惜重金，开始了一场持续十多年且延续至今的持久战，代价昂贵，步履艰难。

2007年，《主要污染物总量减排考核办法》在全国施行，把治污减排纳入政绩考核，进行"考试式监管"。数据显示，从2006年到2014年，八年间国家投入了约7923亿元专门用于治理城镇生活污水和工业废水。在昆明，仅仅是针对滇池治污，就很难算清，这场旷日持久的战役，已经花了多少钱，还要再花多少钱。2020年元旦刚过，我再次采访曾经长期分管滇池治污的昆明市原副市长王道兴，说到这个话题，现已退休几年的他，稍微犹豫了一下。王道兴说："往滇池花钱确实是个敏感话题。花的钱很多，有时候却不冒一个泡泡，就会有人问：钱去哪里了？滇池治理是个无底洞，经我之手，每年仅打捞滇池蓝藻一项，就花掉了让你想象不到的钱财。那些年，年年打捞，年年暴发，捞得快却追不上长得快，真让人疲于奔命。"

王道兴是坐在滇池边大泊口那个风景如画的客厅里对我说这番话的。这里是他以前常来的地方，他熟悉这里的每一个人、每一株树、每一片水域以及浮在水面或沉入水底的每一种植物、动物，当然也包括这间客厅里每一张藤编沙发。从前在位的时候，他来这里多半是为了工作——治理滇池的哪一个技术环节"卡壳"了，或者突然有了治滇的灵感，他都会来这里"研究研究""求证求证"，当然有时候来这里也就只是为了"清净清净"。这里确实是一个清净而且幽静的所在。谁也没想到在这个其貌不扬的小院落，在院落最幽深处，有这么一间俭朴又典雅的会客厅。"曲径通幽处，禅房花木深"。这里没有禅房，有的是对着一米之遥湖面的巨大落地窗，窗外景色如画，湖山如梦。让我稍感诧异的是，客厅门楣挂的牌子却是"职工活动室"。

大泊口位于滇池北岸。王道兴曾经有一个头衔：昆明市滇池北岸水环境综合治理工程管理局局长。他说，这个只是他众多职务中的一个兼职，"却是头绪最多、事情最杂、牵扯精力最大的一个工作。""为什么这样说呢？举个例子吧，我就是为了这个水环境综合治理，曾经忙到昏迷在工作岗位上。而且，三四次呢。"提起十多年前这段往事，王道兴历历在目。他说那时候昆明公务员流行"白加黑""五加二"，别的部门别的人做得怎样不好说，但凡沾着滇池治理岗位的，只会有过之而无不及，特别是担任着领导职务的，更是被各种"倒逼""问责"追得"毛飞"。他就是在这样的环境中连轴转，转出身体状况的。"我原本身体还算硬朗，参加工作时就在政府当秘书，赶材料写报告是经常事情，熬夜几天也没有任何问题。原来以为那就算比较艰苦的工作环境了，如果与后来管滇池治理相比，那时候的工作，真是幸福到了天堂！"

王道兴当时最重要的头衔是主管滇池治理的昆明副市长。在他任上，正是滇池治理被列入国家"三湖三河"重点治理连续四个"五年计划"的部分时期，也是昆明推行"河长制"治滇狠招迭出的时期。"昆明兴，前提是滇池必须清。滇池为什么重要？昆明依水而建，因湖而兴，滇池流域以占昆明市13.8%的国土面积，集聚了全市57%的人口，创造了全市80.9%的生产总值，承载着昆明市的经济社会发展重任。"这些数据，在王道兴这里，如数家珍，张口就来。我在心里盘算，他卸任副市长职务，差不多已经三四年之久。

"滇池治理，确实经历过从不重视到重视、从头痛医脚脚痛医头到对症下药实事求是、从不大讲求理性到注重科学理性的变化过程。进入新世纪以来，特别是提出把滇池治理当作全市头号工程、头等大事，昆明已形成科学系统的治湖思路，即在滇池治理策略上由污染防治为主转向污染防治和生态保护并重，在治理措施上从点源治理转变为系统综合治理、从小流域治理转变为全流域治理、从末端截污治理转变为源头截污治理。全面实行环湖截污及交通、外流域引水及节水、入湖河道整治、农业农村面源治理、生态修复与建设、生态清淤'六大工程'以来，滇池治理确实走上系统治理科学治理的正轨，各项工程和措施逐渐发挥作用，呈现出积极的生态效益。可以说，滇池有了如今的明显好转，是当下昆明市委、市政府带领全市人民努力奋斗的结果，也是近二十年来昆明市委、市政府全面贯彻落实党中央、国务院和省委、省政府部署要求的结果。试想一下，如果没有国家连续四个'五年计划'将滇池列入'三湖三河'治理重点项目之中，滇池要想像今天这样扭转污染局面几乎是不可能的。"

王道兴回忆，当时在实施环湖截污工程时，提出过一个口号："绝不让一滴污水进入滇池。"王道兴说，这个口号不仅登在报纸上，刷在围栏挡板上，也是落实在工程质量上。"可以说当时人尽皆知，而且是要兑现的。施工的在前面，督导的在后面，还有各种巡视巡察，群众监督、媒体爆料，总之就是让你心悬着，眼睁着，睡觉都留下一只耳朵。因为我头上挂着滇池北岸水环境综合治理工程管理局局长这个职务，又是全市分管滇池治理的副市长，大小事情我都得一个人担着，一天到晚不是在滇池治污工程现场，就是在去往某个工程现场的路上。时间长了，跟着我的司机和秘书都喊受不了了，他们都比我年轻多了，我这个'老倌儿'却一直紧绷着，心里的苦不敢挂在脸上，不敢说在嘴上，只能埋在心里。直到有一天，在一个截污干渠工程现场，人走着走着，一下子就失去知觉，身子一歪就休克过去。在医院病床上我才醒过来，才发现自己被插上了输液管子，一想到工程上还有那么多急事难事，我跟医生打了个招呼，还是回到现场去，在会议室里一边输液一边开会商量，一分钟也不敢耽误工程进度上的事情。就是在那样情况下，昆明在不太长的时间里，完成了主城及环湖将近6000公里市政排水管网、近百公里环湖截污干（管）渠、17座雨污调蓄池和22座城市污水处理厂（日处理规模200万立方米）的建设。还有数不清的片区截污、河道截污、农村集镇截污、干渠（管）截污工程。打个比方，就像人体血管经络，搭建了主动脉，疏通了毛细血管，'通则不痛，痛则不通。'城市排放的污水该堵的堵，该引的引，要么进污水处理厂经过达标处理，从西园隧道排放，要么进调蓄池，经过处理后再排放。总之，我们落实'绝不让一滴污水进入滇池'，花了大力气，下了真功夫，也取得了相应成效。"

王道兴很感慨地说，"还滇池一泓清水，滇池治理任重道远。但只要坚持保护和治理并重，山清水秀的滇池一定会重现！"

当王道兴沉浸在"忆往昔峥嵘岁月稠"的时刻，我却插了一句不那么"和谐"的话："可是，我在采访部分工程设施时发现，有的地方，工程匹配值并没有达到最高，一些设施，还存在当摆设的状况。有的地方，旱季没有污水处置，雨季却又来不及处置。这些情况存在吗？"

他沉思良久，没有正面回答，却吟诵了一首古诗：

人事有代谢，往来成古今。
江山留胜迹，我辈复登临。
水落鱼梁浅，天寒梦泽深。
羊公碑尚在，读罢泪沾襟。

我知道这是唐代诗人孟浩然的古风：《与诸子登岘山》。

那天，原本打算让王道兴随便"聊一聊"的采访计划，却因为他的话题打开就往深里细里聊，时间在不知不觉中就聊到了中午1点过。我们没有时间欣赏窗外那一池浩渺烟波，那湖面星星点点的"水性扬花"（海菜花），那水天之间飞飞停停的白鹭和叫不出名字的各种水鸟。直到滇池生态研究院几位专家也来到会客厅，王道兴才恍然大悟，站起身就要告辞。这家单位职工食堂的师傅却过来挽留说："很久了，老领导没来过我们这里了，今天你得看看我手艺有没有长进。"于是大家走进已经过了饭点的单位食堂。桌子上是跟食堂环境一样简单的几道小菜，其中一个油炸花生米、一个西红柿炒蛋，以及一盘切片老腌肉，居然让王道兴食指大动。他端起一碗米汤权当酒水，过去就敬大厨，说："还是老伙计你没忘记我啊，这些，就是当年我经常来这里'打秋风'的最爱！"

大泊口是涉及滇池单位最密集的地方。就在滇池研究院隔壁，有一家滇池水生态中心，小姚是这里的工作人员。最早他在水生态中心下属的西园隧道任技术员，我去隧道采访时，正好他全程陪同。隧道的每一个细节，好像全部镌刻在他脑回路里。他说，从修建到投入使用，从管理到运营维护，他陪着这个隧道走过了二十来年。"好多次，隧道维修需要从这头走到那头，我会沿着黑黢黢湿漉漉的隧道一直走，就靠强光电筒照着前行的路，有的刚来工作的青年跟我走着走着会感到害怕，我却觉得很亲切，因为隧道的长度就是我青春的长度。"

小姚后来合并到滇池水生态中心工作。他说起西园隧道往事的时候，我觉得他特别像一个激情四溢的诗人。水生态中心管辖的范围很宽，从滇池入水口到出水口，沾着生态的业务，都在他们职责范围。那天我们看了隧道又一起去滇池出水口螳螂川，一路走一路看，他说得最多的却是一件初步成型的项目：滇池流域汛期和非汛期水资源调度运行机制研究。汛期和非汛期，即通常说的雨季和旱季。两个季节，滇池来水和排水差异很大。如何实现不同时期滇池水资源调度管控，实现滇池汛期和非汛期来水和排水的控源、减排、截污及精细化管理，是这项极具实践意义的课题核心内容。

小姚说："滇池是一个受人工控制的大型吞吐型湖泊，流域内人口稠密、河网水系复杂，污水处理厂、涵闸、泵站众多，污水收集、拦截、输送、转运系统非常复杂。我们的研究，就是在滇池流域防洪总体调度和水资源配置需求的总体框架下，以滇池草、外海湖体及与湖泊水量水质发生直接联系的出入湖河流、水质净化厂、涵闸、泵站、污水拦截、转运系统等工程为重点，识别其名称、功能、服务对象、既有的调度运行方式及存在的灵活调度空间等，为滇池流域汛期和非汛期水资源联合调度运行，界定明确的调度对象及其功能组合。"

小姚说："说白了其实就是要实现两个方案：基于湖泊水质改善需求的滇池流域水资源综合调度运行方案，以及滇池湖泊突发水污染事件应急调度运行方案。前者是在滇池流域当前的水循环过程条件和流域防洪总体调度与水资源配置需求的总体框架下，遵循不达标水体不进入草海、外海不达标水体非汛期不入湖的基本原则，并按照'河（湖）长制'提出的水质改善目标需求，结合流域水资源调度工程及其服务功能和滇池湖泊水质与入湖河流、滇池水位、出湖调度间的响应关系成果，研究制定滇池草外海水质持续性改善需求条件下的汛期和非汛期水资源调度运行方案，以指导滇池流域汛期和非汛期湖周水资源工程的综合调度运行。后者是在滇池流域当前的水循环过程条件和流域防洪总体调度与水资源配置需求的总体框架下，针对滇池流域可能出现的突发水环境事件，如蓝藻水华、事故污水排水、极端天气事件等，提出滇池湖泊突发水污染事件应急调度运行方案。"

有着较强专业背景的小姚说话比较绕，他见我好像一头雾水，只好再解释："其实就是利用大数据，实现滇池水资源调度配置的最佳方案。改变过去被老天爷牵着鼻子走的被动局面，实现滇池水资源调度更加理性化、科学化、精细化、自动化管理。"

科学理性！自动精准！滇池治理保护要再上台阶，正需要这样的思考和研究，这样的选择和行动。当我知道小姚他们的课题基本成型通过小试并已经在新的雨季来临时投入实践，得到验证，形成初步成果时，我跟他一样感到兴奋并充满期待。因为，它意味着，滇池治理将再上台阶，向着更高标准迈进。

2006年开始施行的《主要污染物总量减排考核办法》，将治污减排与GDP一起纳入了地方官员政绩考核清单，各地对环境污染治理也逐渐开始真正重视起来。当时的滇池，虽然在"九五"（1996—2000年）期间即纳入国家"三湖三河"重点流域治理规划，昆明在治理滇池方面也确实有一些"大动作"，有的是"挥泪斩马谡"——比如关停了若干排污不能达标的中小企业，取缔了滇池大量的网箱养鱼；有的是勒紧裤带上项目——比如新建了一批污水处理厂，完成了滇池草海底泥一期疏浚及继续疏浚工程，采取了蓝藻清除应急措施，建立了两座大型垃圾填埋场，而且，草海人工出水口西园隧道也在此期间施工完成。"十五"（2001—2005年）期间，在国务院直接督导之下，2003年，国务院直接为滇池水污染综合防治量身定制了"污染控制、生态修复、资源调配、监督管理、科技示范"的"二十字"方针。这个"二十字"方针以更高的权威和理性，带来了昆明滇池治理的一些新变化，比如数量更多、更成规模的污水处理厂建成落地，更多更深的滇池淤泥得到清理排除，而且，治理滇池污染的目光已经开始从水里移向岸上，开始盯住了那些入滇河流，开始强化治理污染的科技含量，开始启动了湖滨生态湿地建设的步伐……所有这些，都似乎在为全国主要污染物总量减排考核做起了准备。

但是，到了2006年天气转暖的季节，积重难返的滇池，却依然是蓝藻盛行，水质恶化，一到春夏，臭不可闻。

为了考察2006年开启的全国减排成效，天津大学环境学院童银栋团队历时多年，对包括滇池在内的中国862个湖泊，进行了水质数据的跟踪分析。他们的研究聚焦了导致湖泊水体富营养化的一个关键要素——磷。这项首次对中国湖泊统一测量磷含量的研究，后来在线发表于英国《自然》杂志子刊《自然·地球科学》。研究结果显示，在2006—2014年间，60%的湖泊中磷元素含量从每升80微克下降到了每升51微克。而2015—2019年间，滇池的这个指标从每升120微克下降到了每升48微克。童银栋说："磷含量的下降，标志着富营养化现象发生风险减少，也是研判湖水整体质量是否好转的重要指标之一。"换句话说，中国湖泊的"富贵病"正在慢慢治愈。童银栋认为，蓝藻和水葫芦在湖水中泛滥成灾，确实是水质富营养化的恶果。然而让蓝藻和水葫芦与人类为敌的，正是人类自己。

以环境科学为志业的童银栋做过许多关于水的研究，童银栋见过各种颜色的"病湖"。很多时候，他能从水的颜色，读出岸上的故事。在他的经验里，如果水体呈现铁锈色，往往周边可能有工业区或是矿山，"那是三价铁离子呈现的颜色"。湖水的颜色也会随着季节变化。童银栋注意到，同样一个湖泊，冬天比夏天看上去更清澈一些。在一些农业种植密集的区域，这种季节差异更为明显。因为夏天是农作物集中施肥的季节，而冬天，低温可以将水中的藻类等生物冻死。"但这并不能说明水的质量变好了，水体中各种营养物质的浓度可能依旧很高，只是表现得不明显。"

童银栋记得，在他的老家附近有一条河，河水湛蓝、清澈见底，看上去非常漂亮。"但那微微发蓝的水，其实含有大量铜离子，因为周边有大量铜加工厂。"他说："铜离子有很强的杀菌能力，浓度过高便会将水中的鱼类等生物全部杀死，所以看上去非常干净的水，喝了也可能会死人。"

做科研的人都喜欢拿数据来说话，童银栋也不例外。在他为中国湖泊开具的这份"体检报告"中，在2006年到2014年这8年跨度的时间轴上，数据确确实实呈现了一个逐步向好的箭头。

在被调查的862个淡水湖泊中，约60%的湖泊监测点的总磷浓度下降，中值浓度从每升80微克降至每升51微克。2006年，约22%的监测点总磷浓度大于每升200微克（我国湖泊Ⅴ类水质标准）。到了2014年，总磷浓度这么高的监测点湖泊仅剩7%。总磷浓度大于每升100毫克的监测点数量也在大幅减少。

约70%的湖泊总磷浓度低于每升50微克，这是不易发生水华和赤潮的浓度阈值，也就是说，这些地方发生富营养化的风险相对较小。

从地区分布来看，我国东部、中部、西部湖泊的总磷浓度显著下降，巢湖、洞庭湖、洪泽湖、鄱阳湖和太湖这五大淡水湖的总磷浓度也呈下降趋势。

在东部和中部地区，农村生活污水是湖泊中磷元素的主要来源，约占总量的三分之一。整体上看，我国大部分地区生活污水处理设施的升级和改善减轻了水体磷元素负荷，尤其在城市地区，降幅更大。即使如此，在东、中部地区，仍存在一些面源污染，比如网箱养鱼，过剩的饵料和鱼类粪便，也会使得磷排放量增加，鱼类对饵料的利用效率很难超过30%。

在我国西部地区，湖泊中磷元素主要来自种植业和含磷化工业排放。报告中特别提到了云南滇池，他们的监测结果表明：滇池湖泊中磷元素来自磷矿及相关工业的年负荷量有30吨。此外，还有可能存在其他增加磷负荷量的原因，如强降雨等。

当然，或许不为童银栋所知的还有一个因素：滇池周边，储存了世界第二大磷矿资源，土壤岩石的磷含量太高，这也必然加重滇池水体磷含量负担。

尽管不同地区水质改善的具体原因并不相同，但我国城市大规模兴建并投入使用的污水处理设施在其中"功不可没"。据住建部数据统计，截至2016年第三季度，我国已经建立并投入使用污水处理厂超过4000座。

在此期间，昆明正是大力推进从点源到面源再到内源水污染综合治理的重要时期。"十五""十一五"连续十年，昆明兴建、改扩建的污水处理厂达十余座，日处理污水能力连续跃上几个新台阶，而且所有污水处理从一级B标升级到一级A标，通俗地说，这个升标之举，是滇池污水处理从原来的粗放、初级别、不成规模到现在的精细、高级别、基本全覆盖。

"把湖泊作为水体富营养化研究的对象，再合适不过。"童银栋解释说，不同于时刻流动的河水，湖泊是相对静态的，其本身就是一个完整的生态系统，与人关系更为密切，也更能反映人为活动的影响。

童银栋的报告称，磷是地球所有生物生长最重要的元素之一，但也是工业、农业等生产生活常见的污染物。生活废水、畜牧业废水、水产养殖以及化工业超标排放，都是人为造成的磷排放源。

虽然磷对生命至关重要，可水中磷含量过高，就会引起藻类及浮游生物疯狂繁殖。水体溶氧量会下降，使鱼类及其他生物大量死亡，威胁生物多样性。藻类产生的藻毒素也威胁周边居民的饮用水安全。

水体富营养化，已经成为我国水环境安全面临的最大难题。对付湖泊的"富贵病"，某种程度上，与人治疗"三高"一样，需要"管住嘴"，即通过大规模兴建污水处理厂，对工业、生活污水中产生的营养元素"减量化"后再排入水体。

那些"体检表"上向好的数字并没有让童银栋高兴起来。虽然中国湖泊的磷含量下降了近三分之一，但每升51微克这个数字依旧很高。按照欧洲水质标准，磷含量低于每升25微克，才可以被视为优质水。

不仅如此，那些已经被排入湖水中的磷元素，也会在湖泊沉淀物中慢慢聚集，即使在污染源减少后也难以立刻消除，成为持续向表水层释放的"内源"。

童银栋在报告中写道："中国湖泊达到良好生态状态仍需相当长的时间。"

事实上，这位年轻的环境研究学者，在"人与自然如何和谐共生"的问题上，始终没找到完美答案。"我们努力让不清澈的湖泊逐步清澈起来，同时，我们却又在'努力搞脏'一些还清澈的湖泊。"

童银栋清楚，在基础设施本来就不完善的偏远地区，通过建设现代化污水处理厂或是改善卫生设施等方式来控制排放，需要花费极其高昂的成本。在中国这样一个城区人口密集、城乡分离明显的发展中国家，其投入和产出比，是一笔不得不算的账。

过去近十年间，中国投入近8000亿元治理生活污水和工业废水，改善农村卫生设施，换来了湖泊富营养化风险的下降。童银栋想知道，这些投入能不能更精准、更高效。

在调查基础上，他提到了一个理想方法，建议今后中国的水质控制政策可以采取更为灵活的营养元素排放控制策略。

"导致水体富营养化有三大主因：氮、磷元素浓度，构成比例以及适宜的水体温度。"他说，目前我国的污水处理厂已经实现了营养元素"减量"。下一步，在已经实现较高的污水处理率的情况下，污水处理厂可以尝试采用灵活的指标，从营养元素的"削减器"变为湖泊中氮、磷浓度的"调节器"。

即使这样，童银栋依旧认为，再先进的修复技术，也难让湖泊回到它最初清澈的样子，"'路漫漫其修远兮'，但至少这一次，我们走对了方向。"

在解决滇池生态环境突出问题的窗口期和关键期，昆明，也走对了方向。

坚持理性思维，强化科学治滇，是昆明市委市政府的正确决策。从2016年以来，昆明市聘请高级别专家团队为滇池治理把脉开方，对症下药，让高原明珠重放异彩。直接关心此项工作的昆明市委、市政府主要领导，与国内多个顶级专家团队进行过多次面对面交流。

"滇池清昆明兴，滇池净昆明美。滇池治理任重道远。"这是王喜良强调最多的一段话。作为昆明一市之长，他对滇池的感情，溢于言表。他说："昆明之美，美在滇池。滇池，南北长、东西窄，形似弯月，水域面积300多平方公里，是半封闭的宽浅型湖泊。湖不深而空灵，山不高而清秀，成就了昆明半城山色半城水的奇佳组合。水边漫步、湖中游泳，都是滇池留给市民的美好记忆。"王喜良表示，要像保护眼睛一样保护高原明珠滇池，切实提升滇池保护治理成效。

除了外请专家到昆明为滇池问诊把脉，市委市政府主要领导多次亲率团队，到西湖、太湖、巢湖等多地考察学习，拜师问计，寻找"可以攻玉"的"他山之石"，带回切实可行的治污防护方法，积极开展试点工作，推动滇池水质持续改善。

实地调研则是昆明主官们经常做的一项"功课"。每一次巡河之后，市委市政府主要领导都要求：要加大清水入滇工程的实施力度，加快推进城区地下污水管网、清水入滇管网微改造工程，确保雨水通过库、河、沟等"毛细血管"进行储蓄、净化、渗透进入滇池，生活污水全部进厂处理，加大对滇池水生态的补给力度，逐步恢复滇池的水生态，确保一泓清水入滇池。

早在2016年，王喜良在与中国工程院副院长刘旭等专家团队座谈时就表示：昆明市委、市政府希望用5年的时间，让滇池恢复到稳定的Ⅳ类水；再用5年的时间让滇池水质恢复到Ⅲ类水，让高原明珠重放异彩。到2020年末，这个"两步走"的第一步，如今已经成为现实；未来已来——2021即将迈开的第二步，这更加美好的愿景，让人充满期待。

"河长制"深化记

我最初接触到"河长"一词，是在2008年的初春。

那年春天，昆明出现了一个热词：河长。大会小会、报纸电视、街谈巷议，铺天盖地，都在争说"河长"。在我头脑中莫名其妙对应跳出来的却是一个古词：河伯。"河长"，管河之长，它相当于古代的"河伯"吗？河伯，是华夏母亲河黄河的水神，中国神话典籍中有大量关于"河伯"的传说。一些传说有鼻子有眼，说河伯原名冯夷，也作"冰夷"，又名"川后"。《搜神记》里说，他其实原本是过河时一不小心落水的淹死鬼，但天帝见其有些才能，顺便就任命这个淹死鬼为"河伯"，让他从此管理河川。在《九歌·河伯》中，河伯却被描写成是位风流潇洒的花花公子："鱼鳞屋兮龙堂，紫贝阙兮朱宫，灵何为兮水中。"另有故事见于《庄子·秋水》。成语"望洋兴叹""贻笑大方"，都与"河伯"有关。前者比喻要做某事而力量不够，感到无可奈何；后者则指让内行人笑话，含有贬义。

2008年度昆明热词"河长"当然跟这些无关。因为我很快就接触到了一个具体的河长：汪叶菊。身为某民主党派负责人的汪叶菊时任昆明市政协副主席，因为同时曾是一名热爱文学创作的作家，她以市级领导身份又兼任了昆明市文联主席。

"河长制"来了，汪主席又多了一个身份：晋宁东大河河长。

昆明一开始任命了29名河长。后来统计出35条入滇河流，以及一条出滇河流，于是增加任命了几名河长，使河长总数达到相应的36名。这些河长全部是昆明市级领导，来自党委、人大、政府、政协、警备区等首脑机关。有了市级层面重要官员的加持，这些古已有之或后来挖造的入滇河流前所未有地被重视起来，也神圣起来。它不再是简单的盘龙江、宝象河、大观河、新运粮河、柴河、金汁河、马料河、螳螂川河、南冲河、金家河、乌龙河、五甲宝象河、船房河、海河、西坝河、虾坝河、中河、捞渔河、大河、白鱼河、梁王河、茨巷河、洛龙河、冷水河、明通河、采莲河、老运粮河、枧槽河、古城河、牧羊河、六甲宝象河、东大河、姚安河、小清河、老宝象河、老盘龙江河……它们一夜之间变身为某书记、某市长、某主任、某主席或某副书记、某常委、某司令以及市级各种副职官员……兼任"河长"的某某河。每一条河流在其显赫位置都竖立起显眼的牌子，领导的照片、职务，河流的起始、长度，"河长"的职责、任务，以及"河长"之下的"段长"和其他什么长，台账一般清晰地罗列其上，既便于群众了解和监督，也成为入滇河流的一道新风景。

也是这个春天，昆明市文联的作家画家书法家摄影家在汪主席汪河长带领下，来到了位于滇池最南端的晋宁东大河入滇口，这里当时已经成为初具规模的一个湿地公园。趁着文人们指点江山高谈阔论的空隙，我顺着东大河注入滇池的反方向捋了捋，我发现这条古滇王国时期波澜壮阔的东大河如今已经细如鸡肠，只是一条尚未断流的沟渠——当然这是春天，难说到了夏天，雨季来临，山洪暴发，说不定它也会野性复发，摧枯拉朽。

我的想象停止在现实的工作面前。汪河长指示我们在这里种树，她说要在这里种植一大片文人树林，名字已经取好了，书协主席的书法也写好了，就叫"文苑林"。我们就争先恐后地刨坑、把已经准备好的各种树苗放进一个个坑里，培土，浇水，然后与树苗合影，"立此存照"。然后一行人去到县城一家餐厅，把酒言欢——大家流了臭汗，看了风景，行了善事，而且可能因树留名，于是皆大欢喜，胃口大开。

在我们种树的地方，后来真的很快就立起了一块巨大的天然石碑，书法家赵翼荣题写的"文苑林"三个辨识度很高的潇洒大字，很远就能看得见。这里成了游人如织的湿地公园，树木花草更多了，建设规模更大了，近旁还添了沙滩，湖水与堤岸之间修起了很长的防腐木质步道，关于滇池土著鱼类、鸟类以及植物的科普长廊也恰到好处地点缀其间，它的名字也变得高大上了，名叫：南滇池国家湿地公园。

我发现了一个与自己有关的小细节：当初我们种植的那些树，可能大多被移栽了。因为我比对了当时合影的照片，发现原来栽树的位置，变成了花坛或步道，以及别的什么。但是我一点也不遗憾。我相信，一棵树，只要有它合适的土壤，合适的光照，合适的养分，它就会向上生长，直到长成一片属于自己的风景。

相对于那些为滇池劳力劳心的"河长"，我不过是滇池的一个看客。但我确实看到了一条条入滇河流在河长督导之下，开始发生了或明显或细微的变化。比如晋宁东大河，汪河长挂名之后，她经常为这条河流以及入湖的湿地如何在她手上变清变美而茶饭不思甚至夜不能寐。有时候很晚了汪河长会打一个电话，很惊喜地告诉我，说她联系了普者黑，要把那里的荷花引种过来；有时候我们见面时她会说，东大河来了新客人——滇池里某种土著鸟儿回到了这里的湖面，某种原生植物出现在了这片水域……她的惊喜是由衷的，她为了这片水域变美变好的努力是尽心尽力的——这些努力，最后化为一本洋洋洒洒二十余万言的《河长记》隆重出版，该书的著者，正是这位兼任过东大河河长的市政协副主席、文联主席、作家以及后来的画家汪叶菊。入滇河流三十多条，"河长制"实行的十多年间，走马灯似的不知道换过多少河长，唯有汪叶菊留下了这部纪实著作，立此存照。

我一直以为，"河长制"肯定是昆明首创。因为在2008年那个喧腾的春天之前，我还没有见到别处有关于"河长制"的宣传。这年头，"好事传千里"早已经不是虚夸，主流的电视报纸，以及从非主流逐渐升格为"流量大咖"的网络资讯、各种自媒体，让所有具备新闻意义或炒作价值的东西不胫而走，迅速成为"吸睛"话题又更迅速淹没在海量信息中，"各领风骚三五小时"。我的眼睛也经常处于泥沙俱下的舆情裹挟之中，碎片化地接受着这些想看不想看的各种文图真相或流言。我确实没有见到在昆明力推"河长制"并纷纷扬扬之前，别处还有如此成功的治理河流湖泊的当代经验。

但是后来还是证明我孤陋寡闻了。

一份重要的正式文件这样描述了"河长制"的由来——

2007年夏季，由于太湖水质恶化，加上不利的气象条件，导致太湖大面积蓝藻暴发，引发了江苏省无锡市的水危机。痛定思痛，当地政府认识到，水质恶化导致的蓝藻暴发，问题表现在水里，根子是在岸上。解决这些问题，不仅要在水上下功夫，更要在岸上下功夫；不仅要本地区治污，更要统筹河流上下游、左右岸联防联治；不仅要靠水利、环保、城建等部门切实履行职责，更需要党政主导、部门联动、社会参与。2007年8月，无锡市在全国率先实行河长制，由各级党政负责人分别担任64条河道的河长，加强污染物源头治理，负责督办河道水质改善工作。

河长制实施后效果明显，无锡境内水功能区水质达标率从2007年的7.1%提高到2015年的44.4%，太湖水质也显著改善——当然此是后话。

太湖面积相当于滇池10倍左右，而且居于中国东部沿海的经济核心区，其各方面的重要性远非滇池可比。包括太湖暴发蓝藻引起的社会关注度，也远比滇池吸引眼球。但是太湖创新出"河长制"而且取得了那么多显效，为什么没有先于昆明名声在外呢？

仔细考察了有关文献，我发现，一是太湖虽然推行"河长制"在前，但一开始不成规模，具有"试验"性质，其效果也并不显著；更重要的是当地官员还没来得及将其上升为"中国经验"，这时候，一个参与其中的重要推手调到云南，且主政昆明，善于"拿来主义"的官员就在昆明上演了轰轰烈烈的"河长制"，而且是在滇池全流域实行。因此可以说，即便"河长制"不是昆明原创，却至少是在昆明被两度创新并推上了历史新高度。

2008年那个春天，当"河长制"来到昆明时，也许各级官员比较看重谁当了哪条河流的"河长"，坊间百姓却留意于"咂摸"并传诵一个与治湖有关的"段子"：

治湖先治水、治水先治河、治河先治污、治污先治人、治人先治官。

编排为"顶格体"的顺口溜一时间不胫而走、家喻户晓、深入人心。因为它表达流畅，逻辑清晰，顺藤摸瓜，一下子就挖到了滇池治污的根源："问题出在水里，根子却在岸上。"

岸上当然是各种人，人中当然有各级官。治湖与治河、治人与治官，就这样像一根藤上的蚂蚱给"串"了起来。昆明"河长制"的深入和创新并未就此止步，一些地方还举一反三地推出了衍生品：湖长、溪长、山长、街长……五花八门的各种"长"，让我想起旧时代的"保甲长"制度，当然那种制度实行的是底层社会的连坐互责，是典型的人治产物。但封"长"太多，确实让人有点目不暇接，也就难免胡思乱想。

在"河长制"最初推行期间，昆明到底"治"了多少官？不好统计。但是官员们开始忙于治河治湖，却是有目共睹的事实。当今社会，主要优质资源集中在体制之内，体制动员的力量足以改变许多现实，这是不争的事实。而体制动员的实质是自上而下首先动员各级领导，各级领导再来层层发动群众，这个社会"传导线"才既真实、又有效，而且高效。

"河长制"吹响了昆明全社会投入治理滇池污染的集结号。2008年春天开始，昆明市在滇池全流域探索实施的河长责任制，可以看作昆明深化河长制的第一阶段。自从2008年36名市级领导担任滇池主要入（出）湖河道河长以来，滇池流域按照"一河一长""一河一策"，滇池流域外按责任区设立市级河长。同时，其他河（渠）湖库按照分级管理原则，分别由县（市）区和开发区、乡（镇、街道）村（社区）级党政主要领导担任总河长、副总河长，其他领导担任河长。昆明市、县、乡、村四级分别明确了36名市级河长、391名县（市）区级河长，1297名乡（镇、街道）级河长，构建了"四级河长五级治理体系"。与此同时，还在昆明市全面建立市、县（市）区和开发（度假）园区、乡（镇、街道）三级督察督导制度。各级官员分别担任总督察、副总督察，人大、政协分别成立河长制督察组或专项督导组，全市所有出入滇河流都有了专门"管家"。

河渠湖库上面设立的这一道道"官网"，几乎让所有水域实现了官员全覆盖。因为按照河长制要求，挂名的河长必须尽责到岗，定期和不定期开展现场巡查，及时发现问题，一线督促落实。原则上市级河长将不少于每季度一次、县（市）区和开发（度假）园区级河长不少于每两月一次，乡（镇、街道）级河长不少于每月一次，村（社区）级河长不少于每半月一次。从这个规定可以看出，级别越低，巡河次数越勤；级别越高，相对次数稍少——这也符合各级领导站位不同和职责分管范围不同的区别。

汪叶菊在《河长记》里有一段"巡河节奏"，记叙了她参加市级官员"巡河"的见闻感受：

巡河就像观摩一样也有要求：下车不要打电话，不要交头接耳，不要不下车，不要绕道行走，等等。这没有什么难的，而行进速度太快和没有时间上厕所却有点够呛。我见有不少人为此可是大吃苦头了。一路上，大家不敢过多喝水，真不知道往日那些办公室里手不离茶杯的"水老虎"们该怎么办？天气这么热，后面那几辆车上的人跟不上趟，又开始小跑了，连记者也跑得那么快……慢节奏的城市，温吞水的昆明人，再也不可能踱着四方步四平八稳地散步似的前行了。

下车，在新修葺的沿河小道上疾走半个小时，气喘吁吁的大小干部们停下来，所有参加巡河人员围拢，听该河的河长、段长们汇报治理情况。该段长，也是区长，是从基层一步步干出来的，听得出来，他的汇报声音不大，却硬朗有力，有章有节，却未料到，他声情并茂地汇报到一半，却有更大领导焦急的声音打断了他："上一次你来看河是什么时间？准确一点，水质达到几级？现在取样达到几级？"该段长逐一回答了领导的问题后，领导说："对不起，打断你了。"领导接着当着大家说出了这条河的几个准确数据和要点，并一口气用七八个排比句，强调了河道治理工作的紧迫性和根本原则。然后请河段长继续带路，往前巡视……河段长不敢懈怠，边走边向领导和四套班子介绍情况。见到这种情形，我不禁在心里把自己的东大河的情况和数据赶快默默背了几遍，领导对每条河治理的细节如此清楚，我可不能让我的东大河捅出什么篓子……

据汪叶菊介绍，从她担任河长以来，参加市级领导"巡河"是家常便饭，有时候是"巡"别的市级领导担任河长的河流，有时候就轮到巡察自己当河长的东大河。每到那个时候，她会提前做好案头工作，不断在心里默念自己准备的材料，检查自己的各种数据，尽量找出还有哪些遗漏，事先查缺补漏，争取万无一失。"每次巡自己的河，就像年轻时候参加高考的心情，忐忑、激动，又充满期待。那个时候，自己是如履薄冰，靡有朝矣。对河长职责，就像绣花一样仔细，一针一线，从来不敢大意。"

东大河在汪叶菊担任河长期间，确实发生了一些可喜的变化。作为民主党派参政的政协副主席，就算还有个文联作为依托，汪叶菊在所有河长中资源是相对较少的，她能有所作为，殊为不易。有时候我带着人去晋宁一带，或采访，或访友，或单纯就为了那方的某一道美食，去了，都会顺带着去走走看看东大河，每次都会随手拍摄几张照片发给汪河长，报告一下看到的新变化。只要是东大河的话题，她都会非常及时地回话，语气和表情里那种惊喜和自豪，比她自己发表了什么文艺新作还要激动。

昆明创新深化河长制的第二阶段主要集中在2016年至今。

这一阶段，中共中央办公厅、国务院办公厅印发了《关于全面推行河长制的意见》，它很好地说明了滇池治理中曾经创造的管理模式的前瞻性。"河长制"必须不断深化和创新，就必须在滇池治理的制度创新上发力，建全从顶端到末端的责任链条。签订各个层级、有关部门和相关企业的目标责任书，按照"科学治水、铁腕治污"的要求，层层落实责任，严格考核，严肃问责。同时，强化公众参与和社会监督，依法公开环境信息，构建全民监督体系，为滇池水污染防治各规划的有效实施提供制度保障。

2016年以来，昆明在滇池全流域成功推行"河长制"治理污染基础上，出台了具有制度创新性的《全面深化河长制工作实施方案》

《滇池流域河道生态补偿办法（试行）》及配套文件；提出了"四个治理"要求：科学治理、系统治理、集约治理、依法治理；建立完善了"四级河长五级治理"及"一河两长"制度（党政河长、"市民河长"以及"网格滇池志愿者"体系）；全面推行"五水联治"：山水不入城、河水不溢流、尾水要提标、微污水要处理、农田水要循环；创新建立了生态补偿机制并予以落实。所有这些，写下了河长制推行以来的崭新篇章，即：以制度保障和舆论影响，形成水环境保护的人人参与，全民共治。

在滇池治水行进的队列中，一直有着来自昆明市政协的坚定身影。

按照昆明市委、市政府全面深化河长制工作的要求，市政协负责滇池、阳宗海流域外全面深化河长制工作实施情况的督察工作。为确保督察有效推进，市政协制定了相关工作方案，成立由市政协主席任总督察，副主席任副总督察的市政协督察组。市政协主席、副主席还分别担任了7条入滇河道的河长。市政协主要领导多次对新运粮河整治情况进行巡查，要求要切实推动河道治理工作落到实处、取得实效。市政协发挥资源环境人才密集的优势，汇聚"专业的河长"，用专业精神，每年开展一次集中督导督察，为全市水环境保护和治理及生态文明建设积极建言献策，相继完成了相关区域集中督察工作。在督察中，提出了"严格落实河长制考核、发挥河长制信息平台作用、多渠道筹集河道管护资金"等40多条建议，得到了市委、市政府的肯定和采纳。市政协主要负责人表示，"督察就是来找问题的，只有把存在的问题找准了，才能对症下药，真正把河长制工作落到实处，见到实效。"

这里要特别说说昆明创新建立的"市民河长""网格滇池志愿者"体系。这个体系是昆明市全面创新深化"河长制"的一次战略性尝试，主要目标在于：从根本上探索城市环境保护和经济社会发展的两难困境，解决滇池污染这样长时间、大体量、积重难返的生态顽疾，在人的观念和行为习惯方面形成革命性转变——既要从日常生活细节中加强自我约束，体现绿色环保意识；又要切实可行地鼓励对他人损害和破坏水环境行为加以监督和干预。形成体制内的官员"河长制"和体制外的民间"河长制"及网格志愿者的有机结合和效益最大化，从而达成滇池水环境治理保护的可持续发展，力争形成对本市及其他城市类似工作的启迪和示范作用。

这项尝试，采取以政府主导、企业和学校等社会组织以及民众广泛参与的"共建+众筹"模式。各级政府不仅要履行自己承担的"河长制"责任，还要组建相应的"市民河长""网格滇池志愿者"队伍，并切实担负起在人财物等方面的聚集和协调管理职责，使滇池水环境治理保护的民间力量建得起、动得了、行得通、用得上、走得远，动员最广泛的社会力量，共同参与这一大规模的环境挑战。具体目标包括：

破解"城兴水废"难题，实现"湖进人退"目标；

根除入滇河道及全流域黑臭水体，开创城市发展生态引领新格局；

以"市民河长"和网格志愿者为抓手，形成"人人都是参与者，处处都有监督岗"的环保氛围，在人心深处修建起牢固的环保"闸门"。

政策引导、制度保障、系统工程治理，是滇池水环境由坏变好的决定性因素；"市民河长""网格滇池志愿者"体系带动的全民共治，是辅助滇池水质逐年改善、不断向好的"稳压阀"。"滇池清，昆明兴。"昆明政府提出的行动纲领，成为妇孺广为传唱的歌谣，深入人心。肉眼可见的滇池水质逐年清澈，直接改善了沿湖而居约一百万市民的生活质量，也使昆明全体市民幸福指数大大提升，并转化为更加自觉地保护生态环境的行动。

该项目实践是打破体制壁垒、最大限度调动民间环保力量积极性并提供新型制度保障的制度创新，它包括：

率先制定出台创新版深化"河长制"方案。滇池水环境治理虽然早在2008年就全面实行"河长制"并在全国产生较大影响，但当时主要着眼于体制内、强化了政府主要官员担任"河长"的制度安排，忽略了民间力量参与的价值和意义。2017年昆明创新版《全面深化河长制工作实施方案》，不仅体系更加健全，还促进修订了《昆明市河道管理条例》及《昆明城市排水管理条例》，按照"谁达标、谁受益，谁超标、谁补偿"的原则，制定了《滇池流域河道生态补偿办法（试行）》及配套文件，全面推行河道生态补偿机制，有效促进了地方主体责任履行、控源截污体系完善和监测系统建立、河道水质提升。同时形成体制内官员"河长制"和体制外民间"河长制"及"网格滇池志愿者"的有机结合和效益最大化，达成滇池水环境治理保护和经济社会发展的相互转化和促进作用。

率先落实双重"河长"交替巡河，资源共享，效益互补。"四级河长五级治理体系"要求体制内官员担任"河长"期间必须坚持按月巡河，常规巡河；"市民河长"及其团队和"网格滇池志愿者"则坚持问题导向，不定期巡河，随时随地巡河，并通过由"市民河长"团队联系人、市滇池管理局、市网格中心、滇池流域各区"河长办"工作人员组成的"市民河长"微信工作群，建立交流渠道及平台，确保信息互通，效益互补。

切实延伸滇池管理执法部门的"手、脚、眼、耳"。昆明启动"市民河长"及"网格滇池志愿者"以来，各种环保志愿者又陆续组建了"爱湖"志愿服务队、"滇池卫士"志愿服务队、"滇池驴友"志愿服务队，与"市民河长"等团队共同开展滇池保护志愿服务工作，通过各部门组织开展形式多样的活动和"市民河长"的认真履职，以及"网格滇池志愿者"微信平台的推广，延伸了滇管执法部门的"手、脚、眼、耳"，全民监督各类影响滇池水环境的行为已逐渐成为趋势。自2019年1月至2020年2月，全市已有60343名志愿者、443个志愿服务团队参与滇池保护，发起3399个滇池保护志愿服务项目，累计服务1810290小时。"网格滇池志愿者"微信平台共受理来自滇池志愿者、滇池卫士等各类投诉案件2104件，立案1908件，结案1857件，结案率97.33%。

努力打造审美多元、寓教于乐的"巡河文化"。双重"河长"巡河，不仅要发现滇池水环境保护存在的问题，还要利用巡河机会接受审美多元、寓教于乐的"巡河文化"熏陶，这就需要在项目中因地制宜地植入大量文化因子。比如在洛龙河入滇前端，修建了具有湿地和观赏双重价值的洛龙湖公园，公园里专门设立了"石碾"广场，用以纪念抗战时期呈贡人民为修建"飞虎队"机场作出的巨大贡献；斗南湿地公园则打造了"清水廉政文化长廊"，让人感受荷花出污泥而不染的冰清玉洁，体会"道路千万条，廉政第一条；贪腐成罪犯，亲人两行泪"的深刻警示；晋宁东大河入湖口建起的南滇池国家湿地公园，也是巡河者经常梭巡之地，这里名目繁多种类齐全的鸟类、鱼类展示牌，成了人们观察滇池原生鸟类鱼类生态恢复的标识牌；捞渔河入湖口建立的捞渔河湿地公园，则是春城花都的浓缩景观区，每年轮番举办的"郁金香""大丽菊""玫瑰花"等花展，让人们在巡河与亲水之余，自然而然地接受了美的熏陶，感受了春城昆明"天天是春天"的无尽魅力。

让失地农民变为滇池环保守望者，让守望者变成滇池环保就业者。捞渔河下游入湖口建起的捞渔河湿地公园，征用了呈贡大渔乡新村及王家庄村土地，数百名失地村民过去"靠海吃海"，其生产生活污水对滇池造成的污染自不待言。征用土地建设湿地的过程，也是失地农民接受生态环保教育的过程，通过组织他们一起算滇池环保的"大账"，让他们真切理解"绿水青山就是金山银山"的道理。他们从一开始的不理解到主动投身滇池环境保护，又在湿地公园建成后全部实现了家门口"再就业"，实现了从守望者变成滇池环保就业者的身份转变。捞渔河湿地公园管理办公室副主任王玉坤说起自己的变化，深有感触："我是真的感受到了保护滇池利国利民，是台大好事。我和全村人实现了就在'母亲湖'身边的再就业，亲自见证了滇池水由清澈透明变为浑浊发臭，现在又逐步恢复优良水质的全过程。住在滇池边，活在滇池边，我们现在是很充实，很自豪，幸福感满满！"

实现"市民河长"向企业、学校有效延伸，激励出滇池环保志愿团队优秀典型。2018年聘请100名"市民河长"，2019年升格为100个"市民河长"团队，又延伸出若干"企业河长""学生河长""小小河长""银霞河长"等团队。"企业河长"带动了企业爱护滇池从我做起的主体意识，"学生河长"让所在学校全员接受了环境保护实践课，这些具有倍增效应的举措，大大提升了滇池水环境保护治理的社会关注度和参与度。

滇池环保志愿团队中，有一支远近闻名的"巾帼打捞队"，这支由滇池西岸新河社区的50余名妇女组成的打捞队，年龄最小的37岁，最大的60多岁，平均年龄50余岁，多年坚持在滇池中打捞水草和垃圾，承受了不为人知的艰辛，也收获了水质变清的幸福。打捞队现任队长李云丽已经参与打捞三十多年，她说，打捞队名声越来越大，如今已经有男队员主动加入其中，参加的理由说是为我们"护航"，"当然很欢迎么，打捞确实是很危险的事，有个把男队员加入，对滇池保护更好，也不改巾帼打捞队颜色，整得成嘞！"

陈嘉佳与40多名伙伴组成的大风皮划艇俱乐部，是最初受聘上岗的百名"市民河长"之一，他们的职责是巡察入滇河流船房河。上岗以来，大风皮划艇俱乐部的皮划艇爱好者们在巡河中发现了偷排污水口（管道）和污水渗漏点5处、河堤塌陷5处、地笼81个、违法偷捕船只10艘、违法抽水取水6处，劝离两岸非法钓鱼人员近千人次。

改变了部分市民对滇池治理存在的成见和谬识。滇池治理一直存在着"乐观论"和"悲观论"的论争和严重分歧，前者将滇池治理看得简单容易，一遇实际困难则很容易转换为"悲观论"观点；后者认为滇池治理在本质上不可能实现，因而消极对待所有的努力并袖手旁观。还有一种人，拒绝与主流社会合作，无视滇池治理真实取得的成绩，自以为是地认为自己是"民意"代表、意见领袖，在滇池治理中实际产生了消极影响甚至阻碍作用。随着滇池治理政策红利的不断兑现、基础设施建设的不断加大投入、人的环保意识的不断觉醒并走向自觉，滇池水环境从断面监测到肉眼感官都在事实上不断向好转变，部分人存在的成见和谬识也在不断转变，逐渐形成共识。

昆明创新深化"河长制"多属于自觉的原创性质，如落实双重"河长"交替巡河、资源共享、效益互补模式，让失地农民变为环保守望者和就业者模式；属于继承传统的"旧瓶装新酒"，比如"市民河长"向企业、学校延伸，激励出滇池环保志愿团队优秀典型模式等；属于得到启发和借鉴之后的创新，比如打造审美多元、寓教于乐的"巡河文化"，延伸滇池管理执法部门的"手、脚、眼、耳"等。

"市民河长制"及"网格滇池志愿者"，既是全国推行"河长制"的延伸和补充，更是以点带面地影响和带动市民观念意识更新、行为习惯自律的革新之举，实现了从被动环保到主动环保的主体转变，减少了城市对滇池水环境造成的人均不利影响，保障了城市整体生态安全、生态文明，为市民提供了更优美的环境、更清洁的空气、更优质的水域。

昆明创新和深化"河长制"的实质，是打破体制壁垒、最大限度调动民间环保力量积极性并提供新型制度保障的创新举措。

滇池水质的好坏，直接关系到昆明民众的幸福指数；滇池水环境治理保护，是昆明最大的民生工程。民生工程也是民心工程，它离不开广大民众的积极参与。创新和深化"河长制"，倡导"市民河长""滇池网格志愿者"，正体现了昆明融入世界城市创新潮流：在政府主导的创新中，必须引入市民的积极参与。

这一系列创新也为城市化进程中解决人与水、城与湖的矛盾，实现"水进人退"的转变，提供了可以复制借鉴的经验，对现代城市发展过程中如何偿还"生态旧债"，清除积重难返的沉疴积弊，做出了有价值探索。尤其是"一河两长"的双重"河长制"，以及让失地农民变为环保守望者和就业者模式等原创经验，用于破解大面积、多头绪的生态环境难题，值得深入总结、推而广之。

事实上，从昆明创新和深化"河长制"，实现滇池水质四年时间"三级跳"以来，已经引起国内国际社会广泛关注和重视，已有诸多国家和地区、城市和机构团体，前来考察访问，交流取经。

"滇池治理、人人有责"的理念已深入人心。滇池从受污到治理、再到变清的过程，也是市民从惋惜到悲观、再到关心和参与的过程。过去人们对于滇池治理保护的主动性、参与性、积极性不高。近年来，随着水质逐年向好，成绩不断刷新，唤醒了人们的赤诚情怀，亲近母亲湖的愿望愈加强烈，越来越多的人愿意沿着当前的治理思路和奋斗方向，携手同行，贡献力量。

中国城市的改变和进步，不仅是城市面貌在发生变化，一目了然；而且更多地体现在城市生活的方方面面，潜移默化，日夜生长，需要观察发现。在这个从硬件到软件的变化发展过程中，观念、政策、制度、方法的改变具有明显的升华，昆明创新和深化"河长制"，独具其云南特色、中国价值。

一个大湖的顶层设计

污染严重的滇池，是昆明人的心头之痛，也是共和国重点关注的一个痛点。国家对滇池水环境治理的高度重视，体现在"九五"以来，连续四个"五年计划"，把滇池列为国家重点水污染治理的"三湖"清单中。

时任国务院总理温家宝分别于2006年底和2008年3月，两次听取了云南省滇池治理有关问题的汇报。2007年6月30日，温家宝在"三湖"水污染治理座谈会上指出："必须坚定信心，坚定不移，把'三湖'治理好，这是中国生态环境建设带有标志性的工程，也是在生态环境方面对人民甚至对人类负责的一个表现"；"'三湖'抓紧治理已经迫在眉睫，刻不容缓"；"要进一步做好调水引流工作，积极实施'滇池引水'工程，增强湖泊的生态水量，增强湖水的自净能力"。

温家宝特别指出："三湖"治理，太湖是重点，滇池是难点。

为什么难？滇池之难，既是地缘环境决定的，也是历史原因决定的。

别看平时昆明人在温和的日子里节奏比较缓慢、性子比较温吞，但是在历史的紧要处，在那些关键节点，昆明人从来不怕难。甚至可以说，昆明人历史上就有知难而上的秉性——远涉重洋、探索世界难不难？昆明人郑和却率领船队，七下西洋；推翻帝制、护国讨袁难不难？昆明讲武堂师生却舍身求法，打响了重九起义第一枪；救亡图存、唤醒万众难不难？昆明人聂耳却振臂一呼，唱响了《义勇军进行曲》……

难不怕。怕的是找不到难点在哪里。

滇池污染，病象在湖里，难点和问题在岸上——如今，这已经成了共识。

找到难点和问题的根才是治污之本，正本才能清源——如今这也是常识。

那么，治滇之本，"本"在哪里？

云南把包括滇池在内的九大高原湖泊保护治理当作大事要事来抓，认为湖泊治本之策是提供五大保障：一是政治保障，把坚决贯彻习近平生态文明思想和习近平总书记对云南提出的"要把云南建设成为生态文明建设排头兵"的指示要求作为重要支撑，把省委、省政府提出的"建设中国最美丽省份"作为目标指引和激励；二是法治保障，实现了"一湖一条例"，做到了有法可依、有法必依、执法必严、违法必究；三是规划保障，明确了保护治理的三线，制定了保护治理"一湖一策"方案；四是资金保障，近年来省级财政投入力度前所未有，较2016年增长约4倍，同时创新资金投入模式，积极引入第三方参与保护治理；五是组织保障，全面推行河（湖）长制，设置了独立、专门的高原湖泊保护治理机构。

昆明市人大以立法为治滇之本，深入细化，落到实处。生态文明建设离不开法治保障，地方法规在生态文明建设中发挥着越来越重要的作用。昆明市人大着眼于促进生态环境改善立法，稳妥推进地方立法，扎实促进滇池流域生态文明建设。多年来，市人大围绕滇池保护制定了《滇池保护条例》《昆明市河道管理条例》《昆明市城镇排水与污水处理条例》《昆明市城市节约用水管理条例》等系列地方性法规，促使地方涉滇相关条例文本不断修订完善。这些文件的落地和实施，为依法治滇提供了强有力的法制保障。

"滇池的向死而生其实是与它的死亡同步的。我记得，最早为滇池保护立法，大约就在上世纪八十年代末期，而且一座省会城市和一个省先后为一座湖泊立法，我不知道国内有没有先例，但是昆明和云南对滇池保护的重视程度，由此可见一斑。"

"可不敢小看这部为滇池专设的地方法规。后来保护滇池的许多办法，都源于此。比如红线划定，比如四退三还，比如拆违迁厂，特别是后来实施的滇池治理'六大工程'，那是怎样的气魄和力度？气魄和力度的背后，是谋定而动，是法治先行，是昆明和云南官员在治理滇池问题上表现出的集体勇气和前瞻智慧，当然也是昆明老百姓为此做出的巨大牺牲和贡献。为此，我作为一个老昆明人，必须就此为他们点个大赞！"

这是文化名流、著名作家黄尧对昆明市人大在滇池立法上表现出来的勇气和魄力点赞时说的一段话。

制度需要落地，法治才能彰显。市人大聚焦筑牢生态基础强化监督，持续多年围绕入湖河道水质、污染负荷削减、环湖截污、生态湿地建设和"五采区"植被恢复、水源地保护、城市空气质量提升等，综合运用集中视察、听取审议专项工作报告、专题询问等监督方式，全方位推进滇池流域生态文明建设。市人大还进行专项视察，监督水源地保护工作，督促落实最严格环境保护制度，以实际行动保护"世界春城花都"的碧水蓝天，促进美丽生态与建设发展同向同行。人大以自身的优势、特色和行动，参与到滇池治理的浩大工程中，为昆明勇当生态文明建设排头兵提供了强大的法治保障。

围绕"治滇之本"进行决策选项，昆明市委书记程连元开出了他的"药方"：源头治理、面源治理、系统治理、生态治理——这是站位很高的体系化滇池治理。这个体系，有一个明确理念，以及"四梁""六柱"作支撑。一个理念即"量水发展、以水定城"；"四梁"即"科学治滇、系统治滇、集约治滇、依法治滇"；"六柱"即突出源头重治、突出工程整治、突出河长主治、突出标本兼治、突出依法严治、突出社会共治的"突出六治理"。程连元说，这也是深入学习贯彻党的十九大报告的本土化心得。十九大提出，建设生态文明，需要"构建政府为主导、企业为主体、社会组织和公众共同参与的环境治理体系。"

程连元多次强调，"要尽快实现滇池可以游泳的目标，让老百姓亲水近水、共享滇池治理成果。"事实上，2019年以来，滇池东岸、南岸湖畔的一些沙滩上，已经有迫不及待的孩子在天气炎热时下到水中，开始戏水和游泳——尽管现在还不允许入湖游泳，但是孩子们看到湖水已经清澈得可以看到自己脚指头了，他们等不及了呢。

"正式的可以下湖游泳的官宣消息，还要等多久呢？"我问滇池管理局一位官员。

"确实现在无法回答你。但是可以期待的是，滇池在一天天变好，这一天应该不会太遥远。"官员的回答稍微有点官腔。但我知道他说的确实是实情。我理解，按照算水账的逻辑，滇池整体从Ⅳ类上升到Ⅲ类水质，除了源头截污等工程一如既往，还需要更加强劲的水动力特别是更丰沛的外来生态补水。这对于目前已经达到现有条件补水极值的滇池而言，下一次的期待应该是滇中引水的全线贯通。可以想象，当源洁流清的金沙江上游来水直接引入滇池，当那些Ⅲ类甚至Ⅱ类优质水哗哗流入滇池时，源头活水来，卷起千堆雪，滇池成为人们自由搏击的天然泳池，一定会成为现实。

滇中引水全线贯通预定目标时间是2025年。或许，这正是可以下到滇池游泳的时间节点。

让人期待，更催人奋进。

"为什么我的眼里常常饱含泪水，因为我对这土地爱得深沉。"程连元，这位自京畿来到边地的流官，主政昆明时间不长，当然也不算短。他对昆明、对滇池的感情，确实是爱得深深。他是把滇池当作自己的"母亲湖"一样去爱护、去呵护、去亲近的。在一次与昆明大学生交流中，他说出了自己对昆明、对滇池的肺腑之言：

"记得刚到任时，我向省委和全市人民表态：办好昆明事、建好昆明城、当好昆明人。奉献一座城市，前提是要熟悉这座城市、热爱这座城市。"

"不能再让滇池成为昆明城市发展的伤疤、成为昆明人民痛心疾首的伤感之地，必须痛定思痛、面壁十年图破壁，早日还原滇池的本来面目。"

那一天，在数千大学学子面前，程连元忆青春、谈昆明、绘蓝图、讲发展、话未来，程连元用生动而接地气的语言，讲述了一个市委书记心中的"昆明故事"，妙语连珠，让人耳目一新。

程连元现场问众学子："昆明是什么？你认识的昆明是什么样子的？你会怎样形容昆明？"不等学子们回答，程连元借用五句诗词，给出了自己的答案：

天开胜境彩云生，春风先到彩云南——颜值高；

波光潋滟三千顷，莽莽群山抱古城——底蕴厚；

繁华独数昆明城，城南百货集水陆——禀赋好；

驼铃古道丝绸路，胡马犹闻唐汉风——开放早；

江南千条水，云贵万重山。五百年后看，云贵胜江南——潜力大。

在他眼中，昆明是一个物华天宝、人杰地灵、前景灿烂、大有可为的地方；昆明是一座天生不用雕琢修饰的城市，半城山水半城花，山水秀丽、水天一色，可以说是好山好水好地方。他说，看看昆明的山、昆明的水、昆明的景，让人心旷神怡，喜不自禁。就连明代旅行家徐霞客到了昆明，也不禁赞叹"桃花流水，不出人间；云影苔痕，自成岁月"。

在他心中，昆明不仅是首批24个国家历史文化名城之一，更有物华天宝，大自然赐予了昆明优良禀赋。他说，昆明区位优势独特、自然资源丰富、气候资源独有，是中国乃至世界气候条件最好的城市之一，是一个名副其实的"网红城市"。

他通过南方丝绸之路、滇越铁路、滇缅公路、泛亚铁路四条标志性的"路"看昆明的开放历程，他认为，如今昆明已从偏居一隅的"末梢"走向了世界舞台的"前沿"。站在新的历史起点，国家战略将带来更多机遇，通道建设将带来更大便利，生态"硬核"将汇聚更多商机人气，昆明蕴藏着无限潜力。

程连元放眼前瞻：到本世纪中叶，昆明将全面建成区域性国际中心城市。到那个时候，昆明将是一座经济繁荣之城、活力绽放之城、现代大气之城、人文魅力之城、绿色健康之城。

绿色健康——其中就有滇池的特殊贡献。

昆明未来，真是值得期待。

在这次思路清晰、文采飞扬、动情用心、有理有据的交流中，我们不难看出程连元的大格局。反过来理解他对滇池治理的顶层设计，之所以能够后来居上高屋建瓴，正因为他在此之上还有更大的格局，更宽的视野，更开阔的胸襟，更富于远见的理想——滇池，必须成为"世界春城花都、历史文化名城、中国健康之城"最有魅力最打动人的"昆明的眼睛"；治理滇池，恢复她最美丽多姿的容颜，正是打造未来区域性国际中心城市昆明"三张名片"的点睛之笔。

"三年攻坚"行动

我认识一个名叫"驴友四重奏"的旅游团队，四个人，全部是女青年，单身，分别来自江苏徐州、云南昆明、湖北潜江、澳大利亚悉尼。

其中来自徐州的女青年张然，本职工作是职业导游，但是她每年都会留出一段时间给自己，准确说是留给"驴友四重奏"。然后，张导吹哨，驴友报到，她们从天南地北、国内国外，齐聚到中国大西北的某个城市，开始她们长则半月、短则一周的"给心情放假"旅行。

她们只去大西北，甚至是大西北某些人迹罕至的无人区，特别是那些安静得时间仿佛停摆的湖泊。"当然不是真的没人。那里还是有简陋的青旅，路边小食店，以及更简陋的厕所。我们不为享乐而去，也绝不做苦行僧。王安石不是说，'夫夷以近，则游者众；险以远，则至者少。而世之奇伟、瑰怪，非常之观，常在于险远，而人之所罕至焉，故非有志者不能至也。'我们就是他老人家说的有志者。""驴友四重奏"旅游团队的昆明成员宫翼这样告诉我。

宫翼说，她们已经连续去了五年，而且依然乐此不疲。一般是徐州的张导先跟她单线联络，提出几个"候选点"，两个人一起在网上开始做攻略，然后在群里进行"四人投票"，票选出目的地之后，时间以及集合地点就会很快搞定，几只候鸟就会完成集结，开始一段陌生而刺激的新旅程。"要不是2020疫情突然发生，我们已经做好了去西藏纳木错湖及沿途的所有攻略，现在暂时只好泡汤。"

这种说走就走的旅游正在成为时尚，在刺激偏远地区经济发展的同时，也提出了新的课题：如何保护脆弱地区的生态环境特别是湖泊的生态安全？

事实上，湖泊的开发利用与治理保护，似乎从来就是一个悖论。

面对工业文明和城市化进程，湖泊的自然生态很难保持原生态模样。即便是那些成绩卓著的环境研究专家学者，在"人与自然如何和谐共生"的问题上，迄今也始终没有找到完美答案。一些专家最喜欢位于世界屋脊青藏高原上那些"最后美丽"的湖泊，却又为它们忧心忡忡。喜欢的原因很简单：那里人迹罕至，湖泊得以保存其最原始的美。可他们也担心，人类活动越来越多，随着说走就走的各种"驴友"、背包客蜂拥而至，各种旅游配套设施也接踵而至，总有一天会让那些遗世独立的"绝版"湖泊不堪重负。环境研究专家学者反对一些地方过度开发旅游，把湖泊当成老百姓脱贫致富的"提款机"，并为一些还没得到重视的"弱势"湖泊感到忧心。但是当地官员和老百姓有脱贫的迫切愿望和需求，开发旅游或者开采矿藏往往又是脱贫致富最便捷的路径，这样的开发利用与治理保护的矛盾冲突，在那些生态环境特别脆弱的地方，一旦发生，就特别惨烈。

一位湖泊研究者告诉我，他经常去到一些美丽的湖中采集水样，听上去这是一件挺浪漫的事。他说他最喜欢迎着朝霞乘船出发，大朵大朵的白云映在湖面。他和同事将湖泊划分成网格状，分别在湖心、湖边、湖半径的中点等十几个点位，汲取水面以下约50厘米深的湖水，灌进随身带来的瓶子里，再装进带有冰块的保温箱，空运回实验室分析化验。"一般来说，湖水的保质期只有7天。"

他说，那些地方的湖泊美丽得让人心醉。但是在一些较为偏远的湖景区，总有成片的垃圾漂浮在水面上。简易的厕所就设在湖边，游客的粪便直接排入湖中，岸边的餐馆也将餐厨垃圾直接丢到水里。"我们努力让不清澈的湖泊逐步清澈起来，同时，我们却又在'努力搞脏'一些还清澈的湖泊。"

"此事古难全"。

现实中，湖泊开发利用与治理保护确实很能两全。这道世界难题如果必须二选一，会难倒很多人。事实上人们多数会选择妥协，即接受适度开发并尽可能和谐共处的发展模式。

有人说古人为什么能做到利用保护两不误？其实不是古人有多高的前瞻意识和完备的科学知识，而是赖于过去的发展节奏相对缓慢，历史的面纱温情脉脉，人类的脚步徘徊迟缓，日复一日的时光凝滞不前，几十年、几百年也就一个时段。这样，人类对自然的人为干预和破坏的矛盾还不十分尖锐和突出。因此，年光往事如流水，转眼又是几百年，滇池在云南大地上的格局，或者说城市与滇池、人与自然的相处格局，基本处于一种相对恒稳的态势——这种平衡一直持续到了清末民初。

进入到当代社会特别是先发展再保护的经济社会迅猛发展时期，湖泊乃至整个自然环境都受到前所未有的挑战。污染和反污染，在滇池是一场三角博弈。在此场域，有三种力量一直在展开角力：第一是污染破坏的力量，第二是治理保护的力量，第三是对污染和治理污染进行双重监督的民间社会力量。

我们说污染破坏是一种力量，而且在很长时间里，可以说是十分强大的力量——它几乎主导了滇池大湖的基本走向。

那些无视环境甚至猖狂破坏环境的利益集团，对滇池水资源和水陆环境的恣意侵占巧取豪夺，那些不尊重自然不爱惜环境的陋习陈规和法不责众的过时认知，它们形成的污染破坏的合力，对滇池的羞辱玷污挤压掠夺已经罄竹难书。而滇池自身地理形势的先天缺陷，也造成滇池被

污染破坏之后的难以自愈和治愈。

毫无疑问，滇池治理保护是一种力量，而且是一种强大的看得见摸得着的健康正义力量。在这个力量群体之中，执政党和政府永远最坚定有力地主导着前行的方向；有担当有作为的社会组织也主动承担着自己的社会责任；公益民间组织和个人也自觉汇集起细微而广大之力——对污染和治理污染进行双重监督的民间社会力量也最终汇合到其中，成为滇池治理保护力量的有效补充。

正是污染破坏之力被不断压缩抑制，治理保护之力不断发扬光大，滇池才开始了由坏变好，由浊变清的缓慢转身，才让人们看到了美好的愿景，希望的微光。

然而这样的微光却还是太细小微茫了，她还远跟不上时代的呼唤、社会的要求、民众的愿望。人民群众对于美好生活的迫切向往，和满足这种迫切需求的现实和时间之差，正在成为这个时代新的矛盾新的困扰。当今昆明市的主政者深刻认识到了这种矛盾和解决矛盾的现实性和紧迫性，意识到了滇池是昆明赖以生存和发展的物理基础和心理基础，是核心的生态资源、幸福之源。滇池保护治理是昆明最大的生态工程、民生工程、民心工程，事关生态文明建设全局；保护和治理好滇池，是争当生态文明建设排头兵的关键所在。

经过二十多年的不懈努力，滇池流域水生态、水环境明显改善，滇池水质企稳向好。2016—2017年，滇池全湖水质已经甩掉劣V类帽子，上升并平稳保持在V类。但是与党中央、国务院和省委、省政府的要求以及与昆明老百姓的期盼还有差距。而且每当进入雨季后，滇池外海水质总会出现反复甚至下降，蓝藻水华不时出现反弹，滇池保护治理形势依然严峻。基于此，昆明市委、市政府迫切需要打造滇池保护治理的"升级版"，大力削减流域污染负荷，引流更多入湖清水，让滇池水更清澈，实现滇池保护治理取得新突破，努力把滇池打造成生态之湖、景观之湖，人文之湖。

由此，保护治理滇池"三年攻坚"行动计划应运而生。

滇池保护治理"三年攻坚"行动实施方案，以党的十九大提出的生态文明建设和绿色发展的新理念、新思想和新战略为指导思想，提出了治理目标、思路与基本原则。在全面实施《滇池流域水环境保护治理"十三五"规划》的基础上，按照"科学治滇、系统治滇、集约治滇、依法治滇"的治理思路，实现"六个转变"，即：将滇池治理工作内涵由单纯治河治水向整体优化生产生活方式转变，工作理念由管理向治理升华，工作范围由河道单线作战向区域联合作战拓展，工作方式由事后末端处理向事前源头控制延伸，工作监督由单一监督向多重监督改进，保护治理由政府为主向社会共治转变，全面深化滇池治理工作。

"三年攻坚"的时间区间是2018—2020年，在此期间，要求全力以赴实施滇池保护治理攻坚行动，坚持问题导向，目标倒逼，量化考核，采取控制城市面源和雨季合流污染、治理主要入湖河道及支流沟渠、完善流域截污治污系统、优化流域健康水循环、提升湿地生态环境效能等一系列措施，努力实现滇池水质目标与总量削减目标。

出台于2018年初春的"三年攻坚"行动计划，提出了滇池治理保护总体目标、阶段目标、河道目标，特别清晰准确，富于操作性。文件寥寥数行文字，实现起来，其中难度，难与外人道，不为外人知。

围绕三个目标，昆明市进一步明晰治理思路，重点采取了"突出源头重治、突出工程整治、突出河长主治、突出标本兼治、突出依法严治、突出社会共治"的"突出六治"举措。

从"三年攻坚"到"突出六治"，有诸多具体数字、办法、措施、要求。如果全文引用，普通读者一定会觉得枯燥。它表达的刚性，正说明它是滇池治理的刚需。在那些貌似枯燥的文字背后，为了实现"绝不让一滴污水进入滇池"，为了实现滇池水清岸绿，为了实现浅型半封闭湖泊滇池早日重获新生，有多少"神来之笔"接踵而至，出现在从"六大工程"到"突出六治"的系列举措中。

昆明,也是拼了!

说到昆明人治理滇池污染这股子拼劲,市长王喜良说:"可以说是背水而战,也可以说是知耻而后勇。滇池是我们昆明人的母亲湖,过去因为污染而沦为劣 V 类水湖泊,许多游客看到蓝藻覆盖的滇池,扫兴而归。我们终于醒悟了,开始采取各种措施保护滇池,四退三还、环湖截污、河长制、牛栏江引水、生态补偿、公众参与……经过20多年的艰辛努力,终于为滇池找回了美丽容颜,2016年滇池水质告别了劣 V 类。2018年至今,滇池全湖水质总体保持Ⅳ类,越来越多的游客徜徉于滇池之滨,冬天来观鸥,夏天来泛舟,一年四季可赏花,昆明成为一个越来越宜居的城市。"

王喜良说:"我多次说,滇池清,昆明兴;滇池净,昆明美。滇池好不好,不仅影响城市市容市貌,也影响每一个市民的生活质量和心情。滇池是昆明成为区域性国际中心城市的基础,滇池的品质决定了昆明的品质,只有保护好滇池,昆明才能成为争当生态文明排头兵的示范城市,才能成为建设面向南亚东南亚辐射中心的核心城市。"

人对自然的友好和亲近,自然也会以它最真诚最直接的方式释放善意,"投之以桃报之以李",所有对滇池的巨大投入和艰苦努力都不会白费。从2018年"三年攻坚"行动实施以来,我用自己的脚步和肉眼,见证了"三年攻坚"行动对滇池发生的影响,带来的变化。我可以用忠于自己感观的书写和记录的方式为之背书。因为这个计划规定的三年,我几乎每天都在走近滇池,亲近滇池——那是我每日散步、慢跑、健身、休憩的地方。我的居所名叫"滇池星城",这里距离滇池只有千米之遥。我散步或慢跑经常会沿着小区外一条叫作"驼峰街"的道路,穿过环湖东路,穿过那些由中山杉、滇朴或杨树组成的湖边林带,顺着"牛屎沟河""江尾河""干沟河"等几条入滇小河流小沟渠,走到乌龙湾、大湾、捞渔河、江尾村等那些沿湖堤埂或土路上，这是我一早一晚必做的功课。亲水散步的起点是一万步，即便风雨来临或烈日炎炎，我也没有停止自己的脚步。有时候我会去斗南湿地、王官湿地、海东湿地、捞渔河湿地这些地方，带上帐篷、桌椅、瓜果、棋牌，约上几个朋友，在那些地方一待就是大半天。这是我书斋以外最喜欢也最便捷惬意的生活方式了，它绿色健康环保而且经济，特别适合不喜欢剧烈运动的我这样的"闲人"和懒人。无意中我成了滇池环境改善带来"慢生活"福利的最早一批分享者。但是我同时也是这个福利的贡献者。我的贡献不仅限于每次散步休闲时会捡拾一些垃圾、会善意规劝一些与滇池美好环境不协调不友好的人和事，我真正的贡献是在无意中做了义务巡滇的"网格员"。我几乎每次都会用手机记录拍摄一些照片，然后发出一两组"九宫格"照片到微信朋友圈，配以最简明的文字，表达我此时此刻的所经所历，所见所闻，所思所感。在我的朋友圈里"埋伏"着一大批与滇池水质好坏直接相关的人，他们中，有来自昆明市和相关区的水务局、生态环境局、滇池管理局从局长到处长到科长的各个层级官员，也有大小河长、段长、村干部，大小媒体的从业者，当然更多的是一些生态环保研究者和水环境技术层面的管理者，他们有的专司研究蓝藻，有的研究滇池土著植物、鱼类或鸟类，还有研究沉水低端生物如贝类螺蛳的，百十号人都是我朋友圈里的"潜水者"，我们平时很少交集，但是当我发出与滇池有关的图文、特别是带有"报警"色彩的图文时，就会有相关领域的专业人士或相关管理部门的官员从朋友圈里迅速"冒"出头来，做出回应。这在刚刚过去的疫情严峻的时期里，我的感受最为明显。

因为2020年春天以来的滇池，可以说跟这个国家，跟整个中华民族一样，经历过太多的大悲大喜，接受过前所未有的严峻考验。对于滇池而言，这段时光是从2020年1月20日开始的。这一天，党和国家最高领导人视察了滇池北岸星海半岛生态湿地，并对滇池治理取得的成绩作出了肯定性指示。

同一时期，新型冠状肺炎病毒引发的传染疾病被证明会"人传染人"，导致了21世纪迄今为止最重大的公共卫生事件。时代的这一粒灰，当它落到原本安详平静的滇池头上，又会引发怎样的涟漪或波澜、产生什么样的连锁反应呢？

几乎在武汉封城的同时，昆明以及全国也启动了最高级别的"一级响应"，工作停摆了，人们突然自觉地把自己关在了各自小区之内、单元之中、家门之里。那些日子，一片树叶掉下来，你也可以清晰地听到叶片触地的沙沙声；一片流云从窗前飘过，也会吸引你专注的目光。世界太安静了，安静到让人害怕的程度。那些每天跳动的感染数字，是那么让人心惊肉跳——因为它意味着，世界众多地方、众多国家，被"新冠病毒"击中的人数还在增加，因此死亡的人数还在增加，疫情蔓延的区域还在增加，人类命运共同体受到的前所未有的挑战，还在增加……

与所有做困兽状"扼守"在逼仄环境里的人相比，那段时间，我恐怕成了地球上最幸福的人之一了。这仅仅因为，我的居所比邻滇池。我可以寻找任意一条小道，穿过任意一片树林，在几分钟内走近碧水如洗的滇池。在疫情泛滥的2020年的深冬、初春、仲春、初夏乃至整个夏天，我可以那样无拘无束地恣意地奔放地行走在滇池南岸，有时候我也会驾车去到东岸、北岸、西岸，每天去欣赏滇池的波涛、波涛上翻飞的海鸥和白鹭，听着鸥鸣与涛声巧妙组合而成的大自然交响，那么惬意地舒展地自由地享受着天地之间弥足珍贵的美好。那段时间，我对清朗的滇池的感恩无以言表。没有对比就没有伤害，一想起散布远方的众多亲友困居斗室的窘迫状况，我甚至不敢把自己那些自由舒展的滇池美照分享到朋友圈，我只能"没事偷着乐"。

然而我很快也发现了问题：滇池在一些角落，特别是在一些浅滩或回流的死湾，出现了以前几乎见不到的倒退。有的地方垃圾成堆却无人清理了，有的地方水质发黑发臭却无人问津了，最严重的一次，我甚至亲眼所见，在捞渔河公园一角，蓝藻死灰复燃，堆积成厚厚的绿油漆状，恐怖地陈列在我眼前。我当然知道其中一些原因：比如每天刮起的东南风，会把各种污物刮向这一带水湾；天气正在炎热，蓝藻趋于活跃，补水出现不足……所有这些都可能成为部分区域水质倒退的原因。我必须把这些图景摄入镜头并以最快速度发在微信朋友圈里。我记得就是那次蓝藻报警，我甚至没来得及写下说明文字，也就在微信发出几分钟之后，我手机里得到了反应——有人微信我，要我立刻报出准确位置。

问话的人叫余仕富，他是昆明市滇池管理局总工程师。就在2020年春天，他还多了一个头衔：昆明市河长办副主任。他曾经在电话里认真告诉我："其实官职级别没有什么变化，就是比原来多了一份责任。"果然是一个负责任的官员，余仕富在看到我的微信并核实情况后，很快我就发现，在那片滇池水域出现了打捞船。这是在疫情非常时期，几乎所有部门都停摆的情况下，管理滇池的人——从领导到最基层的打捞工，依然还在努力坚持着各自岗位。这不能不让我为之感动。

我至今记得，我那一次次关乎滇池变化的微信"写真"，给我快速反馈的，除了余仕富，还有付文——他的身份是市滇池管理局局长；还有张佳燕——她是司职宣传的资深滇管人；还有徐飞——她是生态环保局宣教专家；还有刘丽萍——她的身份是市环境监测中心实验室主任；还有何锋博士——他的身份是昆明市滇池研究院高级工程师；还有周奕霖——她是湖泊公司办公室长得像影视明星一样的美女；还有何洁、何佳、韩亚平、陈园……他们告诉我，在他们职业的微信朋友圈里，还有很多处长、局长、院长、分管滇池治理的副市长、甚至更高级别的官员。所以，与滇池相关的任何资讯或舆情，都会得到最快速度的反应和处置。"这里的风吹草动，都会牵动人心、民心、官心，可以说滇池的每一道波纹，都会牵一发而动全局，谁也不敢掉以轻心。"

"三年攻坚"行动督导下的昆明官员，从被动守土有责，到主动担当作为，让我看到了滇池可喜的现实和值得期盼的前景。滇池从好变坏，又正在由坏变好，这一切都绝非偶然。所谓"冰冻三尺非一日之寒"，"不积跬步无以至千里"，我们只要去认真聆听、仔细捕捉，尽心履职，尽力而为，就一定能够发现事物变化的内在逻辑和清晰轨迹。滇池之变，再次证明，人对自然的态度，往往就是自然对人的态度。人与自然，是可以互为镜子，照见彼此的影子和灵魂的。人的生活生产方式，就是水的生存处境方式。

人啊，面对自然，面对湖泊，你要警惕！必须警觉、收敛和小心！

值得庆幸的是二十余年来，特别是最近几年来，滇池在国家、云南省和昆明市各种文件、制度、法规的约束之下，在大量的人力物力财力智力投入之下，在"绿水青山就是金山银山"的生态发展观的引领之下，滇池之变确实是令人欣喜的。

对于这份欣喜，昆明市滇池管理局局长付文说，最近五年，特别是最近一两年，滇池之变确实喜人、惊人，最大的好消息，就是滇池首次出现了"湖进人退"。须知，多少年来，滇池与人的较量，一直都是人强湖弱，人进湖退，这个转换是怎么实现的呢？

我往滇池边上随便一走，随意一转，就看到一处处为恢复滇池水域面积而实施的施工工地。拆除堤坝、建设湿地，比较短时间里就恢复滇池水面11.51平方公里，湖面保持在309平方公里，建成湿地36平方公里，实现了"人进湖退"到"湖进人退"的历史转变，湖滨生态功能和生物多样性得到恢复，目前有水生植物290种、鱼类23种、鸟类138种，滇池湖滨生态湿地已成为市民、游客休闲赏景的好去处，其中多块环滇湿地被评为"中国最美湿地"。

从"与湖争水"到"还水予湖",这是一个历史性转变。在创新和深化"河长制"进程中,昆明开展了污水、雨水再生利用,建设污水处理厂20座,日处理污水134万立方米,日生产再生水32.7万吨,成功创建国家节水型城市。完成了牛栏江—滇池补水工程建设并通水运行,从通水至今,已累计向滇池实行生态补水40多亿立方米,大大缩短了滇池的换水周期,改善滇池的水环境。

昆明市明确了"量水发展、以水定城""科学治滇、系统治滇、集约治滇、依法治滇"的总体思路,以及"技术上综合、管理上严格、治理上广泛"的原则,推动滇池治理实施"六大工程",实现"六个转变",编制了"一河一策"整治方案,采取河岸截污、河内清淤、生态修复、清水补给等措施,实施了35条主要入湖河道及支流沟渠综合整治,对4100多个河道排污口进行截污改造,铺设改造截污管道1300公里,河道清淤101.5万立方米;采取控源截污、内源治理、生态修复、活水保质等举措,还完成了22个黑臭水体治理,河道生态得到明显改善,水质明显提升。

通过一系列措施的实施,滇池水质总体企稳向好,达到30年以来最好水质。根据生态环境部水质监测数据显示:滇池全湖水质2016年首次由劣Ⅴ类上升为Ⅴ类;2017年继续保持Ⅴ类;2018年上升为Ⅳ类,为1988年建立滇池水质数据监测库30年以来最好水质,2019年至今,滇池全湖水质总体保持Ⅳ类,水质状况由重度污染转为轻度富营养化。

其实还有很多值得夸赞的变化,比如,滇池变得越来越美了,昆明也在2020年申报成功获得全国文明城市的光荣称号。

就以创新深化河长制来说,虽然它只是滇池治理系统工程的辅助项目之一,但其背后蕴含的全民有责、全民参与、全民共享的社会治理理念,使其成为滇池治理制度的升级版。昆明在生态环境领域的不懈努力和取得的成果,为城市争取了良好发展机遇。滇池之美、昆明之美,吸引了世界更多的关注，最近的例证是：举世瞩目的《生物多样性公约》第15次缔约方大会（COP15）和中国国际友城大会，已确定于2021年在昆明举办。

"环保文化"种植记

"种文化"是近年来流行的一个新词。文化可以外化于行，内化于心。植根于内心的文化，才足以代代相袭传之久远。"种文化"正是基立与此的一种文化传播的有效方式。

在我面前，有一套名为《滇池保护》的"乡土教材"。这套教材分为小学版和初中版，她是经过云南省中小学教材审定委员会审定后推荐给滇池流域（其实也是全昆明市）的环保教材。这套教材从2008年3月试用本到2019年6月正式版，前后至少历时十多年。编写教材的三家单位，位列第一的"昆明市环境保护局"，如今更名为"昆明市生态环境局"；位列第二的"昆明市教育局"，如今更名为"昆明市教育体育局"；十多年名称不变的是位列第三的昆明市滇池管理局——这个阵容，足以说明这套乡土教材的重要性。

我是怀着极大兴趣通读完这套教材的，而且不止一遍。

我必须为这套功德无量的教材的编写出版、推广使用，点一大串赞。她就是"种文化"的现实成功例证，而且，她"种"的是关乎滇池、关乎环境、关乎未来的"环保文化"，她的种子，必将在滇池流域和全昆明市几代孩子们心中生根、发芽、开花、结果。

在这套教材试用初版"前言"中有一段质朴的话，说得特别好：

"昆明通过小手拉大手、学生带动家庭、家庭带动社会，实现滇池保护、治理的广泛性和社会性，动员和促进全社会自觉并积极参与到滇池保护、滇池治理的行动中来。"

这正是教材编写的题中之意，也是在昆明全市中小学增加这样的乡土环保课程的特殊意义所在。相比之下，我更喜欢这套教材的"小学版"。她的初版，循着"环境与生活""树与生活""水""保护滇池"的思路往下走，设置了"读一读""做一做""看一看""想一想"等等互动环节，将环保常识润物无声寓教于乐地播撒进孩子心田，这是多么值得称赞的事情！在"小学升级版"当中，教材的准确性和生动性更加提升，"环境与人类""植物""水""生态文明"的逻辑线更加清晰可见，"变废为宝""走进森林""你认识的树""滇池外来物种入侵调查""大家一起来制定家庭节水计划"等等活动也让小学生会更加饶有兴趣投身其中。这些关于滇池、关于环保的知识和常识点的精心编排、精细设计，真是让我喜出望外。对于刚刚踏入知识殿堂的孩子们来说，这比讲一万次环境保护的空话大话都有用有益得多！

我们来看一看、读一读小学版当中这篇短文：

海菜花的哭诉

有一天，天气非常热，鱼儿们在滇池边戏水，在草海里的各种鱼类也在河里玩耍。突然，一条小金线鱼大声喊起来："都快过来，告诉你们一个不好的消息。"鱼儿们见小金线鱼一脸愁苦，眼角挂着泪珠。"呀！你怎么了？"大伙不停地问。

小金线鱼好一阵才抬起头说："今天是1969年12月28日，这一天人类在昆明城里举行了'向海要田，向海要粮，向滇池进军'的10万人誓师大会。人类要围海造田，要把草海变成农田，我准备和妈妈搬家，也许以后你们再也见不到我了。"鱼儿们一听非常震惊，寂静的草海一下子沸腾了，鱼儿们为了躲避灾难，纷纷行动起来。高背鲫和银白鱼两个家族去了滇池外海；金线鱼家族沿着河流迁徙，听说有的金线鱼躲进了暗河里。

大伙儿都散了，天也暗了下来，草海里只有海菜花在哭泣："我怎么办？你们都走了，我和妈妈怎么办？"

没过多久，由3万5千人组成的围海造田大军正式开向海埂一带的湖滨地带，开山炸石，填土入湖。

后来，再也没有人见到过海菜花一家，有人还听说高背鲫、银白鱼家族在外海没住很久，又搬到金沙江了……

课本里，跟这篇文章相配的是几张海菜花的照片，星星点点的白花下面是柔柔的水草，包围水草的是滇池澄碧的清流，让人想起徐志摩《再别康桥》中的诗句：

软泥上的青荇，油油的在水底招摇；
在康河的柔波里，我甘心做一条水草！

《海菜花的哭诉》拟人化的故事，勾起了孩子们好奇心的同时，教材还没有忘记普及历史和科学知识，特别增加了一段说明文字："二十世纪七十年代以来，随着昆明城市化发展，以及人们大规模地盲目围湖造田，致使湖滨湿地丧失，滇池水体富营养化日益严重，水体透明度显著下降，沉水植物逐渐向湖滨浅水区迁移，海菜花、轮藻等喜清水的水生植物大面积消亡。"

滇池生态环境确实一度遭到破坏，成为我国污染最严重的湖泊之一。然而经过多年不懈治理，滇池全湖水质逐年上升，从2018年至今，持续稳定保持在Ⅳ类，为30年来最好。

还记得前面介绍过的那个"生态缸"吗？就是那个呈现滇池生态得以逐渐恢复的玻璃缸；还记得玻璃缸里游弋穿行的那条鱼吗？就是那条名叫金线鲃的滇池土著鱼——这种滇池金线鲃，又被称为"滇池古董"：早在300多万年前滇池形成时，它们就存活其中。然而，随着生存环境受到破坏，二十世纪八十年代，金线鲃从湖中消失。随着近年来人工繁育技术的突破，以及增殖放流活动持续开展，如今在入滇河流盘龙江上游，滇池金线鲃种群身影重现。

从濒危国家二级保护动物，到目前千万尾级的人工繁育能力；从退出湖体到重新入湖，助力滇池流域生态治理——位居"云南四大名鱼"之首的滇池金线鲃，命运变化和滇池如此休戚相关，给当前的湖泊生态环境治理修复以很大启迪。"鱼儿们为了躲避灾难，纷纷行动起来。高背鲫和银白鱼两个家族去了滇池外海；金线鱼家族沿着河流迁徙，听说有的金线鱼躲进了暗河里。"《滇池保护》乡土课文里这幅悲惨图景或许正在成为历史。

暮春时节，滇中新区小学的一群孩子跟着老师来到昆明嵩明的黑龙潭寺，他们好像误入了桃花源，心情顿感舒畅。潺潺流水清澈见底，成群结队的云南光唇鱼、昆明裂腹鱼和滇池金线鲃，摇头摆尾游荡。簇簇海菜花顺水漂浮，花朵点缀水面。

为寻觅海菜花踪迹，专程来到这里的摄影爱好者赵益，那天特别兴奋。他穿了一条防水裤，进到水渠里，俯下身子，贴着水面，近距离拍摄了一组海菜花画面。他镜头下的作品后来发表在微信群，勾人摄魂的绝美，引来很多人的好奇之问："这是哪里？这么多摇曳多姿的'水性杨花'，是在泸沽湖还是洱海？"

当人们知道她就在滇池之源，就在距离昆明不远的嵩明黑龙潭寺时，很多人兴奋了，跃跃欲试表示要去一探究竟。

也在那一天，滇中新区小学带队的奚老师特别感慨："如今的海菜花、金线鲃，来之不易！以前五百里滇池，条条入滇池河流，都这样子！"

"五百里滇池，奔来眼底。披襟岸帻，喜茫茫空阔无边……"清人孙髯翁脍炙人口的长联，仍挂在滇池边大观楼的楹柱上，让诸多到访者浮想联翩。但不断累积的污染曾一度让这颗高原明珠黯然失色。滇池污染在世纪之交达到顶峰，人们看到的是水葫芦的遮天蔽日以及蓝藻暴发后"绿油漆"般的滇池水。曾经的许多滇池风物，只留在了文献或记忆里。滇池金线鲃就是例证。

在《滇池保护》教材里，关于金线鲃，有一段注释文字：滇池金线鲃俗称金线鱼、小洞鱼，成鱼喜食小鱼小虾，为"云南四大名鱼"之首——其他三种是洱海的大理弓鱼、抚仙湖的鱇鲏鱼和星云湖的大头鲤。

事实上滇池金线鲃确实是一种"娇贵"的鱼。1638年，大旅行家徐霞客从胜境关入云南，驻足昆明并游览西山和滇池。这一年，他写下《游太华山记》，其中说到金线鱼，"鱼大不逾四寸，中腴脂，首尾金一缕如线，为滇池珍味"。珍稀的金线鲃大约每年12月到次年3月，都会洄游到滇池周边泉眼和地下暗河里产卵，水温须在18至20摄氏度，还须是干净的流水。它把卵小心翼翼产到水下砾石表面，进入七至八天孵化期，而青、草、鲢、鳙等"四大家鱼"的孵化期则要短得多。这意味着，如果没了龙潭（当地对泉池的称呼）、地下河这样的产卵环境，或者产卵洄游通道被阻断，滇池金线鲃繁殖将遭到致命打击。"水体污染日益严重，滥捕屡禁不止，加之竞争不过外来物种，滇池金线鲃的生存、产卵环境剧变，是其消亡的主要原因。"和各种鱼打了将近四十年交道的中科院昆明动物研究所研究员杨君兴解释。

一个四年级同学在嵩明黑龙潭做了这样的即兴解说："1969年底，滇池围湖造田开工。经过筑堤、排水、填土造田三大会战，最终，围湖造田3万亩。此后，许多龙潭还被砌成池子，用来灌溉、取水，加之后来入滇河道陆续萎缩污染，金线鲃不得不从滇池离开，残存在周边一些龙潭里。"

杨君兴听得目瞪口呆。让这位资深研究员没想到的是，小同学的这些知识，正是来源于那本乡土教材：《滇池保护》。

杨君兴顺着小同学的思路，告诉大家：当时滇池金线鲃确实退出了湖体，其实那是在向人类发出早期警告，说明滇池已经"生病"了。而且消失的不止金线鲃。上世纪六十年代，滇池里有土著鱼26种，后来湖体中只存4种。目前，滇池流域土著鱼类有15种濒危或易危。"我们不要小看这些濒危的土著鱼类，因为每个生物都蕴藏着隐秘的地质知识、丰富的进化信息，以及宝贵的基因信息。"杨君兴这样给小同学们继续科普。

科研团队另一个成员潘晓赋说，从遗传多样性的角度理解生物多样性，"有物种多样才有遗传的多样性，由此带来的丰富基因是人类应对各种不确定性的资源库。比如应对各种流行传染病等也需要借助基因研究，不能因为现在'没用'就不管，'物种用时方恨少'。"

杨君兴和他的团队抓住了拯救滇池金线鲃的重要机会。他们走遍滇池周边散布的龙潭和溪流，最终在嵩明黑龙潭和牧羊河，找到了很小的野生金线鲃种群。

为了帮助滇池金线鲃重新繁殖，他们建立基地，并为此吃尽苦头——经常陪着这些鱼儿在夜间活动，繁殖期里，研究人员就睡在鱼塘的堤埂上。"搞科研，就得人将就鱼，不能鱼将就人。"潘晓赋从基地成立就驻扎于此，"晚上观察鱼累了，翻个身能看见满天星斗，也是乐趣。"在那些不眠之夜里，他给出生的儿子取名浩铭：希望在浩渺的滇池里，铭记下这难忘的一笔。

寒来暑往，杨君兴团队围绕滇池金线鲃走过三年多。杨君兴说，"鱼类不会说话，繁殖期又习惯隐蔽起来，只能靠一点点观察积累。"

陪伴金线鲃等土著鱼种群恢复的不仅是科研工作者。在他们中间，还有勇于担当的企业家。2020年8月5日，就在嵩明黑龙潭寺，我见到了两鬓斑白的企业家张棨。

黑龙潭寺其实只是丰泽源植物园的组成部分之一。这个占地数千亩的植物园，珍藏着无数奇花异草，走进园区，如入植物大观园，让人目不暇接。最令人称奇的是园内那九处泉眼，汨汨涌出的清冽甘泉，形成百转千回的水道迷宫，成片的海菜花，成群的金线鲃、裂腹鱼、光唇鱼活跃其间，浪花里，我居然还看到了鱇𫚭鱼苗条紧致的身段！

张棨分辨得出每一种鱼种，那些个头大一点的土著鱼，他甚至能够准确地说出它们的鱼龄。原来，张棨与植物园结缘已经二十多年，他正是这里的"园主"。

张棨曾经是云南大学著作等身的哲学教授，但他同时也是最早"下海"的老板。上世纪九十年代初期开始，他成为昆明官渡区第一批建筑商和地产开发商，持续十年的掘金之后，1999年，昆明举办世界园艺博览会，看遍了摆到家门口的全世界植物精华的他，决定寻找一方净土，实现他少年时代就存于心底的园艺梦。

就像瞌睡遇到枕头，嵩明黑龙潭从此跟张棨结缘。

"我来到这里，第一眼就被这里的水草丰茂吸引住了。这里的泉水从地缝深处涌来，大夏天站在水边也会有一股沁人心脾的凉意，难怪它们是冷水河的源头，也是盘龙江的正源。这意味着，我来到了昆明人母亲河、母亲湖的源头了，我在这里做的每一件事，都跟盘龙江、跟滇池有关。我必须小心翼翼，也必须大胆倾囊，我就把十年辛苦所得，全部砸这里了。"

"这里是昆明最珍贵的水源保护地，二十多年前，这里却是一片农田。我一点一点把它们置换出来，退田还林，还草，让土地休养生息，涵养水源。我在这里培植了品种繁多的云南茶花，桂花、玉兰花，以及无数濒危的树种。当丰泽源花香缭绕古木参天时，我把目光投向了第二个目标：繁殖土著鱼。因为我早就发现这里的泉水里珍藏着金线鲃、裂腹鱼、光唇鱼这些在滇池已经消失的本土鱼种。它们原本都生活在滇池里，因为产卵洄游到滇池水源的源头，居然有少数种群先知般潜伏下来，躲避了滇池污染后全军覆灭的灾难，为这些土著鱼种有一天重出江湖埋下了深深伏笔。我不过是理解了上苍这种苦心孤诣的安排，顺意而为，为这些稀有的、濒危的鱼种提供了更好的栖息地。它们也很给力，如今，从我这里，每年至少可以向滇池投放十万尾以上的金线鲃、裂腹鱼、光唇鱼，积少成多，我相信，终有一天，我们会在滇池看到土著鱼王者归来。"

在号称"生物王国"的彩云之南，土著淡水鱼类达594种，约占全国总数的四成，其中濒危的有138种。从这些数字中，不难领会科学家、企业家们对珍稀鱼类繁育研究以及增殖放养这项工作的特殊意义。"保护生物多样性具有全球价值，我虽然头发白了，但还有很多濒危鱼类等着我们研究繁育。"杨君兴说。

滇池金线鲃游出基地实验室或水源保护区，将面临两个去向：重新回到祖先们的世界，净化滇池水体；人工养殖可持续开发利用，"游"回市民餐桌。2010年起，滇池水体开始放流的金线鲃、裂腹鱼、光唇鱼，正是张耘、杨君兴等人在黑龙潭里人工繁育的鱼苗。如今十年过去，它们活得怎样？

春暖花开时节，一则新闻引人关注：36只钳嘴鹳现身南滇池湿地公园。

这几年，滇池湖滨恢复起来的湿地，成了天然"鸟窝"。光顾的野鸟种类不断刷新，包括濒危物种彩鹮，以及翻石鹬、铁嘴沙鸻等十来种。

当彩鹮归来之时，滇池度假区实验学校的孩子们为她写了一首诗——

彩鹮之羽

今天的语文课上
老师教了我们一个字：
鹮 彩鹮的鹮

老师说
我们每个昆明的孩子
都该认一认这个字：鹮
都该认识一下这种鸟儿：彩鹮

一个冬日的清晨
几只陌生的水鸟出现在滇池南岸的浅滩上
他们或踱步觅食、或扇动翅膀
彩鹮的突然造访，让人们又意外又惊喜
意外的是：这是第一次在滇池边发现彩鹮
惊喜的是：彩鹮的出现
说明滇池水域生态环境有了根本性的改善！

看着这群小精灵在湿地上空蹁跹的身影
羽翼闪耀的灵光
教室里响起了热烈的掌声
原来，这不是一堂简单的语文课
一个"鹮"字，让我们把目光
投向与我们朝夕相伴的滇池

滇池治理是事关云南全局的大事和生态文明建设重点工程。从点源污染治理到流域系统治理，从单一治污向污染治理与生态恢复并重，近年来，云南省和昆明市锲而不舍，滇池治理成效明显。

"人退湖进、休养生息，是滇池生物多样性的'产床'。"昆明市滇池高原湖泊研究院高级工程师潘珉，高度评价环湖截污和"四退三还"（通过退塘、退田、退人、退房，实现还湖、还林、还湿地）的治理之功，"通过工程性措施先解决外源污染问题，再转向湖体水生态治理，这也是国际湖泊治理的共性经验。"

在生物均衡、生态健康的湖体里，土著鱼类不可或缺。2010年以来，累计向滇池放流180多万尾金线鲃。同时还有滇池高背鲫、云南光唇鱼、滇池银白鱼等土著鱼——它们大都经历了在滇池里消失又重现的"命运沉浮"。

作为滇池旗舰物种，金线鲃的繁盛，对滇池生态链意义独特。"金线鲃处于滇池食物链高层，捕食银鱼等小鱼小虾，从而抑制藻类暴发，助力水体健康。"潘晓赋介绍。

然而放流已过十年，滇池金线鲃种群恢复仍不理想。人们虽在盘龙江上游发现了放流金线鲃的少数种群，但没有发现小鱼苗，说明人工放流的金线鲃可能没实现自然环境里的二代繁殖。

原因何在？杨君兴分析，一是放流数量少，在滇池里寻找宛如大海捞针；二是说明滇池的整体生态环境还不甚理想——龙潭、暗河等金线鲃的洄游环境依旧被阻断。

昆明西山脚下，潘晓赋带着参观者兴冲冲地去考察一个据称可能繁育金线鲃的龙潭，但现场景象让人失望：当年汩汩冒水的龙潭已然干涸。

恢复滇池金线鲃等土著鱼种的"生境"道阻且长。以龙潭为例，它们有的干涸湮没，有的被截断成取水口。而吐纳连通的龙潭，都曾是滇池的一部分。

张棪护养的丰泽源植物园以及黑龙潭，收养繁殖了无数的金线鲃、裂腹鱼、光唇鱼并不断投放于滇池，但到目前为止，这里的成功几乎只是一个孤例——这既可贵，也很可悲。一花独放不是春，百花齐放春满园。道理都懂，践行很难。

"如果说工程治理见效快且显见，那么滇池生态治理和生物多样性恢复，必须长期下绣花功夫。"潘珉坦言。

暮春时节，重新开放的斗南湿地公园，波光粼粼，水草摇曳。海菜花、菖蒲、睡莲等水生植物点缀于岸边道旁，银边麦冬、中山杉、火棘等乔灌植物梯次配置。白鹭、银鸥、红嘴鸥等候鸟成为常客；滇白鱼、银鱼等鱼类在此畅游，其中，依稀可见滇池金线鲃的身影，让人一惊，一喜。

"我们云南有句童谣：'海菜花，开白花，爱洗澡的小娃娃，清清的水不带泥也不带脏……'海菜花和滇池金线鲃的生存需要清洁的水体环境，看看大家能不能在这里找到。"听完工作人员的讲解，家长和孩子们便迫不及待地前往湿地周边，开始了"寻宝"之旅。不远处，好几对新人正在移步换景，拍摄婚纱照。

很难想象，这里几年前还是大棚、鱼塘、民房一片混杂。昆明市滇池管理局副局长李应书介绍，斗南湿地的建设，经过五年时间，在"四退三还"基础上，通过景观化方式拆除阻挡湖水流通的防浪堤，在重新连接湿地与滇池的同时，充分利用土著鱼类、水生植物的生态作用净化水体。

在张棪、杨君兴看来，滇池金线鲃和所有土著鱼未来的命运，正有赖于"综合治理、系统治理、源头治理"的成效。

保护滇池金线鲃、裂腹鱼、光唇鱼、鳈鳅鱼等土著鱼，保护海菜花、菖蒲、银边麦冬等土著植物，也是保护我们的乡愁。从娃娃抓起，在他们心灵深处，种植下环保文化之根，则是关系着我们的社会健康永续发展的长远之计。这些理念和实践，在一所很别致的学校——昆明滇池度假区实验学校的校园里，正在成为常态。

　　滇池度假区实验学校跟"掩藏"她的巨型社区滇池卫城相比，显得很"袖珍"。2020年7月31日早晨，薄雾还没完全散开，我已经大致浏览了这所学校的校区。学校的管理者很懂得"尺幅兴波"的画境，民间更通俗的表达叫：螺蛳壳里做道场。这所学校每一寸土地，每一个空间，都在力图靠近生态、表达生态、象征生态。在一处教学楼的背后，我见到一片菜园子，它被分割为巴掌大的若干块，每一块袖珍土地，种植了不同的蔬菜、瓜果以及中药材。它让我想起鲁迅先生笔下的《从百草园到三味书屋》。这里不正是实验学校孩子们的"百草园"吗？我指着那些种类繁多的花花草草，让四年级任沐垚和赵敏同学辨认，他们几乎全部正确地给出了答案。这让我感到比较惊讶：须知，如今城里的孩子，能够如此准确完整辨识植物名称，已经并不多见。学校校长杨立雄告诉我："在我们这里，这是必修课。"

　　原来每一个格子土地代表一个班级，每一个同学都要参与其中，在劳动中走进自然，学习自然，热爱自然，然后，"让学习像呼吸一样自然"——这正是杨立雄的生态立校办学理念。

　　足球场上的绿茵是真的草皮，果园的梨树桃树李子树石榴树真的会结满果实而且让孩子们有序采摘，池塘里的鸭子真的会嘎嘎叫唤，草地上的孔雀真的会开屏旋转给你看，生态课堂、森林课堂……这里的一切，是那么自然、生动、真实、亲切，让我想起普希金的诗句："那经历过的一切，终将变成亲切的回忆。"我相信，从这里毕业走出去的所有孩子，都会珍藏一份特殊的记忆：我曾在最自然的环境里，以最自然的姿势，像呼吸一样自然地读完了小学或中学的课本。

　　这就是生态教育，这才是生态教育！

　　我知道，少年时候的杨立雄，其实是石林大山里的一个苦孩子，没有见过都市、滇池以及大海，成长在原始生态环境中的他，并不了解现代生态的丰富内涵。他是如何迅速完成自己的内修并转换为一所生态学校的整体实践的呢？当我问起杨立雄，这些创意来自哪里？始终保持着微笑神情的杨立雄说：读书，开阔眼界，然后，我还有一个得天独厚的方法，到滇池边走走，从那里获取灵感。

我目测了一下，从学校操场旗杆到滇池，直线距离大约就是几百米。如果说，滇池拍打堤岸的浪花就像湖海的呼吸，那么，"让学习像呼吸一样自然"的金句灵感，是不是来自于这里？那一刻，我理解了杨立雄为什么要在学校十分有限的空间里，还要专门营造一个微缩滇池景观的意义了——她不仅关乎学校名称的来历，也不仅是与之贴近的地理——当然，这些原因都有，更重要的是，她是学校精神的象征，滇池度假区实验学校的生态教育之旅，将从这里，扬帆起航！

滇池这本账

2015年，习近平总书记视察云南、为云南发展提出"三个定位"（即：努力成为民族团结进步示范区、生态文明建设排头兵、面向南亚东南亚辐射中心）时，说过一段语重心长的话：

"要算大账，算长远账，算整体账，算综合账。"

2020年1月20日，习近平总书记赴云南考察时再次来到滇池，在星海半岛生态湿地，察看滇池、抚仙湖、洱海水样和滇池生物多样性展示。总书记在对滇池治理工作予以肯定后，勉励大家要拿出咬定青山不放松的劲头，按照山水林田湖草是一个生命共同体的理念，加强综合治理、系统治理、源头治理，再接再厉，把滇池治理工作做得更好。随后，总书记说："我们不能吃子孙饭，要造福人类。"

这是总书记站在更高的位置，立足长远，为我们算未来的大账。

滇池是昆明生态文明的晴雨表。从这个意义上说，滇池就是一本大账，是一本关系执政理念、民心向背、民生福祉、昆明愿景的大账、长远账、整体账、综合账。正如党的十九大报告指出："建设生态文明是中华民族永续发展的千年大计。必须树立和践行绿水青山就是金山银山的理念，坚持节约资源和保护环境的基本国策，像对待生命一样对待生态环境。"

滇池这本账，古往今来，有多少人算过它。有的人越算越糊涂，也有人越算越清醒，越算越清楚地知道，滇池之治，昆明之治，力该怎么使，路该怎么走。

昆明市委书记程连元也算过滇池账。

2018年初春，在实施滇池保护治理"三年攻坚"动员会上，程连元讲过一番话：

"实施滇池保护治理'三年攻坚'行动，是增进民生福祉、顺应人民美好生活期待的现实需要。环境就是民生、青山就是美丽、蓝天也是幸福。千百年来，滇池孕育了多姿多彩的古滇文化，养育了一代又一代的昆明人民，赋予了昆明舒适宜人的气候和独具魅力的湖光山色。昆明人民对滇池有着美好的记忆、怀着特殊的感情。随着生态环境在群众生活幸福指数中的分量不断加重，老百姓对清新空气、清澈水质、优美环境等生态产品的需求越来越大，对保护治理滇池的期望越来越迫切。保护治理好滇池，早已成为昆明人民的共同心愿，深深扎根在心中。我们一定要本着对历史负责、对人民负责、对子孙后代负责的态度，把滇池保护治理'三年攻坚'行动作为一项重大的民生工程、民心工程抓紧抓好，加快补齐生态环境短板，还滇池一湖清水，让昆明水更清、天更蓝、山更绿、城更靓、田园更美，让全市各族群众的获得感和幸福感更真切、更深厚、更饱满。"

在动员会上，程连元说，"我们坚信，在党中央的坚强领导下，在全社会的共同努力下，锲而不舍，久久为功，一定能把滇池治理得越来越好！"

程连元这番话说得有感情，有思想，掷地有声，振聋发聩。

也是在这个会上，程连元算账还算出了滇池治理保护存在的短板，算出了如何改进问题的思路和方向。程连元警醒昆明干部，一定要在思想上高度重视，找准薄弱环节，深刻反思原因，采取强有力的措施，切实加以解决。

昆明市长王喜良也为滇池算过账。

在他看来，昆明之美，美在滇池；昆明之痛，痛在滇池；昆明之兴，兴在滇池；昆明愿景，系于滇池。一言以蔽之，滇池是昆明的母亲湖，也是昆明的锁钥，是昆明的密码，是昆明的要津，是昆明的关节，是昆明的灵魂。滇池治理，肯定有投入，也必须有投入，而且应该是大投入，早投入。投入才会产出，滇池产出的，不仅是经济效益，更是政治效益、社会效益、环境效益、民生效益。因为滇池清，则昆明兴；滇池净，则昆明美。湖清海晏，国泰民安，这是滇池治理的内在逻辑，也是我们为之奋斗的城市愿景。因此，爱护滇池是昆明市民的应尽之责，保护滇池是政府施政过程中的题中之义，"我们要像保护自己的眼睛一样保护滇池，保护生态环境，继续加大对滇池等高原湖泊和入滇河道的保护治理力度。"

也许是受主要领导"算账"启发，昆明市滇池管理局局长付文在接受本人采访时，也跟笔者算过一次关于滇池的账。

付文说，"滇池这本账，不同的人肯定有不同的算法，因此也会得出不同的结论。鲁迅先生说，《红楼梦》'单是命意，就因读者的眼光而有种种：经学家看见《易》，道学家看见淫，才子看见缠绵，革命家看见排满，流言家看见宫闱秘事。'鲁迅先生的说法，因为被毛主席转述过，所以至今我还记得。"

付文这个算账的开场白把我吓了一跳。

付文接着说，"关于滇池这本账，外来投资者看重的是投资环境，滇池一定是投资环境中重要参数之一；市民看重的是身居其间的幸福指数，滇池好不好，直接关系到昆明好不好在，昆明人讲究这个'好吃好在'，不好在了，就谈不上幸福指数了；过去给商人标注的符号是重利轻别离，其实在商言商也没什么不好。但如果按照只计利益得失的商人算法，滇池的最大利好不是费尽移山心力去治理，去保护，而是采取简单填埋的办法，干脆直接把滇池填埋掉。滇池有多大面积？过去说五百里滇池，那是古代孙髯翁以前的算法；今天的遥感测量，大概是309平方公里，就取个整数，300平方公里吧，这样平展、四面环山、视野开阔的优质土地，可以盖多少优质楼盘，卖出多高的地产天价？获得多大天文数字的利益？我数学不好，冉作家请你不妨算一算？"

付文这个颇具文学修辞色彩的夸张算账，再次把我吓了一跳。

我知道碰到了一个幽默而不乏智慧的滇管局长。

正当我等着付文继续幽默时，他话锋一转，一脸严肃地自称他是"滇池治理人"中"新兵一枚"。付文表示，"2020年是滇池保护治理'三年攻坚'行动的决战之年，也是滇池保护治理'十三五'规划收官之年，做好今年的滇池保护治理工作极端重要。今年1月8日，市委、市政府召开2020年滇池保护治理工作会暨第一次河（湖）长会议，会上，程连元书记对滇池保护治理工作提出了明确要求。这是2020年昆明召开的第一个全市性会议，充分体现了市委、市政府对滇池保护治理的高度重视。"

"作为昆明市政府主管滇池污染治理与滇池保护和行政执法的职能部门，以及昆明生态文明建设的重要参与者，市滇池管理局将深入贯彻落实习近平总书记生态文明思想，牢固树立绿水青山就是金山银山的理念，结合工作实际，紧紧围绕滇池治理'十三五'规划目标，全力以赴打好滇池保护治理三年攻坚战。"

付文介绍，2020年，昆明计划实施147个滇池保护治理项目，并继续实施水质目标与污染负荷削减目标双目标控制，努力使滇池草海、外海水质均稳定达到Ⅳ类水标准，所有主要入湖河道水质均达到Ⅳ类及以上。同时，按照"五水联治"的要求，积极搭建形式多样的公众参与平台，引导市民从自身做起，节约用水、绿色生活，更多地关心、关注、关爱滇池。"我们将精准施策，补齐短板，确保滇池保护治理工作交出一份满意的答卷。"

付文说，"滇池治理人"要学会算大账，这本大账就是："保护生态不计其利，面向未来不计其功"。功成不必在我，我辈竭诚努力。

我知道这个滇池管理局局长的"来历"——可以说他是喝滇池水长大的地道滇池人。付文的老家就在滇池边的海晏村，这个当今的网红打卡村，民国以前村名叫做石子河。在付文家宅基门口几丈之地，就有堆积如山的贝壳遗址。他的祖先是吃着滇池里贝壳螺蛳长大的。这个"七〇后"官员，头已谢顶，显得老成，已经在滇池边上诸多岗位有过历练。我第一次采访他的时候，他虽然刚到滇池管理局不久，却对滇池治理保护事务如数家珍。他告诉我，就在不久之前，他应邀去市委党校为全市干部授课，讲的正是滇池这本账。一边说他一边将那天讲课的课件展示于我，一看那视频，真算得是口若悬河，头头是道，门儿清——这哪里像一个新入职滇池管理局的官员？再看看他头上稀疏的头发，让我想起一句调侃的话：聪明绝顶！

昆明滇投公司下属的昆明滇池湖泊治理开发有限公司老总陈实也跟我算过一次关于滇池的账。

陈实所在的湖泊公司，承担着滇池湖泊蓝藻综合治理和水面漂浮物、废弃物打捞以及水生植物管控等任务。陈实说，"我从事的工作与滇池治理一直密切相关。参加工作，先是在排水公司，搞滇池源头截污、雨污分流、地下管网，算是人在岸上；然后来到湖泊公司，算是一脚踏进湖水，主要负责消除蓝藻。我和公司里很多同事不同，他们在昆明生昆明长，是看着滇池由好变坏的。我从小生长在地州，读大学才来到昆明，我来的时候，滇池就已经污染严重了，我在很长时间里，从来没有见过滇池清澈的模样，我一度对自己的工作感到过怀疑——难道我要就守着这塘臭水，耗尽自己青春吗？所以，我曾经在心底算过自己的时间账：如果滇池十年无起色，就意味着我十年工作不能见到成效；二十年呢？三十年呢？我这是不是有点像人们说的，吃葡萄从甜的吃起，越往后吃越酸，人就越来越悲观？”

这个沉稳中透出阳光的老总，我怎么也看不出他曾经是个滇池治理悲观论者。而他的人生账的算法也很有趣——这让我想起那个吃饼人的笑话：一个人，吃第一张饼，不饱；再吃第二张、第三张、第四张，还是不饱；直到咽下第五张饼，他才终于饱了。然后他说，早知如此，何必吃前面那几张饼呢？滇池治理，是不是跟这个故事有几分相像呢？

陈实爽朗一笑，说，“冉老师我知道你在心里笑话我。我也曾经笑话过我自己，不仅是我，我的丈母娘、我的儿子，都笑话过我。有一次星期天，丈母娘带着我儿子在海埂公园玩，正好遇到蓝藻暴发，一个湖滨都是臭的。丈母娘跟正在加班的我打电话，说你一天到晚打捞蓝藻家都不回，搞得像治水的大禹，可怎么蓝藻会越捞越多？我儿子也在电话里咿咿呀呀乱叫，说臭蓝藻爸爸我不挨你玩了！那一刻，我真的无地自容，我哪里还敢再悲观再怀疑？我必须做出个样子来，不说证明自己的能力和价值，起码要在儿子和丈母娘面前抬起这个头！”

“现在的我，这么说吧，不仅对自己的工作价值不怀疑，对滇池的前景也一点不悲观，因为我丈母娘现在带着儿子到滇池边玩的次数更多了，心情也更好了，她们碰到蓝藻的机会越来越少了。我下班回到家，儿子再也不叫我臭蓝藻爸爸，而是搂着我脖子亲个不停。丈母娘嘴上不说，却用好饭菜和好脸色肯定了我们公司的劳动。你说我还怀疑悲观个啥？”

“我们打捞蓝藻的压力，正在随着这几年滇池水环境的改善，逐渐向好发展。2020年，湖泊公司将继续全力实施开展蓝藻防控工作，我们定下的指标是，力争实现清除蓝藻藻泥3.5万吨，大力削减滇池内源污染负荷，为滇池保护治理作出更多更大的贡献。"说到这里，陈实停顿了一下，"这么跟你说吧，一方面，我们希望工作任务饱和，超额完成蓝藻打捞任务；另一方面，我们更希望滇池蓝藻越来越少，直到我们昂贵的打捞设备、打捞船最好全部闲置，直到我们的工作任务再次转向。当然，这个——还远没有时间表。"

在昆明市环境监测中心，房晟忠、刘丽萍两位女科学工作者也跟我算了一次账。

那天我问了她们一个问题：从监测的角度，你们说说，滇池水质，到底怎样？

她们给我出示了从2016年至2019年每年一本的《昆明市生态环境状况公报》。其中关于滇池一节，2018年"公报"这样做了描述："滇池全湖整体水质为Ⅳ类，综合营养状态指数为57.7，营养状态为轻度富营养，与2017年相比水质有所好转，全湖水质类别由Ⅴ类上升为Ⅳ类，营养状态由重度富营养好转为轻度富营养，综合营养状态指数下降11.4%。"

她们告诉我，这是代表昆明市政府发出的滇池数据，而政府发布有关滇池的所有信息都是真实可信的，数据的源头就在她们的分析实验室，同样的信息也在省和国家相关分析实验室及数据库里。

我问，数据源头的源头——水样采集又在哪里呢？

她们说，当然只能在滇池湖水里。在一张超大地图上，她们用激光笔示意，指点着分布在滇池草海和外海的十个水质取样点——她们说，这些取样点其实也是"国测"点，那里每一个采样点的坐标经纬度，也被国家卫星遥感数据实时监测着，"一点也不能走样呢！"

纸上谈兵之后，她们带我来到实验室。那天刚好有从滇池草海和外海晖湾几个点取回来的水样，实验室工作人员正在对那些瓶瓶罐罐进行密封编码。她们说，其实她们这项工作是"两头在外"——取样和分析测试，都是发包给第三方进行，这样也就从源头上杜绝了数据作假的可能性。说起数据中那些化学需氧量、氨氮、总氮、总磷、高锰酸盐指数……她们如数家珍，我却听得头大。这些关乎地表水质标准和污水处理排放标准的数据，构成了她们的日常，就像一个高明的厨师烹饪时必须分辨盐油酱醋几分几毫一样，她们说起这些专业术语特别顺溜。但是面对我固执而显得愚蠢的问题——滇池清了吗？她们只是笑而不答。

她们拿出一份《地表水环境质量标准》（GB3838-2002）分级表格图，顺便对我进行了一下"科普"——

Ⅰ类 主要适用于源头水、国家自然保护区；

Ⅱ类 主要适用于集中式生活饮用水地表水源地一级保护区、珍稀水生生物栖息地、鱼虾类产场、仔稚幼鱼的索饵场等；

Ⅲ类 主要适用于集中式生活饮用水地表水源地二级保护区、鱼虾类越冬场、洄游通道、水产养殖区等渔业水域及游泳区；

Ⅳ类 主要适用于一般工业用水区及人体非直接接触的娱乐用水区；

Ⅴ类 主要适用于农业用水区及一般景观要求水域。

劣Ⅴ类水 是污染超过Ⅴ类的水。

一段文字对上述分级做了说明：对应地表水上述五类水域功能，将地表水环境质量标准基本项目标准值分为五类，不同功能类别分别执行相应类别的标准值。水域功能类别高的标准值严于水域功能类别低的标准值。同一水域兼有多类使用功能的，执行最高功能类别对应的标准值。实现水域功能与达到功能类别标准为同一含义。

她们告诉我，滇池水质清浊这本账，不是一次算得清楚和说得明白的。它会有进步和倒退，会有多次反复，因为存在无数的存量、增量和变量。她们的工作，就是监测水质的各种变化，为昆明滇池治理保护和全市环保工作提供最准确最有力的信息支撑。

大风皮划艇俱乐部是一个专玩"水上漂"的团队。2019年1月，该俱乐部成为入滇河流船房河的"市民河长"。大风皮划艇俱乐部领头人陈嘉佳也算过一笔账："一年多来，每到周末或工作日下班较早的时候，我们俱乐部就会相约在船房河边，划着皮划艇巡河，一边收集水中的垃圾以及隐藏的地笼，一边劝导岸边钓鱼的市民。我们在巡河中发现了偷排污水口（管道）和污水渗漏点5处、河堤塌陷5处、地笼81个、违法偷捕船只10艘、违法抽水取水6处，劝离两岸非法钓鱼人员上千人次。我们以志愿者身份参与的巡河行动，得到了中央、省市媒体的广泛关注和报道，成为昆明上百个'市民河长'中的明星团队。"

"有人问我们经常巡河得罪人，又费马达又费电'图个啥'？实话说，就为了保护好'母亲湖'，因为这是所有昆明人的最大愿望。我的目标，就是让子孙后代能够看到滇池河清海晏，不图名利，只为心安。未来，我们将义无反顾，做好巡河、护河工作，竭尽所能组织开展滇池保护相关活动，广泛宣传普及环保知识，积极参与滇池水环境保护、督查、评议、宣传工作，发挥'市民河长''滇池卫士'在全民护河中'带头羊''领头雁'作用。"可能是介绍采访次数多了，陈嘉佳表达起这些，特别流畅。

捞渔河湿地公园如今已是所有滇池湿地中的"明星湿地公园"。公园管理办公室副主任王玉坤说起滇池这本账，特别有话说。"我就是呈贡大渔乡新村王家庄村的一个失地农民。长在滇池边，经历过滇池几十年的起起伏伏所有变化。打海坝我参加过，拆除堤坝我也参加过。政府建捞渔河湿地公园，征用了我们的土地，我就是数百名失地村民当中一员。开始我们很担心，土地没了，以后靠啥吃？过去是靠海吃海，如今要保护滇池，下湖捕鱼不可能了，岸边种花种菜也禁止了，生产生活污水对滇池造成污染的事情都做不得了，我们怎么办？还是政府给我们指了出路，就在家门口实现再就业。我们一村人都进了公园，有技术的搞栽培，做花工，体力强的当保安，搞巡逻，最起码也可以在里面做保洁、守车场，人人都找到了事情做，收入比原来也提高了。"

王玉坤说，"捞渔河湿地公园是免费公园，主要收入除了政府有限的补贴，还要考自己经营，比如每年办花展、收停车费、商铺场地出租费、搞展销活动的经营费，我们想尽办法，盘活存量，制造增量，找到出路，目的就一个，让大家有事干，有饭吃，经济上有发展，安得下心，尽心尽力，高高兴兴，从滇池环保守望者，变成滇池环保就业者。"

说起自己的变化，王玉坤深有感触："我和全村人实现了就在'母亲湖'身边的再就业，亲自见证了滇池水由清澈透明变为浑浊发臭，又慢慢地逐步恢复优良水质的全过程。这个才是我和乡亲们最关心的滇池这本大账。"

听了那么多人为滇池算账，我也有感而发，在心头悄悄为"滇池这本账"如何算、为何算，做了个小小谋划：

我觉得，为滇池算账之前，有必要厘清三种观念之谬：悲观无望的观点、到顶止步的观点、速胜乐观的观点。在我采访和接触中发现，第一种观点，在比较偏激又不了解实情的文人中较为多见；第二种观点，在一些比较喜欢算投入产出"性价比"的商人中较为流行；第三种观点，在一些浮躁的官员中较有共鸣，特别是他们看到，滇池水体逐年攀升，2018年至今滇池稳定在Ⅳ类水的消息后，他们中一些人觉得，滇池治理如今已是胜券在握，最后胜利指日可待。这几种观点对滇池治理进一步深化和有更大作为，无疑都有阻碍作用。我个人觉得，要从哲学、舆论和问题导向层面，引导大家真切认识滇池治理的任重道远，并因势利导达成共识，在思想层面形成更大合力，以利于推动滇池治理向更加纵深方向发展。滇池治理，要科学合理地确定入湖河流水质目标和湖泊水质目标，以水生态健康为着力点，制定滇池治理路线图。滇池治理应以其湖泊生态健康为终极目标，深入研究高原湖泊蓝藻生理生态特征与水质关系，明确滇池蓝藻水华暴发的氮磷浓度控制范围和湖体营养盐基准，确立相应的水质目标阈值，倒推入湖河流应达到的水质要求，科学规划与湖体水质目标相衔接的入湖河流水质目标。进一步摸清污染物入湖通量、负荷分配与贡献率，实施TMDL（最大日负荷）精细管理和排污许可证制度。重视滇池治理的艰巨性和长期性，制定科学治湖、长效治湖路线图。

此外，部分市民和沿岸农民治理滇池的主人翁意识还比较模糊，觉得事不关己，缺乏自觉性和责任感，这种状态也令人忧心。在入滇河道和部分湖滨，随手乱扔垃圾杂物的情况还比较普遍；靠近滇池的某些餐馆，油污脏水悄悄入湖的情况时有发生；在大清河等一些河流的入湖口，脏水中还有人在洗涤衣物，靠近河道的一些违章民居还有生活污水直排现象；一些入滇河道支流沿岸类似情况更为突出。这说明网格化管理还存在物理空间的某些死角，更存在人们思想认识、精神空间的某些死角。人心是治理滇池最后一道闸门，源头治理不仅要找到污染的物理源头，更要找到心源。

治理滇池，在一些地方还存在"最后一公里"，亟待解决。比如滇池沿岸某些污水处理厂建成后，还程度不同地存在设备闲置、资金浪费、治理污染效益不明显的问题。有的污水处理厂，汛期污水太多无法处理，非汛期污水收集有困难，无法开机——"旱就旱死了，涝就涝死了。"说明当初在设计上存在冒进和某些不合理处，亟待无缝对接加以提升改善。

我个人认为，有必要借助媒体特别是新媒体，发起一场"我为滇池算个账"的讨论活动。通过昆明地区广大干部和市民、农民一起为滇池

"算账"的活动,让大家算一算关于滇池治理的政治账、经济账、生态环境账、幸福指数账、投资效益账、环境文化账、社会进步账,最终达成新的社会共识,使全昆明社会各个阶层形成合力,自觉行动,保护环境,热爱家园,建设美丽幸福的新昆明。

向死而生

很多见证过滇池起死回生的人,说起滇池,都会说到一个词:向死而生。他们说,滇池如同一个人,经历过濒死的暗黑和挣扎,会对获得的新生格外珍惜,也会有一种风轻云淡的释然襟怀,大气开朗的新格局。

我很欣赏这个词:向死而生。

我要问的是:关涉滇池生死的时间节点,分别发生在哪里?

让我们先来看看滇池之喜:

时间,定格在2017年1月19日。

呈贡,昆明市行政中心6号楼。

临近下班时,秘书给王道兴送来一份文件——

《滇池水质月报(含2016年年报)》。

王道兴瞥了一眼,文件开头是对刚刚过去的2016年12月滇池水质状况通报。起首第一句"滇池外海当月水质为劣V类"——顿时,王道兴心里一沉。他的眼睛迅速往下搜寻,实际上,当月滇池外海所有指标仅化学需氧量一项超标,其余指标均达到V类甚至Ⅳ类水标准。接下来:"滇池草海当月水质为V类"。看到这里,王道兴原本沉下去的嘴角纹微微扬了起来。但他却极力掩饰住自己内心的激动,依然轻松地与围着自己的一大圈人谈笑风生。那份文件却像附了勾魂术,总把他的心往那边牵。一边谈，一边听的间隙，他眼睛仍然忍不住在往那份文件上下梭巡："2016年全年滇池平均水质：滇池外海水质为 V 类……滇池草海水质为 V 类……"直到这时，他心里就像撞进了一头小鹿，怦怦直跳。但是经验老道的他，依然保持着他的工作节奏：一边签署着一份接一份文件，一边口述着一条接一条指示，处理着那些仿佛永远处理不完的事务。

王道兴手上的事务，其实全部与那份让他心跳加速的文件有关——水污染防治。

水污染防治的"标的物"，直指滇池。

彼时的王道兴，正是专司滇池水污染治理的昆明市副市长。而且，在此岗位上，一干，即将届满十年。

"十年生死两茫茫，不思量，自难忘……"滇池，不也刚好经历过十年、二十年乃至三十年……的生生死死，不也正像苏轼笔下心里那个难舍难分却渺茫难觅的王弗，让人"不思量，自难忘"吗？

走神了。

王道兴很快觉察到了自己有点儿分心。他眉头微微一皱，像是要驱离心里的某些杂念，以便集中精力，加快处理完眼前这些事务——这些与自己足足打了十年交道、与滇池水污染治理"剪不断理还乱"的难缠的事务啊！说来也怪，轻锁的眉峰仿佛真有那般奇效，他手里的笔头、口中的谈吐，那一刻真的利索起来，很快，面前堆积的文件变少了，身边围拢的人群稀薄了……直到他签署完最后一份文件，欠起身子，送走最后一位下属，他才将办公室房门轻轻关闭，并下意识地摁下锁扣，把自己反锁在房间。直到这时，他让思绪停顿了片刻，端起凉了的茶杯大喝了一口，这才急切地展开桌上那份来自"昆明市人民政府办公室"的文件，他的眼睛急速地在文件上从头至尾梭巡，找寻着他此刻最想看到、最完整也是最权威的表述：

2016年全年滇池平均水质——

滇池外海水质为Ⅴ类，全年综合营养状态指数为61.2，为中度富营养。按Ⅳ类水标准评价，除化学需用量超标0.23倍（为Ⅴ类）外，其他20项指标均达到或优于Ⅳ类……

滇池草海水质为Ⅴ类，全年综合营养状态指数为63.8，为中度富营养。按Ⅴ类水标准评价，21项指标均达到或优于Ⅴ类！

项目指标——合格！

考核结果——合格！

在全国重点流域水污染防治2016年度实施的考核中——滇池达标！

滇池达标！

滇池：从此摘掉了劣Ⅴ类帽子！

滇池达标了！摘掉劣Ⅴ类帽子了！

独锁在办公室的王道兴，将"滇池达标了！摘掉劣Ⅴ类帽子了！"这句话，从反复默念到大声说出、喊出来，他感到一股气流在心底奔涌而出，两行热泪也随之奔涌而出——突然间，他号啕大哭！

他站着哭！

坐着也哭！

蹲着，还是哭！

——那一刻，有止不住的眼泪，如滂沱大雨，在他布满沟壑的脸上恣意横流。

此刻，是王道兴以副市长身份专门分管滇池治理，刚好10年的时候；距离他即将年满六十解甲卸鞍的2017年2月，不足30天。

这真是让他五味杂陈、百感交集的一份文件，一个日子，一个特殊时刻！

2020年7月7日，昆明国际会展中心"生物多样性"论坛筹备处。已经退休三年多又领命复出的王道兴，以"生物多样性"论坛筹委会办公室副主任身份，在他的办公室向我回忆起这段往事，仍然禁不住眼角湿润——

　　"那一天，我清晰地记得，是2017年头，因为这一年的2月，我就满了一个甲子，到了法定退休时间。那天我看了文件，把自己关在办公室，号啕大哭了足足半个多小时。我知道自己有些失态，但是，男儿有泪不轻弹，只因未到伤心处。那天我不是伤心，也不是痛心，更不是揪心，而是——怎么说呢？好像是'王师北定中原日，家祭无忘告乃翁'那种意境吧？当然我比陆放翁幸运，我是在任上的最后时段，得到了滇池治污通过了'国考'，取得了重大历史进步消息的。这是个大消息，大到让我的小心脏难以承受的地步。因为它是滇池治理几代人千盼万盼期盼的结果，是全市几百万人民共同努力的结果，是连续几届昆明市委、市政府，省委省政府不懈奋斗的结果，是党中央国务院直接关心指导帮助的结果。你说，我能不高兴不激动不动容不失态吗？这个消息，其实可以理解或解读为：滇池终于甩掉了劣Ⅴ类脏水的黑帽子！从劣Ⅴ类到Ⅴ类，很多人不知道其中的意义，当然也就不知道其中的艰难。不要小看去掉一个劣字。一个劣字，太多辛酸！要知道劣Ⅴ类这顶帽子，压在我们头上，已经多少年了啊？压得多少人喘不过气来了啊？我可能就是其中被压得最狠、最喘不过气来的其中之一吧？因为我从2007年履职昆明市政府分管滇池水污染治理，前后经历了滇池治理'十一五'、'十二五'、'十三五'三个阶段。在心底，我也藏着一点私念，那就是：最担心的就是干到自己退休，还看不到滇池退出劣Ⅴ类的名单。因此，最值得自己庆幸的，也就是那一天，在我马上就要退休的前夕，看到了这份来自政府的文件，看到了通过国家严格数据监测和考核，认可了滇池治污的成绩。那一刻，我真有漫卷文件喜欲狂，白日放歌须纵酒的念头。当然办公室里没有酒，而且因为在滇池治理现场曾经几次晕倒，我早已经遵医嘱戒了酒。但是我忍不住还是以茶代酒，自斟自酌，端起茶缸，将那口残茶和着老泪一饮而尽，我的心才稍稍平静下来——如今想来，我也奇怪，我一个在官场干了一辈子、马上就要退休的人了，什么样的场面没有见过？却在一份两页纸的文件面前，尽失常态！"

让我们再来看看滇池之忧：

滇池劣 V 类脏水的黑帽子，压在昆明人头上，到底有多少年？

那一天，我将这个问题向王道兴求证。王道兴摇摇头，说，我只知道，滇池从1988年列入国家环境实时监测数据库以来，就是劣 V 类水质了。三十多年前的往事，你得去环境监测部门查找数据吧。

然而我询问过的所有人，从滇池管理局到环保再到水务部门，给出的所有答案，都跟王道兴说的大致一样：1988年，滇池开始列入国家环境数据统一监测；滇池水质从那时开始，应该就是劣 V 类。

劣 V 类——这一水质划分标准，来自《地表水环境质量标准》（GB3838-2002）。这个修订版的国家标准出台时间是在2002年。而且，地表水标准的部分检测指标，并不完全适用于湖库水的水质划分。1988年是滇池坠入劣 V 类的一个底限时间，那么，稍微精确一点的时间区间在哪里呢？正当我为探求这个问题感到一筹莫展之际，一位邻居，却为我提供了观察思考的另一个角度——

邻居姓王，就叫王老板吧。因为他在呈贡乌龙办事处地盘上，开了几家冷库，业务是把本地蔬菜冷藏后通过运输冷链发往广东等地。靠着冷库，他轻松在我居住的小区买了联排别墅，出门有豪车，往来多大款。然而平时王老板就喜欢在小区遛遛狗，散散步，有时会找我唠唠嗑，一副无所事事的样子。

有一天，南边刮过台风之后，他喜滋滋地带着他的拉布拉多出来溜达，见了我就顺便问一句：冉作家，最近又在写什么呢？

我知道他心情好。他原来就告诉过我，往南边做蔬菜生意，最盼望的就是那边刮台风。台风过后，菜价猛涨，冷库赚钱的生意跟着就来了。从他喜滋滋的表情就可以知道，他又大赚了一单。所以，他特别有好心情，来关心起我的"写作"来了。

当知道我为求证滇池劣 V 类水质的起点时间犯难时，他一拍大腿，说，冉作家你怎么不来问我？这个问题，我说不定有你要的答案呢！

"大约是1983年左右吧，冉作家你已经大学毕业来昆明了，我还在滇池边上一个小渔村，为考大学苦苦奋斗呢。奋斗了几次的结果是名落孙山，终于死了这条心，我家里爹老倌就安排我学医，并且很快就在村子里开了小诊所，地点在王官村。哦，那时候行医管理不严格，诊所和我，都没有执照，用今天话说，就叫'黑诊所'。"

"王官村，直线距离滇池就几十米吧，有一段时间，小诊所里天天都有皮肤病患者，而且都是村子里的孩子。七八岁，十来岁，他们有一个共同的特征：皮肤起红疹子，瘙痒。而且是奇痒，越痒越挠，越挠越痒，直到皮肤溃烂，黄水流淌。我先是给他们用土方子，艾草熏蒸，泡水洗涤，没有明显作用。后来用上了激素类皮肤药物，氟轻松、可的松之类，可以管一时，却是治标不治本。眼看着越来越多的孩子，皮肤溃烂面积越来越大，我跟家长一样急得心痒毛抓，抓耳挠腮，抓来抓去，也许就抓出了急中生智吧，我开始顺藤摸瓜，仔细询问病孩子那段时间都干了什么，怎么会得一样的皮肤病。一问才知道，都是滇池惹的祸——他们全部是下湖游泳之后出的事。滇池当时的水质不好，其实大家都心知肚明，最明显的变化就是，滇池水浑浊不堪了，湖里鱼虾少了，海菜花也没了。但是谁也没想到，就下水游一下，会有这样严重的后果。要知道，我和孩子们的父母辈，都是在滇池水里泡大的，一个夏天，哪个不去水里游个百十回？可后来水质怎么会变成这个恐怖的样子？知道这个情况后，我当即跟所有孩子和家长下了一道禁令：不准再下水。没想到，没过多久，这些不下水的孩子，皮肤病很快就好了。"

"你说的这事，准确时间是哪一年？"

"1983年到1984年之间吧。因为那以后没多久，我就转行，做冷库生意了。"

王老板的话，一下子勾起我那个时段的类似记忆——

王老板还是王医生时，我刚来云南不久。

我跟滇池的初次接触，是1982年元旦第二天。当时，我从重庆坐绿皮火车，经贵阳转车，数十小时之后终于抵达昆明。那时，我是1977级大学毕业生，我所在的大学不知道出于何种考量，竟然让我们最早取得了毕业证书并"发配"往全国各地。我们一行数十人，就成了云南第一批前来报到的大学毕业生。当我们唐突地出现在了位于昆明五华山上的云南省教育厅时，负责大学生分配的教育厅人事处官员还一脸懵，他们的第一眼，肯定以为这是不是来了一批"假货"？——怎么可能就有大学生毕业了，事先没有官方对接就自行前来报到了？因为我们每人手头只有一张便条一样简陋的"报到证"，而且我们到达时，云南大学等所有云南高校居然还没有举行期末考试。我们却前来报到等待分配了。1977级——"文革"结束后恢复高考的首届大学毕业生，中国人才荒废长达十年之后的首届大学毕业生，这些因素，让我们无论去到哪里，都会成为被竞相争抢的"宝贝"。所以，当知道云南省教育部门居然还没有为我们做出分配预案时，大家都很淡定，放下行李的第二天，就集体前往滇池边上的大观楼，在"长联"跟前留影，到滇池水中划船。当船桨拍打水波泛起涟漪时，我们居然还十分抒情非常惬意地唱起了儿歌："让我们荡起双桨，小船儿推开波浪——"至今，我清楚地记得，当船桨劈开滇池的水波，那溅起的水花是干净的，那时大观楼前的滇池水是清澈见底的，甚至是可以恣意畅游的——当然没有人从船上跳入水中，因为那是冬天。

我和滇池的"第一次"——亲水滇池，入水戏欢，已是当年4月中旬。我到云南后才得知，每年4月15日左右，是云南傣族迎接新年的盛大节日——泼水节。1982年4月，远离傣族聚居地西双版纳以及德宏州的昆明，居然官办了一场声势浩大的泼水节，地点就设在滇池边上的海埂国家体育训练基地。我当时所在的单位是这场活动组织者之一，我也就自然混迹其间，初尝了傣家泼水节的种种风情。

那天从昆明城区赶来"过节"的人很多，当时通往海埂基地的道路名叫老海埂路，乌泱泱的人群基本是骑自行车而来，一辆单车，除了骑行者，前杠后座也都是人。那时人们的衣着还是灰蓝色为主调，从这些服饰就可以看出，赶来参加泼水节的昆明人基本都是汉族——因为傣族即便在当时的穿戴也是颜色鲜丽的。尤其是小卜哨（姑娘）小卜冒（小伙子），他们的服饰，甚至可以用花枝招展来形容。他（她）们的"笼基"（筒裙），采用的多半是轻薄面料，明黄淡紫或大红大绿的色彩，用今天话说，很妖冶很性感。来"零距离"与这些性感尤物同乐，恐怕这是吸引大量汉族男女青年参加泼水节的重要原因之一。至少我是有这样的动机的。

伴随着改革开放的"解放思想"已经进行了几年，但是落实到行动上，人们的思想还是不够"解放"——这从那天一开始还是比较拘谨的"泼水"可以得到印证。一开始，人们从滇池里盛了洁净的湖水，中规中矩地模仿着傣族礼仪，轻轻地拍拍对方的肩膀，然后用树枝沾一点清水，礼貌地泼洒在对方身上，还要双手合十，才算是完成了全套祈福动作。在泼水活动的中央，还有真正的傣族"卜哨""卜冒"敲着铓锣拍打着象脚鼓，顺时针方向转圈跳着泼水节的舞蹈，嘴里还不时发出"水、水、水水水——"的欢呼声。但是很快人群就发生了骚动，一些人开始追逐那些漂亮的小卜哨，而且再也不会拍肩，也不用树枝沾水，而是将一盆盆、一桶桶水直接往傣族姑娘身上泼，甚至拉开姑娘的胸襟直接往里面倾倒。再后来，人们就近取水，就从道路旁那些沟渠里寻找水源，那些混杂了农田和城市生活废水的脏水，也被简单粗暴地泼了出去，原本优雅欢快的跳舞圆圈立刻被冲散了，那些化了浓妆的小卜哨开始还能够用小巧的花伞抵挡野蛮，后来，花伞也散架了，姑娘们一个个被淋成了落汤鸡，薄如蝉翼的紧身筒裙几乎贴在肉身上，身体每一根线条和隐秘就暴露在光天化日之下，她们脸上的泪水和脏水混合在一起，让人见了，真是惨不忍睹——这让我感到羞愧的同时，也对自己的同族同胞利用别人的节日趁机撒野，暴露出的人性丑恶，感到极端的厌恶和恶心。

除了这些恶心，另一个记忆深刻的印象就是：滇池周围的沟渠、农田，那个时候其实已经很脏很污了。这是几个月前我在大观楼划船时没有发现的问题。那一天，我的日记这样写道——

1982年4月15日

去海埂参加泼水节。海埂，望文生义，应该是滇池边的一道堤坝。我再次见到滇池——好大一个湖！水是碧蓝碧蓝的，远处的西山，陡峭如刀劈斧削。……就在滇池水边，最少有十万之众吧，互相泼水，"乱逼麻麻"（我听见的昆明人喜欢挂在嘴上的一句生动的脏话）。一切都在祝福的名义下，也就没人生气，或者说没法生气——你总不能拒绝接受祝福吧？真有意思。开始我见到的泼水，还都取自滇池，水也清亮干净。但是，后来，也许是泼水已经升格为"水战"，人们来不及去湖边取水，干脆就近用河道和地沟水开泼，黑的，臭的脏水，从河沟里扬起，泼洒在身上——我也被泼了一身这样的脏水，一闻，真臭！我看见流进滇池的都是这样的脏水。幸好滇池太大了，几股流淌不止的黑水臭水，还不至于把滇池弄脏吧。下午，无数被污水泼过的人们就到滇池去清洗，然后，一地晾晒起五颜六色的衣服。我也下水游泳，清澈的滇池洗去了被脏水泼过的不快。

到了同一年的夏秋时节，我成了某大学汉语言文学专业教师，亲自招收了首批学生，并且直接管理了其中一个班。班里的学生来自各行各业，年龄普遍都比我大，我这个班主任小老师，经常被这些有各种见识和资源的老学生牵着鼻子走。有一次，他们居然就把我牵到了海埂公园的滇池湖水中——全班师生以戏水的方式，完成了一次主题班会。那天，我开始还比较迟疑，我想起了几个月前泼水节那些脏水，那些又黑又臭的脏水，不是源源不断地顺着河沟一直在往滇池里流淌吗？滇池的水还能游泳吗？但是当我看到所有学生都争先恐后地跳入水中，就像孩子投入母亲怀抱一样毫不犹豫，而他们溅起的浪花是雪白的，打水仗撩起的水花也是干净的，肉眼所及，滇池的水总体上还是可以亲近的，于是我也很快融入学生之中。

回想起来，那一次下水，居然成了我在滇池里最后一次游泳。

那以后，滇池水质下滑进入污染加速度。几乎所有昆明人都痛心疾首地直观感受了滇池坠入暗黑深渊的过程。除了少数莽撞的还敢于跳进水里游泳，多数昆明人，面对滇池，只能望洋兴叹了。有人还为此赋诗，比如生长在昆明的诗人于坚。于坚在不同时间写了不同的关于滇池的诗，我查到的于坚较早写滇池的诗，是在他二十来岁时所写，诗名叫《夜历滇池》。1974年，滇池已经经历过"围海造田"。但这场对于滇池来说算得上是浩劫的人类愚蠢的活动，它的灾难性后果还要在更久的时间才看得出来。1974年，于坚已经立志做一个诗人，但是他当时显然还不具备洞穿时间迷雾的眼光。他在诗里歌颂滇池，为滇池的迷人夜色，为滇池的柔波可以包围抚摸他年轻的身体。

又过了几年，他在一首叫《滇池》的诗里写道：

在我的故乡
人们把滇池叫做海……
从前国歌的作者
也来海边练琴
渴了就喝滇池的水……

那时，于坚笔下的滇池，依然美好，依然值得诗人歌颂。

再过了几年，于坚终于发现滇池已经变得前所未有的可疑，并"决定从此不再在滇池里游泳。""这对于一个从小在这湖泊里学会了游泳，喝着它的水长大、从它那里获得了诗歌灵感和对永恒的领悟的人是多么痛苦！"在《老昆明》里，于坚如此沮丧地自语。

之后不久，于坚写出了他一生中最重要的诗歌作品之一：《哀滇池》——

我看见死神
坐在黄色的船上看着我
我再也想不起你的颜色
你是否真有过那些
湖蓝
碧蓝
湛蓝
深蓝
孔雀蓝？
怎么只过了十年提到你
我就必须启用一部新的词典
这些句子　应该出自地狱中文系学生的笔下
……

"死神""黄色的船""地狱中文系"……经过一系列繁复的意象铺排和追问，于坚得出结论：

滇池死了！

滇池死亡的标志，正是"劣Ⅴ类"这一水质判定标准。

按《地表水环境治理标准》表述，所谓"劣Ⅴ类水，是污染超过Ⅴ类的水"。

而Ⅴ类水，主要适用于农业用水区及一般景观要求水域。

可以肯定的是，滇池在1988年列入国家环境监测数据库以前，其水质已是"劣Ⅴ类"无疑。根据大量查访，滇池沦为"劣Ⅴ类"的具体时间区间，大约在1983—1987年之间。1988年国家环境监测数据的正式建立和公布，无非是滇池的"家丑外扬"——从那以后，不仅孩子们不敢再下到滇池游泳，就连农用灌溉也不敢轻易使用滇池水，入滇游船更是远远离岸，因为没有一个游客愿意在熏天臭气中去环游观光滇池。

"事实上，滇池经历过一场绝地反击，也可以说是向死而生。"

2020年8月之初，黄尧在他位于盘龙江岸侧的寓所，向我回忆起他眼中的滇池之变。

"滇池之死，不说也罢。过来人都知道，那是时代之殇。"

黄尧，作家，曾经担任云南省作协主席多年，地道昆明人，也是昆明通。古往今来昆明的一街一巷，一沟一壑，尽在黄尧眼里心中。早在上世纪八十年代，他的昆明市井小说，连续发表于《滇池》杂志，曾经是文坛一绝。黄尧更有《荒火》等"边地小说"，引国内文坛瞩目。而云南文坛公认的"黄汤时代"（汤指另一位云南文坛骁将汤世杰），亦成绝响，至今让人追忆和感叹。

说起滇池，黄尧自然是滔滔汩汩。但是那一天，他却按下滇池往事不表，只是重点说起向死而生的滇池新变之章节，他说——

"滇池之变，我有话语权应当不假。我祖辈生活在盘龙江边，自己大半辈子工作在翠湖核心区，那里与滇池也可以说息息相关。如今居所无非是换了个江景位置，窗外，还是我最熟悉的盘龙江。"

说着，黄尧起身来到窗前，眺望着百米之外变得清澈的一泓江水，脸上不无喜色。

"滇池的向死而生其实是与它的死亡同步的。一个大湖的死亡不是在一夜之间，它是有征兆的。我和很多老昆明人看在眼里，急在心里。作为一个文学人，我很早就用文字和话语不止一次表达过对滇池的忧思。最早对滇池有效的拯救是为滇池保护立法，大约上世纪八十年代末期吧，昆明市和云南省，一先一后，为一座湖泊立法，这应该是国内开风气之作，让人感叹也让人自豪，当然它也从一个侧面说明了滇池面临的危机。"

"滇池之殇和滇池之治，以这部滇池保护地方法规为转折点。后来保护滇池的许多办法，都源于此。昆明和云南，在治理滇池问题上，是有壮士断腕一般牺牲精神的。为什么这样说？因为昆明和云南，与沿海经济发达地区相比，这里相对闭塞、落后，经济欠发达。比拼不赢人家的票子，环保观念意识也相对落后一大截。在这样的背景下，昆明政府主导的滇池治理，难度之大，苦楚之多，非外人所能道，亦非常人所能知。"

"所以我们必须肯定，滇池治理是政府行为，政府主导，政府先行——这个政府，不是哪一个人所代表的政府，也不是哪一届政府的任期之功。是历届政府，是锲而不舍，是抓铁有痕，是踏石留印，是功成不必在我、功成必有我在的治滇精神。我们必须在这个前提下，来看取滇池之治，滇池之变，滇池向死而生的大格局和她的伟大之处。"

"盘龙之水清兮，可以濯我缨。盘龙之水浊兮，可以濯我足。作为生于斯长于斯的盘龙江边人，我当然希望她成为一股清流，天天清澈，'可以濯我缨'。事实上我也终于看到了盘龙江'可以濯我缨'的这一天。"说着，黄尧来到巨大的书桌边，展纸挥毫，以他辨识度极高的欧赵兼备且带瘦金风骨的"黄氏"行草，行云流水般书写下宋代朱熹《观书有感·其一》诗：

半亩方塘一鉴开，天光云影共徘徊。

问渠那得清如许？为有源头活水来。

第四章

滇池十记（上）

民间探路者记

大约十五年前，我采访滇池治理时写过一部纪实文学，在全书开篇写下了这样一段"题记"——

对于有着300平方公里面积、且污染问题积重难返的滇池大湖而言，任何单一角度的观察和描述都难以穷尽其全部事实和真相。所有人，都希望滇池能够由浊还清。问题是，我们是否已经有足够的耐心、勇气、智慧和信念。

之所以生发那样的感慨，是因为我亲眼目睹了滇池那一碧如洗的"真水"终结于上世纪八十年代中期的全过程，又多次采访了为扭转这个局面的若干人，他们中的很多人，来自底层，来自民间。

我把他们称作民间治滇的"探路者"。

这些标准的"草根"，以他们无声胜有声的行动，积极改变着身边的环境，影响着周围的一部分人，为病入膏肓的滇池解难纾困。至今，我还记得他们中一些人的模样，以及当时采访他们的情形。

在海埂村，我采访过一个名叫郑绍忠的中年汉子。

那天，我见到郑绍忠时，他正在打理一片果园。果园就在海埂村口。不久前，那里还是一片垃圾场。垃圾场由来已久。时光倒转回去十多年，这在乡村是司空见惯的情形：随着生活方式的改变，使用一次性物品越来越多，废弃的塑料袋、塑料瓶、农用薄膜、安全套……在"自然而然"形成的垃圾场，应有尽有。当初，有人乱丢，却无人收。日积月累，面湖的一片空地，就堆成一座垃圾山。垃圾山越堆越高，也离滇池越来越近，垃圾场流淌出来的污水顺着沟渠进入到滇池，这样的情形无人问津。郑绍忠告诉我，他当时就在垃圾山不远处一家餐厅当厨师，炒菜之余，他出来透口气儿，就见到了那样的情形，郑绍忠说，他感到特别难受。村子里丢弃垃圾的人不管，开餐厅的老板也不管，背对着垃圾场的食客当然也不会管。"可是垃圾与人这样挤在一起，这还是人该有的样子吗？还是人生活的地方吗？"郑绍忠这样问自己。天天看着垃圾山在长大长高，郑绍忠突发奇想：把这些垃圾清理干净，底下掩埋的空地不是就可以由自己来做点事情吗？他把这个想法跟家人以及村干部都提起过，却没人理会，觉得他就是一时兴起说着玩玩。但是郑绍忠却是个认真的人。很快他就向餐厅老板辞去薪资还算丰厚的厨师工作，从2004年7月开始，郑绍忠就专门来做这一件让人不可以思议的事情。

郑绍忠说，其实他一开始并不知道自己可以在这里做什么，也不知道是不是允许他在垃圾地里做什么。边清理边设想，郑绍忠最终想到在这上面栽花种树。我问他，为什么是栽花种树呢？在这里搭建一个简易仓库，要不了几个钱，可是见效会快得多吧？郑绍忠挠挠头，说那样做在经济上是会见效快。可地不是你的，就算垃圾场是你清理的，也不能在上面搞违章的事情吧？"我清理垃圾场，栽花种树，一为滇池减少污染，二为村里美化环境，等我栽下树，圈成园，谁也不可能忍心毁树废园吧？"

说的有道理。人挪活，树挪死，这道理，谁不懂？

郑绍忠这个微缩版的当代"愚公"，开始了他独自一人向垃圾场的"宣战"。他用时两年多，花费积蓄十多万元并为此举债，自己投工投劳还不计入其中。结果是，他把滇池湖畔一片占地约10多亩、堆积约两米多高的垃圾山，清理改造成一片颇具雏形的花果园，栽满桂花树、桃树、李子树、柿子树以及竹子、蔬菜，又鼓捣出一些盆栽和苗圃，然后按照观光果园的构想，在小园子里铺设了鹅卵石镶嵌的小路，设置了石桌和椅子，把这里打造成了海埂村口一处微型园林景观。

2006年夏天我去到这里采访，见到这个被太阳晒得脱了皮的黑脸膛汉子，他一边回答我的问话，一边捯饬着树苗，一刻也不闲着，偶尔停下活计，他会面向滇池，迎风而立，眯缝着眼，一脸陶醉样子。

据郑绍忠介绍，他收拾垃圾场建设花果园，到我去采访时间为止，所得的回报是，全国各地媒体的几篇新闻表扬稿，和一颗忐忑不安的心。"经济上确实没有任何回报，十年树木，这才不到两年，还都是小树苗啊，既没结果，更没成材，可是看到这里环境变好了，已经有人来打招呼，说我是违规用地，我也不知道是对是错了。"虽然表面看上去，他俨然是这片小园子的主人，但郑绍忠内心的忐忑也浮在脸上。他说，"垃圾场堆放那里多少年没人管，自己改造了，对村子和滇池有利了，就有人管了，这合理吗？"接着他又说，"公路建设有谁投资谁拥有多少年经营权的模式，自己的做法，是不是也可以参照一下那模式呢？"

他的问题，我一个也回答不出来。当时只是觉得，对于民间保护性利用滇池周边土地来说，这或许是一桩具有复制价值的案例：主观为自己，客观为滇池。

当然这个案例很快就失去了讨论的意义，随着认真贯彻《滇池保护条例》的开始，郑绍忠和他的花果园早就消失得无影无踪。2019年夏天，我去记忆中那片土地踏访，取代花果园的，已是一片规模很大的湿地。

2006年，就在我与郑绍忠认识的同时，还结识了一个痴迷滇池治水的湖南老人。

老人名叫朱国鉴，他对滇池治水的痴迷，不在郑绍忠之下。而且，他对滇池的治水情结，让我一开始很难找到常理能够解释的逻辑依据。朱国鉴是在1987年夏天的一次徒步环滇中，感受到了滇池污染的严重。"严重到什么程度呢？我沿着滇池走了一圈，居然找不到水喝。我一个农民，不习惯喝塑料瓶装水，可是，沿途的湖里都是污水，就连靠湖边的井水也不能喝。这水还不如我老家湖南的池塘河沟，这哪里是我记忆中的滇池啊！我以前亲眼见到的滇池，在歌声里听到的滇池，不是这样唱的吗：曙光像轻纱飘浮在滇池上/山上的龙门映在水中央/像一位散发的姑娘在梦中/睡美人儿躺在滇池旁/金色的阳光闪耀在滇池上/碧波的水面白鸽飞翔/渔船儿轻轻地随风飘荡/渔家姑娘歌声悠扬……"朱国鉴居然在我面前哼哼起这首歌的旋律。这是我熟悉的旋律，它的名字叫《滇池圆舞曲》。我比较奇怪的是，一个湖南农民，他怎么会如此熟悉这首很早以前流传在滇池畔的歌？朱国鉴边哼唱圆舞曲的调调，一边跟我说起一段让他没齿难忘的往事。

他说他十八岁时来到云南当兵，当的是空军地勤兵，驻军就在呈贡一个军用机场。

那个机场的来历与美国飞虎队有关。抗战到了最危急关头时，昆明从后方成为前线。日军准备从缅甸一线进攻昆明包抄重庆，一时间，昆明岌岌可危。美国人陈纳德召集退伍老兵组成的"飞虎队"这时来到了昆明，并且在巫家坝、呈贡等地紧急修建了数个机场，开辟了著名的"驼峰"航线，那些机身涂满老虎鲨鱼和碧眼金发美女的美军飞机，在滇池上空建立起一道牢不可破的空中防线，不仅御敌于国门之外，还源源不断输送了中国军民最迫切需要的抗战物质。朱国鉴说，几十年后，他为自己能在这个光荣的机场服役感到由衷的自豪。

作为地勤兵，他的任务主要是维护机场的环境。其实就是看管机场周边那些花花草草的一名园丁。他告诉我，他当兵时，机场边上还闲置着许多巨大无比的石碾子，这些石碾子正是当年呈贡百姓在最短时间里人扛肩托碾压机场跑道时使用过的最原始的工具。就在石碾子旁边，他遇到了人生中最美好的初恋。

那是家住滇池边乌龙村的一个大辫子姑娘，姓李。因为每到春天草长莺飞的季节，机场需要请临时工帮忙修葺杂草，朱国鉴认识了其中一位临时工李姑娘。朱国鉴说，"我们当时怎么相爱上的，我已经记不清楚了。就记得她上工时会带着温热的新麦粑粑给我，有时候是几条油煎小白鱼，我们就在石碾子边上悄悄约会，因为那时不允许战士在驻地谈恋爱，我们就只能悄悄约会，即使是修葺杂草的临时工结束了，我们的爱情还是如火如荼。我会唱《滇池圆舞曲》，就是小李教会我的。"

朱国鉴还在忘情地哼着他的圆舞曲，直到我问起这段故事的结局，他才从沉醉中醒来，他说，"我们的爱情持续了一年多，转眼就到了我要退伍的时候。小李把我们的相爱告诉了她的父母，带我去了她家，面见了我以为铁定是我未来的岳父母。他们对我的样子也还算满意，可是我却遇到了跨不过去的拦路虎：需要十万元的提亲彩礼。我一个大头兵，这十万元简直就是天文数字，我哪里拿得出？我急得抓耳挠腮，只好告诉小李，等我回老家去想办法。我老家在湖南双峰县，父母也是农民。我回去其实也开不了这个口，而且，开口也筹不到这笔钱。就在我一筹莫展的时候，我得到小李一封信，她的父母答应了同村一个矮个青年，人家带着二十万彩礼上门来提亲，我们的亲事，就这样黄了。我当时不甘心，心急火燎地往昆明赶，可是来到滇池边上的乌龙村，却再没有见到小李，得到的消息是，小李跳湖了。一开始我根本不相信，就在小李家门前一连守了好几天，直到同村里的人都对我这样说，我最后才无奈地离开了这个伤心地。"

大约又过了两年，回到老家一直魂不守舍的朱国鉴再次来到滇池边。他发现滇池水已经严重污染了。"这不是我心目中那个滇池了，一想到小李以这样脏的滇池为归属之地，我更加感到痛心不已。我想，我应该以有生之年，为滇池做点什么，为小李，也是为自己。"

从1986年到2006年，朱国鉴在滇池边一呆，就是二十年。

"这二十年，你为滇池做了什么呢？"我问他。

朱国鉴带我到了他在海埂村租住的家。

那是一个家徒四壁的空房子。靠墙的四周，摆满了坛坛罐罐。原来是他自己在不同时段不同位置收集的滇池"水样"。有的发黄浑浊，有的长出青苔，也有的稍微清澈透明一点。

我问他，"你既没有相关专业知识，也没有相关专业仪器，取这些'水样'有何用处？"

他答，"就为了每天看看，看着这些水样的变化，提醒自己，不辱使命。"

所谓使命，其实是他自定的。没有人强迫他，甚至也没有人在意他。谁都不知道，滇池湖畔某个角落，还有这样一个与滇池厮守、终生未婚、企图拯救滇池命运的"怪人"的存在。

他说，为了试验治理滇池污染的办法，他想过很多辙。他说在他来滇池做这件事之前，自己在老家门口的池塘里试验过治理水污染，那些水塘也因为生活污水造成污染，他试过打捞法、换水法、撒石灰法、挖沟截污法等等方法，最后他认定可以循环利用的方法还是养鱼。"养鱼可以形成清除污染的上下游生物链，具体说就是养鳙鲢草鲫四种以上鱼类，既可以吞噬水里的污物，又可以产生经济价值，有利于形成滇池治理的内驱动力。"

朱国鉴提出的治滇之策居然是养鱼！他看出来我的不以为然，从柜子里翻出一本他手写的"书"——《关于滇池水污染治理的建议书》。那是一个已经发黄的笔记本，上面密密麻麻的划满了字迹模糊的表格和文字。粗略统计了一下，大约有十万言以上。他说，这是他二十年研究滇池的最后心得。他怕他在老家做过的试验在这里"水土不服"，就在海埂村附近承包过一个水质很差的鱼塘，通过养鱼——也就是鳙鲢草鲫，他取得了有目共睹的一手经验。他邀请有关部门领导和专家，到鱼塘来见证过他的成绩。"可是那些领导和专家过来看了一眼，什么意见也没有发表，就没有了任何下文。"

据他说，他的鱼塘毁于一场大雨引起的洪水，鱼塘被冲垮了，眼看着当年就要变成商品的鱼全部逃遁了。他赔光了家底，只好另起炉灶，靠一辆三轮车为人拉货，"聊补无米之炊"。

他最后说出的这句文绉绉的话，让我再次对他吃了一惊。

那一天，在海埂村郑绍忠的花果园里，老郑、老朱、我，以及我带去的另一个人——下面必须讲到的与滇池相关的"明星人物"老贾，我们一起，就着麻辣怪味豆、子弟洋芋片，喝了几大土碗包谷烧酒。一开始，这几个命运跟滇池密切关联的男人吵吵嚷嚷，一个不服一个，比所谓"文人相轻"还要严重地相互看不起。后来不知道是我的劝说还是酒精的作用，他们又称兄道弟，甚至抱头痛哭，大有相见恨晚的模样。他们人生起点完全不同，却在滇池湖畔殊途同归，都成了或自以为成了滇池治污的"有功之臣"。

也是2006年那个夏天，我在滇池湖畔认识了"名人"老贾。

其实老贾是完全可以不必打引号的滇池名人。当时的老贾已经比较有名了。在我认识他的头一年——2005年，他就当选了某民间机构评选的"十大环保卫士"。我认识他时，写他，或者由他提供线索采写发表的新闻稿件，在省内外媒体上有如雪花飘飘，无处不在。

这个随时对媒体宣称"一生只做一件事"的老贾，他所说的"一件事"，就是向污染滇池的所有人和事宣战。

由此引来更多媒体的赞誉："一个人的滇池保卫战"。

我是在采写滇池的路上遇到老贾的。

在滇池西岸一个叫碧溪村的地方，我听当地村民说，他们那里出了个专门跟村里"作对"的人，一天到晚就喜欢找茬，一会儿举报村里"在滇池边盖房子了"，一会儿又举报有老板在面山挖沙采石了……"搞得村里鸡犬不宁。"

跟我说这番话的人，我听见牙咬得嘎嘣响。

我问："关键是他举报的事情是真是假？"

那人说，他就为了搏出名。真的假的？你去问他嘛。

我就开始满世界寻找这个老贾。

滇池说大不大，说小也真不小。碧溪村里已经没了老贾的影子，因为他在村子"得罪"的人太多，他消失在茫茫滇池边。我要找他，真有点像大海捞针。

就在我踏破铁鞋无觅处之时，老贾却自己撞上门来。有一天，我接到一个电话，电话那头，一个陌生男人说，"冉老师，你不是要找我吗？你在哪里，我这就来，我是老贾。"

那天我正在昆明弥勒寺大院开会。接到老贾电话，会议已接近尾声。我们约定在门口见面。等我走出那个当时名声显赫的大院，武警站岗的位置，我见到一个身材修长、着装笔挺的人。他着西装，打领带，衬衣雪白，皮鞋锃亮，腰佩手机，他腋下夹一个印有昆明市西山区某镇"人民代表大会"字样的公文包，（后来才知道，那里面随时都装有数码相机和录音笔之类），配上这一身"行头"，跟我相比，他更像一个有头有脸的干部。

他就是我要找的老贾。

当天下午，他就约我立即投入到他的"一个人的战斗"。

他要跟谁去战斗呢？

那天下午，我跟随他，从梁家河出发，徒步走过吉上、河尾，到达一个地名叫清水河的地方（老贾直接把它称为臭水河）。其间，在一处铁路附近，发现一家"全羊庄"餐厅污水直排，他掏出相机咔咔拍照，然后用手机给某报社"报料"。老贾称"这个肯定是新闻。"我们就站在那里，等候报社的回音。报社确实给了老贾回音，但是却让老贾很没面子——也许是报社觉得事件太小不构成新闻，就告诉老贾，"没必要派人前往核实"。老贾挂了电话，骂了一句我没听懂的脏话，然后我们继续往前行走。

这只是他任意一天中、自己给自己安排的"巡滇"片段。没有任何单位给他发工资，当然也没人给他规定任务。他告诉我，他每天要在滇池边行走不下20公里。方向和目标是随意的。"走到哪里黑，就在哪里歇。饿了，随便进一户人家，就会给我吃的。"

看来，靠"脸熟"和"有名"，老贾在滇池沿岸还是有不少拥趸。

所谓"一个人的战斗"，主要是到处"寻找情况"，然后向报社或其他媒体"报料"。通俗地说，也就是一个职业"线人"，只是他找寻的线索全部与滇池污染有关。

他"一个人的战斗"，就是冲着滇池污染去的。据他说，他以前并不是采取这样的方式。从上世纪八十年代初期，他就开始了他"一个人的滇池保卫战"。如此算来，到我认识他的2006年，他已经为此坚守了二十多年。他说，以前他主要是同开山放炮、取土毁林的破坏滇池生态的行为斗争。为此，他被黑打过，被逼得两度"家破人散"，自己也"骨碎身残"。他边说边脱开裤子，要我看他臀部留下的斧痕，又要我看他手腕处"骨碎"的旧伤。他说他被黑打伤痕累累之后，曾经数次上访，最远到过北京；他说他遭遇过"截访"，也遇到过各种关心帮助他的人，"特别是媒体记者，他们喜欢从我这里寻找报料，那种独家的猛料。"老贾说这话时，脸上表情很丰富。他一边说一边翻出一个小本子，那上面是从中央到地方媒体的各种电话以及联系人。他说，"这上面的媒体我很熟悉，因为都得到过我的报料，许多外地媒体还专程来昆明采访过我。"为了验证他说话的真实性，他从包里翻出一大摞剪报复印件，上面都是采访他的各种报道。他把这一摞资料慷慨地送给了初次见面的我。

那天我们从巡河到巡湖，一直走到天色向晚，才挥手告别。

第二天，第三天，我们都在一起巡湖。我开车从约定地点接上他，然后按照他给定的线路走，开车和徒步交替进行，两三天时间里几乎把滇池绕了一周。我发现老贾确实熟悉滇池——从进入滇池的每一道河流，到滇池面山的每一处采砂采石场；从滇池周边那些大小餐馆，到湖滨的那些大小工矿企业，他如数家珍——这个"珍"，其实都是些破坏滇池的大大小小污染源。他说："滇池最大的问题是有人污染却没有人真敢管，一些地方甚至是'官匪一家'。我就是他们的克星。我这一辈子，生在滇池，长在滇池，滇池就是我的命，我也可以为保护滇池豁出我的老命。"一边说他一边又要掀开衣服，让我看他身上那些"功勋"般的累累伤疤。我笑着提醒他，前天和昨天，这些已经看过了。这才让他停下手上动作，继续讲述他"一个人的战斗"光荣历史。

他说："我研究过滇池，滇池原本有很好的自净化系统。这个系统，来自西山之下，下面有很丰富的暗流，可以为滇池源源不断补充清洁的地下水。暗流里面，有金线鲃，有湾丝（一种土著鱼），什么宝藏都藏在下面。可是那些老板为了金钱，开山放炮，震断了西山底下滇池的龙脉，震断了滇池西岸观音山凤凰展翅的翅膀，才造成现在要依靠补水滇池才能活下去的现状。"

说这话时，他就像亲眼目睹了滇池暗流涌动的样子，他说得活灵活现，有鼻子有眼儿。可是，当时他的眼睛已经接近失明。这让我觉得，他想象的成分大于现实。

他眼睛弱视，却能够在与人交谈中随时察言观色，而且十分敏锐。就那么片刻工夫，他已经觉察到了我的犹疑，他斩钉截铁地说，"我就问你冉老师一个问题，你说，滇池已经存在了千万年，为什么古代它不会污染，近代它不需要补水，现在却离不开这些劳什子了呢？滇池就像一个病入膏肓的重病人，已经离不开药罐罐了！悲哀啊悲哀！这就是我贾某人的悲哀！我守着滇池，守着睡美人，却救不了我的滇池，我的母亲！生我何用？要我何益？"

他的所有问题其实都是不需要答案的。因为他心中装满了不容置疑的判断。我选择了静静地听，就当自己是他面前的一个树洞。

果然，稍微停顿了一下，他又滔滔不绝地打开了话匣子，而且由单纯的说，改为了说唱：

滇池西山睡美人，
睡到何时你才醒？
醒来不见打鱼郎，
唯有两眼泪千行！
泪千行啊把心伤，
一池湖水全遭殃！
睡美人啊你好苦，
守着湖水无处诉！
你好冤啊美人山！
以泪洗面面不干。
滇池成了黑臭水，
美人成了冤死鬼。
昔日高原大明珠，
如今蒙尘有谁顾？
黑心老板闷头财，
就我老贾号啕哭！
……

　　唱着唱着，老贾已经老泪纵横，泣不成声。

　　我和老贾的巡湖，就这样充满戏剧色彩和人生况味。在他带领下，我一面查看那些滇池污染源，一面也悄悄观察着眼前这个名气很大、争议也同样很大的"职业环保人士"。他的名气来自"一个人的战斗"，那几天，他与我同行，确实是他一个人在领路，在指点，但是他也一直没有停歇手里的电话。他随时随地都在"爆料"，向远远近近的各种媒体。我感觉他也有一张联系密切的"网"，有他特殊的依托和支撑，要不然，一个普通的农民，是怎么做到那些让外界重视甚至震惊的事情的呢？而且，在2006年我认识他的时候，他已经建立了个人网站——老贾环保网站。他当时已经将近六十岁，眼睛接近失明，小学文化程度。如果真的是"一个人的战斗"，显然，他一个人做不了这所有的事情。就在他与我交谈过程中，他一会儿强调自己就是孤军作战，是"一个人的战斗"，一会儿又说他是在做"项目"，"我做的是关系到滇池有没有未来、关系到昆明千百万人幸福的一个大项目。"

"战斗"变成了"项目"，通常的理解，项目跟当事人利益有关。老贾的"项目"之说，在当时某区滇池管理局局长那里，得到了承认和印证。"他这人，最早在滇池边养过猪、开过沙厂，后来被关停了。之后他围绕滇池环保的举报，是从个人利益开始，慢慢就把举报做成了职业，做成了项目。套用一句话，也可以说他是主观为自己，客观还是为了社会，因此他的举报'项目'还是有意义的。但是为什么多数人对他不接受，甚至评价不高呢？冉作家您从事的是文学，是人学工程，还是您直接通过接触去做分析判断吧。"

在滇池边新河村的堤埂上，这位局长说起老贾，好像有一肚子话要说。

他说，"我们局曾经聘任过老贾做滇池协管员，可是他整天就是来跟你找茬儿，不接受体制的任何管束，而且，他好像不需要与人合作。他对体制和所有人都持不信任态度。滇池是一个大湖，这不是一个人的事情。一个人的战斗也好，一百个人的战斗也罢，都解决不了滇池污染的问题。它只能依托政府，带领全体人民，集中力量，才能办好这件大事。这是毋庸置疑的。"

比较有趣的是，当时采访了某区滇池管理局局长之后的第二天，我和老贾就在海埂村遇上了朱国鉴和郑绍忠。在郑绍忠的花果园，几位彼此有所耳闻却从未见面的滇池环保"民间人士"，好不容易聚在一起，却是从不愉快开始的。

不愉快的话题正是来自老贾。

在老贾看来，除了他之外的所有人，都是在做无用功。他嘲笑老朱"养鱼治污"的观点，他说滇池有的是土著鱼，"滇池清，土著生。滇池那些土著鱼不下十来种，就在西山底下，一旦解决了污染问题，控制了开山放炮的那些黑心老板，有的是土著鱼从石洞石缝里冒出来，还要那些外来鱼种干什么？"他笑话郑绍忠的花果园是"小打小闹"，"滇池污染是大问题，这不是改造一个垃圾场、建一个小花园、种几棵小树苗可以改变的。"老贾一面吃着郑绍忠免费提供的卤豆腐就白面大馒头，大口喝着腌菜洋芋汤，一面对这位"小打小闹"的年轻人"耳提面命"。

就在被"教育"的另外两人面有愠色之际，我赶紧岔开话题，用我自带的保存多年的杨林绿酒与他们频频干杯，酒酣耳热之间，一场可能发生的唇枪舌剑化为乌有。

我再次见到老贾，是13年后的2019年夏天，在滇池西岸，一个靠山村子的小院落。

领我进屋的人姓童，小个子女人，六十开外，走路碎步，跟她那张快嘴一样。从村子正街往靠山后街走的那一路，她一张嘴机关枪一般啪啪啪说话，诉说着"贾大哥"这些年的各种正义和不幸，光荣和苦难。七弯八拐到一处低矮的窄门，她厉声喊道："贾大哥，快拉好狗！"听得里面回应，且有闷雷般滚过的猛犬咆哮，她才一把推开院门。我见到身着白衬衫裤缝笔挺的老贾在门背后紧紧拉住猛犬项圈绳子，身子护住那头面目狰狞的巨犬，我带的一行人赶紧鱼贯而入，进到院子天井边权当客厅的屋檐下，老贾这才过来，定定看我良久，突然大叫一声：这不是作家——冉作家吗！你，终于来看我了！

他一双大手，和我紧紧握在一起。

那天依然是他主讲。我带去的一群人，包括我，都只有听他讲的份儿。13年之间我们没有任何联系，但是他的讲述完全还是我"熟悉的味道"。控诉，批判，揭露，而且是针对所有与滇池相关的人和事。看得出来他在那个偏僻小院落里的压抑和孤愤，他告诉我，他基本被人遗忘了。"就相当于死了！有些人就盼着我死。死不可怕，被人遗忘才可怕。""现在，报纸、电视，以及公众，都不找我了。这种遗忘，正是滇池走向更深苦难的重要原因之一。"媒体和公众对他的遗忘，与滇池"走向更深苦难"，被他不容置疑地画上了等号。

趁他说话停顿的间歇，我抓紧时间问他一个问题："你没有觉得，现在滇池治理发生变化了吗？你见到的滇池，是否比最污染的那些年好转了？"

他并不直接回答我的问题，而是说，"冉作家，你屁股是不是坐歪了？你是代表政府来跟我讨论这些问题的吗？"

我有些哭笑不得。我只能实事求是地说，我不受谁指派，也不能代表谁，我代表的就是我自己——一个一直关注滇池污染治理的普通写作者，仅此而已。

我还告诉他，如果滇池在污染之前，人人都像他现在一样"捍卫"滇池，当然滇池不会走到后来"谈水色变"的境地；如果在滇池已经严重污染之后，即便人人都像他那样去"捍卫"滇池，滇池也不可能像现在这样较快地得到重大改善——因为只有执政党和政府举全社会之力，从制度设计到人财物保障，从观念转变到措施落实，才可能取得巨大的滇池治理成就。

在他所住小院几百米开外，就是滇池。我在村子正街寻找打听老贾的时候，顺便采访过几个开超市和卖自家咸菜的老太太。她们全都姓董，白族，一个大妈一边卖自家腌制的咸菜一边跟我说，"退回去几年，不要说当街卖咸菜，就是站在路边也闻得到滇池的腥臭，哪有这卖咸菜的生意可做？如今好了，滇池眼见着一天比一天清了，游人来的也多了，就靠卖一点自家咸菜，日子也一天比一天过得滋润了！"一个从海口"两百号"企业退休的老太太告诉我，前几年，她到湖里洗衣服，

"白的进去，绿的出来，滇池就是一个大染缸，而且臭不可闻。沾了滇池水的衣服就直接要不成了。如今，我站在这里，看得见滇池水确实变清了，没有臭味了，当然，我不会下湖洗衣服了，因为那是破坏环境的事情，整不得。"说起滇池，她们都很动情，很感慨。

我把这些老太太的话学说给老贾听。老贾沉思片刻，说，"浅薄。你们都只看到表象，没看到实质。滇池的实质是，水已经毒化了，水里的毒，你凭借肉眼看得到么？"

我也用同样的方式问他，"你也是肉眼，你是怎么看到水里的毒的呢？"

老贾沉默了片刻，却突然转身，让"小童"过来为他揉揉眼。对着天井那片光，我看到老贾的右眼蒙上了一层白翳。这时他的电话铃声响了，在他接电话时，他先看了看手机荧光屏——他把手机屏幕放到了距离自己左眼大约一寸的位置。这个动作让我想起一个段子：用老式铁锁锁门，近视眼凑得太近，结果把自己眼睫毛锁进锁孔去了。七十多岁的老贾，眼睛和身体都在每况愈下，唯有中气还足，心气儿还在，他还在为自己定下的人生使命而孤独前行——或独孤求败，或一鸣惊人。

借这个机会，我送上两瓶尘封多年的好酒，同行者也送上为老贾带来的慰问品，仅此，向这位"职业"的民间环保人士表达我们的敬意。

眼看就到了午餐时间。我和同行邀请老贾以及与他生活在一起的"童老师"，到正街餐馆共进午餐，同时继续向老贾"请教"滇池有关问题。老贾立刻摇摇头，表示他因为身体原因，不便外出吃饭了。那位"童老师"却不知道从哪里摸出一个巨大的土陶药罐，说老贾现在天天吃药，用度花销很大，他现在需要的是——这个。我一下子明白了她的意思，悄悄迅速摸了一下口袋，那里空空如也——在习惯用手机支付的当下，我即便出门，也没有带像样的现金。事实上来访之前，我就只想到了送一点合适的礼品，请他们吃一顿饭。我以为这些礼数足以表达我对老贾的致敬——然而，那一刻，我知道自己想错了。我几乎是在狼狈中离开那个小院的。我们只好自己去到村子正街一家"农家乐"餐厅，在那里吃饭，随我而去的一行人还在兴高采烈地议论着这次采访或者叫拜会，都说见了一个"奇人""大角儿"，收获甚丰，不虚此行。话音未落，"童老师"再次出现了。她带来了一些自家地里生长的野菜，说是答谢大家，要每人带一点回去。于是大家再一次热情相邀，要她坐下来一起吃饭。她确实坐了下来，但是她跟老贾一样，并不动箸，而是跟每一个人加了微信，嘴里喃喃自语，说现在的微信真好，转账真方便。我不知道还在热烈交流"心得"的同行者是否听出了什么，我自己却是实实在在地再次感到了某种尴尬难受，随便扒拉了两口，借故去街上"赶街"，离开了那个热闹的饭桌。

我与老贾不相见的这13年，他和我，世界和滇池，都发生了很多变化。他身上曾经堆砌了很多的荣誉和头衔，也增加了更多的寂寞和困扰。我呢，以及我们同处的这个世界，发生的变化，不说也罢。只说滇池，这些年，从沸沸扬扬的"河长制"，到水流云在的创新深化河长制，再到"量水发展以水定城"的顶层设计和"六治举措"的精准实施，我们必须看到，滇池水质的改善是肉眼可见人心可知的事实，就摆在那里，无可争议。我们迫切需要的是，如何趁势而进，再上层楼，让与我、我们以及所有昆明人和云南人息息相关的滇池，向着更加清澈更加生动的方向，变清，变美，变得更好！

对于老贾，我跟他相识十多年，但接触的时间并不多，甚至可以说很短暂。我确实感受到他为了"滇池清"而不惜以命相搏的凛然的一面，也多次听见有人说他所做一切，无非是"天下熙熙皆为利来，天下攘攘皆为利往"。多年来他对滇池的执着，到了常人难以理解、他也不理解常人的地步。他对除他以外的几乎所有与滇池环保相关的人和部门，一律都持否定态度。他差不多一叶障目，不见滇池正在转身变好的事实；似乎即便见到了，他也不愿意接受和承认这个事实，这是一种什么心理作祟？没有人愿意深问细想。他人生的全部目标和理想，不就是为滇池重新清澈而努力奋斗吗？怎么到了有目共睹滇池正在变好的事实就在眼前，他却固执己见，熟视无睹，拒绝承认呢？他已经神经质地只相信自己——那一天，在那个小院，我见到他对自己的助手"童老师"也是召之即来挥之即去地随意呵斥。我顿时感到，他其实是一个病人——一个身体和心理有疾，既不自知、更不为人知的病人。他有一种堂吉诃德与风车挑战的精神。他孤独而倔强，愤懑而偏执，此生注定了不会与人合作。这个世界，绝大多数的道路，都是由独孤者所开辟，却为合作者而预留。老贾属于其中哪一类呢？

毋庸讳言，老贾是热爱名和利的。利是生存之本，名为立身之道，他对"名"即荣誉，有着超越别人的强烈渴望——他把它既视为斗争的利器，也看作生存的必需——从某种意义上说，他需要名，要依靠荣誉来生存。在滇池沿岸，他不知疲倦地奔走，搅动，几十年如一日地继续着他"一个人的战斗"。他就像混入鱼群中的那一条绝不吃素的"黑鱼"——在给其他鱼类带来恐惧的同时，也输送了至为可贵的救命氧气。这位生长在滇池岸边西山脚下某山村的老贾，以他微弱的一己之力，以他的坚韧存在，确实让某些造成滇池污染的食利者"鸡飞狗跳"甚至"惊恐不安"。

一个人的战斗，意味着无效、悲壮、独孤求败。

但他偏偏却有极强的求胜心。

对于这样一个桀骜不驯、充满缺点甚至谬误的孤独奋斗者，我们的社会，需要给他更多一些宽容、接纳、理解、引导和帮助。

围绕滇池治理的民间探路者远不止这几个。十多年前，也是在采访滇池过程中，我见到一位来自香港的女政协委员。她说打小她在滇池边长大，喝过滇池的水，吃过滇池的鱼，忘不了滇池那些美丽又可口的海白菜（海菜花）。几十年后，当她成为港澳台界别政协委员，每到春节前后回来开会时，她习惯性地要到滇池边上走一走。她说，"那真是越看越生气，却停不下脚步。脑子明明说不，脚却偏偏要走，这是不是'枪指挥党'？但是我觉得，听脚的，没错。不走，怎么知道滇池变成了什么样子？不走，怎么知道滇池为什么会变成这个样子？我就边走边思考，我这几年上会的提案，就以滇池为话题，一次次向会上报，让一个个部门给予回答和解释。我一边走还一边自己捡拾垃圾，见到破坏环境不文明的人和事，也竭尽所能地劝说几句。我知道这是杯水车薪，但是我知道必须有人去做。不是说千里之行始于足下、涓涓细流集成江海吗？我就从自己的足下做起，从一点一滴做起。我还把观察到的滇池写成日记，没想到坚持下来，就写下这么大的一厚本。"

她给我看的那本日记，足足有十万言以上篇幅。全是繁体字，字迹娟秀工整。

以下是我节录的其中两段：

某年某月某日 天气晴

有朋自远方来，他们来昆明，提出要我陪着去滇池边看看。在香港我们是故交，但是到了昆明，我就成了东道主，当然要尽地主之谊。一行人就去了大观楼。看过孙髯翁长联，又说坐船进滇池。怎么去呢，草海水道都是水葫芦，而且，水是暗黑发亮的，有醾稠的质感。微风拂过，恶臭扑鼻，客人们先就打消了深入滇池的念头。他们指指长联，问我：还四围香稻，万顷晴沙呢。滇池，就这副德性？我无言以对。我能说什么？那一刻，我感到自己作为昆明人很害羞。

某年某月某日 雨后初晴

滇池边新河村，位于船房河与西坝河之间。我与几个村民来到船房河入滇池口。

我问新河村李美芝、韩英等几位老人，现在主要靠什么生活。

靠租地给别人晾晒河泥——他（她）们说。滇池污染，早已使他们失去了赖以谋生的水面，城市扩建，又使他们失去土地。在他们每人名下的土地，面积已不足一分。

晾晒河泥是做什么？

治理滇池污染。

治理滇池污染对你们有好处吗？

好处太有了，起码不臭鼻子。水清了，鱼虾多了，说不定又可以捕捞了——他们都曾是靠捕捞为生的渔民，看着泊在河沟里不多的几条锈迹斑斑的渔船，眼睛发亮，大约是想起了早已远去的水上时光。

韩英，男，60岁，身材魁伟而笔直。着一身旧军装的韩英，让我想起小时候看过的电影《洪湖赤卫队》里的刘闯。他带我看了船房河和西坝河两个河口。正是枯水季节，河面平静，没有过去司空见惯的垃圾漂浮物，基本没有水葫芦，也没闻到臭味。"夏天依然还是臭"。韩英说。以我肉眼所见，水体黑亮，浑浊，酽稠。无须检验就可以结论：劣V类。

放眼看去，有无数工地，挖掘机轰鸣，都与治理滇池污染有关。

滇池会好吗？我心祈祷：但愿。

"幽磷"记

一个"幽磷"，长期在滇池沿岸徘徊。

"幽磷"是我的生造。其真实学名叫：磷；英文名称：Phosphorus。

磷，处于元素周期表的第三周期、第五主族，是15号化学元素，符号P。

关于磷元素的发现，有一个真实而离奇的故事。故事的源头，得从欧洲中世纪的炼金术说起。彼时盛行炼金术，据说只要找到一种聪明人的石头——哲人石，便可以点石成金，让普通的铅、铁变成贵重的黄金。炼金术家仿佛疯子一般，采用稀奇古怪的器皿和物质，在幽暗的小屋里，口中念着咒语，在炉火里炼，在大缸中搅，朝思暮想寻觅点石成金的哲人石。1669年，德国汉堡商人布朗特脑洞大开，他的寻金方法是在强热中蒸发黄色的人尿。虽然他没有制得黄金，却意外地得到一种像白蜡一样的物质，在黑暗的小屋里闪闪发光。发光的东西虽不是布朗特梦寐以求的黄金，可那神奇的蓝绿色的火光却令他兴奋得手舞足蹈。他发现这种绿火不发热，不引燃其他物质，是一种冷光。于是，他就以"冷光"的意思，命名这种新发现物质为"磷"。

磷其实无处不在。小时候在坟茔地走夜路，看见的"鬼火"就是磷。云南人甚至专门为它造了个词：鬼火绿。我们人体的牙齿、骨骼中，也充满着磷。磷是地球所有生物生长最重要的元素，对生命至关重要。但它就像一枚硬币有两面，磷既带给万物以滋养，也造成万物以灾难。其日常的典型害处就是，磷是工业、农业等生产生活最常见的污染物。生活废水、畜牧业废水、水产养殖以及不达标的工业排放，都是人为造成的磷排放源。一旦水中磷含量过高，就会引起藻类及浮游生物疯狂繁殖。水体溶氧量会下降，使鱼类及其他生物大量死亡，威胁生物多样性。其产生的藻毒素也威胁到周边居民的饮用水安全。

磷是湖泊富营养化的限制因子，磷的进入，是藻类大量繁殖引起水体透明度下降的主导因素。每年有大量的磷进入滇池，由于滇池的封闭性，经过水体相互交换排除磷的机会很小，导致磷在区域内向心性移动，在滇池累积，使得水体富营养化不断加深。滇池陷入劣V类水质的深渊，应该说，磷在其中"贡献"甚大。

滇池湖泊水质富营养化的指标之一，就是磷超标。国家和省市相关部门多次公布的水质监测报告或环境状况公报中，说到滇池，总会在显著位置提到：滇池总磷超标。比如，就在宣布摘除滇池劣V类水质帽子的《滇池水质月报》（2016年12月号）中，仍然没有忘记说上一句："当月滇池外海水质为劣V类……其中总磷超标0.1倍。"无独有偶，原环保部发布的《2016中国环境状况公报》，虽然郑重宣布了滇池总体水质已在当年达到V类，但在具体分析水质状况时，仍然指出："滇池湖体为中度污染，主要污染指标为总磷、化学需氧量和五日生化需氧量。"总磷，仍然排在滇池水体污染物之首。

那么，形成滇池总磷超标的主要因素有哪些呢？城市生活废水、农业和畜牧业废水、水产养殖以及化工业排放……当然都是其中原因。此外还有一个重要原因：滇池地区是地球化学因素中磷的富集区。滇池周边，储存了世界第二大磷矿资源，地表土壤岩石的磷含量也很高。这里表面磷的本底值为0.32%，而别的地方仅为0.1%，仅此项指标，滇池地区就高于别处三倍还不止。磷资源的富集必然带来磷化工企业的聚集。滇池周边，海口、晋宁以及稍远的安宁，就集中了云南绝大多数大型和特大型磷化工企业。

滇池周边的矿山为这些企业提供了丰盛的"主食"磷矿石，滇池本身又为企业大口常开的各种机器设备运转提供了丰富的水源，可以说，是滇池滋养了这些企业迅速崛起、成长、壮大。按照"投桃报李""羔羊跪乳"的生物循环原理，这些企业理应对滇池之恩予以报答。那么，它们回报了什么呢？

据生态环境专家段昌群教授介绍：过去"滇池流域内共有700多家大型企业，昆明80%的大型企业位于滇池流域内，这些企业大多数生产工艺落后，技术水平低下，装备水平低劣，污染强度高，耗水量大，污水排放量达4900多万吨，其中排放总氮600多吨，总磷30多吨。"即便后来通过努力，关停并转了滇池周边许多污染大户，但是，入湖污染负荷依然很大。据段昌群统计，到2017年，"测算表明，每年进入滇池的污染负荷大体总氮为7000吨/年，总磷为200吨/年，而滇池对各类污染物的水环境容量大体总氮为2300吨/年，总磷为110吨/年。显然，滇池接收的污染物量远远大于其承载能力，水污染和环境恶化态势难以避免。"

治理滇池污染，从"六大工程"到"突出六治"，已经对这些情况展开了明确有效的因应施策。但是一些重化工企业对运输成本的控制必然形成对原料产地的依赖，要让这些对当地经济GDP贡献率很高的物质生产型企业全部从滇池周边撤离和消失，至少在短期内还难以实现。一边是经济社会发展有强大需求，一边是滇池治理环境保护更刻不容缓，这对矛盾，即便今天依然困扰着许多人。

为了探寻当下滇池周边工业控污的有效性，从2019年到2020年，我在滇池海口、晋宁以及更远的安宁，采访了若干工业园区。还在老远，从一根根吞云吐雾的烟囱可以得知，这些园区里至今活跃着为数不少的磷化工企业的身影：黄磷生产基地、磷肥生产企业；国有的、民营的……鳞次栉比，烟尘滚滚。走进这些企业，刺鼻的味道扑面而来——尽管他们已经不惜重金增配了很多价值高昂的环保设备并取得环评达标，但是这些企业生产的特殊性决定了其肯定难以真正做到"环境友好"。我的采访，对他们的终端产品不感兴趣——我相信，在环境保护已经上升到国家生态文明政治高度并配套严苛的法律制约的今天，这些终端产品的安全性是无需我这个外行去质疑的。我的兴趣是逆向思维：磷矿渣去哪儿了？

我来到一个国有磷化工企业的磷石膏堆场。这是一处巨型的山湾，汽车盘山而上，我原来以为这是一条运输矿渣的路线，下车一看，路面没有任何重车碾压过的痕迹。俯瞰山湾，只见几道大坝，将山湾敞开一面层层箍住，坝里不见一块矿渣，却是凝固的银白色的无边波涛，如同雕塑般静卧于山谷，恢弘场面让人惊心动魄。原来这是经过工艺处理后"湿排"的磷石膏，从生产厂区车间管道以液态直接排放到这里，经过沉淀，渗漏液体淌入层层引流库，其有用物质又由泵站回输到车间进行二次提纯。整个堆场场面宏大而整洁有序，只见远处有数台挖掘机还在作业，大约是继续在扩大堆场的场域，挖机在我们眼里已经变成一个个小不点儿——可见堆场面积之大；抬头仰望，山上还设有一处处标尺桩，据说那是未来堆场将要达到的填埋水平线，也即是说，整个堆场将与山顶齐平。陪我采访的朋友告诉我，这是一个已经投资四亿、年维护费将近两亿的磷石膏堆场，现有磷石膏堆放体积约1500万方，设计堆放容积近亿方——大约就是未来堆放到达山顶标尺桩那个位置吧？这些磷石膏将永久存放在山谷里么？

答案是肯定的。这里将成为磷石膏永久长眠的坟场。这里的土地、山林，将为磷石膏殉葬。人们只需要年年加固那些堤坝，防止地底渗透和溃坝。"坟场"的表面最后会被土层覆盖，上面也可以种植一些苗木——然而它们将永远长不高长不大，充其量可以成为一层绿色的伪装，遮掩真相并让后人遗忘——这里曾为前世的繁华，做出过怎样的牺牲。

当我来到另一处更偏僻道路更难走的填埋场时，我甚至不敢轻易下车——这里的扬尘隐天蔽日，空气中有一股浓浓的难闻的刺鼻味。这是一处隐蔽的磷矿渣填埋场，这里堆放的是磷化工企业"干排"废弃物，形成大大小小若干个山头。一处简易的选矿设备正在筛选矿石，然后进入下一个搅拌程序，再由翻斗车运输出去；另一处是填埋场，运渣车源源不断地往那里倾倒着废弃矿渣，一些填埋封顶的山头被薄薄土层覆盖了，用绿色网状物遮盖起来，远远看去，貌似得到绿化的山体，掩人耳目；现场堆放更多的是干粉状磷石膏，褐色的、灰黄的、浅白的……不同颜色的磷石膏粉，意味着它们来自不同的矿洞，有着不同的磷矿成色。填埋场的山脚，象征性地修建了一个沉淀池，池子里几乎是干涸的。那么这里渗透的含有各种污染物的液体去到哪里了呢？顺着山谷下眺望，是农地，是庄稼，是村庄，是……滇池，以及看不见的长江。这些不显山不露水的磷矿渣污染物将在缓慢的时间中，最终战胜暂时还相距遥远的空间，通过对作物、村庄、人的层层侵蚀，最后到达滇池和长江，找到它们最终的归属之地。

想一想都让人后怕！

以下，是我和悄悄帮助我进场采访的"带路党"的对话——

问：为什么这里的老板不能像刚才看过的堆场企业学习呢？

答：那是"湿排"，工艺复杂，代价昂贵。这里是"干排"，干渣有害杂质多，存放风险更大。但是这里是私企老板的堆场，花不起那个钱——如果他真有这个钱，就一定不会再做这个事。这其实是个风险很大的苦差事。一头一脸的灰，耳朵鼻子眼都是有害的污染物，市场变化还大，私企老板谁敢往里面大投入呢？

问：政府难道不管吗？

答：管。但是有的地方暂时管不过来。比如这里就是。

问：可是这里也不算山高皇帝远啊？

答：你这就是"过于执"了——就是《十五贯》里那个爱管闲事的小官儿。很多事，在底下（基层），其实只能睁只眼闭只眼。一管就死，不管就乱，管理艺术就在管与不管之间。

"带路党"站在粉尘飞扬的山头，远眺滇池，成了个哲学家。

趁他迎风抒怀的时间，我悄悄用百度搜了下这个磷矿渣填埋场所在地的名字：宋家坟山。心想，老宋家祖坟，怕是压在这些污染物之下，永世难以翻身了。

后面还看了若干堆场、填埋场。都是围着滇池打转转，远的，近的；干的，湿的；国有的，私有的……连续跑了几天，"带路党"成了"哲学家"，"哲学家"成了我的无话不说的朋友，一路上话越来越多。后来他提出，还要带我去更远的地方，看那些地方的磷矿渣堆场，以及别的什么矿渣的堆场。我有些警觉地问他："你怎么了解这么多的情况？知道这么多的堆场？"

原来，他是一个民间环保人士，十多年前，就行走江湖，独立调查过曲靖铬渣污染事件等社会热点。就在我们去寻访磷矿渣填埋场的头一天，铬渣污染事件引发的公益诉讼刚刚以调解收尾。"哲学家"一路上为此很欣慰，也很兴奋。我却只能如实告诉他，我的调查，只跟滇池治水有关。磷矿渣的填埋范围，也只以滇池周边为半径。我的目光"短浅"和画地为牢，让"哲学家"多少有点儿扫兴。于是，我们在滇池西岸海口一家羊肉馆，以羊汤代酒，就此别过。

湖泊水体污染物诸元素中，磷与人关系最密切，也最能反映出人为活动的影响。尽管近年来进行时态的工业污染得到了有效扼制，但是历史原因形成的污染"烂尾"还是以裸露方式存在着，比如这些磷石膏堆场或磷矿渣填埋场。这些"定时炸弹"存量未除，增量不断，它们就像毒瘤一般，占用大量土地、渗透污染地下水源、存在溃坝危险，对滇池水质也存在潜在的巨大污染隐患。

在晋宁一次吃菌儿火锅的饭局，众食客说到我正在调研写作"滇池治污"话题时，席间一个小老板告诉我，他愿意带我去看一个可能跟治理磷矿渣有关联的企业。小老板叫崔云聪，专门为磷化工企业做包装材料。他说，在他所有服务的企业中，独有一家企业生产的产品，居然是以磷石膏为原料，完全达到无害、无污染，变废为宝的水平。

我们几乎是草草吃了菌儿火锅，就去到崔老板所说的这家企业。

距离不远，就在位于二街的晋宁工业园区内，这家企业名叫"镪淦科技"，建在大型国企云天化公司一墙之隔的位置。小崔熟门熟路，领着我参观厂房。那是一组以廊桥和管道相互关联的巨大建筑，厂房和设备簇新，从原料输入到产品输出，完成包装最后入库，生产流程全部自动化，我只在中控室看到几个操作员。小崔告诉我，这间工厂是2020年春天才开始投产，他之所以熟悉这里，是因为那些包装箱和包装袋，都出自小崔之手。

原来这也是他的客户之一。

直到我们参观完所有厂区，"镪淦科技"的老板才匆匆出现在我面前。一看，是个比小崔还要年轻的小伙子，姓陶，三十来岁。小伙子伸出一双粗大的手，握手时，我明显感到满手老茧。看他肤色，黝黑，面部细纹中有汗迹，一看就是行色匆匆的样子。

"实在不好意思啊，刚才还在工地上，手把手指导那些泥水匠使用我们的新材料，你看，汗也没擦，手也没洗，就跟老师握手了。对不起啊。"陶老板一脸憨厚，笑着跟我解释。

"我叫陶涛，因为小时候太调皮，就被我爹取了这么个名字。不过好记哈。"

"我们的原材料全部来自工业副渣磷石膏。就是那根管子直接从云天化输送过来的。那边厂里有个洗料池，是我们两家共建的。洗料粗选后稀释为浆液输送过来，按照我们的新工艺三次水洗，烘干煅烧，球磨成型，最后生产出建材市场优质环保的磷石膏系列产品。"

一边说，陶老板一边在厂区产品演示墙跟前展示他各种型号规格的产品，粉状的、膏状的、块状的，包括石膏粉、石膏砌块、石膏条板、粉刷石膏、石膏基自流平，等等。

"我们是云天化首家进行磷石膏无害化处理及先进利用项目落地的合作公司，晋宁有中国最优质的磷石膏原料，通过无害化处理及先进利用，我们的产品全程无任何废水、废气、废渣排放，水洗滤液重新返回云天化磷化工车间，回收了有益成分，最终我们生产的优质煅烧石膏粉、石膏基砂浆、装配式建筑等产品，完全实现了变废为宝，而且整个水洗工艺全自动化，在全球都处于技术领先水平。"

在陶老板介绍时，他的助手已经在我面前铺开了各种权威部门的检验报告、证书，以及合同文本，在各大建筑施工现场拍摄的照片和视频。

我坦率地告诉他，这些我不懂，也不打算懂。我只关心一个问题："你的产品。真的能无害化消化那些堆积如山的磷矿渣磷石膏吗？能对滇池治理产生正能量吗？"

陶老板说："我说了不算。但我们的工艺技术水平，确实做到了全程无害化。但是确实有很多人基于对新型磷石膏产品的不理解，以为用磷石膏为原料的建筑材料肯定有毒，肯定有对人体有害的各种元素。事实上我们的行业标准远比传统产品严苛，而且是以发达国家如日本、美国相关参数对标的。这也是我们的产品首先得到来云南搞建筑开发的央企和知名大企业率先选用的根本原因。因为在他们那里，新型磷石膏建材早已经被使用得风生水起。我们这里，还处于藏在深山人未识的境地。所以我们很尴尬，更不好意思回答现在能够消化多少堆积的磷矿渣磷石膏的现实问题。但是，假以时日，我撬动不了地球，肯定能够撬动这些磷石膏堆场和填埋场！"

我好像喜欢上了这个敢说大话也能办实事的小伙子。

接下来一个月，断断续续，我跟着这个小伙子跑，从他的厂到与他关联的厂，从用他产品的工地到制定产品行业标准的部门，我从不懂、不打算懂，到慢慢关注起这个有可能对滇池治水产生大作用的磷石膏系列产品，一段时间我甚至遇到合适的人就会说起它，推荐它，也不管对方愿意不愿意听，是否听得懂。因为我觉得，磷化工生产的脚步，短期内是停不下来的，但如果能够减少占用土地破坏生态污染水体浪费资源的磷石膏堆放，并有效地转化和利用它，则善莫大焉功莫大焉。

据统计，目前云南磷石膏堆场积压的废料多达近3亿方（全国约7亿方），滇池周边堆场就占有其中半数以上。而且还在以4500方/年的速度快速递增。根据《云南省大宗工业固体废弃物综合利用目标（2020年）》要求：到2020年，全省磷石膏综合利用率要达到100%。然而2020年时间过去大半，云南磷石膏综合利用至今还是只见目标，未见标杆和落地政策，更未见到大面积推广的实效。

这个状况，仅从滇池减排、总磷削量的角度说，也是令人担忧的。

小陶和他的"镪淦科技"，不可能包打天下，但是至少是一个有力抓手。

小陶实际上是想当云南磷石膏综合利用"吃螃蟹"的人，也可以说是为滇池减排、总磷削量"递刀子"的人。他把自己锻打成了一把刀，大有要把那些堆积如山的磷石膏堆场削平削没、斩于马下的勇气。为此，这个年轻人做好了背水一战的全部准备。为了建起那个目前已经耗资近一个亿的厂房，他把从他父辈开始到他打拼积累40多年的全部资本，义无反顾地砸在了上面。甚至他卖掉了原来正在天天赚钱的搅拌站、酒店等企业，卖掉了自己一家生活所需的全部房产以及农场。他和他创业大半辈子的父亲，和他相濡以沫的妻子，和他不到三岁的孩子，全部住进了厂区内低矮拥挤的工棚里，吃饭和工人在一口锅，睡觉在不隔冷热甚至不隔音的简易房高低床，就连孩子也是在凹凸不平碎石铺成的厂区路面学会了最初的走步。除了"项目"，他完全没有了任何后路。所以，他必须赢！

然而我知道他面前其实有很长的路要走。他的全部心血和产品就是作为工业副产品的磷石膏建材，这种新型建材却在云南市场认知度和占有率很低，政策扶持力度小甚至可以忽略不计，跟传统石膏的市场竞争目前还处于劣势，其环保优势和产品性能优势还缺乏有力度有实效的宣传推广，而他要运作市场要维持生产要争取再上二期项目，却没有了自有资金支持……即便如此，这个从十四岁就出外闯荡的小伙子，却丝毫没有气馁。他经常是"走到哪里黑就在那里歇"，经常随便找个路边店"甩"碗米线就接着马不停蹄地往前地赶路。在这样的境况下，他却为自己和自己的"镟淦科技"设计了一个"三年计划"。所谓计划，一言以蔽之，就是要打造云南磷石膏综合利用最强最大的龙头企业。

他给我看了那个数据复杂"野心"很大的"三年计划"。他说，冉老师你就当我是画饼充饥吧，但是，我把它看作是真的，我会为此努力甚至拼命的。

那一天，我跟着他一起在路边"甩"米线，听他说了这番话。就在起身之际，小陶又坐了下来，掏出一支烟，点燃，深深吸了一口，一副少年老成的样子。他说："冉老师，我知道你其实是怀疑我的。有时候我自己也会怀疑自己，这样做，这样拼，到底值得不值得？别看我人年轻，我其实是完成过三次资本原始积累的人。从十来岁跟着父亲土法炼铅锌矿，到后来建房子修公路，到后来搞大型搅拌站，差不多垄断了一个地区的混凝土相关业务。人生起起落落，钱财过手云烟，也算是有过一些历练。最苦的时候，自己跑长途开大货车，自己钻矿洞拉矿石，自己烧土窑炼铅锌矿，命都差点搭进去好多次。好容易手头有了几千万现金的真金白银，有人可能会选择躺着赚钱。可是当我人还在贵州搞搅拌站，我看到国家要大力支持新型磷石膏建材的相关文件，我头脑嗡地就热了。我想起我见到过的滇池周边那些磷石膏堆场、那些猫盖屎一样掩埋的磷矿渣填埋场，我就会想起早年我参与过的土法炼铅锌矿的情形。那些钱里面是有对环境不可饶恕的罪过的。我来做工业副产品磷石膏，也有为早年赎罪的意思，所以，我父亲很支持我的选择，慢慢地，媳妇也理解支持这个事情，妹妹妹夫也跟我站在了一起。我不是想搞家族企业，但是起步阶段必须有他们的理解支持。我把房子都卖完了，让他们就连在城里落脚的地方都没有了，成了上无片瓦下无立锥之地的'无产者'。有人说'无恒产者无恒心'，我的恒产就只剩下这片厂房，这些设备，可以说这就是我的恒心。如果我的家人不赞成我，就不会跟着我一起，与厂房共生活，与项目共存亡。为恒心和初心，一起破釜沉舟，背水而战。当然没有那么悲壮，因为我深信，磷石膏既是磷化工行业的锥心之痛，也是正在到来的新型建材市场的新宠。对昆明和云南而言，对治理滇池而言，尽快做大做强工业副产品磷石膏，更是昆明市委市政府提出的科学治滇、集约治滇、系统治滇的必然要求。"

2020年10月14日，镟淦科技迎来转机：国家工信部磷石膏资源化综合利用专项调研组赴云南调研，第一站就来到镟淦科技的厂房。调研组以及陪同调研的省市相关部门领导站在巨大的塔台下，仔细察看了流水线上所有产品，对镟淦科技的产业方向、科技含量、产品质量予以明确肯定，特别对其化危为机的环境贡献率予以较高评价，这让小陶老板就像打了强心针一样兴奋不已。在国家和省市专项调研总结现场，他说：

"民营企业要想生存，要想发展，我知道，不但要抓好自身发展，更要有国家政策的支持关心，帮公司渡过难关。镟淦科技公司一定牢固树立和践行绿水青山就是金山银山的理念，坚守节约资源和保护环境的基本国策，依靠我们顽强的拼搏，先进的技术设备，全国最好的磷石膏资源，我们一定会建成云南最大最先进的磷石膏利用生产龙头企业，为滇池治理，作出就像优质磷石膏薄片一样微薄的贡献。"

三哥记略

赫尔岑说，记录一个人的心灵史，其意义并不亚于书写一部民族史。

杰克伦敦说，有一种人，他把自己活成了一部浩繁的传奇——你若随意翻动这部长篇小说其中任意书页，都会有意想不到的震撼惊喜。

我认识的朋友中，三哥就是这样一个传奇神秘的人，一部传奇浩繁的书。

三哥是一部大书。这里，我找出的只是他与滇池相关的片段，于此略记。

三哥不是我的亲三哥，而是江湖的三哥。江湖上，与三哥有缘的，无论远近，老的少的、男的女的、位高权重的、位卑低贱的……见了他，都叫三哥。

大家叫得自自然然，三哥应得顺顺当当。

好像三哥打生下来就是三哥，就是所有人的三哥。

其实不然。我认识三哥时，三哥还不是三哥——还没有被江湖传说演绎成后来的三哥。那时他的朋友和同事，还都管他叫三毛。有时候也加上他的姓，叫他唐三毛。慢慢慢慢，唐被省略，几乎所有人就叫他三毛。我甚至看到他当时年龄还很小的女儿，也叫他三毛，女儿的同学也跟着叫三毛。他居然一点不气恼，嘴巴一咧，露出两排白净的牙齿，笑着答应着，回敬一人一颗棒棒糖——你看，是不是真的一点儿不气恼？

三哥姓唐，大名唐永明。将近四十年前，我认识他的时候，他是昆明北郊岗头村一家工厂的小车司机。四十年前，开车还是一种职业，开小车更是一种很让人羡慕的职业——特别是开那种酷酷的进口小车。三哥开的可不止一种进口小车，有时是雪铁龙，有时是道奇，有时我看不懂车标，叫不出名字，只知道"高级"。当然都是公车。名车配名企——那家工厂当时就很有名，但是远不到后来那样有名；那家工厂当时已很有钱，但是远不到后来那样有钱。你可能已经猜到了，那家工厂就是昆明卷烟厂。

有人形象地说，开烟厂就像开银行。哪里是卷烟啊，卷进去的都是金黄金黄的纸钞。抽烟就是烧钱——这个道理，抽烟人不一定懂，但是抽烟的家人肯定懂。抽烟人很早就上演了家庭版节目"钱去哪儿了？"身边亲人答案铁定只有一个：被烟烧了。烟企赚了烟民的钱，他们也懂得适当反哺社会——比如四十年前，昆烟在北市区带头推行"旱改水"厕所，昆烟一次就投入了近三百万——这在当时，堪称"巨资"。这个举动促成了整个昆明北市区众多企业效仿实行，大面积改善了职工生活质量。从前每家每户臭气熏天的家用"旱厕"，改为水冲之后，臭味"哗啦"不在了，幸福感一下子冒出来了。一些企业职工自制了锦旗，到昆烟来寻找这次"厕所革命"的带头大哥，要表达"感恩"。找来找去，他们最后找到了"三毛"——因为三毛正是昆烟推动旱厕改造的带头大哥。

四十年后，我问三哥：为什么是你？

三哥说，确实是我。因为我就深受"旱厕"之害。那时候一家人住岗头村厂里的小房子，拥挤不说，厕所直通着厨房餐厅客厅，一人用厕，全家闻臭，臭气熏天的日子真让人没法过。我当时就琢磨，能不能旱厕改水厕？这个在技术上一点不难啊。我虽然是开车的，但车间我曾经待过，车床刨铣所有活计我也算精通，我就画了草图，搞了预算，在开车时就直接把方案递给了领导——这就是当时小车司机的最大好处，可以有"直通车"，不需要繁文缛节走"程序"。领导也是人，知道这个事情会得到全厂职工拥戴，而且"旱改水"又不要他自己掏腰包，随水人情的事情，何乐而不为？就这样，昆明北市区的"厕所革命"首先在烟厂开始，好事传千里，整个北市区企业都被发动起来了。一家接着一家，那时候来昆烟参观的，不是看厂里如何生产"大重九"卷烟，而是来看家庭水厕如何好用。昆烟居然靠"厕所革命"扬名立万，这是谁也没想到的。

回忆往事的三哥眼里刚放出一点微光，很快却熄灭了。随后，点了一支烟，陷入沉思。

三哥说，女儿当时还在上幼儿园。六一儿童节编了首儿歌："臭臭去哪了？"是这样唱的："臭臭去哪了？被水冲走了。冲到哪去了，冲进江里了……"是一边跳橡皮筋一边唱的，很活泼很欢快让人心情很愉悦。"看了表演没过几天，我送领导正好来到盘龙江边，在树荫下等候的片刻，我发现江水特别浑浊恶臭，仔细一看，原来所有水冲厕所的污物直排进了盘龙江。盘龙江最后流向哪里？当然是滇池。一个是昆明人的母亲河，一个是昆明人的母亲湖。我们一家一户暂时不臭了，可是昆明人的母亲河母亲湖却遭大罪了。我一看这个事情很可能越搞越大，而且居然跟我有关，我就不得安心，甚至一连数天魂不守舍了。"

"当时昆明还没有像样的污水处理厂。要建这个厂，就不是昆烟能够说了算，这是市政工程。但是昆烟为昆明建大型污水处理厂，确实尽了力。怎么尽力的细节，就不说它了。时隔多年，说也没意思。但是有一点，其中一家污水处理厂就建在昆明北市区，紧邻盘龙江。这个多少可以说明点什么吧。"

《昆明六十年记忆》一书，其中"留在盘龙江上的记忆"章节，讲到昆明"1980年代出现的许多新事物"时，提到"1984年，昆明第一批改进后的水冲厕所，最早出现在北市区烟厂宿舍。"同时提到，几年后"昆明市某大型污水处理厂在北市区建成投产。"

也是几年后，一个名叫"三毛"的台湾女人风靡大陆，书店里地摊上，到处都可见她的书，《撒哈拉沙漠》《梦里花落知多少》……以及她填词的歌曲《橄榄树》"不要问我从哪里来，我的家乡在远方……流浪、流浪……"

这时我的朋友唐三毛，名字升格为2.0版本：三哥。

然后，三哥消失在了江湖上。

三哥去哪了？没人告诉我。传说他去了中日联合登山队，去了登山队设在梅里雪山的大本营。雪山雪崩，整个登山队被埋了。那些天我为三哥提心吊胆，天天看报纸看电视，直到见了登出来的名单里没有唐永明更没有三哥三毛，我才在为死难者伤心的同时，把为三哥提起那颗心放回肚子去。后来跟三哥说起这事，三哥说，"我还真的是那个登山队一员。所有准备工作都做好了，厂里却通知我，有紧急任务要我亲自打理，分身无术，我只好临时放弃了那次登山，远去苏州。没想到捡回来一条小命，我们又可往后相处几十年。"

后来我才知道，三哥当时早已是厂里某部负责人，工作需要，他被安排远赴苏州，这一去，河山渺渺，我们从此失联十数年。

直到有一天，我无意间看电视新闻，新闻上一个肤色黝黑的"花农"，正侃侃而谈云南鲜切花优势，"花农"样子面熟，仔细一看，那不是三哥么？三哥的背景，居然是呈贡斗南鲜花市场！

我从昆明城里找到斗南花市，发现那里已是人山人海，花山花海。要从那里找三哥，差不多就是大海捞针，哪里找得着？

我想起电视采访他时有一个单位和职务，按图索骥我试着写了封信寄去，也是石沉大海，没有消息。直到二十一世纪第一个十年都过去了，有一天，我接到一个陌生电话，电话那头，传来一个熟悉又久违的声音——那不是三哥么！

我们就这样接上了头。"接头密码"居然是一本书：我写的《重九重九》！

在滇池南端尽头，一个叫魏家箐的地方，我在这里见到三哥。三哥肤色变成了真正的古铜色，握手时感到了他手上有茧子，更有力量。如果单看三哥的肤色和大手，已经与当地整日劳作的老农无异。然而三哥高高的个子，依然玉树临风，爽朗的笑声，依然亲和磁性，富有感染力。三哥还是那个三哥！

"我现在的情形是：谈笑有鸿儒，往来多白丁。"三哥一句笑谈，就把我们一二十年的"失联"一笔勾销。他告诉我，电视上见到的采访，采访所谈的那些"花事"，都是真的。

他为了滇池边兴起的鲜花市场，倾尽了十年之力。如今人们只知道，那里有一个全中国最大的花市，全中国的鲜花，在冬季有70%、在夏季有差不多一半，都来自那里。这一切，怎么跟三哥又有关联呢？

"我用十年之力，做了件美丽的蠢事。"

原来三哥在云南发展生物产业的那些年，他回到了昆明，他从滇池发源地的北端，来到滇池的中段——斗南花市正好是东海岸滇池"腰胯"的位置。"从选种育种，到鲜切花加工，再到市场建立和推广，我深度参与了全程。"

那个时候，呈贡农民还只熟悉种菜。早在一百年前，云南还处于军阀混战时期，当时云南都督唐继尧被手下部将顾品珍赶下五华山，昆明出了一副春联，"两个洋芋辞旧岁，一棵白菜迎新年。"唐继尧两兄弟来自会泽，正是云南出大洋芋的地方；而顾品珍是呈贡人，故以呈贡大白菜暗喻之。祖祖辈辈种大白菜的呈贡农民开始了大棚鲜花种植，进而学习鲜切花技术，学习跟全中国全世界人打交道卖鲜花，这背后需要引领者和推手。从江南吴侬之地归来"武艺满身"的三哥，正是其中重要的一员。

"我对滇池的二次伤害，正是从鲜花市场这里开始的。"回忆起这段历史，三哥打趣说，"第一次是名副其实的臭，第二次是正经八百的香。可一香一臭，都对滇池造成了难以弥补的伤害。"

原来，鲜花种植经济附加值高，为了加快大棚和土地利用周转，从菜农摇身一变的花农非常精明，从此死命往花卉上面施用化肥农药，只要不把那些娇羞的小苗苗烧死，都是超量地使用，巴不得今天种明天收。那些残留药肥的废水，含有严重超标的碳磷钾以及重金属，随着沟渠直接排进滇池，周而复始，滇池遭受的农业面源污染，绝不亚于当初北市区厕所"旱改水"。而且，塑料大棚和花卉秸秆、边角废料来不及处理，也被大量抛撒进了滇池。白色污染、黄色污染、黑色污染，全部搅和在一起。那些年，滇池周边乡村经济发展最快速，也对滇池污染"贡献率"最高。三哥说，"我在其中，不知不觉地又扮演了一个角色。至于角色重要不重要都不重要，反思和纠错才重要。"

三哥对自己的纠错，是那以后离开了城市，从滇池的"腰胯"隐居山林，来到滇池最南端的排洪故道，在这里打造了一片有机农庄。

这个农庄以及农庄主人的情形，我的小儿子冉潇然在七岁时写过一篇"口头作文"，请看作文——

三毛伯伯

从前有个小三毛，是个苦孩子，我看过电影，光头上三根头发，穿个空荡荡的大衣服，经常被欺负，我很同情他。可是，那是很久以前的事了。

我要说的三毛，是个我超级崇拜的老的男三毛，我爸我妈叫他三哥，我管他叫：三毛伯伯。听我妈说，从前还有个很有名的女三毛，有时候妈妈放音乐，其中有一首歌，总是唱：流浪，流浪，妈妈说，这是女三毛写的，很好听。

我说的三毛伯伯，他家很大，一个家包着一座山，又好像一座山包着一个家。

桃子熟了，李子熟了，杨梅熟了，麦子熟了，玉米熟了……三毛伯伯都会发图来，还有一个手指打勾的表情。我爸说，那是邀请亲爱的潇潇，快来采果子尝新啰。

就算没有那些新水果，三毛伯伯只要知道我回昆明了，也会发图来。因为我知道，三毛伯伯特别喜欢我，还悄悄跟妈妈说，要不把我一个人留在古庙一样的山庄，让他带我，以后再让爸爸妈妈接我回去。他还拿出好多好玩的，问我愿不愿意？

可是，我是我妈的小心肝，我妈舍不得！

去三毛伯伯那里，汽车沿着滇池开好远，穿过几道古代的大门，就快到三伯家了。

三毛伯伯家有很多鸡，鸭子和大鹅浮在池塘里，水里还有很多鱼，鱼儿突然跳起来，把大鹅给吓得脖子一扭，鸭子嘎嘎叫着，把头埋到水里去了，只露个翘屁股……三伯家还有猪、牛、羊，最好玩的是有一只狗，样子很土，会听懂人说的话。但是它只听三毛伯伯的话，因为它是三伯的大管家。三毛伯伯让它去给我叼个凳子，它真的就叼个草编的凳子来。我跟它说，我想要个弹弓，它坐在地上望着我，摇摇尾巴，一动不动，惹得大家哈哈大笑。

三毛伯伯有很多劳动工具，可以收割庄稼，犁地，有一辆轮子很大的拖拉机，三伯让我上去，手把手教了我一次，就坐我身后，让我自己开了好远一段路，把我妈吓得直叫唤！三伯还有很多小工具，可以用钻头在木头上打眼儿，可以用推子把木头修理光滑，还有张嘴咔嚓一口把铁棍咬断的机器，三毛伯伯会自己动手，做很多有趣的东西。他告诉我，加工钢铁很危险，我还太小，等我大了，他一定教会我使用这些工具。他就先教我使用很小的电钻头，在木头上打眼，又和我一起做一把木头弹弓，可是我只能帮他传递一下工具，扫一下地上的木屑。三毛伯伯说，这叫重在参与。弹弓做好了，三伯拿给别的客人看，还说，这是潇潇自己动手做的劳动果实。

这个果实虽然不像别的果实那样可以吃，但是我超喜欢！

我们采摘了好多果子，吃了新麦粑粑，我老爸还在三毛伯伯菜园子里"偷"了好多蔬菜，我们就满载而归了。

三毛伯伯，下次再见！不管我在哪里，我都会很想你的！

这个潇潇，还在他妈妈肚子里，就多次来到"三毛伯伯"农庄，出生以后更是这里的常客。这里的桃子、李子、杨梅以及各种季节的水果树都认识嘴馋的他，最熟悉的当然是"管家"阿黄，就是孩子文章里说到的那只十七八岁的老黄狗。按照人与狗"一比七"的公式换算，阿黄已然百岁。阿黄确实老了，比较喜欢随处找个空地晒着太阳昏睡半晌，但是阿黄"眼水"甚好。它知道庄主喜欢这个小客人，每次见了，都会主动站起身子摇晃尾巴，胡须稀疏的嘴也会凑近孩子做贴脸状。从来就害怕狗的潇潇唯独不怕这条狗，居然会伸出小手，顺着狗头摸摸，嘴里喃喃叫着它的名字：阿黄，乖！

如今潇潇已经迁居上海，每次在视频里跟我念叨起昆明，总忘不了问一句：三毛伯伯，他还好吗？

三毛伯伯很好，三毛很好，三哥很好！我会这样一遍一遍重复着回答潇潇。

三哥确实很好。他的农庄也很好。他养的那一群狗、猪、羊、兔以及漫山的鸡、鸭、鹅以及池子里的各种鱼，都很好。一只名叫"口罩"的小毛驴也很好。小毛驴来到农庄时，正好全国人民都戴上了口罩。小毛驴嘴唇镶一圈雪白，远看也像戴了一只N-95口罩，因此得了这个好玩的名字。三哥往来的鸿儒和白丁，也都很好。这里原是私人农庄，从不对外营业，一年四季却总有天南地北客人来此，有的是过客，也有的会小住。客人来了，会多笼一塘火，多添几双筷，几杯老酒下去，四时果蔬上来，真的就开始谈笑古今，纵论天下。

但我更喜欢看到三哥跟"白丁"的交往。所谓交往，其实是三哥开着自家的拖拉机收割机，去到魏家箐那些农户田间地头，帮他们犁地翻土，收获脱粒，让山里农民得到机械化生产的意外惊喜。三哥亲自驾驶这些机械，披星戴月去忙活，机械用的油，自家喝的水，全部自带。那些"白丁"想捎带点自家土产答谢三哥，上门一看，三哥农庄物产又多又好，只好拱拱手悻悻离去，嘴里说着：哪世修来的这般福，遇到这样的好三哥？

远到京沪等地的朋友，近在宝峰的幼儿园小学中学孩子，不同季节里总会收到三哥农庄送去的瓜果时蔬。其中一种桃子，内里格外水蜜，外皮却很柔韧，宜于寄赠远人。蜜桃鲜见的品相引来水果经销商上门求购，称，不必三哥劳神，愿以每年十万定金，派人自采自装并留够三哥庄上自食所需。三哥笑答，钱，我所欲也；朋友，我所愿也。在欲望与愿望之间，我还是把桃子留给愿望吧。

农庄附近山上水塘河沟里，有一种全身光滑样子奇怪的无鳞鱼，每逢雨季，鱼会自己跳上树，当地人称"跳跳鱼"。树上的"跳跳鱼"却被农人捉了，打算做成美味邀三哥喝酒。三哥闻讯去到现场，细细察看之后告诉乡邻，此鱼来历久远，可能跟滇池故道有关。当年滇池出水河道随地壳运动被挤压湮没了，顺水而出的鱼却留在了坑坑洼洼，没有出路的鱼，逼急了学会蹦跳上树，如今还是逃不过人的口腹之欲。三哥说，要不我全部收购，你们找个地方放生如何？农人听了，羞愧难当，哪里还好意思要什么钱，真的就找地方，放生了这些"跳跳鱼"。

深耕土地，有时翻出几枚雪白的贝壳螺蛳骨骸，三哥细心地收拢放在地头。也捡拾到镶嵌了鱼形图的化石，三哥把它们带回茶室。遇到来农庄的孩子，三哥就拿出这些宝贝，将滇池远古的故事一一讲述给他们听：

从前，有座山；山下，有个湖；湖的最南端，有条通往玉溪刺桐关方向的大河；大河的河床，就在小朋友你屁股底下……

小朋友立刻惊吓得从凳子上跳了起来，就像水塘里的"跳跳鱼"。

海晏村记

由一个又一个凹凸不平的湖湾连缀而成的滇池东岸，每一个湾差不多就掩映着一个古渔村。其中一个，名叫海晏村。

先人为这个小村命名，寄予了美好愿景：河清海晏。

"河清海晏，时和岁丰。这个用典，出自唐代文人郑锡的《日出有王子赋》"。村里的"海晏通"老余从"讲古"开始，这样说起了海晏。他说，"海晏"，也被写作海宴，也就是宴会的宴，因为这里曾经真的是昆明商贾名流宴请宾朋之地，车水马龙，络绎不绝。欢喜了达官贵人，却苦了村里不堪其扰的平民百姓。直到清朝道光年间，乡间武举人肖一清为保一方平安，呈诉状至兵部尚书下令禁免，海宴才改回海晏。其实，海晏还是海宴，都好。今天的海晏，巴不得还是叫海宴呢。有人在这里设宴，不就是山潮水潮不如人潮么？

"话分两头说。那个时期，海宴也好，海晏也罢，确实是滇池边繁盛无两的水码头，北边出去的百货，南边进来的土产，交集于此，加上这里风景独好，水产丰富，人们就是喜欢在这里摆宴迎宾，猜拳行令；或者坐而论道，渔歌唱晚。总之，当年的海晏，恐怕比现在还要热闹。"老余遥想当年海晏，顿时眼睛放光。

更早，这里既不叫海晏，也不叫海宴，而是名叫：石子河。

"金斗南，银可乐，有钱人出在石子河。"很早以前，呈贡地区流传过这样一首童谣，童谣里吟唱了滇池边上三个富饶的村庄，排在起首的，居然正是这个石子河——海晏村。

石子河真有其河，就是如今穿村而过的那条河沟，浅浅细细，弯曲清澈，可以看见水流下面有泛白的鹅卵石子。老余说，村子老早就叫石子河，这名字，怕是叫了一千年以上呢。老余怕我不信，带我去看了河边一处台地——那是由白花花的贝壳和螺蛳壳堆积而成的一个土丘。老余说："这就是著名的石子河贝丘遗址。你看，每一个螺蛳贝壳底部，都有一个小孔，说明是被人用竹签挑过、吮吸过螺肉贝肉留下的空壳。"又说，"石子河，你莫看它现在只是一条河沟，很早以前，也是一条可以行船的中等河流呢。那些小船，可以在这里与滇池过来的大船接驳。古代昆明其实是座水城，河湖港汊纵横交错，要不，明代那个从江南请来规划昆明的风水先生汪大师怎么会说，五百年以后，昆明赛江南呢？"老余就像目击证人，对此言之凿凿。

老余的家就在海晏村。跨进他那个小院落，除了散落院子里的一些锄镰背篓农具，我还看见时间和文字在这个庭院里厮磨的痕迹。树荫下石桌上，老余搬出了一堆书籍，那上面，尽是他写作发表的作品——有散文、旧体诗、回忆录、口述史，以及印在漂亮杂志上别人采访他的图文并茂的长篇通讯。文字和书籍出现在古村的这个农家院落，有一种极暖的感觉，似乎把周遭那些老旧的砖瓦门窗都擦得通体透亮，干净明媚。

老余说："我七岁就在这里，如今我七十多岁。海晏村的故事，都装在我肚子里。"

我跟着老余，开启了寻找海晏故事一日游。

一条石板路从村头纵贯村尾，它很像鱼的脊骨，村落民居则像鱼骨的骨刺，披散状分布脊骨两侧。石板路就是海晏村的中轴线。这些年深日久托起岁月的石板，被无数的脚板和车轮磨砺之后，泛着黝黑的微光，无声地讲述着海晏的往昔时光。

我注意到，很有穿越感的石板路其实并不规则：一些路段由三块条石镶嵌，严丝合缝地并行不悖；一些路段却只有两块条石拼接，石与石之间缝隙开阔，路面收窄而略显寒碜；还有一些路段干脆没了石板，只用一些毛糙碎石掩盖路基，显得匆忙而仓促。老余说："这石板路，正是我要讲述的海晏开篇故事呢——"

石板路起于一道牌坊之下。牌坊外即是滇海码头，牌坊内才是海晏村民的居所。所以，石板就从牌坊脚下铺砌而起。

起点的条石板，都是三条。这些青石板并不是海晏本地出产，它经过车载船装，从滇池北岸甚至更远地方而来。因为条石板要经得起千人踩万轮压，它必须得坚硬无比，还要扛得住岁月侵蚀且不风化。现在来看，当初选用的这些石材，都经受住了时间考验，坚硬着呢。

"你知道这些并不规整的条石板路为谁所修、又为何而修吗？我告诉你，都是村里不守村规民约的不法之徒——当然，他们的罪错，还到不了被官府追责问罪的程度。大多是游手好闲、偷鸡摸狗之类，一旦逮到，就得认罚，也就是捐钱出力，修桥补路。"

老余说，明清时代，海晏村水陆码头繁盛，人心不再思古，巧言令色者多了起来，于是那时候的"村长"就想出了这个主意：触犯众怒，必得修路，即根据犯错大小必须捐修相应一段道路。这样的惩戒警示非常有用，它让人一边踩着，一边就会记起：这一小段是张三所建，原因是偷摘了邻居树上几颗柿子；那一小段是李四受罚，起因是往滇池丢弃了一堆废弃砖瓦——注意，那个时候，村规民约里就明确写着：患瘟疫染疾死去的动物尸体比如小瘟猪死鱼烂虾之类不得丢弃入滇，建筑垃圾更是不得倾倒入滇，一旦逮着就会被判以重罚，买石修路。村规明确写着，滇池乃村民衣食父母，爱海晏者必须爱滇池，要师法古人，古人吃了螺蛳壳都没有朝滇池抛撒，堆成了著名的贝丘遗址，它告诉后人，对天对地对滇池，都要心存敬畏，谁也不得糟践滇池。

老余说，为什么一开始都是铺三条石，铺着铺着，就变两条石，直到没有石板了呢？原来，惩戒措施出来之前，早先犯错误的人比较多，所犯错误也比较重，受到的惩罚也相对比较重，捐钱出力比较多，石板路自然就修得比较扎实；后来惩罚警示起作用了，犯错误的人越来越少，错误性质也越来越轻，受罚程度跟着减轻，石板路就三条变两条，直到整个村子都无人犯错，石板路也就头重脚轻，无"人犯"续修了。大家说，剩下的路难瞧一些，但是做人踏实一些，心里"滑唰"一些，就让一条路前后对比，直到今天都仿这份儿了。

原来这条石板路还是海晏村的法制警示路、廉政教育路！

最值得点赞的是，那时的村规民约，已经将污染滇池者及其事由，一揽子列入受罚名单。"河清海晏"——原来早就在村子里深入人心。反观后来村里的杂乱现实，是不是从观念到举措再到行为习惯，在这里发生了某些倒退呢？

走着走着，我们的脚步在一处民居跟前停了下来。

民居一道不起眼的小门，门楣上挂着更不起眼的小牌：海晏古建七十二道房门。

从小门进去，却是别有洞天，"庭院深深深几许"。这个院子的幽深，一点不虚夸。在缀满蛛网的院落里，如入迷宫一般地穿过一个天井，又进一个天井。原来这里是由四个"一颗印"连缀而成的院落群。这个建于清代乾隆年间的民居古院落，最早为一个大户人家所有，大约就是传说中的一个大家长，几多"房"与"室"。旧时的大户人家，通常是分房而不离户，于是就有了这"七十二道房门"，以及房门背后隐秘的"点灯"还是"熄灯"的传奇故事。跟着熟门熟路的老余，我粗略地数了数，房门确实挺多，有没有七十二道，就无心细考了。"一颗印"在昆明古建民居中很有代表性，它四四方方，可以一进二进甚至三进，这个七十二道房门就是采取三进三出的制式，天井与天井相互勾连，建筑面积达两三千平方米，这样的建筑，放在今天，也算得是大户豪宅。或许，也是沾了村子紧邻滇池大湖的光，才有海晏这样的豪门出现在当时吧？

七十二道房门，果然印证了那首童谣：金斗南，银可乐，有钱人家出在石子河。

而今的七十二道房门，门窗尚好，院子还在，院子的主人却不知所踪——老余说，这样的院子在今天只是好看不中用，因此大院后人都喜新厌旧，另觅居所了。

湮没在尘埃中的七十二道房门故事，或许只有说与那些缀网劳蛛了吧？

海晏村里的旧民居鳞次栉比，老余统计了一下，至今保存完好的清末传统民居尚存三十余处。跟着老余的脚步，我们随便转悠了几处，比如关圣宫，建于三百多年前的清代，是由前殿、正殿及两厢组成的四合院类传统祭祀性建筑。整组建筑格局尚完整，梁枋雕花较精美，建筑技艺具有典型云南地域特色，具有较高建筑艺术价值。值得一提的是，抗日战争时期，昆华女子学校迁来海晏，曾在此开辟小学部。老余说，当时这些街巷到处都是读书的咿呀声，海晏的文气不衰，有一部分就是被这些娃娃熏陶出来的。

与之关联的另一建筑是海晏村祭祀吕洞宾的吕庙，当时女子学校读书在关庙，投宿在吕庙，关吕二位大德先祖，庇护着从昆明城里迁来的学生娃娃们，在炮火纷飞的年代，有这样一个僻静之处，摆放下课桌书本，算是小环境里的岁月安好。同属于传统祭祀性建筑的吕庙，建筑由两进院落组成，是"一颗印"民居纵向延伸演变的典范，正殿屋顶为单檐歇山顶，雀替等梁枋构件雕花精美，局部绘有彩画，也具有较高的建筑艺术价值。

跟随老余，随便推开海晏村一个院子的房门，都会得到主人热情的茶水招待。院子里各色花草，枝叶葳蕤。这些老院子里老人扎堆，却总有几个嬉戏于天井的孩童，形成"旧"与"新"的鲜明反差，揭示着时光可以老去，日子总有未来的人世道理。

海晏正街有一间院子是过去村里的"公房"，进门墙壁上，密密麻麻张贴着"社员"的工分簿、"食堂"的挂账单之类，居然是六七十年前的旧物件，一看便知这是刻意保留或营造的怀旧氛围，有些矫情做作了。院子中央搭建了一个戏台，不大，雕梁画凤的四梁八柱倒是真的旧物件。登上戏台，我的耳畔突然响起传统滇剧的紧锣密鼓，眼前幻化出的却是云南"崴"花灯的载歌载舞——海晏一带，历史上正是这两种地方戏曲的繁衍之地。老旧的舞台，随着老去的戏曲，独守岁月一隅，安静了。

不知不觉就到了正午。"公房"院子隔壁正好是家名叫"古渡渔灯"的餐厅，几个纸糊的红灯笼，引领我们登楼上座。餐厅老板是个雅人，特别专注用心收集农家旧器物，水车、磨盘、碾子、石臼，就连上楼的楼梯、雅间的桌椅、墙角的小火炉以及墙上的字画匾额，都被流逝的时光"包浆"过，旧得"有板有眼"。

老板眼睛看着老余，却面朝着我，说，在处处有来历的海晏，不讲古，没得混啊！

海晏紧挨着的山，名叫梅家山。

准确地说，这是原来的山名，它一直为大名鼎鼎的海晏村所依傍。

山是好山，与西岸观音山形成犄角，相互守望逾千万年。明清之际梅家山上即建有亭台楼阁，亭名叫"望海亭"，阁楼之上曾经悬挂着崇祯皇帝手书的"松风水月"匾额。松风阵阵，水月映天，那块匾额却不知所终。老余说，"老辈子都是真的见过呢，在我小时候也见过。亭子就立在那块石壁上，匾额就挂在飞檐下。怕是当年扫'四旧'给整没了。可是亭子为什么要拆呢？拆了，现在却又另建，而且位置也腾地方了，搞不懂。"

顺着他的手指方向，我见到面水的山上正在大兴土木，确实有新建的亭子尚未完工，旁边，一座新建的巨大庙宇已经亮出耀眼金身，仿佛正静候着开光时刻的隆重莅临。

说起梅家山，故事就更多了。

山头姓梅，山上梅家的房舍地基纵横交错，现在还依稀可见。可是，梅姓大户却像外星人一样，在海晏村消失得干干净净。据村民考证，一百年前，梅姓确实是海晏村里第一大姓；而今，海晏村两千多人，有一百多个姓氏，就是没有一户姓梅的。"你说怪也不怪？就像消失的古滇国一样，梅家早年那些辉煌的痕迹还在，子孙后人却一个也不在，徒有一座梅家山的虚名，无人认领。这个或许是海晏最大的历史公案，恐怕够编个比'大宅门'还精彩的电视剧了吧？"

因为这里"面朝大海春暖花开"，位置奇好，风水上佳，梅家山后来变成了一座巨大的公墓山。其实滇池周边有多少风水墓庐啊，昆明人生于斯归于斯，完成的正是天地古今大循环。

时近黄昏，终于我们来到了海边。

一天中最热闹的网红打卡时光，降临在这个海边。

所谓海边，是海晏村夹在山水之间的一处湖湾。滩涂上横陈着三两渔船，又种植了几株棕榈，点缀出的热带渔村风情；一道堤埂长长地伸进滇池，又呈九十度转角，折出一道死湾，形成湾外风吹浪打而湾里风平浪静的趣味反差，勾引无数远道而来的青年男女，以滇海夕阳为背景，摆着各种造型，留住青春倩影。婚纱摄影公司更是捕捉到巨大商机，这里成了昆明乃至云南户外婚纱摄影的上选之地，每天至少数十对恋人专门来此拍照，临时搭建的花环门、彩球门，框出了海天一色，"小舟从此逝，江海寄余生"的梦幻景象，让那些即将步入婚姻的男女沉醉其间，不想自拔。

老余看着滩涂，回忆起的却是少年时候在这里看到的鱼汛——

鱼汛就是写在往昔滇池波涛里的一个神话。怎么说呢？通常是夏天，滇池里的一种细鳞白鱼，会涨潮一样蜂拥而至，扑向滩头，这就是鱼汛。

鱼汛一般出现在夜里。有时候白天也会来。来前毫无征兆，走后波息浪静，让人觉得只能是神话，别无解释。

也有人偏偏要解释，说是这里藏着鱼窝子，鱼要回窝子来摆籽，所以才会山呼海啸一样汇聚到这里。鱼窝子就是鱼之家。那些山崖下的石洞，就是鱼儿的家吗？我注意到，涨水时这些石洞确实会被水浸泡。人们用自己"家"的概念来想象鱼，认为鱼也有家，鱼也喜欢回家的感觉。也对。

那时候的滇池是真清澈啊！清澈到什么程度？这么跟你说吧，站在水里，你可以清晰地看见你的每一根脚指头，看得见脚杆上的每一根汗毛，而且，你才站定，整个腿杆就麻酥酥地舒服——原来是无数小鱼儿来啄食你脚杆上的"死皮"，鱼儿太调皮了！你要是敢躺下来，鱼儿还会拱你肚脐眼儿，你要是忍不住打个喷嚏，鱼儿就炸锅一样四处逃窜，搅起的水花会把自己给吓一跳呢！你说好玩不好玩？

"鱼汛在海晏这里，我们叫鱼发。那些日子，家家户户都在等着鱼发。因为鱼发就是发鱼财，是鱼送给人们的大礼，家家户户都等着收礼，准备了各种装鱼的器具，簸箕、箩筐、脸盆、木桶、谷桶，然后是草席、油毛毡、就连睡觉的凉席都扯出来，等着鱼发。那些盆盆桶桶是用来捡拾小白鱼的，那些席子是来晾晒鱼儿的——因为捡来的鱼儿卖不完也吃不赢，只能晒干了当鱼干，或者腌了当咸菜。总之，每家每户鱼发之后都会赚个盆满钵满，一个滩涂一个村里都是鱼腥味儿，吃鱼吃得想吐，可是人们还是不愿意放过到手的每一条小白鱼。人啊，就是这样贪婪，戒不掉的贪嗔痴。"

老余说，打他光着屁股学会奔跑开始，也跟在大人后面去抢鱼，直到后来念了小学，学校来了个城里的老师，这个老师戴一副眼镜，竹竿儿一样细细高高的个子，说话慢条斯理，很和善。但是到鱼发之前，老师口气就变了，很强硬，很固执，整天就在课堂上讲要爱惜鱼儿爱惜生命的道理，听得大家都笑话老师"迂"。可是这个"迂"老师还是一次次地讲，说什么滥捕滥杀鱼儿是政府禁止的，告示就贴在墙上，大人不懂，学生必须懂；学生懂了，必须回家讲给大人听。可是回家讲给大人听的学生，要么是挨一巴掌，要么是得到威胁，说再听这种糊涂老师灌的迷魂汤，书就不要读了。大家就只好口是心非地听着老师讲，回家遇到鱼发，该抢鱼还是一个不拉地去抢鱼。

老余说，有一次，我抢鱼后，我家爹让我拣了一筐鱼送去给老师。我爹说老师读书读憨了，但是老师心是好的，送鱼给老师吃了让他补补脑，以后也放机灵点，要不人家会说海晏人欺负老师不厚道。我拿着鱼把老爹的话学着说给老师听了，老师摸摸我的头，什么道理也没说，只是让我把鱼儿拿回去，最后让我告诉老爹，说是谢谢了，说他人微言轻，知道说了没用，但是这样"竭泽而渔"，以后抢鱼的机会恐怕不多了。说完，老师摸摸我的头，又轻轻拍拍我的肩，叹口气，站在门框前，一直目送我到墙角。

墙角那里有一株梅花树，冬天开花。我记得有一年冬天，老师领我们一班学生，到墙角这里来，当着梅花树念过一首"咏梅"诗："墙角数枝梅，凌寒独自开；遥知不是雪，为有暗香来。"我给老师送鱼被拒那一天，正是夏天，村里没有梅花，只有小白鱼的腥气弥漫。这个味道，在我记忆里保存了很久，直到后来再也没见到鱼发，直到后来滇池的水污染到人畜不能饮用，直到后来就连洗衣服都不能用滇池的水，直到后来连浇地也不能用滇池的水。

那些啄食我的脚杆儿的小鱼儿，你去哪里了呢？

那些曾经每年都会如期而至的滇池鱼发，你们到哪里去了呢？

我知道我们走了很多弯路。如今保护滇池，滇池的水质确实一点一点变得清了一些。但是，曾经的鱼发不会回来了，至少我活着是看不见了。好在人们现在一点一点在努力，努力总比不努力好。这不，照结婚照的来了，拍摄夕阳美的来了，网红打卡地也选这里了，说明海晏还是变好了，滇池也在变好了。不好，谁会大老远屁颠屁颠跑这里来呢？就算你有个好名字，河清海晏，但也必须是真的水清了，海晏了，滇池真的好了，拍摄美景的人来了，鱼儿也悄悄回来了，日子才会重新一天一天变得好起来。

海晏是一面镜子，滇池更是人类的一面巨大的镜子，她能催生并照见人类的丑恶，同样也能照见人类的善意。

好在，这一切又将重新开始。

乌龙村记

偶遇海菜花

老杨在乌龙湾偶遇海菜花，纯属一个意外。

乌龙湾是滇池东岸的一个渔湾，靠近渔湾的这个村，就叫乌龙村。

那天老杨到乌龙村做客，这村子里一户人家借客堂办白喜，老杨和这家人沾点转弯抹角亲，人家发个短信就把老杨请到了，老杨只好随了份子钱，人也必须亲自来一趟。那天老杨到得稍微有点晚，客堂里早挤满了人，而且很多人已经东倒西歪，明显喝高了。喝高了的人话更多，话题跟眼前的白喜主角有关，也可以说：无关。

"老钱师啊，走了好！眼不见为净！要不然，你看狗日的有些'村官'，春节请台戏就敢花二十万！我当来了什么大角，尽是些跑龙套的草台班！太黑了！"一个醉汉嚷嚷着。

"说啥呢！这个时候走，眼看着就要补偿拆迁房，人却走了，不让他家后人亏得慌么？"

"亏啥亏？拆迁的账春节前早算清了，回迁的房都盖好了，人家是新房补了，还不占指标，直接去阴曹地府报到，这是给后人积德啊！"

"喝！管他亏啊赚！生不带来死不带去！瞧见了吗？这里只怕是大

家喝酒的最后机会了，这间客堂也要跟着拆迁了呢！"

"喝就喝！哥俩好啊！四季财啊！全都有啊！一起——走一个！"

……

白喜的主角老钱师是个老头儿，原本胖嘟嘟的肉身此刻被压成扁平的黑白像，挂在墙上，带有笑意的空洞眼神面对着跟前这些七嘴八舌的议论，什么也不懂，什么也不会说。但却让前来喝白喜酒的老杨听明白了：屁股底下硬木板凳四脚踩着的这乌龙村，很快就要变成乌有村，就要从滇池湖滨消失了。

老杨突然没来由地觉得屁股底下的凳子不那么牢靠。他想起了自己居住的海晏村，那也是一个临水而居的小村子，一个比乌龙更古老也更有名气的小渔村。拆除还是保留？如今也在两说中。而且村子里的原住民也分成了"反拆派"和"拥拆派"。老杨他自己算哪一派？情感复杂派。他仰头一口把眼前一杯酒倒进肚子，酒精上头，脑子里冒出一个词："四退三还"。对，都是"四退三还"的缘故。老杨知道，这是这些年滇池边上所有村子和人家议论最多的一个词，按网络上的说法，这叫热词。热得发烫的这个词，却没有几个人说得清是哪"四退"哪"三还"，但是都知道一条硬杠杠：靠近湖边的村子和人家，得搬离出去，搬到离滇池保护"红线"以外去。"红线"是多远？也很少有人说得清。大家只关心：搬离了，赔多少？补多少？回迁房什么时候可以入住？至于"离土不离乡"以后，靠什么赚钱养家过日子，也想不到那么多、那么远了。反正——祖祖辈辈留下来的打鱼的日子、种水稻的日子、种蔬菜种花的日子，肯定是一去不复返了！

而这些慢悠悠日子编织成的过往，正是滇池东岸这个名叫呈贡的地名的来由所在——很久以前，这里名叫柴谷，据说是彝族话的发音，意思是：适合种植水稻、捉鱼拿虾的地方，也就是鱼米之乡。柴谷的发音被读急促了，就变成了扯谷——呈贡，一声之转的呈贡，有呈祥进贡的美意，口语变成了书面语，呈贡的名字就定在了地方志书上。有好事者又演绎出故事：呈贡万溪冲一带出产的宝珠梨，曾经是朝廷贡品！呈贡这地名就越来越有说道了。

老杨对这些陈谷子烂芝麻门儿清。因为，他就是某些故事的原创者之一。别看老杨只是个农民，他头上还有另一顶帽子：老干部文化协会副会长。这顶帽子虽说是个虚名，但也是老杨几十年如一日盘地一样，苦读勤写外加又唱又演换来的。为什么老杨一个农民，却有机会当上老干部文化协会副会长？上头说是现在整顿了，不让吃皇粮的太多兼职，就让老杨兼一个，反正也沾个老字，而且又不发薪水。再者说，老杨比许多老干部还有文化，写写唱唱都在行，不选他选谁？

正是副会长这顶帽子，让老杨那天早早地从乌泱泱的喝酒现场起身，他走出客堂，顺着客堂外的沟渠，向几百米开外的滇池走去。

"向晚意不适，驱车登古原。夕阳无限好，只是近黄昏。"李商隐一首诗的画面呈现在老杨眼前：也是临近傍晚，也是心情黯淡，也是看到美好而短暂的夕阳，只是老杨没有驾车，而是安步当车。这样老杨可以更加从容地在滇池水边踱步，让那些夕照映射的波光驱走没来由的心底烦恼。就在老杨打量着无限美好的夕阳，感叹美好时光终究短暂的时候，他眼里突然看到水湾里漂浮着几朵白色的小花。是的，是小花，白色的小花。老杨眯缝起眼睛，细细打量那几朵小花，单瓣儿的花心透着一丝明黄，也不知道是不是金色夕照给染上的颜色。老杨只觉得小花的模样儿很面熟，可是却一时想不起来在哪里见过，叫什么名字。老杨在自己记忆里迅速搜索，一个名词顿时蹦了出来：

海菜花！

那不就是海菜花么？倒退回去几十年的滇池边，一到海菜花开花季节，一湾连着一湾，长得铺天盖地的海菜花，让滇池边上农户们一家一家忙不迭地采收、晾晒、腌制的海菜花，让老杨一辈子也抹不去这个记忆。打小他就跟海菜花结缘，那时他是跟在他老妈后面，将自家打捞晾晒的海菜花装筐、挑担，捯饬回家；讨了媳妇儿分家过日子以后，老杨跟在老婆后面，还是将自家晾晒的海菜花装筐、挑担，捯饬回家——如果说前后有什么区别，无非是小筐变成了大筐。什么时候不再干这活计了呢？老杨一下子也想不起来了。大约是儿子去北京读大学那个年代吧？记得有一回儿子假期从北京回来，点名要想吃海菜花腌制的"鲊"，自家没有，村里家家户户也都没有，以前再寻常不过的海菜花鲊，那时却连影子也找不到了。老杨想起来，那不就是上个世纪八十年代初期的事情吗？这样算来，海菜花从滇池消失的时间，至少三十多年了。可是，如今它怎么突然回来了，而且是在这个乌龙湾？

归来已寻常

2018年6月的一天，我在海晏村见到老杨时，他又跟我叨叨起这个关于海菜花的故事。他的样子就像《祝福》里的祥林嫂，"我单知道冬天里没有狼……"神情呆滞，语气固执，说起海菜花，他总会说，"海菜花从滇池最稀烂见的寻常之物，变成滇池的神物，足有三十年。"他掰着指头，沉浸在过往岁月的回忆中，"三十年不见的神物，怎么它一长出来，却是乌龙湾那个鸟不拉屎鱼不摆籽的地方呢？要论水质，乌龙湾哪里有海晏村好？"他一边说，一边带我在海晏村上上下下转悠。他沿着村子里清代铺就的街心石，先带我看了石子河——就是村子里那条小河沟。老杨却不无得意地说，"石子河的水，过去，现在，都比乌龙那条沟渠清了不知道多少。可是，为什么海菜花会首先出现在乌龙湾，而不是在我家海晏村呢？"老杨的问题，既像是在问我，又像是带有自责的自问。或许他谁也没问，不过是把自己此时的心之所想，自言自语说出来罢了。

我问老杨："乌龙湾的海菜花，你一共看见几次？"

"就那一次。后来我多次去乌龙湾找过，那神物如神龙一般，见首不见尾，找不着了，影子也不见了。"老杨说，他沿着湖岸，从乌龙走到江尾，从海晏走到大湾，呈贡大渔至乌龙靠滇池这一线，篦子一样梳了一个遍，海菜花影子也不见了。"奇了怪了，我明明真真切切看见过的，那些海菜花不是一朵，是好几朵，一大丛呢，怎么就不见了呢？"

滇池东岸是个有故事的地方，好多故事，就烂在老杨肚子里。为了听到这些故事，我告诉老杨，有一个地方，保证可以见到海菜花。老杨将信将疑地上了我的车，我们一起去了一个名叫大泊口的地方。

这个地方，其实就是滇池内海和外海的分界点。滇池内海正式的大名叫草海，是滇池与昆明市区相连接的水域；一道堤埂将草海与外海区隔开来，也将东岸和西岸连接起来，这道堤埂正式的名字叫海埂。大一点的水域，在昆明乃至云南人眼里，都叫海。站在水边，老杨对我说："这些称呼，从元代就开始了。为什么呢？因为元代是蒙古人在统治云南，蒙古人生活在大草原，草原上哪里有海呢？他们就把大一点的水塘都叫作海。到了云南，这个习惯也跟着被带过来了，所以，没有海的云南，却有许多叫作海的地方，比如跟前这些名字，草海呀、外海呀，海埂啊，还有远处的海口、甘海子、余家海、清水海，等等。这个大泊口，我来得少，但是我知道，这里古时候就是个渡口，就是草海和外海连接的通道。"就在老杨指指点点滔滔不绝的谈话间，他突然不言语了，眼睛定定地呆望着远处水域中那些星星点点的小白点，过了好久，他才怯怯地问："那些，好像就是——海菜花吧？"

"正是海菜花。"一旁站着的何锋博士回答了老杨的疑问。何锋是位蓝藻专家，每次我去大泊口，只要有空，他都会来陪我聊一会儿，给我讲讲治理滇池的"最新故事"。刚才他静静地听了老杨的话，告诉老杨，"海菜花在大泊口，已经是寻常之物。因为这里在做着滇池生态修复实验，这片封闭的水域，通过截污和水体置换，正逐渐清澈，又栽种了不少沉水植物，沉在水底的原生态植物也在逐渐苏醒，海菜花就是最先醒过来的其中之一呢。"

原来植物也有冬眠期！不对，不是冬眠，应该是污眠吧？因为滇池里的海菜花，自从湖水严重污染，就不再发芽开花，就销声匿迹，沉入水底，这一睡就睡了三十多年，直到现在滇池一些区域的水质变清了，海菜花才从湖底淤泥里苏醒了过来，发芽，抽茎，吐绿，绽蕊，又开出好看的小白花了。

"可是，滇池东岸的乌龙湾，那里的水质并没有完全变好，怎么也会长出海菜花呢？"老杨把自己在乌龙湾看到海菜花的疑问告诉了何博士。何锋想了一下，说："这个，还需要到现场实地考察一下，不好轻易下结论的。但是，滇池水质正在变清，是方向性的，是整体性的，在一些地方出现海菜花，正是这个趋势的必然结果。至于为什么它会先出现在乌龙湾，既可能是那里的小环境正在变好，也可能是随波逐流从哪里飘过去的，也说不定呢。当然，在大泊口这个地方随时可以见到海菜花，是因为这里封闭的局部环境表现得更好一点，所以这里的海菜花就比别处长得多一点，旺一点。我相信，随着滇池水体逐渐好转，我们会到处都看到海菜花的，还会看到滇池里各种土著鱼、各种原生植物、螺蛳贝壳……海菜花的回归，以后应该很普通很寻常，不会总是成为新闻的。"

搬了的和不搬的

新闻的新，是因为少，少见多怪，物以稀为贵。海菜花在今天的滇池还很稀少，因此，在滇池边生活了大半辈子的老杨，才会在与海菜花阔别三十多年后把它当稀奇，到处去踏勘寻找它的踪迹；以治理滇池为志业的何锋博士，面对海菜花，虽然表情淡然，其实内心的激动和高兴也是显而易见的——因为他们都把海菜花的重现江湖当作是滇池变清的"消息树"，而这个消息，对于参与或关注滇池治理、生活在滇池周边的人或者整个昆明的人来说，是多么重要的一个消息啊！

受他们的感染，我也成了寻找滇池海菜花的一个好奇者。

但是我在老杨见到海菜花的乌龙村，走了不知道多少个来回，却一次也没遇到海菜花。等来的却是乌龙村搬迁的事实——2019年春天，乌龙村实现了整村搬迁，全村数千人住进一个巨大的回迁小区里，成了我居住的滇池星城紧挨着的邻居。

就在我以为乌龙村不复存在的时候，我去那里散步，才发现村里的人全部搬走了，村子里一些水泥盖建的房子拆除了，那些古老的土基房院落却保留下来了，一家名叫深圳华侨城的公司开进来很多大吊车、推土机，轰轰烈烈地在乌龙原址"修旧如旧"，搞起了保护性开发，说是要在这里重建"鱼浦星灯"，让乌龙重新成为呈贡八景甚至是滇池八景呢。在新规划的乌龙沙盘前，我看到我熟悉的老村落将出现酒吧、民宿、演舞台、观景台、大酒店、影视拍摄基地等设施，乌龙湾那片水域则被规划为滇池夜泊的新体验场所。想象中，老杨曾经在这里偶遇的神秘海菜花，也会在不远的将来，漂满整个乌龙湖湾吧？

我把乌龙村正在"修旧如旧"重建的消息在电话里告诉老杨，哪知道老杨在电话那头哈哈大笑，他说他早知道乌龙的情形了，而且，他已经在乌龙新村里预定了一处铺面，说是要在那里搞连锁经营。因为他在海晏也搞了一间铺面，"海晏已经作为古村落，会完整保留下来。"他认为从乌龙到捞渔河再到海晏村，一直到古滇王国一线，将成为新的滇池旅游环线的重要亮点。

"滇池变好了，滇池环线旅游时代也将到来了。这个消息，就写在五百里滇池湖面，就连我这样的农民老倌儿都知道了。冉作家，你还在等什么呢？"

电话那头，又是老杨爽朗的哈哈大笑声，震得我耳膜嗡嗡响。

我为老杨、也为乌龙的明天感到由衷的高兴。

第五章

滇池十记（下）

滇池亲历记

2007年，春天，我大约吸入了"春城无处不飞花"的过量花粉，鬼使神差，一头就往滇池里扎——当时我自己给自己布置了一道作业题：采写滇池。有一段时间，我天天往滇池边上跑，东西南北中，滇池在心中——我为的就是想弄清楚一个问题：滇池清了吗？或者可以这样去表述：滇池——会清吗？

记得当时我从新闻里看见，说滇池治理已经有了大起色。跑口记者这样说，分管官员乃至昆明主官更是天天这样说。某时任主要领导在昆明友城瑞士苏黎世某条河流的碧波中畅游时甚至说，他相信不用太久的某一天，他会像畅游外国的河流一样，在滇池里劈波斩浪。

看到那条登上《人民日报》的消息时，我的眼睛一热，也许就是那一刻，让我产生了采写滇池变清的冲动。可是就在我草拟采写提纲时，却稍微冷静地想了想：记者这样说，官员这样说，滇池边上的原住民，也会这样说吗？

带着好奇，也带着疑问，我先后来到大观河、船房河、采莲河、洛龙河、宝象河等多条入滇河流的入湖口，除了自己的"察颜观色"，我还边走边问，"私访"了滇池四周很多曾经的渔民、如今的农民，以及沿岸开馆子的、开小超市的、收破烂的、开荒地的、撒网偷鱼的……贩夫走卒，杂色人等。他们中多数人亲口告诉我，确实是有起色呢。他们带着我看了村子跟前的湖湾，与滇池相连的部分河道，指指点点，说，开始管了呢，不准往里倒脏水了，也不准往里倾倒垃圾了，发现了要被罚款呢！这些小本生意人，最怕的就是罚款。一张罚款单就意味着那一天或者那一个月，生意白做，甚至倒赔。他们生来喜欢算小账，在严酷的经济惩罚面前，人性的恶会暂时得到遏制。是的，暂时的。我深知人性的恶里面，五味杂陈，花样翻新，会不断冒出诸如好吃懒做、喜新厌旧、偷奸耍滑、贪占便宜、贪得无厌、得过且过、法不责众等等恶习。但恰恰是因为有这些存在，才是人生"活着有劲儿"、趣味无穷魅力无穷之所在。

某一天，在滇池西岸边一个"苍蝇馆子"，就在我听着餐馆老板侃侃而谈滇池如何变好、水质如何变清这些夸赞时，我目睹了他顺手将厨房一大盆油腻脏水泼进了通往滇池的水沟。我很好奇地看了他一眼，他一面收回肮脏的大盆，一面喃喃自语：哦，习惯了，习惯了，不好意思啊。

当时陪我走访的老贾说，这真的不算什么。真正的"大恶"，是那一道道暗管，那些才是污染滇池的"大户"呢！

老贾是我在采访路上无意间遇到的。2007年春夏之交认识他的时候，他还不像后来那样有名。但是他已经在为日后的有名做起了准备。怎么说呢？我是从第一次见面，他一身西装革履，皮鞋锃亮，腋下夹着一个印有某地"人大"字样的公文包，完全不像一个地道农民的行头装扮，预感到这一点的。果然，不出几年，他风光无限，成了海内外有名的职业"滇池卫士"，此是后话。

我认识老贾的时候，老贾还算是朴素的。他一口昆明西山口音，熟悉滇池周围每一个村庄、每一片树林、每一座面山采石场、每一条入滇河道。而且，他真的知道哪里隐藏有幺蛾子，哪里破坏污染严重，哪里埋有入滇暗管，什么时候这些暗管会冒出污水，直排滇池。

他跟我说，要看到证据，很辛苦，因为，得在夜晚。

辛苦我不怕。如约，有一天，我开车接上他，在夜色掩盖下的滇池水岸某处，真的见到了污水排放的情景。污水污到什么程度，其实我无法辨认，但是，鼻子告诉我，肯定是污水——因为恶臭刺鼻的味道，已经从暗黑深处扑面而来。

一见排污，老贾拿出早就准备好的相机，啪啪就拍。他忘记了自己跟我的事先约定：悄悄地进村，打枪的不要。

老贾的相机闪光引来了狗吠，他赶紧和我上车，我一脚油门，落荒而逃。

开了好远，我才问，做贼才会心虚，我们怕什么呢？

老贾掀开上衣，让我看，背部、手臂，全是各种伤痕。

老贾骂骂咧咧：这些狗贼，有钱有势，一见我来取证举报，就放狗咬我，大打出手，我没少吃这个亏！

我告诉老贾，滇池治理，确实开始有了起色，但是你怎么就只看到存在的阴暗一面呢？

老贾愤愤然，说，那都是宣传！宣传的东西，几个事是真的？说到这里，他用一只眼（据他说另一只眼是被人打坏了）紧紧盯着我，问：莫非，你也是为了宣传来的吧？

我是为宣传而来的吗？我在心底也悄悄问自己。

至少，我是被有关滇池变清的各种宣传吸引而来的吧？

后来，在昆明滇池路，我找到了跟这条路名一样的单位：昆明市滇池管理局。接待我的，正是这个局的宣传处工作人员。

处长王梅，一个干练漂亮的女性。更突出的特点是她一张快嘴，说话噼里啪啦，大珠小珠落玉盘，又恰似机关枪连珠炮一般。她一上来就热情介绍了一番滇管局的来龙去脉，之后，才弄清楚我的来意——我是来采访滇池的一名作家。她说，咦，我还以为又是记者呢。作家很稀罕哦，欢迎欢迎！立马她频道一转，安排下第二天的行程。

第二天，我和她，以及宣传处里几个年轻人——都是女性，一起去了当时滇池边一个名叫"老干鱼塘"的地方。

车是一辆面包车，而且，是小王处长的私车。小王说，一个小小的处室，哪里有公车呢，私车公用，习惯了。总不能让冉作家为宣传我们滇池，还自己开车去吧！

又是宣传。宣传处长说起这个词，倒是自然而然，理所当然。

我们去到的"老干鱼塘"，就是如今大名鼎鼎的滇池大泊口。

这里紧挨着海埂大坝。2007年春夏之交的那个上午，我站在大泊口，这里水面辽远，视线开阔，右面是连接大观楼的草海，左面是水天一线的外海，对面是西山千仞绝壁，当我目光呈180°旋转时，还能看到髯翁笔下的某些景色呢——比如萍天苇地，三春杨柳……当时更多的是开满荷花的水面，它让我想起了那首著名的汉代乐府诗：江南可采莲，莲叶何田田。鱼戏莲叶间。鱼戏莲叶东，鱼戏莲叶西，鱼戏莲叶南，鱼戏莲叶北……我还看到了垂柳拂过的水面，白鹭儿点点飞。

十多年前，大泊口的滇池改造试验田已经拉开了帷幕，但还停留在注重渲染诗情画意的比较浅表的层面。说实话，这样的花拳绣腿，很符合当时我这样的文人心境。我以为滇池治理就是撤掉养鱼网箱，清除违章建筑，退还围海造田，还滇池一个清净，如果还能插点垂柳、养点荷花，锦上添花地做点文章，那就更让人大喜过望了。当时看着这片滇池秀色，我就起了激动，专门为此写了一篇锦绣文章《滇池，看了又看》，发表在了当年的《人民日报》。

随后几天，坐着小王处长这辆私家面包车，我们又去了几条入滇河道治理现场，几处建好或在建的湿地公园。记得在某个湿地，我看到一条醒目的广告：湿地是滇池之肾。我问同行的小戈，什么才叫湿地？当年红军走过的草地，应该也是湿地吧？

小戈是一个戴高度近视眼镜的姑娘，喜欢用印刷体标准答案来回答问题。显然，我提的这个问题联想比较远，在当时的文件里还没有输入库存。她一时语塞，很快脸也红了。我赶紧把话题岔开，我开始胡扯八道，说洛龙河经过偌大一个人工湖的沉淀，不是也相当于湿地过滤作用吗？这个构思真不错呢！东大河明明在滇池南边，为什么叫东大河呢？

话题就转到了洛龙河、捞渔河、东大河……这些远远近近的湿地去了。

没想到小戈第二天旧话重提，她非常严谨地回答了我头天的提问。她引经据典，几乎是词典的格式化语言。我记住了她最重要的一个回答：红军过草地有沼泽，沼泽，肯定属于湿地的一种形态。

后来我写了多篇关于滇池的文章，这些文章分别发表在当时的《人民日报》《云南日报》《昆明日报》《春城晚报》以及省内外一些文学刊物上。我又想起老贾对我那个疑问：宣传。这算不算宣传呢？当然要算。至少部分要算。因为后来它们分别被收入某些宣传文化部门选编的文学选本，以及滇池管理局作为宣传成果而选编的每年一部的"文存汇编"里了。

但是也不能全部都算宣传。因为宣传品得比较严格规范地表达主流价值观，而我固执地写了一些非主流，比如老贾——这个从那时起就被各级环保或滇池管理职能部门所不待见的人。除此之外，我还写了跟老贾情形类似的张三李四王二麻子——他们都是些主流之外的民间环保人士，其言其行比较接近今天的滇池环保志愿者。但他们是纯民间的、自发的、没有组织的、松散的，甚至这些人之间还经常"吵得卵子翻天"的。他们没有报酬（当然他们永远都希望获得报酬，包括主流媒体给新闻"线人"那份微薄"赏金"），他们很珍惜看重自己的"羽毛"，他们还有意无意地喜欢往自己身上"贴金"——也可以说是好大喜功。而且他们还有一个共性：比较情绪化地站在治理滇池环境的政府职能部门的对立面。

我仍然固执地写下了他们。文学是人学，新闻是事学。纪实文学正好是人学和事学的杂糅体，因此不仅要记事，更要写人。

我至今觉得，那些卑微的散发着各种缺点的民间环保者，也是保护滇池的一种重要力量。他们的偏激情绪，需要入情入理的疏导而不是简单的阻塞；他们的莫名对立，需要适当的化解而不是生硬的呵斥；他们的某些利益诉求，需要得到适当的满足而不是一味的拒绝——总之，保护滇池保护环境是昆明全社会成员的共同责任，需要团结一切可以团结的力量，形成全社会齐抓共管的合力，方可逐渐扭转，直至见效。滇池污染毕竟积重难返，滇池保护毕竟任重道远，其中道理，毋庸我来细说吧。

在十三年前的采访写作过程中，我甚至还一厢情愿地想当"和事佬"，调停这些民间滇池保护者之间的以及他们与治滇职能部门之间的各种矛盾——当然，最后基本以失败告终。让我没有想到的是，十三年之后的今天，当我再次涉足这片领域，我发现这种对立和矛盾，似乎不仅没有化解，而是更加加深了。

一首曾经传唱于坊间的童谣，这样直白地描述了滇池从上世纪五十年代以来，几十年间水质变化的轨迹——

五十年代淘米洗菜，
六十年代抽水灌溉，
七十年代水还可爱，
八十年代鱼虾绝代，
九十年代身心受害，
〇〇年代更加蜡赖，
一〇年代拉锯徘徊
……

童谣描述的这条轨迹大致是可以信任的。虽然我无缘目睹五十年代到七十年代滇池的清水时光，但是我从对亲历者的采访以及查阅保存下来的大量图文中可以肯定这一点。上世纪八十年代初期迄今，我生活工作在昆明，而且居所距离滇池越来越近，到如今，滇池就是我的芳邻，已经成了我几乎每日必访的场所——多数时候是为了健身散步；一些时候是为了直接去到菜农田里，体会一下观光农业：购买一点新鲜时蔬，或者自己采摘一点野菜；有时也会去到滇池某些水域，观赏别人拍摄婚纱、垂钓休闲……

此刻，对着电脑屏幕，滇池的每一次潮汐，每一道波纹，都会在我心底荡起涟漪。因为，我再次启动了自己的滇池之问：滇池清了吗？

我的追问求索，由近及远，又由远及近，由这一年，到这五年、这十年、这百年、这千年……我很浪漫很怀古，也很现实很迫切，我最迫切的需求，就是为了写作完成这本刚刚铺开的《滇池治水记》。

就在2019年元旦登山之后的几天，我看到一则来自新华社的消息：

新华社昆明1月7日电 消失多年的海菜花、金线鲃重现滇池，蓝藻水华程度明显减轻……记者从7日举行的昆明市委十一届六次全会获悉，2018年滇池全湖水质上升至IV类，为30余年来最好水质。

昆明市委书记程连元介绍，2018年，昆明市共实施了67个滇池保护治理项目，滇池治理完成投资23.4亿元，滇池草海、外海全年水质均达到IV类。生态环境部日前通报显示，滇池已由中度富营养好转为轻度富营养。

在刚刚过去的2018年，昆明市打响了滇池保护治理"三年攻坚战"。昆明市出台的《滇池保护治理三年攻坚行动实施方案（2018—2020年）》宣布，将采取控制城市面源和雨季合流污染、治理主要入湖河道及支流沟渠、完善流域截污治污系统、优化流域健康水循环等一系列措施，目标到2020年使滇池草海和外海水质均稳定达到IV类。

新华社记者把一则新闻稿写得诗意盎然，这很少见。由此可知，海菜花、金线鲃等土著动植物的复归滇池，蓝藻水华程度的明显减轻……这些来自滇池的向好细节，让行文一向严谨的国社记者，也被深深震动、感动、打动了。

就在这则消息发布半年之后，2019年7月召开的昆明市委半年工作会上，再传滇池水质变化的好消息：2019年1月至6月，滇池草海和外海水质总体达到Ⅳ类。也即是说，昆明市滇池治理"三年攻坚行动"，从提出到实施，在当年即基本达到目标预期，而且，三年攻坚时间过半，滇池水质向好变化就像广东音乐"步步高"，没有出现倒退或明显反弹。这真是来自滇池、让人感到欢欣鼓舞的大喜讯。

在2019年昆明市委半年工作会议召开后不久，我在采访昆明市滇池管理局有关官员时，忍不住向他们提出了一个问题：

"三年攻坚行动"提出的当年（2018年），滇池水质就已经达到了草海和外海水质总体Ⅳ类。这到底是"三年攻坚行动"目标定低了，还是这一届班子运气太好了？滇池和老天爷都太给力给面子？这个结果，可以理解为是滇池正在变清——或者已经变清了——的信号吗？

他们呵呵地笑笑。然后说，也不能这样说啊，"三年攻坚行动"目标水平不低，甚至可以说是很高的目标。滇池是个大湖，大湖变好和变坏的因素是很多的，水质的稳定性也是很难说的。因此要真正实现这个目标，其实也是很难的，全市干部群众都是很拼的。

我接着问：如果要给滇池正在变清的各种因素排一个序，那么，你们认为，排在第一的因素应该是什么？

他们还是呵呵一笑。说，也不能简单说谁第一谁第二呀，饭是一口一口吃的，你能说最后是哪一口饭填饱肚子？总之吧，我们现在是坚持量水发展、以水定城大思路，科学治滇、系统治滇、集约治滇、依法治滇大原则，我们还有治理滇池的六大举措……

官员开口就滔滔不绝，有如落成不久的昆明瀑布公园那道号称亚洲最宽的飞瀑，飞流直下三千尺，大珠小珠落玉盘。每一句回答都是正确无比的。但我仔细思辨，却发现所提的提问其实没有得到任何实质性回应。转念一想，下一级官员是不可能当着一个陌生作家的面，去评价他的上级的，这是官场非常讲究的规矩。而且我提问的方式多少有点轻浮莽撞——或者说有点开玩笑性质。更何况，这还是如此敏感的问题：

涉滇。

　　滇池清了吗？其实不需要问任何人，凭我完全不专业的肉眼亦可知，这些年，经过全昆明市乃至全云南省广大民众和官员的努力，也大把大把花费了国库多少资金，滇池确实正在逐步地、从局部到整体地，向着变清的方向发展。

　　病来如山倒，病去如抽丝。滇池的污染和驱逐污染，跟一个人患病和身体好转的规律大致相同。好转到一定时节，也就是拐点出现的时节，也会一下子提速、提振。滇池好转的显著变化，正是最近这几年出现的。滇池的显著变化不仅被昆明人所感知，其实也一直被全国甚至国际社会所关注。几乎与滇池逐步变清所同步，一场重大国际赛事就在滇池之滨举办。匆匆而过的时间，聚焦到了2019年12月1日，中午；坐标：中国昆明——距离昆明滇池草海大坝不远处，某酒店宴会厅。

　　且听来自昆明的青年柳爽面对西装革履、碧眼金发或各种肤色的众多国际友人的侃侃而谈：

　　女士们！先生们！大家中午好！

　　如果时光倒流，很难想象，10年前，上合马拉松大赛会选择在昆明滇池湖畔鸣枪开赛。因为那时滇池水体富营养化严重，蓝藻水华时有发生，绿色油漆一样刷过的水面散发出难闻的气味，劣Ⅴ类的黑臭水，没人愿意靠近。

　　2016年，滇池治理发生了历史的转折。就在这一年，滇池全湖水质首次由劣Ⅴ类上升为Ⅴ类，正当其时，首届上合昆明马拉松在滇池之滨鸣枪开赛；2017年，第二届上合昆明马拉松赛又在滇池之滨如期而至，滇池水质很给力，稳定保持Ⅴ类；到2018年，当上合马拉松赛第三次在这里开跑的时候，滇池水质更上层楼，已经上升为Ⅳ类，为30年以来的最好水质。如今是2019年12月1日，上合马拉松赛再次聚首滇池湖畔，所有运动员和嘉宾，再次见证了滇池水质不断好转持续变清的历史奇迹！

　　"哗——"一阵热烈掌声，打断了柳爽的演讲。宴会大厅里，一双双不同肤色的手——白色的、棕色的、黑色的、黄色的——他们来自上合组织成员国以及一些非成员国代表，都毫不吝啬地在为柳爽鼓掌。作为演讲文稿的撰写者，我目睹了现场盛况。

　　席间，一位大使接受中新社记者采访时，说了一段跟马拉松不搭界的题外话。他说，他的兴奋点，其实一直聚焦在马拉松选手沿途所经过的滇池水岸线。"那是一道优美的弧线！弧线以外，白色小鸟（海鸥）飞舞的水面，我见到了一个清洁的大湖——她是真实的、清洁的、非常美丽的大湖！"

　　"一个清洁的大湖"——这个熟悉的句式，让我立刻想起意大利人马可波罗第一次见到元代昆明发出的那声感叹："哦，一座壮丽的大城！"马可波罗是著名的旅行家，大约八百年前的一个黄昏，他徒步翻越了滇池西岸的碧鸡山口，那一天，他站在高山之巅，透过滇池粼粼波光，远眺着暮光映照下昆明的逶迤城池，一阵激动，为昆明留下了"壮丽大城"的喟叹。

　　元代的昆明未必壮丽，但它确实是昆明历史上一个重要的节点。以此往前追溯，西汉元封二年，即公元前109年，汉王朝设益州郡于昆明，昆明就成为了一个行政管理区，初现城市的轮廓；到唐代，永泰元年，即公元765年，南诏以昆明为东都屏障，凤伽异开筑拓东城，昆明正式开启了城市建设史。元朝建立后，定都北平的元世祖忽必烈于公元1273年挑选亲信大臣赛典赤·赡思丁出任云南行中书省平章政事（省长），赛典赤于1274年来到云南，即着手建立行省，其后将行政中心由大理迁到中庆（昆明）。昆明也由此而开始了更大规模的建城史。

　　那是一个初春的上午，昆明满城的紫玉兰搅合着春桂花的馥郁，空气中有一种甜得化不开的味道。封疆大吏暨云南首任省长（平章政事）赛典赤轻车简从，按辔徐行，登上了昆明城中制高点五华山，举目四望，他那双深邃的细目，最终投向了昆明城市以南那片广袤的水岸——那正是号称五百里广大水域的滇池之北，那里有丰盈的水草、茂密的芦苇，正所谓萍天苇地水天一色，即便在数里之外的五华山麓，赛典赤亦依稀可见那里的鹰击长空鱼翔浅底，四围香稻万顷碧沙……当然，赛典赤知道，那里同时也有蛟龙暗藏水患频生——彼时的昆明还是一座名副其实的水城，水码头林立，水路通畅，人员物资多从水上过往。水能载舟亦能覆舟，水给城市带来便利，也经常带来灾难。登高望远的赛典赤忽然获得灵感：要让山地"南蛮"俯首称臣，就得从"治城先治水"开篇！历史的必然性总是包含在无数个偶然的细节之中。也就是赛典赤那惊人的历史一瞥，一个改写昆明城市走向的主意油然而生：他确定了从治理水患入手，筑坝疏湖，为昆明开疆拓土的治城方略。

如果说"一座壮丽大城"的喟叹不过是旅行家马可波罗的一次诗意抒情，那么，赛典赤率领昆明军民筑松华坝、疏盘龙江、挖滇池海口河等一系列大动作，则实打实地开启了昆明"壮丽大城"的建设史——自赛典赤以降之八百年，昆明朝野，矢志不渝的追求目标，就是抒豪情，写壮志，造大城。山湖之间，预留给大城的位置实在逼仄，所以，实现造城目标的显著标志之一，就是一次又一次地在滇池北岸上演城进湖退，人进水退的历史活剧。这在当时，无疑是一种历史的进步。但是它也注定形成了滇池在地理位置上的不幸——昆明城市地理北高南低，而滇池正好处于城市南端，自然形成城市污水走向的"洼地效应"。而滇池是半封闭浅宽型湖泊，自身补水循环非常缺乏，湖泊自净化"造血"功能在未来历史中几近丧失，多年污染侵蚀之下，湖泊实际岌岌可危——这一切，都是大城最早的缔造者所不能预测的。

历史走到今天，滇池依然还是那个滇池，滇池已经不是那个滇池。亟待保护治理的滇池，成为时代交给昆明人的一份考卷。因其自然条件局限、历史和现实问题纠结，积重难返，滇池治理依然存在重重困难。治滇之路，任重道远，仍然是一场艰苦卓绝、复杂严峻、旷日持久的攻坚战。但是，显然，今天的昆明人已经研墨展纸，气定神闲，提起如椽大笔，准备好了书写答卷的全部勇气和智慧。

湿地散记

如今的滇池边，随处可见湿地。这些湿地大多是按公园格局来建造的，即，立项的时候是湿地，成型以后却是公园；挂的牌子叫湿地，进去游览你会发现是个公园。以至于一些人总会傻傻地问：这里到底是湿地，还是公园？

叫什么不打紧，打紧的是湿地确实是个好东西。湿地公园化，公园湿地化，你中有我我中有你，谁也离不开谁——这就像许多叽叽歪歪却不离不弃的夫妻，一辈子有让人看得见的亲热，一辈子有让人看不见的争吵，最终还不是走完了一辈子。对某些强调"湿地就是湿地、公园就是公园"论调的人，我可以说一声：不！君不见湿地之水八方来，公园游客人如织。湿地公园既满足了湿地对入湖来水的沉淀净化，又满足了城市人群喜欢郊游观景的"到处闲逛"，还满足了部分开发商以湿地公园借景造景实现楼盘增值的需求，可以说"一石三鸟"，或者还有更多的"鸟"，被角色多样化的湿地兴高采烈地"击中"。

套用一句诗：湿地公园如一人，试看天下谁能敌？

我不是调侃，我是真心喜欢湿地，喜欢湿地公园化，喜欢政府主导的湿地包围滇池的战略战术并希望它尽快完成全线合龙。

因为，我一直是湿地公园建设的得利者。

我家就在滇池边，现在也可以十分自豪地说：我家就在湿地边。

距离我住所最近的一片湿地，它的名字叫"中央公园"湿地。还没搬家来这里，我就看到开发商印在纸上写在墙上一条标语：打造亚洲最大的中央公园湿地。我入住这里十年，确实目睹了住所附近修建了中央公园湿地的一期、二期、三期工程，这个工程每完成一期，我的衣食生活圈半径就缩小了一些——因为湿地工程建设不断拆除了我经常以消费为名光顾的某小卖部、某早餐小食店，然后成型了一片开阔的有山有水有绿荫有步道的湿地公园，它成为我每天散步慢跑的必去之所。相比那些低端消费场所为我提供的方便而言，我还是更加看重在大自然中加强锻炼的健康生活方式。无数次晨昏在这里横七竖八的行走，我知道哪一块水塘里藏着几只牛蛙，哪一处草丛里躲着几个蛐蛐儿，月光花会在什么时间开放什么时间收拢，某段路散发沁人肺腑的幽香是因为那里悄悄开了一片栀子花……公园有一个不规则的湖，我熟悉的一位书法家还在一块天然大石头上，为湖泊书写了一个好名字。说来奇怪，我从石头边擦身而过不下一千次，至今却没记住它诗意盎然的大名。至于被命名"中央"的湿地公园是不是亚洲最大，我无法求证也不打算求证。它的半径足够我散步慢跑直到气喘吁吁，这就够了。因为人都是活在自己够得着的半径之内，这是人从自私出发然后利他的本性所在。

我比较早接触的滇池周边湿地公园名叫海东湿地。对湿地公园，我有一个很私人化的时间记忆参照：我的小儿子冉潇然的年龄。潇潇如今八岁，在他不满半岁的时候，我们就经常带他来到海东湿地，因为当时这块湿地不仅对潇潇是新奇的，就是对我这样活了大半辈子的人而言，也有新奇之处。比如，它是全免费开放的，它设置了九曲回环的内部水循环系统，它种植了色彩层次很丰富的花卉植物，它的步道大多是深红塑胶铺成的，一些地方还是用成本很高的防腐木铺就的，而且，它真的是零距离亲水的，可以与滇池的波涛和鸥鹭对话，也可以静静地聆听浪涌时那些激烈的抒情、波息时那些鱼儿的呢喃……总之，这是我见到的第一个让我激动、让我好奇、让我甚至有点莫名其妙自豪感的湿地公园。因为这些原因，我总是一次次动员那时跟我生活在一起的人——包括孩子潇潇的妈妈、孩子妈妈从北京远道而来的弟弟以及从更远的大东北而来的潇潇妈妈的妈妈和爸爸……平时空荡无人的车内因为一下子挤进这么多人被塞得满满当当，我也会乐此不疲地驾车前去，到达之后忙不迭地从后备厢里取出折叠推车，取出帐篷桌椅，取出瓜果吃食，无比殷勤地张罗着一次次户外野餐和栖息，只差没有在那里露营过夜了——这些，足以说明我对湿地公园的喜欢热爱了吧？

有一次，我曾经四年上下铺的大学同学一家，自驾游来到昆明，他们专程来家看我，我却茶还未凉就自作主张，非要安排他们一起去海东湿地。客随主便的他们就让我任性了一把，两辆车一前一后来到这片湿地公园。我推着儿子，同学领着比我儿子年龄还大的孙子，我们看植物，看海鸥，看约略浑浊但毕竟正在变清的滇池水。没想到走着走着，一直没有发声的朋友妻子却对我说，这片湿地确实很好很漂亮，但是却存在一点小问题：湿地的地平面是高于湖面的，那么，湖水和补水之间如何互动？一些地方的湖岸做了硬化处理，那么，湖水如何从土地这里得到呼吸？在她看来，水和水、水和土地，都是需要交互式交流互动的。她说，湿地的意义，永远是真正的净化大于美丽的观赏。"我们聪明的人造美已经很多了，现在更需要返回自然，返璞归真，哪怕它简陋一点。"朋友妻子说完这些，我才想起她一直有一个社会职务：某河流研究会秘书长。在这个职务之前，她以官身深度参与过一座著名城市的河流改造并很早获得联合国"人居奖"。但最终却成为一个笑话——当初为了美化那条河流并获取更多土地资源，同时也为了满足"为政府分忧"主动投资的开发商要求，河流的许多坡岸被硬化了，一些河段甚至被遮蔽了。"后来我们欲哭无泪。因为这些浅薄的硬化，让美丽的母亲河几乎有一半毁在了我们手上。这也是我后来建立非政府组织河流研究会的原因。走到哪里，我都忍不住会讲我们曾经经历的惨痛教训。"

我必须说说小儿子潇潇心中的捞渔河湿地公园。

捞渔河这个名字取得好，它特别受小孩子待见，只要谁家征求"周末去哪里？"孩子就会抢着发言：捞渔河！孩子都是冲着捞渔河三个字去的——那里可以去捞鱼，捞不到鱼可以捞青蛙，青蛙捞不着可以捞蝌蚪，蝌蚪捞不着可以逮蚂蚱……"总有一款适合我。"我想，每个孩子心里，可能都藏在这样一句广告词。

捞鱼是远古滇池留给当代人的最后一份念想。狩猎、捕鱼、农耕……人类的脚步，一路走来，几多坎坷曲折。滇池边大量发现的贝丘遗址，就是人类捕鱼时期留下的符号。曾经生活在贝丘遗址上的昆明人，捕鱼捞虾是他们的日常。多捞多得，不捞鱼不得食——当然，也可以捞贝壳螺蛳。鱼在动物种群中已经处于低端，贝壳螺蛳则是低端中的底端——而且，它们真的就生存于水的底部。它们靠繁殖优势快速扩大着种群，即便滇池边上的昆明人张开血盆大口，天天暴饮暴食贝壳螺蛳，吃出了一座座残骸堆砌而成的山头，贝壳螺蛳也没被吃穷吃垮吃怕过。主战场设在人的口腔的人贝之战持续了千百年，它是什么时候结束的呢？谁是这场战争的最后终结者？喜欢捞鱼的孩子们，你们知道吗？

从两岁开始，潇潇也喜欢上了捞渔河。我为他在这里买的小渔网兜不下十个八个。那玩意儿基本一次性，不一定一次用坏，但是下一次肯定忘记带，临时再买一个，也不贵，满足了孩子亲近鱼儿的天性，也为不收门票的湿地公园做点小贡献。我们在河沟水渠密布的公园里捞啊捞，几无所获，准备盛鱼儿的水桶空空如也，孩子却满脸高兴，我们也就跟着高兴。比较奇葩的是，有一次在河沟里连续捞到几个张牙舞爪的小龙虾，红彤彤的身子，细长尖锐的须脚，让孩子既惊喜又害怕，一时间竟不知道该抓还是该放。放在水桶里观赏半晌之后，我们还是让龙虾重回了沟渠，自由生长去了。孩子却念叨着，它们以后会长成餐厅里见到的那样大的大龙虾吗？我告诉孩子，不会的。大龙虾在海里，小龙虾在河沟里，它们是两个世界的物种。孩子却说，滇池就是大海啊，小龙虾现在小，以后肯定会长大的。爸爸你不总是说我现在小，以后就会长大吗？小龙虾一定会跟我一样长大！我跟爸爸打赌！

我只好跟孩子拉了钩。我知道这次打赌孩子会输，但是我真的希望他赢，永远他都会赢。因为，时间和世界，以及所有希望，都只会在孩子那边。

当湖泊与河流重新成为有趣的日常生活场景，可以触碰和亲近、可以玩耍和游戏，就会改变了一块湿地的状态和周围人的心情。春江水暖鸭先知，儿童则永远是环境变化最敏锐的感知者。但后来的捞渔河，已经禁止售卖各种捕鱼的小渔网和鱼竿儿了。说是为了湿地公园的生态，以及孩子的安全。可是城市里被水泥森林包围太久的孩子，还是会冲着捞渔河三个字去。去了多少会有点儿失望：不能捞鱼，你叫捞渔河名字干什么呢？大人也就这样骗孩子吗？

远在上海的潇潇现在八岁。他在那里已经生活了三年多，并且还将继续在长江入海口的魔都大码头生活下去。那里没有了小龙虾，即便有也只是在少数餐厅里。那里有真正的大海，东海、黄海、渤海，以及更远的日本海、太平洋。那些地方潇潇都去过，真正的大龙虾也不知多少次见过、吃过。但他毕竟是云南大山里走出去的孩子，滇池边上长大的孩子，他不喜欢那些吃食，当然也不喜欢红烧清蒸或者油爆的大小龙虾。很长一段时间，他甚至拒绝吃当着他面活杀的任何动物食品，就连一条小鱼也不行。

曾经让潇潇着迷的捞渔河湿地，被时间之水稀释，慢慢淡出了他的记忆。但是他牢牢记住了滇池。有时候他会在视频连线时问我：

"爸爸，海鸥还来滇池度假吗？"

"来，年年冬天都来！"

"滇池里的鱼很多了吗？"

"多！越来越多，越来越大！"

"爸爸你得答应我，不许去钓鱼！也不许去买鱼！不许你杀鱼！"

我稍稍犹豫了一下，答应了孩子。

滇池最南端有一个东大河湿地公园,现在的名字叫作:南滇池国家湿地公园。

那么多湿地公园,我只是游客、过客,唯有这一块湿地,我流过象征性的汗水,参与过它的建设。十二年前,在当年的东大河河长汪叶菊带领下,我和文联同事在这里亲手植树若干,并立碑为证。如今,"文苑林"石碑尚在,十年树木,那些存活下来的小树也该参天了吧?后来的我,多次去过那里,不能确认哪一棵树为我手栽了。只是祈愿它们活着,长大,成为自己和别人的风景,都好,很好。

采访写作滇池期间,我也数次来到过这里。一次,夏秋季节,我带着一个庞大的采访团队绕滇池一圈后,来到这里歇脚,正好遇到当地官员模样儿的一个人,站在水边指点江山,解说滇池。我饶有兴味地在旁边聆听了一阵。原来他是率领自家亲友团来这里的。他很自豪地告诉他来自大理洱海的亲友们,如今的南滇池国家湿地公园,不比洱海任何一片水域差了吧?趁亲友点赞的间歇,他转头告诉我,以前这些亲戚来了,自己从来不敢往滇池边上领,这里臭么!丑么!不好意思么!他一口晋宁方音很重的普通话,把我一下子就说得笑了起来。原来他是当地政府干部,而且多次参与过湿地公园建设劳动,对这片湿地有很深的感情。当他知道我也曾经参加过这里的劳动而且在时间上远比他早时,他一把拉住我的手,又是使劲握又是一阵乱摇晃,就像一百年前唱着"国际歌"找到组织的同志一样,激动得只差热泪盈眶了。他告诉我,他的亲戚喜欢拿滇池跟洱海比较,认为两者水质已经较为接近,他感到很骄傲!他和亲戚以前都不愿意走近滇池,现在每天不来滇池湿地公园走走,就觉得这一天白过了。他说,前后也就几年,这中间的反差太大了,滇池变好了,可以亲近了,生活在滇池边的人有底气了,精气神都跟着变好了!

后来他还要邀请我与他的众亲友一起"共进午餐",热情告诉我,晋宁有一家"石锅菌",好吃得不要不要的,"许多昆明人一到周末就专门往这里'飞'呢"！我当然是礼貌地谢谢了他。但是我们彼此留下了微信，算是多了一个与湿地公园有关的萍水相逢的朋友。

我去的次数最多的湿地，是斗南湿地公园。从它刚刚开放的一期局部，到慢慢推进扩大的二期，直到如今与王官湿地连片成合二为一的超级湿地公园，我无数次地去过。我是斗南（王官）湿地公园从草创到成熟的见证者。

我真心喜欢这个湿地公园。如果可以比较，在我看来，跟多少有些扭捏作态的海东湿地相比，这里更加率性自然；跟有些蓊郁阴冷的捞渔河湿地相比，这里更加明朗大气；跟南滇池国家湿地相比，那里虽然高大上，但距离我太远，仅此一条，就没什么好比了吧——谁会跑那么远，又费时间又费油，就为看一眼不能吃不能喝的一块湿地？我又不是河长！

说到斗南湿地，我还是愿意把它与潇潇的成长联系在一起。

潇潇在昆明读幼儿园小班之前，来得最多的湿地就是斗南湿地。我们在这里搭帐篷，搞烧烤，建简易"舞台"，开小型"趴梯"——除了家庭成员，每次潇潇都会邀请他的小伙伴"出席"。他的小伙伴都是进入幼儿园刚刚结识的同学，他们大多来自同一个小区，却是因为同班同学的机缘，才彼此迅速熟悉起来并成为朋友。孩子喜欢朋友的另一面其实是孤独，五年前的每个家庭就一个"独生子"，就像白天不懂夜的黑，大人在很多时候是不知道"独生子"的孤独和寂寞的。正是这种孤独和寂寞，才使得他们发疯一样寻找小伙伴，有时候是赖在别人家里不肯走，有时候是不放来家的孩子走，哪怕天黑了夜深了也不肯，哭着闹着地不讲道理。

可是，细细回想一下，很多时候，我们大人又给孩子真讲过道理么？

三岁多一点，潇潇的幼儿园小班还没上完，他跟着读研究生的妈妈，去了天津。

后来，按照天津老师要求，他做了一篇与湿地公园有关的口头作文，篇名就叫——

幼儿园讲课记

放寒假的时候，朱老师知道我和妈妈要回昆明，就单独给我布置了一个作业：潇潇回到南方，是怎么玩的，有些什么故事，回来给小朋友一起分享好吗？没想到，我的分享，用了三个上午的时间。

1. 湿地

我给小朋友们讲湿地。

我的话刚出口，许其诺就举手发言：我知道什么是湿地，湿地就是到处是水的地方。伍美没有举手就说，到处是水，那不是河流和海洋吗？湿地，应该是地上有点儿潮湿。

大家七嘴八舌，把我给淹没了，还是朱老师给我解围，说，大家安静，先听冉潇然讲，什么是湿地。

我告诉小朋友：湿地，有的是自然形成的，有的是人工修造的。我看到的湿地，是人工修造的，在公园里。我在昆明的家，是在滇池附近，到处都是修建的湿地公园，有斗南湿地、捞渔河湿地，还有好多我叫不出名字的湿地。这些湿地公园里有河流、湖泊、沼泽，确实很多地方都有水。

罗成马上就提问：什么是沼泽？

这个嘛，我想了想，说，沼泽就是一种陷阱，人进去了就会陷下去，出不来！

马思远说，我知道了，就是小红军过草地遇到的那个危险地方！

我说，对了！我们都看过红军过草地的电影，那个草地里，就有很多沼泽，就是我说的陷阱。但是现在的沼泽，是用来清洁湖泊的，也就是清洁滇池。因为滇池太脏了，流进滇池的水也太脏了，就需要沼泽来过滤脏水，就像筛子把沙子筛下去，把没用的土坷垃留下一样。大家懂了吗？

我看见大家都点头，就拿出一沓照片给小朋友们看。照片上，有一大片水，水里生长着很多整齐的大树。小朋友觉得很奇怪，为什么大树会长在水里？为什么大树会排队？

我告诉大家，这是我家旁边一个名叫捞渔河湿地公园里看到的，我爸说，这些大树都是不怕水的植物，它们不会被淹死，越是有水它们长得越壮，你们看，这些树干多粗壮？小朋友一个人还抱不住呢！当然我也没抱过，因为它们都在水里！大树会排队，说明它们是人种植的，就像我们集合时候，老师要求大家：立正！向右看齐！所以就站整齐了，对吧！

这时候，眼尖的侯杰指着照片上一个小白影儿问：冉潇然，这是什么鸟儿？我正要回答，朱老师说，今天先到这里，明天我们再欢迎冉潇然给大家讲课，好吗？大家给我鼓掌了，第一天我的讲课就结束了。

2. 海鸥

我讲海鸥，就是侯杰在照片上看到那只白色鸟儿的故事。

我拿出另外一沓照片，上面全是鸟儿。我说：它们名叫海鸥，因为它们的嘴是红的，也叫红嘴鸥。它们的老家在西伯利亚，听说很远很远，为什么来到滇池，来到我家附近的斗南湿地公园？听我爸说，是因为它们是候鸟，每年它们的老家要是天气冷了，它们就飞往温暖的地方去，要是老家天气温暖了，它们又飞回去。

有小朋友打断我的话，问：它们是怎么知道天气一会儿冷了，一会儿暖了呀？

我说，可以看树枝，要是树枝上的树叶掉光了，天气就冷了，要是树枝发芽了，说明春天来了，天气暖了。

褚芷轩说：也可以听天气预报，每天的天气预报，很准确，可以知道好多天以后会不会下雨下雪，和空气里的M2.5，就是雾霾情况！

大家笑了起来，说，鸟儿又不是人，怎么能够收听天气预报？

褚芷轩说，人也不是鸟儿，怎么知道鸟儿就不能够收听天气预报？

大家又吵起来了！朱老师赶紧制止，还是让我讲海鸥故事。

我接着说：有一年，我还没出生的时候，这些海鸥飞行途中遇到了寒流，就改变了方向，飞到昆明来了，结果，以后它们就每年都飞来昆明，我们每年春节，就和海鸥一起过年了。

大家又提问：为什么海鸥老是飞到昆明呀？也可以飞到温暖的广东，对吧？

我说，昆明不仅温暖，而且还很好客，海鸥来了，不许放鞭炮吓着它们，还给它们准备了专门的鸥粮，大家看，海鸥可以到人的手里来找吃的，已经跟所有人成为了好朋友——

说着，我拿出另外的照片，上面有我喂海鸥吃东西的样子，照片上的我，很开心！

大家羡慕地翻看着我的照片，然后鼓掌，我第二天的故事课又讲完了。

第三天是讲"作家"，跟这里内容离题，就不引述了。

当然，滇池周围还有很多各美其美的湿地。但是在我看来，滇池历史上，草海才是真正意义的天然自生湿地。历史上的草海，由沼泽、杂草、芦苇、长满沉水植物、漂满海菜花的浅水区、游着大鱼小虾螺蛳贝壳的稍微深水区组成。迷魂阵一般的草海，为什么横亘在城市和湖泊之间？我觉得这是造物主的匠心设计。草海就是滇池湖泊的最后一道屏障，它抵挡着来自城市的污物、垃圾的万箭穿心，又为滇池的土著鱼提供了安全可靠的洄游产卵区，那些鱼儿摆籽，可以放心地在森林般密集的沉水植物叶茎上面找到临时之家，直到孵化成鱼苗，才返回外海，去到更加广阔的世界自由生长。

最早的草海，面积不止一百平方公里吧。

人类说，为了方便我的生存，请给我让出一点地盘吧。于是草海就让出了一点。这一点是多少呢？五十平方公里吧。

人进五十，草海慷慨地退让五十，于是草海就变成了五十平方公里的草海。

安居于草海的鱼虾贝壳螺蛳水草包括海菜花们，虽然委屈，还是委曲求全地跟着退让了。因为对方是人，是万物之主宰宇宙之精灵，其奈之何？但是，人类是得寸进尺欲望无边之物，人类从来觉得，五十步与一百步是没有本质区别的，既然走了五十步，也可以多走一百步。于是人类以"向湖泊要粮食"的名义，以"围海造田"的名义，以建设各种高大上建筑的名义，步步紧逼地让草海退却，让滇池收缩，退缩到后来也就是今天的草海，只剩下了不足十平方公里的面积。

曾经，历代文人如杨升庵徐霞客游草海而诗兴大作，被他们反复吟诵"天气常如二三月，花枝不断四时春"的昆明，可知今安在？

后来经营昆明的多少官员，面对草海，都会忆起前人留下的"半城山水半城花"的佳句，也会立下将滇池草海打造成昆明"第一会客厅"的宏愿。然而世人见到的草海，只是一天天在萎缩，一天天变黑臭，天可怜见的草海，经历过"围海造田"的劫难，经历过楼堂馆所的挤压，曾经多达五十、上百平方公里的草海以及"四围香稻""万顷晴沙"，后来仅存不到十平方公里面积，而且，在多少年里，草海坠入深渊，黑不见底，臭不可闻！

终于，如今草海在慢慢复苏，清澈。可是失去的草海面积，却再也回不去了。

历史是条单行道。退是退不回去的。往前走不忘向后看，经验和教训都摆在历史深处，我们必须汲取。就像沼泽湿地，直到它已经消失了，我们才知道它能够分解、净化环境物，起到"排毒""解毒"的功能，是人类不可或缺的"地球之肾"。

愿地球之肾尽快强起来，愿滇池湿地更加多起来。

强强联合，多多益善吧！

滇池开海记

滇池"开海节"的头十来天，蔡素芬就会提前请假，请假理由是：坐月子。

其实这个理由是保安队长自己替蔡素芬编排的。因为蔡素芬请假的时间不多不少，刚好是40天。队长一边批假条，一边就写了这样一句话：

兹同意蔡素芬同志回家坐月子，特批40天假期。

然后是保安队长龙飞凤舞自己也看不明白的签字。

四十多岁的蔡素芬，家住呈贡大湾渔村，儿女都到外地读大学了，地也被村里流转出去了，闲来无事，就来我的居所滇池星城小区当保安。保安队长是个络腮胡子，喜欢拿女保安开玩笑。2019年国庆刚过没几天，保安队长在当天列队训练结束时，当着众多队员的面批准了蔡素芬的假条，顺口多问了一句："嫂子，每年这个时候你都回去坐月子，怎么总不见把你坐月子的劳动果实带来大家参观参观？大家也好凑份子给你送点红糖鸡蛋当贺礼嘛。"

大家哄的一声笑得炸开了锅。

蔡素芬就连脸都没红，不紧不慢地回应："胡子想看你弟弟嘎，要得嘛。这个月奖金不扣，工资照发，我就立马带来给你这当哥的胡子看哈。"

又是一阵哄堂大笑——这一幕，正好被刚进院子大门的我撞见，我也忍不住跟着笑了。

时间一晃过了40来天。有一天，保安队长亲自过来敲开我的房门，说是要请"冉作家"去赴"大鱼宴"。原因有两个：一是保安队长要求蔡素芬上班必须要带"坐月子"的"成果"回来，人家小蔡这回当真了；二是那天他们开玩笑时我正好在场，属于"上山打猎见者有份"。我当然乐享其成。

无意中，我还分享了一次滇池新渔民的"开海节"见闻。

以下，为蔡素芬在"大鱼宴"上关于"开海节"的讲述——

鱼儿是滇池里面的什么？我老公说，是滇池里的钱儿！话才出口，就被我家姑娘一顿狂喷，说老爹你就认得钱儿！我挨你说，鱼儿是滇池里的星星！

其实这话不是我家姑娘发明的，我姑娘说，是她班里的小朋友说的。哦，我家姑娘幼师毕业，当老师，就在滇池星城这个公办幼儿园。我们一家都在滇池星城团转上班，我跟着老公原来在大湾水边开餐厅，卖滇池老酱鱼，现在关了。就来这边，他开了个洗车店，我当保安，不挨他在一起，免得啰嗦，一天你看我我看你，吵架找气受。

我姑娘说，鱼儿是滇池里的星星，这样的话，只有小朋友才说得出口。人长大了，就不会说这样的傻话、疯话了。我知道姑娘在故意说反话，我老公也知道，就不接她话。我姑娘就又出了个题目：船儿是滇池里面的哪样？

我们还是都不接话。我姑娘只好自己说出答案，船儿是滇池里的月亮。当然还是她班里小朋友说的。还别说，小朋友说得真好！鱼儿是滇池里的星星，船儿是滇池里的月亮，那人是滇池里的哪样？最后这个问题，是我提出来的。

我姑娘卡壳了，答不出来。因为小朋友没有和她讨论过这个问题。

我老公也没想过这个问题。

他两个，一个是只想着周末跟她那伙疯姑娘去哪里野，一个想的是三缺一该找哪个凑搭子。所以只好我来回答：

人是滇池里的一根蛆！

"蔡素芬，你还要不要人吃饭哦？你还请了人家冉作家，当着作家面，说话怎粗俗！"络腮胡子提出了严重抗议。我赶紧说："讲得生动！讲得好！接着讲！"我的三个感叹号，才压住了场子，让蔡素芬把被络腮胡子打断的话题接上——

就是嘛。人就是滇池里的一根蛆。滇池供人吃的，玩的，看的，样样好的都给了人，人给了滇池什么嘛？昧良心的人，就是滇池里的一根蛆！当然现在不是了哈，人和滇池，现在互相友好了哈，就像队长你领导我们保安队，穿衣戴帽，站岗放哨，你好我好，大家都好！话扯远了，请冉作家来，人家是来听我讲开海的，扯白扯远了，对不起哈。

为什么每回我要请假40来天？络腮胡子你说老子是坐月子，老子是打更的人了，还坐你个大头月子！你算一哈，每年开海节，时间有几天？三四十天！不可能天天出海，人遭不住，就算出海三十天吧，再加上三天晒船两天补网，前后总要做点儿准备吧，满打满算就四十来天。我年年都请这个开海假，就是我最开心的坐月子假。

一个女人，为什么喜欢开海节，为什么喜欢下海打鱼那种感觉？这个我也说不上来。我就知道，大湾、乌龙湾、江尾、王官，往下数往上数，呈贡晋宁水边团转村子，三代之前，哪家不是渔民？哪个不是渔村？小时候，十来岁之前，也是在滇池边耍过鱼的，小白鱼，鲫壳鱼，湾丝，虾，那样没逮过？只是爹妈辈人说的滇池鱼发是没见过了。不仅没见过鱼发，就连小时候捉鱼摸虾，稍微大点儿都没机会了。我记得是我读初中，就不去滇池捉鱼摸虾了，改为家家户户大棚蔬菜，大棚养花，热吗热死，累吗累死，但是也没有哪个去滇池洗个澡擦把脸，因为滇池真呢脏了，脏到没有鱼没有虾，脏到大家都不往水边走了。因为水臭了，一大池子水，都搞臭了。

有多久没下湖开过船了？其实打小我就没有过。真正开船打鱼，我家是2013年，九十月间。这个日子为什么记得那样清楚？因为头一年开海，我老公还在忙着找人打麻将。直到找不齐搭子，直到看到别家别户真呢捞着鱼了，卖着钱儿了，我老公才着急了。第二年，也就是2013年，提前置办了渔船渔网，所有家什，也加入下海打鱼的队伍中，到了封湖，我家就在大湾开了餐厅，专门卖滇池老酱鱼，就是大湾最靠水边那家，名字叫大湾公鸡老酱鱼。因为老公外号就叫公鸡，好斗的公鸡。名字取得好，容易记住，生意也好，好多城里人，一到周末，就开车过来，点名要吃我家公鸡老酱鱼。

但是说来奇怪，开海那些天，本来餐厅生意很好，我和我老公，都心甘情愿放下生意，让爹妈过来帮忙招呼那几天，我两口子，就忙着下湖捞鱼，觉得那个才过瘾，一年就一回，错过了，就是人生遗憾。你说怪不怪？打从娘胎生下来其实我和我老公都没下滇池打过渔，为哪样会迷冲冲地喜欢这一口呢？有人说是基因在作怪。我老公说，我不信，公鸡还有基因？我说你莫挨我土了，基因是密码，会遗传，就像我生个姑娘，眼睛像我，嘴巴像她大嘴吃四方的爹，所以这个我信。

开海头几年，样样鱼都可以捞，而且一年比一年多，最大的是鲤鱼和胖头鱼，就是大家说的大白鲢鱼，喏，就是锅里这个，大的十多公斤，最大的怕是二十多斤，网都撑破过，还是把这些大家伙弄上来了。过瘾！但是很怪，就像钓鱼的人不喜欢吃鱼一样，打鱼的人也不喜欢吃鱼。你说为哪样却喜欢打鱼？喜欢就是喜欢，不为哪样，就为个喜欢。我一个女人，跟着老公出了一次海，也就喜欢上了这个开海节。心里想，幸好有个开海节，要不然，把老祖宗都忘记了，忘本了。

"蔡素芬，你老实交代，是不是因为你不喜欢吃鱼，你老公也不喜欢吃鱼，才把这胖头鱼拿来糊弄我们的？"络腮胡子的筷子一面从鱼盆里夹个不停，嘴里却也停不下来说怪话。蔡素芬筷子一敲，把络腮胡子拈起的一坨鱼肉打回锅里。"爱吃不吃！你以为真的是请你嗦？面子比铜盆大，你挨我说好呢奖金不扣，工资照发哪？还好意思吃鱼，比哪个都吃得多。就凭你长了络腮胡子好看嗦？"

眼看着又要打嘴仗，我赶紧当和事佬："吃鱼吃鱼，还莫说，你一家不喜欢吃鱼，却开过卖鱼餐厅，烧的鱼也真好吃。你说说女人为什么会迷上打鱼呢？"

打鱼是一种感觉，就像打麻将也是找一种感觉。这个话，是我老公说的哈，他人俗，三句离不开麻将。但是他这回说对了，我也觉得，打鱼和喜欢打鱼，都是找到了一种感觉。感觉跟基因一样，也是看不见摸不着的，但是真的存在。说得直白一点儿吧，作家你钓过鱼对吧，钓鱼最过瘾的那一刻，是不是鱼上钩后那种手感？鱼和人的较劲儿，像电流一样传过来，麻酥酥的，心尖尖都会跟着颤抖，咯对？下湖打鱼，也是捞网上船那一刻最过瘾，一边收网，一边往船舱里摘鱼，满网的鱼，就像四季豆架子上摘豆一样，密密麻麻，活蹦乱跳，大的留下，小的顺手就扔回去，喜欢的卖得起价的留下，不喜欢的卖不起价的扔回去，就这样，一个开海节下来，我一家，一条船两个人，最多整着五六万块钱儿。还不是最多呢，隔壁老王——人家真的是姓王，一家子整着八九万呢，两口子对外说是运气好，其实是舍得拼命，白日夜里都下湖，他家子人多，轮流上船下海，整着的鱼多钱儿多，也正常哈。就连我老公都服气。我老公悄悄告诉我，莫看他今日闹呢欢，改时间看你蔫不蔫——我老公说，老王到了麻将桌上，还不是都得吐出来归他？我老公这人，就是喜欢吹。吹就吹吧，也不算大毛病。他却说这叫——爱拼才会赢，瞧瞧，又吹上了！

要说是为喃这两三年开海节打的鱼多，卖的价好，一开始我也不知道为什么。后来听新闻才知道，滇池水质变好了，从劣 V 类升到 V 类了，又说升到 IV 类了。其实到底是几类我们弄不明白，但是鱼长得个头大了，周身滑唰了，鱼刺鱼骨不变形了，味道也真呢比原来好很多了，这个嘛我们还是懂。污染水里的鱼，鱼鳞壳上都紫一块红一块，赖毛赖死的，看着就害怕，哪个敢吃？这两年，水清了，鱼长得也好看了，就跟野生鱼一样，鱼价钱也跟着上去了，原来是水质真的变好了。要说水质变好，也有我家一份功劳——最起码，我们把靠近滇池水边的餐厅拆了，损失不损失的就不说它了，只要滇池好了，迟早大家会跟着好。你看今年，我家一个开海节，整着的钱儿也快8万了，就算一半是我挣的，也比我当保安一年工资还要多了，才40天不到啊！就为这个，我也必须请大家喝一台，就算是喝月子酒，来，胡子，干一个！

蔡素芬没吃一口菜，却把钢化玻璃杯一大杯烧包谷酒凑进嘴里，透着一股豪气！一杯美酒穿肠过，两朵红云上脸来。顿时，这个四十多岁的女人，脸上搽了胭脂一样红扑扑地好看，一双眼睛也微微红了，微醺状的女人，话更多起来。

我告诉她，滇池鱼多，鱼好，除了水质变好的原因，还有一点就是，每年都在组织往滇池投放鱼苗，有政府的，也有民间的，我自己参加过的一次滇池增殖放流活动，就连续往滇池投放了130吨鲢鳙鱼苗、20万尾滇池金线鲃和10万尾云南光唇鱼。

从资料得知，滇池现有鱼种大致分为三类，第一类为六大经济渔业资源，包括鲢鳙鱼、鲤鱼、鲫鱼、红鳍原鲌、太湖新银鱼及秀丽白虾；第二类为常见鱼类（俗称小杂鱼），如黄鲴、间下鱵鱼，麦穗鱼、鰕虎鱼、黄颡鱼，泥鳅和黄鳝等；第三类为珍稀鱼类，如金线鲃、银白鱼等。

　　微醺状的蔡素芬表示说，整不懂这些名字。她生长在滇池边，怎么这些鱼的名字从来听都没听说过？我只好解释说，这是学名与俗称不同造成的。比如学名叫红鳍原鲌的鱼，其实就是市场上常见的滇池白鱼；太湖新银鱼和秀丽白虾，就是开海节捕捞到的银鱼和滇池虾。俗称的花白鲢，是两种鱼的合称，即花鲢和白鲢，花鲢学名是鳙鱼，白鲢就是鲢鱼。锅里这条鱼，你说是啥子鱼？

　　蔡素芬微睁红眼，说，莫考我了，我还不知道自己打的鱼？但是在冉作家这里，它得叫鳙鱼，咯合（对不对）？

　　众保安一致大声附和：合了嘛！

　　真是拿人手短，吃人嘴软。不过现在这场面，我喜欢。

　　有点儿喝高了的蔡素芬，又起了高调——

开海节是个好节！

打鱼太板扎了——好耍得很！

　　冉作家，下次嘛开海节，你要来呢嘎？我把摘网的位置留给你，摘到呢鱼嘛全部都归你，真的板扎，好耍得很呢嘎！给对嘛，大胡子队长？

　　说着说着，蔡素芬口齿有些不清的嘴里变成了含混的花灯小调：

阿表哥，

挨你说，你要来呢嘎，

阿表妹，

挨你说，你要过来耍。

你要来呢嘎，

你要过来耍，

你要来呢嘎，

你要过来耍……

我知道，不管蔡素芬怎么动情地唱调子，"阿表哥""阿表妹"是来不成了，因为"开海节"以及"大鱼宴"将成为滇池沿岸居民的记忆——随着长江流域十年禁渔令的颁布，滇池也将至少十年"休渔"。

为了滇池早日水更清，为了昆明生态更美好，这一切，都值!

环滇记

石寨山

石寨山静卧在滇池东南岸边，就像一个土堆发酵的大馒头，历经岁月尘封的两千多年，一任高天流云擦肩拂面，它不增不减，不咸不淡。

时光倒拨回去65年，石寨山发生过一次波澜。

1955年，昆明某个街子天，山民准备在这里出手的一些锈迹斑斑的青铜古玩，引来考古队的跟踪尾随，最后跟踪到了貌不惊人的晋宁石寨山。随后，一场持续数十年的大型考古发掘在这里展开，而且发掘现场一开始就高潮迭起：1956年，在清理某座古墓时，出土了金质篆书的"滇王之印"——这枚高8厘米、边长2.3厘米、重89.5克的金质蛇钮印信，如今原物收藏于中国国家博物馆。它证明：司马迁《史记·西南夷列传》记载的西汉元封二年（公元前109年）武帝"赐滇王王印"，其事不虚。它同时也证明：古滇国曾经真实存在，而且，就在石寨山周边的晋宁湖湾一带!

石寨山因此暴得大名之后又寂寂然。

石寨山，高约33米，南北长500米，东西宽200米。山顶有新石器时代的贝丘遗址，面积约5000平方米。从1955年以来多次发掘，清理出战国至汉代古墓86座，出土"滇王之印"金印等文物近5000件，有青铜器、金器、银器、铁器、玉器、玛瑙等。其中的青铜器铸造尤为精良，纹饰图案精美，具有浓厚的滇池地域民族特色，反映了古滇国的社会发展水平。

我曾不止一次来此凭吊。

2020年夏天，我站在荒草没径的发掘现场，远眺滇池烟波，思绪穿越到秦汉时期的滇国，唯有一个感慨和发现：滇王立国于此，善莫大焉！除了背山面水、川陆养人民等等诸多便利，最大的好处当是：城池与滇池刚好与现在格局掉了个头。若昆明一直坚持那般延续发展下来，滇池则真是昆明的"上善若水任方圆"。或许，当代昆明为水所困的诸多烦恼就要改写了。

当然，历史是条单行道。历史不容假设。面对现实的滇池，依然需要以更大力度，纾危解困，励精图治，才是硬道理。

梁王山

2019年新年第一天，我在登山，尾随一群人。

坐标：昆明梁王山/主峰。

"遥知兄弟登高处，遍插茱萸少一人。""念天地之悠悠，独怆然而涕下"……古往今来，登高抒怀的诗词歌赋汗牛充栋，正如孔子言："君子登必赋。"从登高赋诗中可以看出，不同时空有不同的登高风俗：或上山踏青，或野游健身，或祭祖于清明，或把酒重阳话桑麻……不同的登山者，登高的旨趣也大有不同：辞旧登高，或为看清来路；攀山迎新，或为放眼未来……更有专为避疫祛瘟、强身健体而登山的。如今人们把健康看得越来越重要，认为什么都可以无就是不能无钱，什么都可以有就是不能有病。要想身体好，登山是个宝——好多人一边攀登，一边还口里念念有词呢。

我所栖居的昆明，一众登山爱好者多年养成了个习惯：逢新年，必登高。这个习惯倒是蛮好。新年新气象，更有新风景。在迎新的元日，登高望远，极目河山，开阔胸襟，心旷神怡，吐故纳新，岂不妙哉！我不记得自己从什么时候也稀里糊涂地加入其中，每逢元日，就跟着攀爬起昆明周围一座座高峰：禄劝轿子雪山、嵩明大尖山、石林老圭山、富民金铜盆山、宜良老爷山……

2019年元旦这一天，我登上的是呈贡梁王山。

梁王山位于昆明东南方向，度娘说，此山距昆明城区40余公里，这是旧版本啦。十来年前，昆明行政中心南迁，迁到了距离昆明老城30公里的呈贡，过去的以出产大白菜宝珠梨著称的农业小县呈贡随之一变，成为昆明的政治中心、教育中心（新兴的大学城也建在这里）以及与之配套的多个新中心。俯瞰着这些"中心"的梁王山，不过是与呈贡相隔十来公里的近邻，公务员、大学生以及登山爱好者来梁王山溜达，也就是顺道为之的事情。

这一天，我差不多算第一拨登顶者，到达梁王山主峰之巅，见立有石碑，标示曰，此处海拔2820米。原来不过尔尔！这个高度，其实就比昆明城市地标中心位置——比如南屏街口广场——高出1000来米，对于原本就生长在高处的昆明人而言，这实在不算个事。更何况这一天，昆明天清气朗，春色景明，响应号召的登山者就显得格外的多。我从山顶回首来路，登山小道有如草蛇灰线，络绎不绝的登山者正在努力向上攀爬，那条动感的曲线，颇像厨师手中的拉面，更像列队搬家的蚂蚁，变幻莫测，细若游丝，不断收缩拉伸，富于张力弹性，充满梦想和憧憬，执着而盲目，竟让人莫名地心生感动和感慨。

但那一刻我却来不及感动——我蹲在主峰石碑一侧，正在为无数个登顶者书写"昆明十峰"登顶证书。这是一个临时任务。组织者原本安排了两名工作人员专司此职，但当他们见到我笔走龙蛇为几个朋友"书丹"时，先是一阵赞美：好书法啊！给我戴上一顶高帽子，随后索性就把这光荣而不艰巨的事托付给我。我也乐于为这个团队服务——一次次攀登中得到他们的照拂，我正想着用什么方式回报一下呢。

也真的是"笔走龙蛇"，不知道签了多少证书，时间过了多久，有一阵，我突然感到身前身后一阵凉飕飕的，这才发现排队等候签字领证的人群几乎散尽，那根向上攀爬的"蚂蚁线"也不知什么时间已经呈反方向运动。原来时间早已过了正午，山顶起风了，该下山了。

我站起来舒舒筋骨，举目四望，哦，这里竟然"一山观三海"：最远处的抚仙湖，稍远处的阳宗海，以及与梁王山峦余脉亲密依偎的滇池，尽收眼帘。据说，运气好的话，就连更远的星云湖、南盘江，以及滇池西岸出水口螳螂川，都可见到呢。难怪此山号称滇中第一山，真有"会当凌绝顶，一览众山小"的气势。

梁王山是一座有故事的山。故事最集中的一段当属元末明初，元朝的云南统治者、末代梁王把匝剌瓦尔密，在他接过权柄时，早已经感受到政权即将飘零的危机，于是他率先在梁王山（当时还叫罗藏山）上实践了后来才被提出的一个著名理论：深挖洞、广积粮、多筑墙。他曾经多次踏勘此山，发现其山势陡峭，山顶开阔，且扼制滇中要冲，易守难攻，实在是军事经营的上好之地。于是他亲率军士，建城堡、垦荒地，安营扎寨，据守此山，与早已得势的明军分庭抗礼达十八年，至洪武十五年兵败，末代梁王把匝剌瓦尔密以宁可玉碎不为瓦全的悲情，率二百多家人，且战且退，最后于某滨水山峦"投海殉难"。

梁王所投之海，即滇池。

滇池亦是一个有故事的大湖。从庄蹻开滇，到梁王投海；从二战时期中日两国军机在滇海上空激战，到大重九创始人在滇池白鱼口外蹈海自尽……五百里滇池浩渺烟波，上演过多少人间的悲欢离合，埋葬着多少令人唏嘘感慨的往事！

先且按住，回到梁王吧。梁王投海这个悲摧的故事，其实早已经湮没在岁月深处，如今浮在人们口头或眼角的，只剩下梁王山埋藏有大量金银财宝的传说。按照推理，四代梁王统治云南多少年，单是末代梁王率兵丁军士以及家眷农工数万之众，在山上苦斗抗争就达十八年之久，这得耗费多少库银方能支撑啊！那么，山上留存的银两后来都去了哪里呢？梁王山上留下有"藏宝图"吗？从那时至今，多少人踏破铁鞋上山来，只为寻得宝物归。草鞋皮鞋登山鞋，踏破的也不知多少，却是空手而归，徒留嗟叹。于是就有方士凭借想象，根据推演，编出童谣，流布坊间——无非是"天门开地门开，金银宝藏快出来"之类。更有甚者，又附会了"虎栅罗藏，装山铜王"的所谓"密宗地形图"，占卜打卦，故弄玄虚。这些从乡野传说或百度谷歌里搜来的"学问"，既包装了梁王山的各种神秘，也顺便包装了方士们的道行高深。查典，梁王山，自古称装山，《东汉志》说，装山有铜。后人查证，其实山上从来不见铜的踪影，除了夜间飘浮的萤火，徒有铜的虚名罢了。虎栅与罗藏，也是梁王山古山名。第四代梁王把匝剌瓦尔密在此排兵布阵，苦心孤诣经营多年，折腾出后来的许多故事，留下了梁王山名，而那早前的装山、虎栅、罗藏之类名头，统统被后人忘之脑后，又有谁记得起？不曾想就是这些咋舌绕口的古董，却被方士拿来唬人，用来当作有来头的"文化"装点门脸。可别说还真就有人"入道"，仅凭借这些地形图作为导引，就将梁王山各种可疑之处翻挖了一个遍，甚至引来远自陕洛等地的各路盗墓团伙，上山四处寻宝，八方开挖，最终却无功而返，给历史留下了更大的悬念或笑柄。

我无意于这些悬念，却对梁王投海的滇池产生了兴趣。随口我问了同行小学生一个问题："你知道梁王跳海的故事，开始他跳海的具体位置是在哪里，你知道吗？"

小学生环顾周遭，然后答道："古代的滇池是个更大的湖泊，很可能就淹到了梁王山脚，要不然，就算他是跳远冠军，也跳不了那么远，对吧？"

我举手一指，告诉她，真正的跳海处，是山下远处那个小土丘。那里，名叫小梁王山。

小学生吐吐舌头，也给我出的一道脑筋急转弯题："伯伯，你知道梁王跳滇池是怎么死的吗？"

我不假思索一口回答："当然是淹死的。"

小学生脑袋摇得像个拨浪鼓。

稍微一想，我又答："难道是——摔死的？"

小学生再次将头摇成了拨浪鼓。然后扑哧笑出了口："臭死的！"

真是急转弯。但我知道，她这一次的转弯，把自己带到沟里去了。因为跳海的梁王所处的元朝末年，距今约七八百年，那时的滇池，水面辽阔，水质清澈，水草葳蕤，水产富饶，比之多年以后孙髯翁长联赞誉"五百里滇池"那些"三春杨柳九夏芙蓉四围香稻万顷晴沙"，还要美丽神奇丰富干净得多，又哪里可与今天同日而语？

今天，对了，即便是今天的滇池，不是也在向好变化了吗？

我用眼神把疑问传递给了小丫头。

小丫头却只按照自己的思维来，她说，就在前几天，她跟随爸爸去滇池边一个名叫乌龙村的地方做客，她亲自看到，流进滇池的沟渠，水是黑的，水是臭的。"那个客堂就盖在臭水沟上方，我捂着鼻子，饭都没吃就跑了。"

哦，小丫头说的乌龙村水沟，我很熟悉。那道沟渠从村里流出，经垂恩寺门前，流入滇池。乌龙村又名乌龙浦，是滇池东岸一个由渔村演变而来的大村庄，它离我现在的居所近在咫尺呢！乌龙村紧靠滇池那片水域，叫乌龙湾，历经明清至民国，这里是渔家出海的码头，也是打鱼归来的港湾，每到夜晚，这里灯火通明，有"渔浦星灯"之称，曾经是呈贡八景之一，当然是过往历史了。如今，那段像括弧一样弯曲、长约数百米的堤岸，正是我向晚散步常去之所。有一些日子没去了呢，因为那里即将拆迁，也就是说，整个乌龙大村将整体搬迁！小丫头随父亲去那里做客，是村民开始提前庆祝乔迁之喜了吗？是因为即将搬迁，村子沟渠的污水排放疏于严管了吗?

此刻，站在山顶，我远眺滇池，只见波光粼粼，水天一色，眼前都是大好河山，澄澈诗意。滇池那些藏于细部的污秽我是看不见了，但滇池水质的整体向好，这是毋庸置疑的。近几年，"滇池清，昆明兴"，这六个大字，成为这座城市出现频率最高的词汇，不仅见诸各级红头文件，更普及于各种户外广告、大型路牌、新老传媒，甚至还作为主题词，出现在昆明从幼儿园到中小学的各种乡土教材读本里。这六个字，如同和煦的风，拂过人们的面庞；如同春天的雨，浸润到市民心田。须知，昆明这座四季如春的城市，她的春花春景、春风春雨，都是以滇池作为底色；特别是温润宜居的春城气候，其实都仰仗着滇池这个巨大调节器的强力支撑呢。可以说，滇池不仅是昆明的母亲，更是昆明城的出处、来历和魂魄，是所有昆明人的命根，是维系昆明幸福指数的关键所在。有谁不希望滇池清澈，回到从前——比如上世纪六十年代之前的模样呢?

为了这个目标，大几百万的昆明人，这五年、这十年，或者说这十数年、二十多年、三十来年，也是拼了。

但是，滇池清了吗?

滇池，真的清了吗?

这是一个问题。我的"山顶之问"，既有远虑也有近忧，既有困扰更有焦虑。但是随着我对滇池的深入踏访和仔细察看，我确实可以指认一个事实：今天的滇池，正在缓慢转身，正在向好变清。明天的滇池，更值得期许。

蛇岛

曾经，防浪堤像五线谱一样谱写在滇池水岸之间，起伏的滇池波涛有如音符在这道五线谱上跳跃，幻化出一部神奇而隐形的交响乐章。

晋宁东大河入湖处原来也有一道长长的堤埂。十多年前，按照修复亲水关系的理念，拆除防浪堤后，又有意识地保留下若干断断续续或大或小的片段，她们像散落的珍珠星散在湖面，供种子生根，让鸟儿栖息。其中较大的一处，形成一座小小的孤岛，岛上树木翁郁参天，然鸟不敢落脚，鱼不敢靠近。何故？

原来此处经年积月，形成滇池尚少见的天然蛇岛，"麻蛇就像麻花一样纠缠在一起，样子很怕人呢。"一个经常在这一带巡湖的渔政工作者这样告诉我。

孤岛所处位置在滇池太史湾和鸽子湾一带，这里是划定的滇池鱼虾繁殖常年保护区，即便开海时节，这里也禁止捕鱼捞虾。多年的禁捕让鱼类在这一片水域得以休养生息，这里的渔业资源就比别处更富集，垂涎的偷捕者就更喜欢打这里的主意。

通过"线人"我找到小王，我们在湖边一个"苍蝇馆子"见了面。一开始他王顾左右而言他，总是对下湖偷捕的事情闪烁其词。当他知道我仅仅是对蛇岛感兴趣时，他终于喝着我带去的"小糊涂仙"，讲述了他见识过的蛇岛故事。

"其实也没啥子故事。就是出于好奇，我也想贴近了看看，看看到底有没有传说中那么邪乎的蛇，到底是些啥子蛇。有一次，天色黄昏，我知道这种时候巡湖的少，我就让皮划子慢慢漂近小岛，我披了蓑衣爬在划子上，不敢弄出一点动静，就剩我一双眼睛在轱辘转，死死看着岛上的石头，树，树梢，一片落下的树叶都会被我看在眼里。也不知道过了多久，突然听到'嗖'的声音，仔细一看，一只刚落在树梢的鸟儿被窜起的蛇咬住了，我是从鸟的惊恐叫声中看到这个情景的。蛇的灰褐颜色跟树皮颜色相近，如果不是鸟叫声，是看不到蛇的存在的，这可能也是小鸟总是吃亏的原因吧？"

"就在我想着小鸟的悲惨命运时，我皮划子左侧突然也有了动静。原来是水中的一条蛇咬住了一条鱼，而且是远比蛇的嘴巴和脖子要大的鱼！鱼头已经被蛇死死咬住，鱼身子和尾巴还在死劲扭动，但是动作没有持续多久，鱼就在蛇的收缩中一点点进了蛇肚子，蛇肚子鼓得像个磨盘，看着太怕人了。原来我潜伏的水区，可能到处都是蛇。要是蛇打起我的主意，我还回得去吗？想到这里，我赶紧立起身子，死劲划船，逃离了蛇岛。我那天一条鱼也没搞到，三魂吓掉了两魂，再也不敢靠近蛇岛去了。"

后来请教了朋友，他们告诉我，蛇岛上盘踞的其实是铅色水蛇，它是中华水蛇的一个大系。当然也有部分俗称水长虫、白线蛇的红点锦蛇混迹岛上。在滇池各个水域都有水蛇的存在，只是这一片相对集中，是因为这里鱼类鸟类资源多，孤岛又无人打扰，水蛇的繁殖速度就比别处快了许多。水蛇其实是半陆半水之蛇，封闭的小岛上无鼠可觅，它们的习性就改为只吞食鸟类及鱼类，"出手"之迅疾，捕捉之精准，确实叹为观止。水蛇是肉食动物，也吃蛙类，泥鳅，黄鳝，虽然无毒，但是牙齿极其锋利，攻击性强，人对水蛇，确实要远避为上。

观音山

滇池西岸有山曰观音，古往今来，真名胜也。

此山在明初谓之石咀，取其地理形势之显在情状。其山多石，凸起部位正好伸入滇湖，做亲吻状，谓之石咀。相传明朝初期，滇池东岸晋宁有好事者从省城昆明铸请一尊观音铜像，经水路运之，途径石咀，忽然狂风大作，恶浪掀天，载观音之大船只好暂避风浪于石咀。稍逊波息浪静，又欲启航，才升起风帆，风浪再起，且更甚于前。无奈之际，事主只得把观音本尊暂"请"山上土地庙中歇息。然而观音像甫一落地，顿时云停风住，日升月出，滇池如明镜般清澈光洁，一望无际。人们这才明白过来：是观音选定此山，不愿再往前行！于是，人们谨奉神愿，于此山建起观音庙，观音也正式入住观音寺，从这以后，石咀也改名观音山了。

明成化年间，沐璘命建观音殿一座。嘉靖年间，悟真和明全两位僧人遍寻布施，续建观音山后殿，其后又重修并增建伽蓝殿。明善僧又募建前殿和圣僧殿。至此，观音寺扩建为由前殿、中殿和后殿组成的佛寺建筑群落，名震海内外。每到农历六月十九观世音菩萨成道日，近如昆明周边，远至三迤大地甚至东南亚诸国，善男信女络绎不绝前来上香祈福，蔚为大观，"舟楫连绵，登山者众，观音寺前，日逾三万者也"。

2020年8月16日，雨中。我登临观音山顶，只见滇池于朦胧烟雨中若隐若现，正对滇池东南岸有长腰山脚孔雀开屏灯影照耀，方知此处为滇池正西；俯瞰山形水貌，有凤凰展翅的图腾映现水中；回望山门，有一石刻对联曰："浩月光中，昆水静澄南海景；慈云影里，华峰叠拥普陀山。"佛寺南面侧门，镶有清道光年间丁楚玉之石刻对联："山势飞来，看轩翥翔栖，宛似西天灵鹫；湖光俯映，任蜿蜒奔赴，恍兮北岭长虹。"同行书家赵翼荣先生亦有一匾一联手迹镌刻其上。想起前人词曰：登山则情满于山，观海则意溢于海。此之谓也。俯仰之间，都是如画风景，始信此山果然高妙神圣。

龙门战藻

滇池西岸龙门村，建有一座特殊的装置：藻水分离站。它是目前滇池边唯一一座固定式大型除藻"工厂"。随着气温的升高，滇池蓝藻水华逐渐进入易发期，龙门藻水分离站在滇池蓝藻打捞处置工作中的作用就愈加明显。龙门藻水分离站于2019年5月技术提升改造后正式运行，一年多的时间里，富藻水处理量逾2000万立方米，藻浆水处理量约800多万立方米，生产藻泥约2万吨。昆明滇池湖泊治理开发有限公司运行管理部的蓝藻专员告诉我，他们通过7项作业方式"围剿"蓝藻——适时组织巡查观测、水动力条件改善、水体增氧曝气、蓝藻拦截、蓝藻围捕、藻水打捞、藻水处理。藻水分离站正是其中最有效的手段之一。他们称之为与蓝藻展开的"贴身肉搏""决战"。"战场上就是短兵相接刺刀见红的拼刺刀！战斗随时都可能会打响，敌人可能随时出现在滇池水域的任何一个地方！这个敌人就是蓝藻！"

我无数次来到龙门藻水分离站，见证过这里发生的一个奇观：被拦截、围捕到这里的蓝藻，经过大型设备的严格处理，最终实现了藻水分离，提取的藻压缩成为有机肥料，分流的水流淌到池子，全部达到了地表水Ⅲ类标准。洁净的水又回流进滇池，那一刻，我的心情跟滇池上空的蓝天白云一样舒展美好。

藻水分离站不仅是生产基地，还成为生态环境教育基地。就在我要离开藻水分离站时，看见学生们正列队来到这里——他们和我一样好奇，也必将和我一样震惊：蓝藻是什么？蓝藻水华的危害以及严重程度会是什么样？与这些狡猾的敌人的战斗又会怎么样？只需要顺着龙门藻水分离站生产线走一圈，就会给出最直观的解答。

放眼滇池，藻战，依然不容乐观。

俯瞰眼前，战藻，让人心生敬意。

盘江口

盘江口即盘龙江入湖口。这里又称星海半岛湖滨生态湿地，是2008年设置河长以来，历任盘龙江河长每年必须多次打卡之处。

盘龙江，让多少在她身边生长的昆明人永久铭记。从昆明走向世界的画家张晓刚说到盘龙江，他说："青春没有对错，把一条穿越昆明的盘龙江当作塞纳河，这就是青春。"

盘江口——昆明人的母亲河与母亲湖的交接处，我们会在这里有什么惊喜发现？

2020年春夏之交，我在这里的第一个发现是：盘龙江入湖水流，清澈了。

清澈到什么程度？基本达到地表水Ⅲ类标准。

是什么时间、是谁，改写了"黑龙"入湖的历史？必须记住一个特殊的日子：2013年12月28日，这一天，牛栏江引水工程正式启用，清清江水经百多公里长途跋涉后流经盘龙江，最后在这里注入滇池，水体置换加水动力输入，是滇池转身的决定性因素之一。滇池也由此开始实现逐渐变清的可喜变局。

母亲河与母亲湖，在这里共同见证了当下昆明人以咬定青山不放松的劲头，按照山水林田湖草是一个生命共同体的理念，驰而不息打好蓝天、碧水、净土三大保卫战，终于实现了2016年滇池总体水质从"劣Ⅴ类"上升到Ⅴ类，再逐年实现保持Ⅴ类、递进Ⅳ类；保持Ⅳ类，如今稳定在总体水质Ⅳ类的大变化。这也是1988年建立滇池水质数据监测库30年以来的最好水质。

2020年新年之后，昆明第一个全市性会议：滇池保护治理工作会暨第一次河（湖）长会议召开。昆明市县区主官悉数在场。这次会议别出心裁之处在于：首个议程居然是观影——集体观看滇池保护治理工作的警示片。所有观影者在那一刻都凝神静气，"感到震惊""如坐针毡""如芒在背"。随后，昆明市委书记程连元讲话，针对警示片中反映出的问题，程连元明确要求，不管涉及哪一级、哪个区、哪个单位，都必须在一个月内全面完成整改，由媒体进行回访，对没有完成整改的责任人和责任单位一律严肃处理；并提出，每季度拍摄一部警示片，在召开河（湖）长会时集中观看。"如果大家都以这样的态度、这样的作风抓工作，滇池水质如何能够稳定达标？"程连元直言，不要看到一点成绩就沾沾自喜，做好滇池保护治理工作，依然任重道远。

近年来，昆明市坚定不移把滇池保护治理作为"一把手"工程、头等大事和严肃的政治任务来抓，作为转方式调结构的一面镜子、践行绿色发展理念的"试金石"来推动，各项工作取得了明显成效。作为最大入滇河道盘龙江的河长，昆明市委书记程连元先拿自己说事，在开年第一会主动通报了2019年盘龙江"一河一策"工作落实情况。从水质目标完成情况看，牛栏江补水末端、大花桥、得胜桥、广福路桥断面平均水质可达地表水Ⅱ类，严家村桥断面平均水质达地表水Ⅲ类，总体均达到

"三年攻坚"实施方案设定的水质目标。

程连元的讲话释放出几个亮点：贯穿昆明的盘龙江若干断面水质已经达到地表水Ⅱ类——这已经是真正可以实现亲水的水质，即可以下河游泳（但出于生态脆弱期的水质保护要求，仍然不允许入河游泳）的水质。滇池是昆明人的母亲湖，盘龙江则是昆明人的母亲河，也是进入滇池35条河流中跨度和流量最大的一条河。程连元履职昆明一把手的同时，就担任了最具象征意义的盘龙江河长以及滇池湖长，并在他抵达昆明任职之初的2015年8月2日，就率队实地调研盘龙江以及滇池治理工作，这也是他到昆明任职后的第一次调研。那一天，在盘龙江入湖口，程连元特意灌了一瓶滇池水，并要求环保局检测后把指标贴在瓶身上。"这是我到昆明工作后灌的第一瓶滇池水，我把它搁在办公室，天天看着它。以后每年再灌一瓶，对照水质看滇池的变化。"程连元说。

程连元说，滇池是昆明的生命线，滇池治理是整个城市转变发展方式的一面镜子，也是我们工作的一面镜子。从他第一次走近滇池、调研滇池开始，他就明确了把保护和治理滇池作为"一把手"工程和头等大事。"要尽快实现滇池可以游泳的目标，让老百姓亲水近水、共享滇池治理成果。"直到2019年年末，程连元仍然强调，要把老百姓可以游泳作为检验滇池保护治理的一个重要标准，让群众满意。

就在这次会议之后不久，迎来了滇池治理的高光时刻：

2020年1月20日，习近平总书记访问缅甸归来。在云南考察时，他在昆明的第一个考察点就是滇池。总书记来到滇池星海半岛生态湿地，察看滇池保护治理情况。考察现场，一个小型生态缸格外醒目。介绍滇池保护治理，缘何用上了生态缸？负责生态缸设计布置的中科院昆明动物博物馆馆长李维薇表示："缸的生态，是今后滇池水生态的理想状态。""缸底栖息的是螺和蚌，水里游的是金线鲃等土著鱼，最难得是冬日里海菜花罕见绽放。"

生态缸其实就是滇池向好的微缩愿景。再辅以不同年份灌入瓶中的滇池水，立体地动感地向总书记展示了治理滇池几年来的显著变化。总书记远眺滇池烟波，近观生态水缸，脸上浮起笑意。他指出，滇池是镶嵌在昆明的一颗宝石，要拿出咬定青山不放松的劲头，按照山水林田湖草是一个生命共同体的理念，加强综合治理、系统治理、源头治理，再接再厉，把滇池治理工作做得更好。

而在此之前，总书记已两度对滇池保护治理工作作出过指示和要求。

总书记对滇池的视察和指示，无疑，最具高度地回答了"滇池清了吗"这样的问题。滇池，正在变清，正在变得越来越清。

古滇名城记

滇池烟波渺，东南独形胜。登上滇池东南岸的长腰山，面对眼前崛起的新景观，我不由得一声惊呼，发出八百年前马可波罗初见昆明的那个著名喟叹：好一座壮丽大城！

次第呈现在我眼前的，是长脊短檐干栏式建筑群落，是姹紫嫣红花木扶疏的流水绿茵，是湖光山色千帆竞发的滇海码头，是从长腰山康养城到马鞍山温泉城再到红山博物馆城以及海宝山民族部落城……绵延数十里，山水掩园林，她们有一个统称——古滇名城。

在这里，我移步换景，穿越古今，展读了一部活态的大书。

古滇，历史长河中一个小小段落。也可以说，古滇是一个沉睡了2300年的旧梦。这个曾经独步滇海、时间长达500年的南高原蕞尔小国，无论国君还是臣民，肉身早已经灰飞烟灭于历史尘埃中。但是，他们创造的辉煌文明，随着一处处墓葬及其中文物的重现天光，让人讶异，让人惊呼：这些出土于距此不远的石寨山墓葬群的器物，诸如"鎏金双人盘舞扣饰""喂牛铜扣饰""有翼虎纹银带扣"，看得见古滇市井，听得到先人呼吸——她们是华夏青铜文明最后那一抹靓丽的晚霞吗？这里，曾经生活劳作的滇国古民，有过怎样出神入化的生活智慧、雅俗共赏的审美趣味和精湛绝伦的工匠精神，才能催生出如此美轮美奂又活色生香的绝世佳品？

倒拨一下时针，回到五年前的2015年——那时，滇池正在由浊变清，缓慢转身，滇池东南岸，籍籍无名的长腰山脚，崛起了这个新景观：古滇名城建筑群落。

这些贴着滇池边生长的建筑群落，造型各异而整体风格归于长脊短檐干栏式美学范式。她们的全部设计灵感，就来自石寨山发掘出土的青铜器文物。那些文物属于2300年前、跨越战国到秦汉时期的古滇王国。当从青铜器文物元素中提炼出复古弥新的建筑出现在滇池东南湖畔时，她实际宣示了一家企业的古滇复兴梦想，就此落地生根。

来这里采访，我的近旁不时会传出快乐幸福的尖叫。那是湖滨一个名叫"七彩云南·欢乐世界"的游乐园传来的声音。我也曾在那里体验过飞翔影院的震撼观影，也曾忘记年龄坐上宽翼过山车如雪鹰翱翔蓝天而发出过情不自禁的刺激尖叫……滇池向好，生出美景，恰如赠人玫瑰手留余香，总有欢乐在身边、总将欢乐赠予人。古滇名城和滇池，彼此见证了相互的向好发展，美丽成长。

为什么叫古滇名城？

为什么名城贴着滇池飞翔起舞？

因为滇池是昆明根脉所在，是昆明的精神象征。没有滇池就没有昆明，没有滇池也没有云南，云南的简称不就是一个滇字吗？人们说滇池清则昆明兴，昆明兴则云南兴。滇池就是昆明和云南最真实最生动的缩影。一部滇池变化史，就是当代昆明和云南的变化发展史。滇池由盛而衰又由衰而盛，这一段循环周期，见证的正是昆明和云南蜕变的历史。

所有与滇池相关的开发和发展，都必须以感恩之心回报滇池，都要在滇池变清的过程中让企业贡献参与一份责任和力量。正在跨越发展走向成熟的昆明，不仅要比经济贡献率，更要比为滇池变美的环境贡献率。在古滇名城，不让一滴污水流入滇池，是写入企业每一个项目的一

道铁则，谁也不容许违反。

这让我想起在古滇码头与生态湿地相连的园区看到的一个情形：穿越古滇湿地，有两条入滇河流：南冲河与淤泥河。古滇湿地内循环的水流主要取自淤泥河，取水口就在淤泥河靠近滇池湖泊的位置，这些原本经过晋宁污水处理厂净化之后的河水，被企业引入古滇湿地之前，又在前端建立了一个属于企业内部的水处理厂，除渣、净化、沉淀……每一道程序都严格按照地表Ⅲ类水标准加以处理，然后才进入湿地自流循环体系，又经过增加水动力、沉淀、吸附，水与土地、与植物有过呢喃和亲吻，有过最亲密最自然的交融之后，才溢出并复归滇池。

我不止一次长时间驻足在流经古滇生态湿地的南冲河与淤泥河的入滇河口，驻足在湿地溢出复归滇池的每一道沟渠、每一个水湾，肉眼所及，确实是清清水流，汩汩而出，水鸟和游鱼，随处可见。陪同我查看工程设施与水处理细节的古滇名城后勤管理中心副总经理赵豫明告诉我，"集团公司在我们工作这一块，网开一面，从来是只讲投入，不问直接经济效益。每年单是水处理一项，需要花掉的经费足足四百万以上，集团从来不心疼不计较。但是只看一个，回流入滇的水质，是不是比进来时更好了？古滇湿地里的流水、空气、花草树木，整个环境，是不是比原来更好了？除了企业有严格的考核，还有滇管、水务、生态环境等政府职能部门前来做出的评估考察，更重要的考察来自游客，游客对环境满意不满意，舒心不舒心，他们会用脚投票，这才是对我们的一票决定。所以，你可以看到，爱护滇池，保护滇池，为滇池水清岸绿，我们是把她当成自家客厅一样看待的，是当成企业生命线一样重视的。"

我知道很多人对这个贴着滇池进行文旅开发的企业是存在各种疑虑的。我何尝不是如此？为此，我花费了足够多的时间，悄悄开始一个人的暗访，贴近观察他们在与水关联的环节，是如何做到企业承诺"不让一滴污水流入滇池"的。在长腰山工地，我看过排水暗管的走向，全部严格通往排污干渠；在古滇大码头和湿地，在康养城，在温泉城，在欢乐世界……这些游人如织的场所，每一处垃圾收集站都得到及时清运处理，每一个厕所也都有专门管道回输进入环湖路内侧的排污干渠。赵豫明告诉我："集团为古滇名城每一个单元的清洁和环卫提供了众多岗位，优先让当地失地农民经过培训后到达这些岗位，如今，他们分片包干，交替巡逻，让古滇名城每一寸土地24小时都保持着整洁干净。更重要的是，按照公司要求的，见到客人，无论尊卑，五米之外有微笑，三米之内有问候。他们把这些文明细节带回到各自家里，如今这里村民的整体素质的提升，也成为一道风景，可以说，会对滇池今后的不断向好改善，带来润物细无声的长远利好呢。"

来自古滇营销管理中心的小陆，入职企业才四年多时间。在他身上，我看到了一个企业蓬勃发展背后存在的秘密和逻辑：每一个员工都以就像热爱自己家庭一样的态度热爱企业，这样的企业，想不变好都几乎是不可能的。小陆名叫陆和辛，我认识他是在2020年8月16日晚上，当时已经是晚上九点钟。当他知道我在白天因忙于别的采访未能入园参观"欢乐世界"后，他来到我下榻的酒店，专门陪同我入园去看了专场电影《飞越彩云南》。当时这个放映厅实际已经准备关门——整个白天，他们不知道轮番播映了多少次这部电影，这也是园区里最受欢迎的观光项目之一。由企业不惜重金历时三年打造的这部"带你飞翔"的立体电影，最逼真地制造出实景体验式观影效果，而这效果确实是令人震撼的——"最云南"的代表性景观被一部电影尽收眼底，而且是以贴着景区飞越和俯瞰方式全息观影，这让一个已经生活在云南四十多年而且基本走遍了电影摄入的所有场景的我，也感到叹为观止，更不要说那些初次踏入彩云南的匆匆过客了。那天晚上，由于放映机发热的缘故，我只看了一次精编版，意犹未尽。细心的小陆居然在我完成环湖采访的第三天，专门再次安排我观看了完整的全片——我惊异于他每天要安排和接待无数团队，是如何记挂着其中一个客人的一件足够细小的小事的呢？

小陆脸上挂着标志性的微笑，告诉我，"集团要求，接待每一个客人，就像接待自家的每一个亲人。客人的需求，用本子记，用手机记，更重要的是用心用情记。"

原来如此！

古滇名城开业时间在2015年，这个时间里滇池确实发生了向好的转变，但是企业进入南滇池，做古滇名城这一投资规模最大，耗时最长的项目，其实当时滇池还处于向好还是向坏的博弈胶着期。但是他们很有信心。他们的信心来自政府，因为他们看到了从国家层面到省、市、区三级政府在治理滇池问题上的勇气和决心，可以说是壮士断腕一般的决断。滇池周边，那些年有多少不符合环保要求的企业和项目关停并转了，为什么他们能够逆势而上？因为他们要为文化和旅游的天然结盟，为旅游和康养的同频共振，打造一座崭新的古滇名城——为世界奉上一张来自云南的名片，名片上就书写两行字：我就是七彩云南，从这里看见古滇。

"我就是七彩云南！"这句铺天盖地的广告语让我一下子想起一个人：吴兴邦，他是这家企业的一名资深员工。几年前，我去到与古滇欢乐世界一路之隔的三合幸福里回迁安置小区，看望一个考入小区学校的特岗教师。到达时有些不巧，要找的老师正在上课，我就围着学校随便转悠。我发现这是一所硬件特别过硬的学校，校舍、操场、绿植……远超过晋宁城区的一些学校。当时唯一的缺陷是校园周围散落着一些纸屑垃圾，显然是刚刚搬入安置房的乡村孩子对整洁的新校区还有某种不适应。这时正好见到一位捡拾垃圾的小伙子，我把他当成校工，跟着他一边捡拾纸屑一边闲聊。我问起学校的基本情况：师生、年级、校舍……他不仅对答如流，还对整个三合村农民的拆迁、过渡以及安置房入住情况了如指掌。我感到诧异，一个校工是如何做到比校长甚至社区书记还熟悉全局的？小伙子看出了我的疑惑，他说，"我是来安置小区做回访的，顺便来看看学校，顺便也捡捡垃圾。"当我问起他的名字时，他跟我来了这么一句："我就是七彩云南！"

后来我从学校老师那里才得知，他叫吴兴邦，是入职该企业多年的三合幸福里回迁小区拆迁安置项目部经理，包括幼儿园中小学在内的整个小区，正是他管理的部门建设的。

两千多年前的古滇就在这里，她是真实存在过，而且她的存在意义是很特殊的，这从图腾和出土文物中可以看出来，从文献和史料中可以看出来。古滇是热爱生活的，是敬畏天地的，是爱惜万物的，是包容和谐的，古滇人的价值观是追求自由自足自在的生活，她所对应的正是人的精神物质内心的几个层面，这在当今特别值得称道借鉴。把古滇最有当代价值的精神和细节再现出来，把传统文化中精神遗产的精粹继承和弘扬开来，飞翔在滇池东南岸的古滇名城，既是一种呈现，更是某种昭示。

大泊口记

暗访大泊口

某日黄昏，一辆小车驶入夹在草海和外海那道海埂之间的那个小院落。这里，当时还叫昆明市滇池生态研究所。

矮墙和绿树掩映的院落跟墙上那块铭牌一样不起眼，然而进得门来，里面却别有洞天：暮色下，开阔的水域波光粼粼，水草摇曳，远处有几只白鹭翩翩起飞，近处有小白花吐出黄蕊，似乎有暗香浮动。从小车上下来那个人见此情形，欣喜地跨下台阶，手掬一捧清水，嗅嗅，无色无味。直觉告诉他，这水应该在Ⅳ类和Ⅲ类之间，水体质量明显好于比邻的草海和外海。

就在手里那捧清水顺着指缝儿快流淌干净的当口，他身后传来一个声音："同志，我们这里下班了，请问你是有事吗？"

原来身后站了一个皮肤黝黑的年轻人，好奇地在向他询问。

他还在凝神打量着眼前洁净的水体，全然忘记了身后有人在向他说话。直到那个询问声音再一次发出时，他才回过神来，却答非所问地提了个问题："小伙子，你说说看，为什么你们这里的水质会明显好于草海和外海呢？"

年轻人反问："那你说说怎么个好法？"

他说，"我冒昧地打个赌：这水，在地表水标准Ⅲ类和Ⅳ类之间。"

年轻人一下子来了兴趣："哦，看来你不外行嘛！还真被你猜着了！比较多的时候，我们这里水质达到Ⅲ类。水质好，是因为我们这里是改善滇池水质的一块试验田！"

"哦，好大的一块田！"顺着年轻人的话，他抬眼远望，顺便接了一句。

"那是当然！这块田少说有八百亩呢！它是我们开展湖内生态修复示范工程的试验田。滇池有病，病得不轻，我们就查它的病体，找它的病根，望闻问切，对症下药。你也看出来了，这里目前总体水质稳定在Ⅳ类，局部水域达到了Ⅲ类，说通俗点，就是人可以接触，可以亲近。就像你刚才捧水那样，这要是以前，敢吗？现在而今眼目下，这里，没问题！"只顾畅快地说着，年轻人突然感到了哪里有点不对劲——原来，他在心底开始嘀咕思忖：这人，看上去怎么那样面熟啊？好像在哪里见过？年轻人平时主要工作就是入湖、取样、观察、实验，高原紫外线加上水面反射，把他烤的就像一块黑炭，整个面部就剩眼球和牙齿还是雪白雪白的。除了水、水生植物和水面动物，他很少跟人打交道。那么，会在哪里见到眼前这个人呢？冥思苦想间，他一拍脑门儿恍然大悟：电视！对，这不是电视新闻里经常见到的程——连元书记吗？

"您是程书记？"年轻人心到嘴到，话语脱口而出。

他笑笑，只好点点头。

年轻人搓着手一下子变得语无伦次："这个、这个，哎呀书记您别见怪，我们这里下班了，但是24小时安排值班观察水情，今天正好是我。要不，我给领导打个电话？"说着年轻人掏出手机，正要按键，却被他温和的大手握住了。"不用了，我知道你们下班了，我其实也下班了，就是惦记着这片水，随便过来走走，看看。要不，我们进屋谈谈？"

年轻人赶紧把只在电视里见过的"大人物"迎进了门。

这一谈就谈到天黑。当他从屋子里出来时，正好与熠熠生辉的一湖星月撞个满怀。

"哦，疑是银河落九天，好你一个大泊口嘛！"平素并不善抒情的他，面对一池星辉，还是轻轻感叹了一声。

他记住了大泊口这个名字。

临离开时，又回头看了一眼墙上那块铭牌：昆明市滇池生态研究所。

他也记住了这个单位的名字。

这一天，时值初夏。若在几年前，这正是滇池蓝藻水华肆虐的时节。然而此刻，大泊口湖面以及更远的滇池外海，水波不兴，却又暗香浮动，让人心旷神怡。

一股清流

2019年7月某日，我来到大泊口。我注意到的第一个细节，是墙上铭牌换了，如今这里名叫：昆明市滇池高原湖泊研究院。

接待我的研究院总工黄育红，一个干练的女性。她看我注意到那块铭牌，笑笑说，"作家关注细节，这个是今年初换的；我们做研究的，更关注内容实质，也就是——如何实现滇池水污染防治与生态保护。"

她说，原来的滇池生态研究所成立于2004年，成立以来就干了一件事——为滇池保护治理找对策，提供科技支撑。

"这一片，原来叫老干鱼塘吧？"我问。

黄育红点点头。

我说："这里不同名字的三个阶段，我都来过。12年前，这里收归滇池生态研究所后，我来采访，看到的是白鹭儿翩翩飞，睡莲复睡莲，鱼游莲叶东，鱼游莲叶西，映日荷花别样红，万条垂柳绿丝绦，碧玉妆成一树高……我以为那些花拳绣腿就是生态修复，还专门写了篇文章《滇池，看了又看》，发表在当年《人民日报》上。现在看来，过分注重追求水体景观和真正的水体生态修复，至少还有几条街的距离呢。"

黄育红点头更有力了。她说："允许作家当年看到表象就点赞，也应该允许我们生态修复走点弯路吧？事实上我们走上生态修复道路时，我们并不知道什么是真正的生态水体，不知道怎样去实现真正的生态修复，更不知道如何贴近滇池实际去完成真正的生态修复。直到2015年，依托国家'十二五'规划滇池水专项，所里安排由我牵头，在滇池草海南部大泊口——也就是眼前这片水域，开展真正意义的湖内生态修复示范工程，通过外源污染控制、湖滨生态带修复、湖内水生植物恢复、外流域生态引水以及增加水动力等措施，来恢复湖泊的良性水生态系统，从而提高其自净能力和稳定性。"

做科学研究的黄育红说得很专业，她怕我一时进入不了语境，干脆站到水边，也就是一年多前那个黄昏——程连元掬水的位置，黄育红也掬起一捧水，她说："作家你看，这水，比起一年前，更清澈了呢！我不敢说它已经达到了Ⅱ类水，但是说这个区域这个局部，完全稳定达到了Ⅲ类水，是可以肯定的。因为我们每天都有数据支撑。"

指尖还滴着水滴，她扬手指向那些沉水植物，问我："你能看清它们在水底的模样儿吗？"

那是些生长在浅水区形态各异的水草——它们像一片摇曳多姿的水下森林，顺着柔韧的叶、光滑的茎，我清楚地看到了它们的根部，根茎周围穿梭游动的鱼儿，以及一动不动的螺蛳、贝壳。

黄育红说："这里确实是浅水区，说浅也不浅呢。你看到的那个位置，至少在一两米以下，也就是说，这里水体能见度已经达到一两米开外。这也是检测水体质量的一个重要指标。"

在黄育红专业的眼光里，她认为健康的自然水体，应该孕育和包容各类动植物和微生物，这些生物的生命活动驱动着水、底泥、大气之间的物质循环，形成自我净化能力。即使在季节演替中有个别指标短暂超过水质评级的数值范围，也将很快得到自然恢复。她说，"这才是今天我们理解的水体生态修复。就好比抢救某些危重病人的生命，输血是必要手段，但要他真正恢复健康，完成自体造血才是治本之策，道理一样。"

"所以，无论从评价的科学性还是从约束导向作用来看，对水体的评价都需要有生态指标。水环境是否健康，还要看水是否适合生物的生命活动需求，水里的鱼、藻、底栖生物——就是你看到的那些螺蛳贝壳之类，是否和谐共生，是否能呈现水清岸绿、鱼翔浅底的景象。"黄育红说，"这才是真正美丽自然的生态景观，作家我说得对吧？"

我脑子里浮现的是昆明官场耳熟能详的"四个治滇"——其中科学、系统、集约治滇，不正是需要从这里找到支撑和依据吗？我也忍不住回头看了一眼那块簇新的招牌：昆明市滇池高原湖泊研究院——在当时深化改革基本冻结体制内机构变动的大背景下，这里却实现了由"所"升格为"院"并实现人员扩编、项目充实，直到身临其境，我似乎才明白了其中的奥义。

就在我回头看时，一个人出现在我眼帘——

他蹲在一片绿荫下，用仪器专注地测试着面前一堆坛坛罐罐。他叫何锋，我认识这个"伙子"——十五年前博士毕业，他就来到这个单位，每天反复做的就一件事：观测研究蓝藻。他发出的"藻情警报"，上可以直达市长、下可以通达湖泊公司清除蓝藻的每一个工作站、每一艘作业船；他和科研团队关于滇池蓝藻的研究成果，则可直接影响到某些文件和某些决策的制定。十二年前我来这里采访时，就见到当时的何锋每个星期甚至每天，都要带上烧杯、网兜等工具，乘坐小船到"试验田"中央采样。"捞藻"是采样工作中一项十分费劲的体力活，常年"捞藻"的何锋，不像博士也不像蓝藻首席专家，更像一个世居滇池边的渔民，被风吹浪打、烈日暴晒，变得面色黧黑皮肤粗糙。那时的何锋，每逢"出海"，就要站在摇摇晃晃的小船上，用小网兜反反复复打捞蓝藻。让我没想到的是，十五年过去了，已经是研究员的何锋博士依然还在这里，做着貌似简单枯燥的蓝藻采样打捞工作。

他咧嘴一笑，露出一口白牙："作家老师，虽然同样是打捞蓝藻，如今还是有了很大变化的——2015年以前，在草海大泊口水域，我伸手随便捞一下，就有好多藻类，现在我要反复打捞，也就捞到这一小点。"

"反复打捞？反复的次数是多少呢？"我问。

"也就二三十次吧，你看就才网兜底这一小滴滴绿色的浮游藻类，要是放到显微镜下观察，打捞到的这些浮游藻类中，蓝藻门占比也就在30%以下——这要是2015年之前，蓝藻门占比高达90%以上呢。"

为什么要反复提到2015年这个时间节点呢？

一直在一边安静听着我们对话的黄育红看出了我的疑惑，她这时插话，"2015年是我们改变治理蓝藻思路的关键年。这一年我们启动的湖内水体生态修复示范工程，开始选择种植沉水植物，在大泊口水域蓝藻快速稀薄，就是沉水植物复合群落的功劳。因为它可以直接吸收水体中的溶解态氮、磷，为滇池'减肥'，蓝藻缺少充足的养分，生长繁殖速度就会大受影响，从而有效抑制水华的发生。"

据何锋回忆，2004年他参加工作时，滇池发生蓝藻水华的时间大约每年有九到十个月左右，也就是每年三月到十一月，都有蓝藻水华险情发生。"那时湖面就像刷了一层厚厚的绿油漆，老鼠都可以在上面随便跑，整个湖面臭不可闻，一臭千里，我们这些治藻人，真是忙得焦头烂额，整天就像救火队，但是劳而无功，按下葫芦浮起瓢。如今，真不一样了呢！"

黄育红说，现在蓝藻最严重的区域浓度只有原来最严重区域的十分之一，表明滇池水质企稳向好。她如数家珍地开列出一串数据：水体向好以后，滇池湖滨植物种类，从过去的232种增加到290种，海菜花，荇菜、苦草、黑藻、菹草、金鱼藻、茨藻、轮藻等水生植物，都出现在了这片"试验田"里——它们中好些在上世纪八十年代后就基本消失了呢。鸟类从80多种增加到138种，鱼类达到23种，一些消失多年的金线鲃、滇池银白鱼等土著鱼类和濒临灭绝的国家珍稀鸟类彩鹮、白眉鸭，又在滇池出现了。

真是说曹操曹操到，黄育红伸手指一指前方："瞧，那就是苍鹭呢！"

她手指前方，果然有一群水鸟在扎猛子戏水，应该是在捕鱼捞虾觅食吧？

看着眼前的青山绿水，我有点走神，问了一个自己都觉得古怪的问题："滇池，如果就这样不出问题地发展下去，它有可能成为湖泊中的一股清流吗？"

说话办事特别较真的何博士顿时笑了："作家老师你这话就不专业了，滇池是浅水型半封闭衰老期湖泊，如果没有外流域补水，它自身水体流动性极低，基本没有水动力，即便有一天真的清了，也不可能成为你说的湖泊中那一股清流吧？"

我知道是我问岔了，何博士答非所问也很正常。正谈笑间，眼前水面突然划起一道细细的波纹，远眺水面的我赶紧呼唤："快看，水蛇！"

一条大约一米多长的水蛇扭动着身子，正快速向我们站立的水边游来。等黄育红看清快要游到跟前的水蛇，不由大吃一惊，连连后退，一双手甚至捂住了眼睛——却又透过指尖缝隙，想看看水蛇的模样儿。那一刻，这个严谨的女科学家俨然回到了小女生的样子。

看着眼前这两个生态治滇的专家，说他们是知识分子，他们未必领情，就叫他们"务实分子"吧——此刻，黄育红捂脸的手还不肯拿下来，何锋的裤腿高一只低一只挽着——我想起刚才关于滇池湖泊"一股清流"的比方，也许，这个比方放到他们身上，不是更合适吗？

海菜花

黄育红何锋们算不算当今"务实分子"中的"一股清流"，这个我还没有想好；关于海菜花是滇池水生植物精灵中的"一脉清流"的说法，又引起了我的兴趣。

海菜花是沉水植物，长在水深不超过四米的水域中，茎细，叶柔，花白，蕊黄，喜好阳光，更爱清流——因为只有二者兼具，才能完成沉水植物生长必需的光合作用。得兼之后，此物必摇曳生姿，顾盼生辉，风情万种，以此作为对艳阳清流的回报，有人因此戏称此物"水性扬花"，也还贴切。细看之，其实海菜花还是良家女子的调调儿，小家碧玉的模样儿，雅致、清淡、紧凑，不事张扬又卓尔不群，有水底君子兰和水仙花结合的范儿，说它是一脉清流，形态上倒有几分相像。

对于滇池边的居民而言，从前的海菜花远到不了审美的范畴，就被食而用之——因为海菜花的茎和花都细腻柔韧甜香，可入食，周边居民就喜欢拿它来腌咸菜——说起为什么不食鲜——拿他们的话说，哪来得及呢！一到春夏，满河满湖，那东西铺天盖地的疯长，一家一家只管下水去捞，捞来房前屋后晒了，就慢慢腌咸菜吃，管大半年呢！说起往昔捞海菜，这些上了年岁的原住民眼睛里至今还直放光，那眼里的光芒直到看着眼前灰蒙蒙空荡荡的湖水，才会一寸一寸黯然熄灭。

昆明上岁数的城里人也还记得海菜花，往昔海子里还有这物件，到了上市季节，街市菜场里买一把，他们喜欢拿回去煮清汤，起锅淋几滴葱油，滑滑的韧劲儿，唇齿清香，不失为一道原生态美味。其实所谓原生态审美和物质短缺清贫往往是一胎双生，那个时候，无论城乡，人都停留在形而下的紧缺上，顾了充饥果腹就顾不得虚头巴脑的审美，海菜花长什么样子大家不一定记得清楚，海菜花口感如何却历历在目记忆犹新——至今，说起来，好多人还口水哩啦，好像还在回味当年呢。

由于海菜花对水体质量要求很高，因此，如今又被看作是环保花——当它白花黄蕊冒出水面时，就像过去打鬼子电影里的那棵"消息树"——平安无事啰！水体很好啰！大小官员就会皆大欢喜；如果它突然消失，而且无影无踪，那么，这里的水肯定出问题了！

滇池里的海菜花是什么时候消失的呢？几乎没有人说得清。因为它存在的时候，太过于渺小平凡普通了，人们的环保意识还太模糊了，直到它从点缀风景的视线和餐桌补缺的风味中消失已久，人们才惊呼：咦，海菜花呢？

这不，海菜花就在我眼前——还是大泊口这片水域，每年三月开始，这些白色小精灵就从这里那里悄无声息地拱了出来，开始是一星半点儿，逐渐地蔓延成片，到开花时也有了燎原之势。我来这里，已经是七月，当我跟随何锋博士乘坐小船到大泊口湖水中央采样时，沿途就不时看到这种茎秆细长、白花黄蕊的植物，三朵两朵漂浮在水面。我好奇地问："这是你们专门撒了种子培育的吗？"何锋说："动植物的生命力，经常会超出人们想象的，我老家有一个湖，前两年天旱，湖底完全干涸了，塘底晒成了龟背，所有的鱼虾死绝了。一年以后，几场大雨让大湖重生，没想到湖里鱼儿很快就成群结队出现了。你说这些鱼儿是从哪里来的？难道是从天上下雨下来的不成？再说这些海菜花，我们就算想种还没有种子呢，它们在湖里绝种很多年了，但是当水体清澈时，这些掩埋在底泥深处的海菜花种子，又从沉睡中唤醒了，简单说，湖内植物和动物，其实都有自己的种子库，一旦条件成熟，达到一定的水质、光照条件，它们就会应运萌发，积少成多，由弱变强，就像这些海菜花，我是亲眼看着它们从一株两株，直到蔓延成片，长成现在这规模的。作家老师，你说好看吧？"

"海菜花，开白花，就像爱美的小娃娃；清清的水，白白的花，不带泥也不带沙；草海莲池水清清，到处都是海菜的家。"老昆明的一首童谣，生动描绘了这种沉水植物——海菜花，它因为几近濒危灭绝，如今还是国家三级保护植物。也因此，它被称为"清流精灵""水质的试金石"，倒也不无道理。

离开大泊口，我来到彼岸西山脚下一所小学，才进门，就听到孩子们在唱一首新编儿歌：

> 海菜花，开白花
> 一开开到滇池家
> 白白花瓣黄花蕊
> 不带泥土不带沙
>
> 海菜花，开白花
> 就像我家乖娃娃
> 污泥浊水不见影
> 滇池水清就回家
>
> 海菜花，顶呱呱
> 环保标志要数她
> 海菜花开滇池美
> 昆明人人最爱她

在孩子们充满童真的儿歌声中，我突然想起自己正要书写的滇池愿景，儿歌里的海菜花，不是把我想要书写的愿景，已经表达得淋漓尽致了吗？

后记

　　滇池，就其面积而言，位列中国高原淡水湖之首，因其重度污染，从"九五"以来，一直列入全国"三湖三河"重点治理名单。二十多年治理博弈，滇池故事扑朔迷离，情节起伏跌宕，人物众多，剧情翻转。滇池故事可以书写一部崭新的小说，可以编织一部惊心动魄的影视剧，但是我选择以她为题材，首先书写一部纪实文学作品——她的最终呈现，必须"大处不虚"，然后才是"小处不羁"。

　　所有的历史都是当代史。历史的真相在它发生之后，其实就已经消亡了，所残留的仅仅是对它的打捞、记录和阐述。历史的走向必然是符合人性的走向，历史的深处只会留下具体的人。因此，记录和书写历史，本质上就是记录和书写人的心史。

　　人的一生，简而言之，就是昨天、今天和明天。窃以为，滇池治理极简史的书写，也可以参照这种结构，分为昨天、今天、明天三个剖面，从作家采访、百姓观点、专家视角、官员看法、问题导向等方面，讲述最近五年、十年、二十年或更远时间以来，与滇池治理有关的人和故事，由近及远或由远及近地勾勒线条，梳理脉络，廓清来路与去向，反思灾难和教训，审视成就和经验，瞻望明天和愿景。

　　为采写滇池生态状况，我与滇池治理结缘十数年或数十年时间。过去我曾在报刊发表过有关滇池题材的一些文学作品，这一年多来，我行程逾万里，连续走访了与滇池治理有关的数十家单位和数百名个人，其中既有体制内的官员学者和科技专家，也有大量民间环保人士或志愿者，以及一些普通市民或滇池沿岸居民。我特别欣喜地看到，国家顶层设计将生态文明列为现代强国最重要标志之一，"绿水青山就是金山银山"理念成为全民共识，云南和昆明干部群众在做生态文明建设排头兵方面进步十分明显，其中又尤其以滇池治理取得突破进展而让人备受鼓舞、引以为豪。

有记者问：滇池治理最重要的经验，是什么？

在我看来，滇池治理取得成功最可贵之处，是为中国湖泊治理提供了"滇池模式"，它主要包括三大要素：河长制，生态补偿制，双目标责任制。这是治理内陆湖泊非常有效的组合拳。前两点广为人知，第三点是指对水质与污染负荷实行双目标管控，它体现的是精准治污，精细管理，实事求是。三项结合，实现了工程治理和制度治理双效叠加的最大化。这是滇池治水具有原创和首创性的制度设计，有着理论和实践的多重意义，值得总结提升。

但是，滇池保护治理，因其自然条件局限、历史和现实问题纠结，积重难返，依然存在重重困难。治滇之路，任重道远，仍然是一场艰苦卓绝、复杂严峻、旷日持久的攻坚战。滇池水质要从现在稳定达到Ⅳ类后再逐年向更高层级上升，要回到"四围香稻，万顷晴沙，九夏芙蓉，三春杨柳"的自然状态，还有很多困难亟待攻克。

滇池治理的最大难题是昆明城市环滇发展的强大动力与滇池生态承载能力有限的根本矛盾。解决矛盾的曙光已然出现，经验和直觉告诉我，滇池一定会再上台阶，在连续提升两级的基础上，实现连续提升三级甚至四级，这取决于抓住窗口期和关键期，决策正确，技术升级，人心思治，以及滇中引水工程在不远将来的全面贯通。在这一伟大进程中，作为一段历史的见证者、记录者和文学书写者，我感到光荣。

为完成本书的采访写作，许多朋友和部门为我提供了大量帮助，让我感铭于心，在此无法一一列举。特别需要谢谢冉潇然同学——当我把时间精力全部捆绑在滇池的这一年多，我与远在上海的爱子、徐汇某科技实验学校小男生冉潇然的联系，就主要通过每天的视频连线来完成，耽误了近距离陪伴他成长的许多机会。为此我深感不安。但七八岁的他知道我在做一件有益环保的事情，在视频那头，他说：

"老爸，滇池越来越好，海鸥越来越多，我们一起努力，这不正是我最喜欢的吗？"

滇池清，昆明兴。我们期待并行动着！

冉隆中

2020/06/24 初稿

2021/元旦终定稿

图书在版编目（CIP）数据

滇池治水记 / 冉隆中著. -- 昆明：云南美术出版社, 2021.2

ISBN 978-7-5489-4183-5

Ⅰ.①滇… Ⅱ.①冉… Ⅲ.①报告文学—中国—当代 Ⅳ.①I25

中国版本图书馆CIP数据核字(2020)第207351号

昆明市文艺精品创作扶持资金资助项目

出 版 人：李 维 刘大伟
项目负责人：刘大伟
责任编辑：台 文 李 林
装帧设计：马 滨 张湘柱
封面摄影：孙振涛
责任校对：孙雨亮 陈铭阳
责任印制：吴 夏

滇池治水记

冉隆中 著

出 版	云南出版集团 云南美术出版社
发 行	云南美术出版社
社 址	昆明市环城西路609号
邮 编	650034
开 本	787mm×1092mm 1/16
印 张	20.5
字 数	300千
印 数	1-20000册
版 次	2021年2月第1版
印 次	2021年2月第1次印刷
印 刷	云南宏乾印刷有限公司
书 号	ISBN 978-7-5489-4183-5
定 价	68.00元

云南美术出版社微信公众号